KNAUR

Über die Autorin:
Liza Grimm interessiert sich, seit sie lesen kann, für alte Sagen und Legenden. Sie studierte in München Germanistik und entdeckte dabei ihre Liebe zur nordischen Mythologie. Inzwischen arbeitet sie als freie Online-Marketingberaterin und Redakteurin.

LIZA
GRIMM

DIE
GÖTTER
VON
ASGARD

ROMAN

KNAUR

Besuchen Sie uns im Internet:
www.knaur.de

Facebook: https://www.facebook.com/KnaurFantasy/
Instagram: @KnaurFantasy

FSC
www.fsc.org
MIX
Papier aus verantwortungsvollen Quellen
FSC® C083411

Originalausgabe März 2018

Ein Imprint der Verlagsgruppe
Droemer Knaur GmbH & Co. KG, München

Das Werk wurde vermittelt durch die AVA international GmbH
Autoren- und Verlagsagentur, München
Redaktion: Anika Beer
Covergestaltung: Guter Punkt, München
Coverabbildung: Guter Punkt, Julia Jonas
unter Verwendung von Motiven von Shutterstock
Satz: Adobe InDesign im Verlag
Druck und Bindung: CPI books GmbH, Leck
ISBN 978-3-426-52252-3

2 4 5 3 1

Für Basti.

Für Oma & Opa.

Für alle Helden Midgards.

PROLOG

Trotz des lauten Schreis lief der Webstuhl weiter. Er kümmerte sich nicht darum, dass seine drei Herrinnen, die seit mehreren Jahrhunderten still und schweigsam das Gewebe beobachtet und gelenkt hatten, nun in heller Aufregung durch die halbdunkle Grotte liefen.

»Er ist golden«, flüsterte Urd. »Glänzend wie die Sonne!«, schrie Verdani. »Unser Untergang.« Skuld erschauderte.

Die Nornen hatten versagt, und sie wussten, dass Odin diesen Fehler niemals verzeihen würde. Trotz ihrer Furcht begaben sie sich auf den Weg nach Asgard, denn das Schicksal der Götterwelt, das wussten sie, wog schwerer als ihre Angst vor Strafe.

Die Farben der Regenbogenbrücke leuchteten an diesem Tag nur stumpf und verwaschen. Selbst über Asgard schien eine dunkle Wolke zu liegen, wobei die Götter diese sicherlich noch nicht bemerkt hatten. Wie immer waren sie viel zu sehr mit ihrem Trinkgelage beschäftigt. Wer einmal tot war, musste nie wieder schlafen und konnte sich für den Rest der Ewigkeit an den Zweikämpfen und der Eberjagd erfreuen. Abend für Abend wurde der ruhmreiche Tag mit fässerweise Met und dem Fleisch der Jagd gefeiert, und noch bevor es wirklich dunkel wurde, ging die Sonne erneut auf, und alles begann von vorne. Selbst der Eber wurde zum Leben erweckt, um an jedem neuen Tag abermals zu sterben.

Es gab keine Nacht in Asgard. Keinen Schlaf. Und keine Langeweile. Odin mühte sich nach Kräften, seinen Gästen alles zu bieten, was sie verdienten, nachdem sie im Glauben an ihn ruhmreich im Kampf gestorben waren. In den Gewölben der Siegeshalle Walhall war jeder Tag ein großes Fest –

doch die Ankunft der Nornen würde diese Feierlichkeiten beenden.

Die Seherinnen zögerten nicht einen Augenblick, als sie die heilige Brücke überquerten, die ihre Welt mit Asgard verband. Dabei war ihnen nur zu klar, dass Odins Zorn die Mauern aller zwölf Himmelsburgen erschüttern würde, sobald er ihre Nachricht hörte.

Die Schlösser waren aus purem Gold erbaut und mit glitzernden Edelsteinen verziert, ein Gebäude schöner als das andere, ein Triumph des Göttergeschlechts der Arsen. Die Nornen aber hatten dafür keinen Blick. Hastig durchquerten sie die aus goldenen Speeren gefertigten Tore von Odins Burg, die den Namen Gladsheim trug, und betraten die goldgetäfelte Siegerhalle Walhall, an deren Decke die Schilder der ruhmreichsten Kämpfer hingen.

Die langen, goldenen Tische waren voll besetzt. Trotzdem würde immer Platz für Neuankömmlinge sein, denn der Raum verfügte über die Kraft, seine Größe nach seinen Besuchern zu richten. Dies war schon lange nicht mehr nötig gewesen. Die bereits anwesenden Götter verließen Walhall seit Jahrhunderten nicht mehr, und ebenso lange waren auch keine neuen Helden eingetroffen. So hatte Odin es den Nornen einst befohlen, und sie hatten sorgsam darauf geachtet, dass der Wunsch des Göttervaters erfüllt wurde. Bis heute.

Der Göttervater thronte am Kopf der Tafel neben seiner Frau Frigg und beobachtete das Schauspiel mit einem leuchtenden Auge und erhobenem Haupt. Obwohl er seit Jahrhunderten nicht mehr gekämpft hatte, trug er ein Schwert an seiner Seite und legte weder seinen Helm noch den Brustpanzer jemals ab. Als die Nornen den Saal betraten, hob er die Hand. Stille legte sich über alles. Die Kämpfer ließen ihre Waffen sinken, der Eber erstarrte in stummer Ehrfurcht, und die Walküren stellten vorsichtig die riesigen Krüge ab, in denen sie den Met darbrachten.

»Willkommen, meine Schwestern.«

Odin erhob sich und breitete die Arme aus.

»Urd, Verdani und Skuld. Welch seltener Anblick.«

Als die Nornen bei ihren Namen genannt wurden, zuckten sie zusammen, doch auch jetzt hielten sie nicht inne und gingen unbeirrt weiter auf Odin und seine Gemahlin zu. Jeder der Krieger versuchte, einen Blick auf sie zu erhaschen, aber es war zwecklos, da die Nornen keine feste Gestalt hatten. Mit jedem Schritt veränderte sich ihr Äußeres, in jeder Sekunde waren sie jemand anderes. Dabei blieb ihre Erscheinung nicht immer menschlich. Eulenschnäbel blitzten auf, Schweineschnauzen stülpten sich nach vorne, eine Froschzunge suchte in der Luft nach Insekten.

Erst als sie vor Odin zum Stehen kamen, schlugen sie die Kapuzen ihrer grauen Umhänge zurück und manifestierten sich, sodass nur die zwei Götter vor ihnen ihre wahre Gestalt sehen konnten. Drei Frauen mittleren Alters. Sie wirkten zunächst unscheinbar, doch ein Blick in ihre Augen konnte jedem Lebewesen den Verstand rauben.

»Seid gegrüßt, Gottvater«, ergriff Urd das Wort.

»Setzt euch und genießt Speis und Trank! Heute ist ein neuer Tag des niemals endenden Festes!« Odin lächelte gütig, wobei seine blaue Iris aufblitzte. Die andere Augenhöhle war leer und schwarz wie die Nacht. In der Halle der Götter trug er einen prunkvollen goldenen Brustpanzer, eine Lederhose und einen roten Mantel mit goldenen Fäden. Auf seiner rechten Schulter thronte ein schwarzer Rabe, der die Nornen argwöhnisch musterte. Sein zweiter Rabe war nicht zu sehen.

»Es ist nicht die Zeit für Feste«, erwiderte Verdani.

»Wir haben eine Nachricht, die wir Euch lieber hinter verriegelten Türen mitteilen würden«, fügte Urd schnell hinzu, bevor Verdani weiterreden konnte. Verdani war die mittlere der drei Schwestern und für ihre lose Zunge und fehlende Diplomatie bekannt. Hinter vorgehaltener Hand flüsterte man, dass selbst eine Ziege geschickter in Verhandlungen vorging als die Norne, welche die Gegenwart repräsentierte.

»Was meint ihr damit?« Odin sprach nicht lauter, dennoch schien die Halle zu beben. Die Helden gingen hinter ihren Schilden in Deckung, als befürchteten sie einen Pfeilregen.

»Es wäre besser, wenn wir alleine sprechen«, wiederholte Urd.

Alle Anwesenden hielten den Atem an, als Odin die Lippen zusammenpresste und schließlich nickte. Dann führte er die Nornen durch eine große Silbertür hinter seinem Thron in einen Raum, der nur selten betreten wurde. Hier waren die Wände aus einem blauen Metall, das auf der Erde gänzlich unbekannt war. In der Mitte des Zimmers stand ein runder Tisch mit zwölf Stühlen. An den schillernden Farben und der kräftigen Aura erkannten die Nornen das Holz des Weltenbaumes und gingen in die Knie, um den Geschenken der heiligen Esche zu huldigen.

»Erhebt euch«, forderte Odin nach einer Weile und geleitete sie zu den Sitzplätzen.

»Wie ihr richtig bemerkt habt, hat Yggdrasil selbst mir diese Stücke geschenkt.« Er fuhr mit seiner kräftigen Hand über den Tisch, und eine sanfte Melodie erfüllte den Raum. Als Odin den Kontakt zum Holz unterbrach, verstummte das Lied. »Wer auf diesen Stühlen sitzt, muss die Wahrheit sagen. So setzt euch, ihr Kinder des Schicksals, und sprecht.«

Mit sichtlichem Unbehagen ließen die Schwestern sich nieder und rafften dabei ihre Umhänge, um nicht auf den Saum zu treten.

»Was habt ihr zu berichten?«, fragte Odin und sah die drei aufmerksam an.

Zur Antwort streckten die Seherinnen ihre linken Arme

aus und legten sie auf den Tisch, die Handfläche nach oben gewandt. Zuerst Urd, anschließend Verdani und letztendlich Skuld. Dann verschränkten sie ihre Hände ineinander, und als sie ihre Augen schlossen, erstarrten die Körper der Nornen, und sie begannen zu leuchten.

»Wir sahen«, begannen sie wie aus einem Mund zu sprechen, »einen goldenen Faden, gesponnen aus Heldenmut. Ein junges Menschenmädchen, das den Weg zu sich selbst noch nicht gefunden hat, aber bald finden wird. Ihr Faden war lange unscheinbar, aber jetzt, da sie fast erwachsen ist, schimmert ihr Heldentum unter der Oberfläche und wird bald erwachen.«

»Das kann nicht sein!« Wie die Nornen es vorhergesehen hatten, erzitterte ganz Asgard unter Odins Wutgeheul. »Ich habe euch aufgetragen, nie wieder einen goldenen Faden zuzulassen! Ein weiterer Held bedeutet unser aller Tod!«

Die Nornen lösten sich voneinander und schlugen die Hände vor ihre Gesichter. Ihre Körper zitterten.

»Der Faden ist einfach so aufgetaucht«, flüsterte Skuld. »Wir konnten nichts dagegen tun.«

»Dann werden wir jetzt etwas dagegen tun!«, donnerte Odin. Er flüsterte dem Raben auf seiner Schulter etwas ins Ohr, und der Vogel erhob sich gleich mit mächtigen Schwingen, um die anderen Götter zur Versammlung zu holen.

1

Schokolade. Sie brauchte jetzt ganz dringend Schokolade. Seit dem Beginn ihres Studiums hatte Rays Süßigkeitenkonsum stark zugenommen, aber das kümmerte sie in Augenblicken wie diesen nicht.

Während sie sich einen mit Karamell gefüllten Riegel in den Mund schob, füllte sie den Wasserkocher. Kamillentee mit Rum war neben einem Zuckerschock genau das, was sie jetzt benötigte. Dazu ein heißes Bad und gute Musik und ihr Tag wäre nur noch halb so schlimm. Ray hängte den Teebeutel in die Tasse, füllte sie mit Wasser auf und balancierte sie ins Badezimmer.

Dort platzierte sie die Kopfhörer auf dem Schrank und schloss ihr Handy an die Lautsprecher an, die über dem Waschbecken hingen. Als sie in der Wanne lag, schloss sie die Augen und seufzte. Versagt. Ihre Hände wanderten zu ihrem Handy auf der Ablage, öffneten das Telefonverzeichnis und schwebten über der Nummer ihrer Eltern.

Dann legte sie es weg, ohne anzurufen. Sie musste die Note nicht abwarten, um zu wissen, dass sie durchgefallen war. Immerhin hatte sie einen halbleeren Fragebogen abgegeben. Sie hörte bereits die Stimme ihrer Mutter im Ohr.

»Warum hast du dir keine Studiengruppe gesucht? Anna schwört darauf!« Anna, ihre perfekte Schwester. Anna, die sie irgendwann einfach hatte fallen lassen.

Ray nippte an ihrem Tee und verdrängte die Tränen. Sie wollte die Hilfe der anderen nicht.

Wenn ich es nicht alleine schaffe, habe ich den Erfolg nicht verdient. Ganz einfach.

Ihr Handy vibrierte. Ihre Mutter. Mit zitternden Fingern nahm Ray ab.

»Ja?«

»Hallo, Maus!«, trällerte Luise fröhlich. »Wie geht es dir?«

»Ganz gut«, log Ray und nahm einen weiteren Schluck Tee. Natürlich hatte ihre Mutter die Prüfung vergessen. Wahrscheinlich rechnete sie sowieso damit, dass Ray versagt hatte.

»Schön, schön. Hör mal: Dein Papa und ich fliegen morgen spontan zu deiner Oma. Nur damit du dir keine Sorgen machst.«

»Okay.« Zu gerne wäre Ray mit in die USA geflogen, um dem Alltagsstress zu entgehen. Allerdings hätte sie dann vorher ihren Eltern beichten müssen, dass sie die letzte Chance vermasselt hatte und somit nächstes Semester etwas anderes studieren musste. Schon wieder. »Ich wünsche euch viel Spaß! Grüß Grandma.«

Als sie aufgelegt hatten, überfiel Ray eine altbekannte Unruhe. Wie immer, wenn sich das schlechte Gewissen meldete, sobald sie ihre Mutter anlog. Sie stieg aus der Wanne, trocknete sich ab und schlüpfte in ihre Sportklamotten. Wenige Minuten später joggte sie durch die Münchner Straßen, überquerte rote Fußgängerampeln und ignorierte das wütende Gebrüll eines Fahrradfahrers, der wegen ihr so stark auf die Bremse treten musste, dass er das Gleichgewicht verlor.

Über ihr schien die Sonne an einem strahlend blauen Himmel, und die Luft duftete nach gegrilltem Fleisch und Sommer. Wie sie München verabscheute. Ray wusste, dass ihr Hass dieser wunderschönen Stadt gegenüber absolut ungerechtfertigt war. Aber wie sollte sie einen Ort lieben, an dem sie sich dauerhaft wie eine Versagerin fühlte? Es war bereits das zweite Studium, das sie nach zwei Semestern abbrach, und das nicht, weil sie es wollte, sondern weil ihre Leistungen so schlecht waren, dass sie zwangsexmatrikuliert wurde. Wenn ihre Eltern das erfuhren, würde sie sofort in ihr Heimatdorf in Hessen zurückkehren müssen. All ihre ehemaligen Schulkameraden würden erfahren, dass sie versagt hatte. Sie, die in der Schule damit geprahlt hatte, eines Tages eine berühmte Sängerin zu werden. Obwohl Ray wusste, dass diese Erkenntnis sie beunruhigen sollte, fühlte sie in ihrem Inneren nichts als Leere. Als hätte sie sämtliche Emotionen verloren.

Ray verlangsamte ihr Tempo und blieb stehen. Rechts von ihr ragte ein vierstöckiges gelbes Gebäude mit weißen Verzierungen in den Himmel. Das oberste Stockwerk besaß einen üppigen Erker, der Eingang zum Garten war mit einem schwarzen Eisentor verriegelt. Wohnungen, die sie sich niemals würde leisten können. In einer Gegend, in der Mittelschicht schon fast ein Schimpfwort war.

Als sie das Haus erkannte, atmete Ray auf. Ihre Beine hatten sie wie von selbst an den einen Ort gebracht, an dem sie jetzt sein wollte. Ray bog zwischen zwei protzigen Häusern nach links ab. Der Weg war so eng, dass Ray beide Gebäude hätte berühren können, wenn sie die Arme ausgestreckt hätte. Hinter der Gasse führte ein kleiner Trampelpfad steil hinab, der höchstens von Kindern oder rebellischen Teenagern benutzt wurde. Die Bewohner dieses Viertels nutzten den geteerten Weg weiter vorne, der zu einer gepflegten Anlage inklusive Kinderspielplatz und Sitzbänken führte.

Dieser versteckte und verwilderte Teil des Isarufers war seit mehr als einem Jahr Rays liebster Rückzugsort, wenn sie die Uni und den Alltag vergessen wollte. Den Trampelpfad säumten Brennnesseln und niedrige Büsche, deren Äste sich in Rays Jacke verfingen. Genervt riss sie sich frei und stapfte über den Kies, der sich vor ihr ausbreitete. Riesige Steine ragten hier aus dem Wasser. Zwischen ihnen sammelte sich der Müll, der an einer anderen Stelle achtlos in den Fluss geworfen worden war. Ray setzte sich auf einen der

Steine, zog die Knie an den Oberkörper und fing an, hemmungslos zu weinen. Ihre Hände zitterten, und ihre Kehle schmerzte. Sie hatte die ganze Zeit geahnt, dass es passieren würde, und dennoch hatte sie die Realität mit voller Wucht getroffen. Trotz Albträumen und Befürchtungen war sie nicht annähernd vorbereitet gewesen. Ihre Augen brannten, und in ihrem Magen lag ein gigantischer Stein.

Mit zitternden Fingern holte sie ihr Handy hervor und starrte auf den Bildschirm, ohne zu wissen, wen sie überhaupt anrufen sollte.

Ray öffnete ihre Kontakte und durchsuchte sie systematisch nach jemandem, der hier in München wohnte. Sie brauchte mehr als bloße Trostworte am Telefon. In diesem Augenblick wünschte Ray sich nichts mehr als eine Umarmung. Je weiter sie in ihrer Kontaktliste voranschritt, desto schwerer wurde ihr Herz. Es gab niemanden, den sie anrufen konnte.

Ray steckte ihr Handy weg, legte den Kopf in den Nacken und schrie mit all ihrer Kraft, die noch übrig war. So laut, dass einige Raben auf der anderen Seite der Isar erschrocken in die Luft flogen. Die Tränen liefen über ihr Gesicht, ihr Herz stolperte, und ihr Atem ging unregelmäßig. Die Musik dröhnte laut in ihren Ohren, doch zum ersten Mal in ihrem Leben wollte Ray keinen Ton mehr hören. Sie riss sich die Kopfhörer herab und stopfte sie wütend in ihre Tasche. Wenn sie nur damals auf ihren eigenen Wunsch gehört und es an einer Musikschule versucht hätte! Stattdessen war sie dem Rat ihrer Eltern gefolgt und hatte etwas *Vernünftiges* studiert. Als Folge hatte sie sich selbst verraten und ihre Eltern enttäuscht. Zuerst hatte sie in Jura versagt und jetzt in Architektur.

Eine ganze Weile saß sie so da, stumm auf die Isar starrend und die Raben am anderen Ufer beobachtend, bis ihr Magen laut knurrte. Ein Blick auf die Uhr verriet ihr, dass sie mehr als zwei Stunden bewegungslos in dieser unbequemen Haltung verharrt hatte, obwohl es sich für sie so anfühlte, als wären nicht einmal fünf Minuten vergangen.

»Ich bin so eine Versagerin«, flüsterte sie.

»Erfolg ist immer Ansichtssache«, widersprach jemand hinter ihr.

Erschrocken drehte Ray sich um. Seit sie hierherkam, war sie noch nie einem anderen Menschen begegnet. Jetzt aber stand vor ihr eine junge Frau mit wilden roten Locken. Sie trug eine Jeans mit Löchern an den Knien, schwarze Turnschuhe und ein schlichtes dunkles Top, das nicht nur ihre Brüste, sondern auch ihre bemerkenswert durchtrainierten Oberarme betonte. Sie musterte Ray aus erstaunlich grünen Augen, und in ihrem Blick glaubte Ray Mitleid zu erkennen.

»Darf ich mich zu dir setzen?«, fragte die Fremde, und zu ihrem eigenen Erstaunen nickte Ray. Bei aller Sehnsucht nach Nähe – sie sprach nicht gerne mit Menschen, die sie nicht kannte. In ihrem Zustand schon gar nicht. Dann lieber allein sein. Vielleicht war das sowieso das Beste. Der Schmerz in ihrer Brust saß tief, und es schien ihr, als könnte er sie von innen zerreißen. Als die Fremde nichts mehr sagte, legte Ray ihre Stirn auf ihre Knie und seufzte. So verharrte sie eine ganze Weile.

»Möchtest du darüber reden?«

Ray hob überrascht den Kopf. »Interessiert dich das wirklich?«, entgegnete sie resigniert und klammerte sich noch fester an ihre Beine.

»Ja.«

Die Antwort kam so schnell und steckte so voller Wärme, wie Ray es noch nie zuvor in einer einzelnen Silbe erlebt hatte. Unwillkürlich dachte sie, dass diese Frau eine großartige Sängerin wäre. Ray schob sich die zerzausten dunklen Haare aus der Stirn und sah die Fremde mit neuem Interesse an.

»Ich bin Kára«, sagte die andere und hob einen Mundwinkel nach oben. Ray hatte noch nie ein freundlicheres Lächeln gesehen. Der Name klang seltsam, doch da Ray ebenfalls einen ausländischen Namen trug, wusste sie, wie unangenehm es war, wenn jemand deshalb genauer nachfragte.

»Ich bin Rachel«, erwiderte sie. »Aber die meisten nennen mich Ray.« Erst jetzt registrierte sie, wie kratzig ihre Stimme klang. Auch Kára musste es bemerkt haben, denn sie kramte in ihrem Rucksack und holte eine Wasserflasche hervor.

»Hier, trink erst mal.«

Ray nahm das Angebot dankbar an und leerte die Flasche mit wenigen Zügen bis zur Hälfte. Leicht beschämt gab sie das Behältnis zurück.

»Danke«, flüsterte sie und wischte sich die Tränen aus den Augenwinkeln. Sie atmete ein paar Mal kontrolliert durch und zwang sich dann wie so oft zu einem Lächeln. »War ein doofer Tag.«

Kára antwortete nicht gleich darauf. Eine ganze Weile schwiegen sie beide und starrten auf das glitzernde Wasser.

»Wenn es mir schlecht geht, mache ich Musik«, sagte Kára irgendwann. »Das lenkt mich ab.« Sie lächelte schief. »Manchmal ist Ablenkung das Einzige, was hilft, die Zeit zu überstehen, bis die Wunden heilen.«

Ray sah Kára überrascht an. »Du bist Musikerin?«

Kára setzte ihre Ellbogen auf ihre Knie, damit sie ihren Kopf in die Hände stützen konnte, und nickte leicht. »Für mich gibt es nichts Schöneres als Musik. Schneller Rhythmus, sanfte Töne … Wenn ich Musik höre, sind alle Probleme plötzlich ganz klein. Es fasziniert mich, dass jede Kultur ihre eigene Musik hat und sogar eigene Instrumente entwickelt. Die Menschen haben sich in den letzten Jahrtausenden so sehr verändert, aber die Musik war immer da. Ich glaube sogar, dass die Musik bereits vor den Menschen existierte …« Kára seufzte. »Tut mir leid, das hört sich für dich bestimmt total verrückt an. Außerdem hast du offensichtlich gerade ganz andere Probleme.«

»Überhaupt nicht!«, beeilte Ray sich zu sagen. »Mir geht es genauso.« Tief in ihr regte sich ihre Leidenschaft zur Musik und verdrängte die traurigen Gedanken tatsächlich für einige Sekunden. Dann aber kam der Schmerz wie ein Bumerang mit solcher Wucht zurück, dass Ray zusammenzuckte und die Lippen fest zusammenpresste.

Nein, nicht mehr drüber nachdenken.

»Bist du aus München?«, fragte sie hastig, damit Kára weitersprach und sie von dem Chaos in ihrem Inneren ablenkte.

»Nein. Ich war nur für einen Auftritt hier, heute Abend geht es zurück nach Berlin«, erwiderte Kára, und Ray war ihr dankbar, dass sie sich um einen lockeren Tonfall bemühte. Doch noch während Kára sprach, regte sich in ihr zugleich ein anderes unangenehmes Gefühl. Eifersucht.

»Gutes Aussehen, wunderschöne Stimme, Auftritte und Berlin. Ist eine perfekte Schwester nicht genug?« Sie stieß einen abfälligen Laut aus und dachte an Anna, die sich nicht mehr bei ihr gemeldet hatte, seit sie nach München gezogen war.

Als sie Káras verwirrte und zugleich betroffene Miene sah, schalt Ray sich sofort selbst, und dafür hasste sie Kára noch mehr. Wieso war dieses hübsche, talentierte und höchstwahrscheinlich erfolgreiche Wesen auch noch so nett zu ihr?

»Ich wollte dir nicht wehtun«, flüsterte Kára, und Rays Wut verpuffte genauso schnell, wie sie gekommen war. Anna hatte sich nie für Rays Probleme interessiert. Verdammt. Dieses Wechselbad der Gefühle war schlimmer als jede Periode, die sie jemals gehabt hatte.

»Du kannst nichts dafür«, antwortete sie wahrheitsgemäß

und lenkte ihren Blick wieder auf die Isar. »Momentan hasse ich einfach mein Leben.«

»Ach, weißt du, im Gegensatz zu Walhall ist dein Leben hier gar nicht so schlecht«, entgegnete Kára mit einem Achselzucken. »Die Götter rennen in ihr Verderben und tragen dabei die Nase noch so hoch, dass sie Loki nicht mal mehr sehen.«

Ray blinzelte verblüfft und starrte Kára mit offenem Mund an, ehe sie in schallendes Gelächter ausbrach. Kára stimmte ein, und als sie lachte, wurde Ray sofort warm ums Herz.

»Du interessierst dich für Mythen?«, fragte Ray und war froh, dass Káras gute Laune den Schmerz in ihrem Inneren etwas milderte. Wie eine warme Tasse Tee nach einem langen Wintertag im Schnee. Fehlte nur noch der Honig. Oder der Rum.

Káras Augen funkelten. »Ich liebe sie. Mythen, Sagen und Legenden stecken voller Wahrheiten.«

Ray rang ihren Mundwinkeln ein schiefes Lächeln ab. Diese schrullige Eigenart machte Kára auf seltsame Art liebenswert.

»Alles okay?«

»Klar«, antwortete Ray, um Káras Sorgenfalten von ihrer Stirn zu wischen.

»Das klingt für mich aber nicht danach. Bist du dir sicher, dass du nicht darüber reden willst?«

Einmal mehr war Ray überrascht. Sie war es nicht gewohnt, dass jemand ihre Maskerade durchschaute oder sich wirklich für ihre Probleme interessierte.

»Ich«, setzte sie an und zögerte, ob sie Kára wirklich die Wahrheit sagen sollte.

»Ja?«, hakte Kára nach und wirkte dabei so ehrlich interessiert, dass Ray ihre Zurückhaltung kurzerhand über Bord warf und ihr alles erzählte. Von ihrem großen Traum, Sängerin zu werden, von Annas perfektem Leben und ihrem eigenen eisernen Willen, ihren Weg allein zu gehen und zu zeigen, dass sie auch in irgendetwas gut war. Ja, sogar davon, dass Kára sie für einen grässlichen Moment an ihre Schwester erinnert hatte und sie deshalb so patzig reagiert hatte.

Als Ray verstummte, verfielen die beiden jungen Frauen in Schweigen. Ray musterte Kára verstohlen, wie sie die Vögel beobachtete und dabei mit einer losen Haarsträhne spielte. Mit dem wildbewachsenen Isarufer im Hintergrund und dem grauen Stein, auf dem sie saß, glich die Rothaarige einer Meerjungfrau. Ohne dass sie es wollte, schnürte schon wieder der Neid Ray die Kehle zu. Mit dieser Frau würde sie niemals mithalten können. Kára hatte unrecht – natürlich gab es Versager. Und natürlich war es leicht, klug daherzureden, wenn man von Natur aus schön, klug und vermutlich auch auf jede andere denkbare Art privilegiert war. Sie hätte ihre Geschichte einfach für sich behalten sollen. »Hey, danke, dass ich dir den ganzen Mist erzählen konnte«, murmelte Ray und wollte sich schon aufrappeln und einfach gehen. Doch gerade da drehte sich Kára zu ihr um.

»Kein Problem.« Sie lächelte, es war ein so warmherziges und geradezu liebevolles Lächeln, als wären sie und Ray seit Ewigkeiten beste Freundinnen. Und seltsamerweise hatte Ray in diesem Moment das Gefühl, dass das gar nicht so falsch war. »Zu mir kannst du immer ehrlich sein. Ich überlege nur, wie ich dir helfen kann, wenn du es eigentlich gar nicht willst.«

Noch immer verblüfft von ihren eigenen Empfindungen hob Ray abwehrend die Hände. »Du hast mir schon genug geholfen.« Entschlossen stand sie auf und klopfte sich den Dreck von der Hose. »Aber so langsam sollte ich nach Hause gehen und Pläne für meine Zukunft machen. Ein paar neue Studiengänge raussuchen. Solche Dinge eben.«

Sie warf noch einen Blick zu Kára. Es war wirklich merkwürdig, aber etwas in ihr wollte nicht, dass diese fremde junge Frau, die sich gar nicht fremd anfühlte, so schnell wieder aus ihrem Leben verschwand. Aber das war doch Unsinn … und bestimmt auch nicht in Káras Sinne.

»Komm einfach mit mir nach Berlin.«

Der Vorschlag kam so unerwartet, dass Ray in ihrer Bewegung innehielt und Kára aus großen Augen anstarrte.

»Ist das dein Ernst?«

»Klar, warum nicht?«, stellte Kára die Gegenfrage. »Mach mal was Verrücktes. Du hast dein Leben bisher nach deinen Eltern gerichtet und wolltest deiner Schwester nacheifern, statt deinem Traum zu folgen.«

Ray wollte unzählige Gründe aufzählen, die dagegen sprachen, aber ihr fiel kein einziger ein. Kára sah Ray tief in die Augen, und plötzlich schrie etwas tief in Ray danach, einfach mit ihr nach Berlin zu gehen. Fieberhaft suchte sie nach Argumenten, um das Angebot abzulehnen, aber ihr Verstand war wie leer gefegt.

»Ja, warum nicht?«, hörte sie sich sagen. Gleichzeitig breitete sich ein angenehm warmes Gefühl in ihrer Magengrube aus. Eine Mischung aus Aufregung und Erleichterung.

Ja, sie würde nach Berlin gehen. Wie sie es sich immer erträumt hatte.

2

Die Stimme der Ansagerin tönte durch den Bahnhof und verkündete, dass ihr Zug einfuhr. Ray spürte, wie sich ihr Bauch zusammenzog. Plötzlich überkamen sie Zweifel. Sie konnte doch nicht mit einer jungen Frau, die sie vor wenigen Stunden erst kennengelernt hatte, in eine völlig fremde Stadt fahren, um dort ein neues Leben zu beginnen. Oder?

Ein junges Paar drängelte sich an ihr vorbei, die Hände ineinander verschränkt, als würden sie einander nie wieder loslassen wollen. Das Mädchen kicherte.

Ray wandte den Kopf zu Kára, die sie besorgt mit ihren seegrünen Augen musterte. Ein Lächeln voller Verständnis umspielte ihre Lippen, und Ray konnte sich des Gedankens nicht erwehren, dass sie dieser Frau überallhin folgen konnte. Ray lächelte und sah wieder zu dem Pärchen, das zu einem anderen Bahnsteig eilte. Dabei biss sie erneut in die Brezel, die sie sich gekauft hatte. Die Papiertüte hatte sie direkt entsorgt.

Der Zug hielt unter lautem Getöse, und die Menschen drängten zu den Türen.

Während die anderen Reisenden sichtlich ungeduldig darauf pochten, so schnell wie möglich den Zug zu entern, überkam Ray eine angenehme Ruhe. Sie warf einen Blick zu Kára, die sich ebenfalls von der allgemeinen Aufbruchstimmung nicht anstecken ließ. Mit in den Hosentaschen vergrabenen Händen stand sie da und wippte mit dem Fuß zu einem Beat, der nur in ihrem Kopf existierte. Als sie Rays Blick bemerkte, schmunzelte sie, nickte zu einer älteren Frau, die über die Ungehobeltheit der Jugend schimpfte, und verdrehte die Augen. Ray grinste.

Als sie schließlich den Zug betraten, folgte Ray Kára durch das Abteil. Dabei entging ihr nicht, dass sämtliche männliche Wesen in ihrem Alter der jungen Sängerin hinterherschauten. Diese bemerkte die Aufregung um ihre Erscheinung nicht und bahnte sich unbeirrt ihren Weg vorbei an Koffern, die mitten im Durchgang standen, und Reisenden, die darüber stritten, wer welchen Platz reserviert hatte.

Schließlich kamen sie bei den abgetrennten Abteilen an, die lediglich über je sechs Sitzplätze verfügten, und Kára schob eine der Türen auf.

Mit einem theatralischen Seufzen ließ sie sich auf ihrem Sitzplatz direkt am Fenster nieder.

»Bin ich froh, wenn wir da sind«, sagte sie und sah an Ray vorbei nach draußen auf den Bahnsteig, als suche sie nach jemandem.

»Soll noch jemand kommen?«, fragte Ray und wandte sich ebenfalls um. Als sie wieder zu Kára sah, schüttelte diese den Kopf, dass ihre rote Lockenpracht wild umherflog.

»Nein, ich dachte nur, der eine Kerl da draußen wäre ganz niedlich.«

Ray runzelte die Stirn, erwiderte aber nichts. Sie hatte nie groß Ausschau nach Jungs gehalten.

Der Zug setzte sich in Bewegung, der Münchner Bahnhof glitt an der Scheibe vorbei, und Kára rührte sich keinen Millimeter. Unruhe überfiel Ray von Neuem. Sie begann, mit dem Fuß zu wippen.

»Kommst du ursprünglich aus Berlin?«, fragte sie, um sich abzulenken.

»Nicht direkt.« Nun wandte auch Kára den Blick vom Fenster ab und sah auf ihre zierlichen Hände, die sie im Schoß gefaltet hatte. »Aber Berlin ist eine wunderschöne Stadt. So viele Menschen, so viel Kreativität. Die Leute und die Stadt verändern sich so schnell …«

Ihre Augen leuchteten bei jedem Wort wie die silberne

Kette mit dem grünen Stein, die sie um den Hals trug, doch dann verstummte sie abrupt und riss die Augen so weit auf, als hätte sie ein riesengroßes Geheimnis verraten.

»Das klingt wirklich traumhaft«, bekräftigte Ray und schenkte ihr ein aufmunterndes Lächeln. »Ich war leider noch nie dort.«

In den Tiefen ihres Verstandes regte sich kurz das Gefühl, dass Kára sich irgendwie seltsam verhielt. Aber so schnell der Gedanke gekommen war, verschwand er wieder, sobald sich ihre Blicke trafen.

»Bei mir ist es auch schon eine ganze Weile her.«

»Warst du auf Tour?«, fragte Ray und wunderte sich gleichzeitig, warum Kára ohne Gepäck unterwegs war. »Wo sind eigentlich deine Koffer?«

»Die habe ich mit der Post verschickt, und sie sind schon in Berlin«, antwortete Kára. »Ich schleppe nicht so gerne.«

Ray kam nicht umhin, Káras Selbstsicherheit zu bewundern. Auf die Idee, den Koffer mit der Post zu schicken, wäre sie vermutlich nie gekommen. Kára schien in jedem Punkt erfahrener, und Ray kam sich neben ihr wie eine unbeholfene Schülerin vor. Wie sie das wurmte.

»Warum hast du mir eigentlich geholfen?«, fragte Ray.

»Hätte das nicht jeder getan?«, entgegnete Kára und hob beide Augenbrauen. »Das soll jetzt nicht böse klingen, aber du hast wirklich nicht gut ausgesehen. Ich finde, man sollte alles in seiner Macht Stehende tun, um Menschen zu helfen.«

»Das ist eine sehr«, setzte Ray an und suchte nach dem passenden Wort, »noble Einstellung. Die meisten wären einfach weitergegangen und hätten mich nicht einmal angeschaut. Aber du motivierst mich sogar, endlich das zu tun, was ich wirklich will. Ich meine … Danke. Wirklich. Danke.«

Kára schüttelte den Kopf. »Du musst mir nicht dankbar sein. Ich bin froh, dass ich dich getroffen habe.«

Sie legte den Kopf schief und sah Ray eindringlich an, und einen Augenblick lang wollte Ray nachfragen, was sie damit meinte – was für einen Grund mochte jemand wie Kára haben, sich über eine Begegnung mit jemandem wie Ray zu freuen? Aber dann hatte sie das Gefühl, dass sie die Antwort vielleicht lieber unausgesprochen lassen wollte.

»Ich hör ein bisschen Musik, okay?«

Als Kára nickte, suchte Ray ihre Kopfhörer und setzte sie sich auf. Kurze Zeit später dröhnte ihr der Bass in den Ohren und ließ die Realität vibrieren, bis sie sich mit Rays Träumen vermischte.

Etwas berührte Rays Arm und unterbrach einen wirren Traum, in dem sie ihre Jura-Prüfung auf Japanisch ablegen musste. Eine Sprache, die sie mal lernen wollte, aber nie gemeistert hatte. Ray schlug die Augen auf und schloss sie sofort wieder, da die grelle Beleuchtung des Abteils unangenehm brannte. Sie hatte gar nicht mitbekommen, dass es dunkel geworden war. Wie lange hatte sie geschlafen? Sie blinzelte in das Licht, hielt sich die Hand vor den Mund und gähnte, dann setzte sie ihre Kopfhörer ab.

»Wo sind wir?«, fragte sie mit belegter Stimme und trank einen Schluck Wasser aus der Flasche, die sie am Münchner Bahnhof gekauft hatte.

»Wir kommen gleich in Berlin an.«

Sofort war sämtliche Müdigkeit wie weggewischt, und Ray blickte aus dem Fenster. Es war dunkel, und zuerst sah sie nur ihr eigenes Gesicht als Spiegelung in der Finsternis. Doch nach einer Weile konnte sie einzelne Straßenlaternen und Gebäudeumrisse erkennen, die sich von der Dunkelheit abhoben. Im Gegensatz zu München wirkte Berlin vor allem eines: heruntergekommen. Die Betonfassaden waren voller Graffiti, und alles schien zerfallen, aber auf eine Art und Weise, die Ray sofort in ihren Bann zog. Sie konnte sich nicht entscheiden, was sie mehr faszinierte: die Stadt oder die exzentrischen Personen, die sie an den Bahnhöfen, an denen der Zug vorbeiraste, erkennen konnte. Sie sah einen Jongleur, der mit Bierflaschen seine Kunststücke vorführte. Einen alten Mann mit spitzem Hut und langem Bart, der finster in die Nacht starrte. Bunte Haare und ausgefallene Klamotten waren keine Seltenheit. Steampunks, Cybergoths, Lolitas. All die Kleidungsstile, von denen sie in München irgendwann einmal gehört hatte, waren hier anzutreffen.

Schließlich wurden sie langsamer und fuhren in den Berliner Hauptbahnhof ein. Sie standen auf und reihten sich in die Warteschlange ein, die sich vor den Zugtüren gebildet hatte. Ray lehnte sich nach hinten gegen eines der Fenster und legte den Kopf in den Nacken. Sie fühlte sich seltsam ausgelaugt. Der ganze Stress der letzten Monate stürmte auf sie ein, jede einzelne verzweifelte Stunde, in der sie auf Unterlagen gestarrt hatte, ohne wirklich zu lernen. Jede Minute, in der sie versucht hatte, ein weißes Dokument mit ihrer Seminararbeit zu füllen, aber nichts weiteres als eine Überschrift zusammengebracht hatte.

Als sie endlich den Zug verlassen hatten, führte Kára sie zielsicher über Rolltreppen zu einem weiteren Gleis, an dem die S-Bahnen fuhren, und löste auch für Ray ein Ticket, während diese nichts weiter tun konnte, als müde die Augen zu schließen. Was war nur mit ihr los? Sie zwang sich, wach zu bleiben, indem sie einen jungen Mann mit langen Rastalocken und weiter Leinenhose beobachtete, der laut ein ihr unbekanntes Lied sang. Keiner der anderen Passanten beachtete ihn.

Ray spürte die Erschöpfung in jedem ihrer Glieder. Sie brauchte dringend einen warmen Tee, ein weiches Bett und entspannte Musik. »Wir fahren nicht lange«, beruhigte Kára sie, als könnte sie Rays Gedanken lesen.

»Wohnst du allein?«, fragte Ray. Sie konnte sich nicht vorstellen, dass Kára Single war, und die Wohnung mit einem Paar zu teilen, war keine besonders verlockende Vorstellung. Vielleicht konnte sie doch ein billiges Motel irgendwo auftreiben.

»Na ja …«, setzte Kára an, als gerade die S-Bahn einfuhr. Sie stiegen ein und setzten sich auf zwei Sitze, die hochklappbar waren und so Raum für Fahrräder boten, falls er benötigt wurde.

»Na ja?«, bohrte Ray nach, während Kára dem Musiker mit der Rastafrisur zulächelte, woraufhin dieser noch lauter sang.

»Na ja«, wiederholte Kára. »Momentan habe ich gar keine Wohnung, ehrlich gesagt.«

Ray spürte, wie ihr der Magen nach unten rutschte. »Willst du mich verarschen?« Wenn die schräge Musik des unbekannten Musikers nicht durch die Bahn getönt wäre, hätte man Ray am anderen Ende des Abteils noch gehört, aber so schüttelte lediglich ein älterer Herr, der ihnen gegenübersaß, den Kopf. Ray stutzte. Ein bekiffter Musiker wurde toleriert, aber sie durfte nicht schreien? Gerade als sie dem Mann diese Erkenntnis um die Ohren hauen wollte, legte Kára ihr eine Hand auf den Unterarm.

»Es ist alles etwas komplizierter. Ich war schon lange nicht mehr hier. Aber ich weiß, wo wir heute Nacht schlafen können. Mach dir keine Sorgen.«

»Du bist echt seltsam.« Ray lehnte den Kopf gegen die Glasscheibe hinter ihr und seufzte. Sie hatte keine andere Wahl, als Kára zu vertrauen. »Dieser Tag macht mich fertig.«

Als sie endlich ausstiegen, war Rays Laune auf einem neuen Tiefpunkt angelangt. Sie fühlte sich wie in einem schlimmen Albtraum. Der Geruch von Urin stieg ihr in die Nase, als sie um eine Straßenecke bogen, und Rays Magen rebellierte schmerzhaft. Seit der Brezel hatte sie nichts mehr gegessen, und dieser Augenblick am Münchner Bahnhof kam ihr vor, als stammte er aus einem anderen Leben.

Während Kára sie durch die Berliner Straße führte, versuchte Ray sich an den heutigen Morgen zu erinnern. Ihr Kopf dröhnte. Sie war aufgestanden und hatte einen Kamillentee zur Beruhigung getrunken. Und dann? Die Prüfung, die sie versaut hatte. Ein weiterer Tee mit Rum. Natürlich. Das Gespräch mit ihrer Mutter. Die Isar. Kára. Warum spürte sie keinerlei Verbindung zu diesen Ereignissen?

Ray sah auf ihre Hand und erstarrte, als sie diese nur schemenhaft wahrnahm. Auch die Lichter um sie herum verschwammen zu einer undeutlichen Mischung aus Rot, Gelb und Schwarz. Zu einem Flimmern.

»Ray?«

Sie fühlte sich, als wäre sie betrunken.

Eine Straßenlaterne tauchte über ihrem Kopf auf. Die Welt war ein wogendes Meer.

»Ray?«

Ray konnte nicht antworten. Káras Stimme ging in ein unverständliches Rauschen über, dann kippte die Welt, und alles wurde schwarz.

»Man sollte meinen, dass du die Dosierung inzwischen hinbekommst.« Eine unbekannte, flüsternde Stimme holte Ray aus ihrem traumlosen Schlaf.

»Das liegt nicht an mir. Ihre Gefühlswelt war in Aufruhr, deshalb hat sie so sensibel reagiert. Irgendwie musste ich sie ja zum Mitkommen bewegen.«

»Eigentlich sollst du mit dieser Fähigkeit Menschen zu ihren Ahnen und nicht in meine Wohnung bringen.«

»Ich weiß, ich weiß, aber …«

»Ich glaube, deine *Freundin* wird wach.«

Ray setzte sich auf und hielt sich den brummenden Kopf. Es fühlte sich an, als hätte jemand mit einem Hammer dagegen geschlagen. Sofort stieg ihr der Geruch nach frisch gemähtem Gras und Lavendel in die Nase, was ihre Kopfschmerzen seltsamerweise deutlich linderte.

Neugierig und leicht verwirrt sah sie sich in der neuen Umgebung um. Sie befand sich in der Wohnung eines Menschen, der offensichtlich die Natur liebte. Die Einrichtung war weitgehend aus unbehandeltem Naturholz gefertigt, inklusive der Leiter, die zu einer Plattform führte, die sich an eine Wandhälfte des Raumes schmiegte. Rays Blick glitt nach oben, und sie stellte mit Erstaunen fest, dass die Decke knapp drei Meter über ihr war. Ohne das kunstvolle Wandgemälde, welches einen Sommerwald darstellte, hätte die Wohnung wie eine Halle gewirkt, in der zufällig ein paar Möbel standen. Die Ebene befand sich ungefähr zwei Meter über dem Boden, weshalb darunter genügend Platz für eine Küche war, in der Kára und ein Mann standen. Er war so hochgewachsen, dass er sich leicht ducken musste, und Ray war sich sicher, dass die eingezogene Ebene nicht seine Idee gewesen war. Seine schneeweißen, langen Haare bildeten einen harten Kontrast zu seinem alterslosen Gesicht. Er durchdrang Ray mit eisgrauen Augen, die ihr einen Schauer über den Rücken jagten. Trotz der unbequemen Haltung strahlte er eine Würde aus, die Ray unter die Haut ging. In ihrem Kopf häuften sich die Fragen, aber keine drang über ihre Lippen.

Schließlich ergriff der Fremde wieder das Wort.

»Ich werde dann jetzt zurückgehen. Meine Kraft reicht in dieser Welt nicht mehr lange. Und langsam fällt es den Menschen sowieso auf.«

»Danke dir. Für alles. Auch dafür, dass du Ray hierhergetragen hast«, antwortete Kára, und Ray schoss das Blut ins Gesicht. Sie erinnerte sich wieder daran, wie sie ihr Bewusstsein verloren hatte. Der Gedanke, in den Armen dieses abweisenden Kerls gelegen zu haben, war beunruhigend.

»Ich werde nur noch schnell eine Waffe einpacken«, sagte er.

Rays Kinnlade klappte nach unten. Und als Kára mit einem wissenden Lächeln und einer einladenden Geste reagierte, sprang Ray vom Sofa und wich vor dem Fremden zurück. Dieser würdigte sie keines Blickes und schritt an ihr vorbei, als wäre sie nicht existent. Dann öffnete er einen massiven Holzschrank, der an der weißen Wand hinter Ray stand, und Ray holte tief Luft. Ihr funkelten zwei Schwerter entgegen, die an der Türinnenseite hingen. Dann aber erinnerte sie sich an die Cosplay-Gruppe, die sie mal bei einem Rock-Festival kennengelernt hatte, und atmete erleichtert aus. Berlin war voll mit schrägen Typen – natürlich mussten auch ein paar Mittelalterfans dabei sein, die ihr Hobby zu ernst nahmen. Der Mann schulterte einen Bogen sowie einen Köcher mit Pfeilen, wie Ray sie bisher nur in Hollywoodstreifen gesehen hatte, und steckte sich eines der Schwerter in eine lederne Scheide, die er sich zuvor umhängte. Die Ausrüstung bildete einen skurrilen Kontrast zu der zerrissenen Jeans, der schwarzen Lederjacke und den grünen Sportschuhen, die er trug. Obwohl die Waffen schwer aussahen, wandte er sich leichtfüßig um und ging wieder zu Kára. »Ich lasse dir ein Schwert da.«

»Ich denke nicht, dass das nötig ist«, erwiderte Kára, ohne Ray dabei aus den Augen zu lassen. Diese starrte abwechselnd Kára, den bewaffneten Mann und den Schrank hinter sich an, in dem das Metall seltsam verlockend glänzte. Rays Herz setzte einen Schlag aus. Für Nachbildungen sahen diese Schwerter sehr bedrohlich aus.

»Man kann nie wissen, wer es brauchen kann. Es ist sowieso nur billiges Midgard-Metall.«

Ohne sich noch einmal umzusehen, öffnete er die Tür und verließ die Wohnung.

Kára seufzte und kam mit erhobenen Händen auf Ray zu. »Diese Herr-der-Ringe-Freaks sind echt ein bisschen verrückt, oder?«

»Der hat Waffen in seinem Schrank.« Mehr brachte Ray nicht hervor.

»Die sind nicht echt«, beschwichtigte Kára sie und schloss die Schranktüren. »Nachbildungen der Filmvorlagen, nichts weiter.«

»Bist du dir sicher?«, fragte Ray argwöhnisch.

Kára wandte den Blick ab. »Ehrlich gesagt will ich es gar nicht so genau wissen. Es geht mich nichts an, was er treibt.«

Darauf wusste Ray nichts zu sagen, doch dann fiel ihr das seltsame Gespräch wieder ein, das sie im Halbschlaf unabsichtlich belauscht hatte.

»Worüber habt ihr euch vorhin unterhalten?«, fragte sie und kniff die Augen misstrauisch zusammen, als Kára ertappt zusammenzuckte. Sie klaubte einige Zettel zusammen, die überall in der Wohnung auf dem Boden verstreut lagen, und mied Rays Blick.

»Darüber, was er die ganze Zeit so gemacht hat, wo er seine Zukunft verbringt«, plapperte sie betont fröhlich los. »Wir haben uns eine Ewigkeit nicht mehr gesehen, und du hast lange geschlafen. Warum bist du denn vorhin auf der Straße einfach so umgekippt?«

»Ich weiß nicht«, erwiderte Ray nach kurzem Zögern. Sie versuchte sich krampfhaft an den Wortlaut zu erinnern, der nur dumpf in ihrem Gedächtnis widerhallte. »Was meinte er mit *Vorfahren*?«

»Du musst dich verhört haben.« Kára hielt inne und sah Ray besorgt an. Dann kam sie auf sie zu und legte ihren Handrücken auf Rays Stirn. »Fieber hast du nicht.«

»Ich weiß, was ich gehört habe!«, widersprach Ray.

»Du meinst doch nicht etwa sein wirres Gerede von Kräften, Elben und Ahnen?«

Ahnen. Das war das Wort, das Ray gesucht hatte.

»Doch, genau das meine ich.«

»Wie gesagt: Er ist ein absoluter Fantasy-Fan und lebt in einer eigenen Welt.« Sie machte eine ausladende Handbewegung und deutete auf die Inneneinrichtung, die Wandbemalung und eine Vitrine voller kleiner Stein- und Holzfiguren, die neben dem Waffenschrank stand. »Es tut mir leid, ich hätte dich vorwarnen sollen. Mir war nicht klar, wie … seltsam er auf Menschen wirkt, die ihn nicht kennen.«

»Ich hätte nicht gedacht, dass du solche Freunde hast«, platzte es aus Ray heraus. »Sind diese Waffen überhaupt erlaubt?«

Kára machte eine wegwerfende Handbewegung.

»Ich weiß es ehrlich gesagt nicht, und ich will es, glaube ich, auch nicht wissen. Hoffen wir einfach, dass die Polizei die Wohnung nicht untersucht, ich möchte gar nicht wissen, was er hier noch so versteckt.«

Sie grinste Ray schief an. Ray schüttelte den Kopf. Ihre Reise nach Berlin war schon in den ersten Stunden noch verrückter, als sie gehofft hatte.

»Wie wäre es, wenn ich dir einen Tee und einen kleinen Salat mache und wir uns dann aufs Ohr hauen? Ich glaube, das war ein wirklich anstrengender Tag für uns beide.«

Ray nickte. Ein Salat an einem Sommerabend war ganz nach ihrem Geschmack.

3

Wir sind uns also einig, dass wir den Faden ausreißen?«, fasste Odin zusammen und erntete zustimmendes Gemurmel der anwesenden Götter. Sie hatten sich in einer großen Halle versammelt, deren Decke mit einem Gemälde der Weltesche geschmückt war. Der Tisch und die Stühle waren goldverziert. An der Wand hingen bestickte Teppiche. Niemand bemerkte, dass sich hinter einem von ihnen etwas bewegte.

»Sobald ein goldener Faden erscheint, wird ein Mensch den Weg des Heldentums einschlagen«, flüsterte Frigg. Sie strich sich mit ihren schlanken Fingern durch die Haare und schüttelte den Kopf. »Wir haben keine andere Wahl. Wir müssen verhindern, dass dieser Mensch zum Helden wird.«

»Der Glanz eines neuen goldenen Fadens, der den Webstuhl befällt, besiegelt das Ende der bekannten Götterwelt.« Odin rezitierte die alte Prophezeiung der Nornen und sah einem Gott nach dem anderen in die Augen. Der Wandteppich, unter dem fast unsichtbar zwei Schuhspitzen hervorlugten, bewegte sich. Ein Lufthauch wehte unbemerkt durch die große Halle. »Sobald der König der Riesen fällt, beginnt das Ende der bekannten Götterwelt. Wenn niemand das Heldentum gefangen hält, ist es das Ende der bekannten Götterwelt.«

Die Götter tuschelten. Die meisten von ihnen achteten nicht einmal auf das, was Odin ihnen sagte. Ein Glas nach dem anderen wurde geleert.

»Ich möchte sie sehen«, sagte Odin. »Dieses Mädchen, von dem die Nornen sprachen. Wenn wir das Heldentum in ihr nicht aufhalten, wird sie einen Eisriesen töten. Ganz gleich, ob die Grenzen versiegelt sind oder nicht. So heißt es in der Prophezeiung. Also bringt sie schnellstmöglich hierher, bevor einer unserer Feinde das tut.« Sein Blick wanderte zu Loki, der unschuldig seine Fingernägel musterte. »Sie soll durch meine Hand sterben. Unsere alten Gesetze besagen, dass ein Held nur durch zwei Hände sterben darf: meinen und denen des Schicksals. Diesen heiligen Brauch schworen wir damals auf Yggdrasil. Das bedeutet, dass sie so schnell wie möglich zu mir gebracht werden muss, und wir werden hier und heute festlegen, wer diese ehrenvolle Aufgabe übernehmen darf.«

Bei dem Wort *Aufgabe* wurden sie hellhörig. Das war ein Begriff, der schon lange nicht mehr an ihre Ohren gedrungen war. Die Anwesenden senkten die Köpfe. Keiner von ihnen verspürte große Lust, Asgard zu verlassen. Weshalb sollten sie eine Welt verlassen, in der sie alles hatten und Leid eine entfernte Erinnerung war, die von Met und Glück überlagert wurde?

»Lasst mich gehen, Vater.« Ein muskulöser Mann erhob sich von seinem Platz. Auf einen Menschen hätte er nicht älter als fünfundzwanzig gewirkt, obwohl er schon unzählige Jahreszeitenwechsel erlebt hatte. Sein langes blondes Haar, der dichte Bart und die breiten Schultern zeugten davon, dass er großen Wert auf sein Äußeres legte. Odin musterte seinen Sohn von oben bis unten und wandte dann den Blick ab.

»Gibt es keine weiteren Freiwilligen?«

Thor ballte die Hände zu Fäusten und schlug auf den Tisch, der aus Yggdrasils Holz gefertigt war. Die Raben auf Odins Schulter flatterten mit den Flügeln und stießen einen Schrei aus, doch die anderen Götter ignorierten Thors Wutausbruch, plauderten und tranken. Es hatte sich ein Freiwilliger gefunden, damit war das Problem für sie gelöst.

Odin wischte sich mit einer Hand über das Gesicht und bedeutete dann den Walküren mit einer Geste, das Ausschenken des Mets zu unterbrechen.

»Es wird kein Tropfen mehr getrunken, bis wir nicht zu einer Entscheidung gekommen sind.«

Die Götter begehrten erbost auf, doch sobald Odins Blick sie streifte, verstummten sie. Sie waren es nicht gewohnt, ernste Dinge bereden zu müssen. Gierig starrten sie auf die großen Tonkrüge, in denen das flüssige Gold einen süßen Geruch verströmte.

»Wir halten uns seit Jahrhunderten aus den Belangen der Menschen heraus«, ergriff schließlich Loki das Wort, und ein süffisantes Grinsen breitete sich auf seinen Zügen aus. Sein Gesicht wirkte, als hätte ein Zeichner schnelle Linien auf Papier gekritzelt. Hart, kantig, unvollkommen und auf eine befremdliche Weise faszinierend. »Warum wollt ihr euch plötzlich einmischen? Lasst die Heldin Heldin sein und feiert weiterhin eure Feste. Es geht uns doch gut.«

Die anderen Götter wollten ihm zustimmen, doch da er Loki war, hielten sie sich zurück. Der Gott der Listigkeit führte nie etwas Gutes im Schilde, und wer ihm zustimmte, zog Odins Zorn auf sich. So tranken sie stumm ihren letzten Schluck Met und tauschten verschwörerische Blicke.

»Du sprichst mit gespaltener Zunge«, knurrte Odin. »Aber wenn der Goldene Faden unser Ende bringt, trifft das auch dich! Das solltest du wissen, immerhin hast du die Prophezeiung damals zu uns gebracht.«

Loki lehnte sich schmunzelnd zurück und verschränkte die Arme vor der Brust. Er erinnerte sich an die Zeit, als er den Nornen ein paar Seiten aus ihrem wertvollen Buch gestohlen hatte, um etwas Abwechslung nach Asgard zu bringen. Damals hatte einer der Helden, Siegfried, Odin so sehr verärgert, dass dieser sämtliche Grenzen zwischen den Welten verschloss. Siegfried hatte einen heiligen Drachen getötet, dem Odin einst ewiges Leben versprach. Als Konsequenz war fortan das Wechseln zwischen den Welten für sämtliche Wesen verboten. Odin war der festen Überzeugung, dass all das nicht passiert wäre, wenn jeder seinen Platz unter Yggdrasil eingehalten hätte.

»Wie du meinst, großer Odin. Doch warum weigerst du dich, deinen Sohn zu senden, um die Aufgabe zu erfüllen, die in deinem *Auge* notwendig ist?«

»Schweig!« Frigg erhob sich und funkelte Loki wütend an. »Mein Mann opferte sein Auge und trank aus Mimirs Brunnen, um für das Geschlecht der Arsen …«

»… die Geschehnisse aller Welten *im Auge* behalten zu können«, vollendete Loki ihren Satz und klatschte langsam drei Mal. »Welch große Leistung. Schade nur, dass diese Fähigkeit sämtliche göttliche Wesen ausschließt.«

Er zwinkerte dem Göttervater verschwörerisch zu. Odins Miene blieb steinern. Sie alle wussten, dass Loki diesen Umstand allzu oft ausgenutzt hatte. Frigg setzte zu einer Antwort an, aber der Göttervater hob die Hand.

»Im Gegenteil, Loki. Ich *werde* meinen Sohn schicken.«

Thors Hände entspannten sich, und ein siegreiches Lächeln stahl sich auf seine Lippen.

»Tyr! Du wirst diesen Fehltritt der Schicksalsschwestern bereinigen.«

Sofort verwandelte sich Thors Miene in eine Maske des Zorns. Der Angesprochene erhob sich und begegnete Odins Blick mit stolzgeschwellter Brust.

»Ich fühle mich geehrt, dir diesen Gefallen erweisen zu dürfen, Vater.« Er klopfte auf das reich verzierte Schwert, das an seiner Seite baumelte.

»Warum er? Warum nicht ich?«, knurrte Thor und starrte Tyr feindselig an.

»Du kennst den Grund«, erwiderte Odin schlicht und griff nach der Hand seiner Gemahlin, die Thor geringschätzig musterte.

»Ich vertraue dir nicht«, sagte sie kalt.

Jeder im Saal wusste, dass Frigg Thor verabscheute, denn

er war der Sohn Jörds, einer ehemaligen Geliebten ihres Mannes. Thor war der lebende Beweis dafür, dass Odin sich manchmal zu anderen Frauen legte. Eine Eigenschaft, die Frigg hasste und verdrängte, doch Thor machte es ihr unmöglich, zu vergessen. Er war der Sprössling ihres Gemahls und der Sohn einer anderen Göttin, die seitdem Asgard nie wieder hatte betreten dürfen.

»So ist es beschlossen. Tyr wird gehen und die angehende Heldin hierher bringen. Wir werden sie hier töten, ehe sie ihre große Tat vollbringen und ihren Faden komplett golden färben kann. Danach müssen wir uns nie wieder mit diesen niederen Kreaturen beschäftigen.«

Er hob seinen Becher, und die Versammlung tat es ihm gleich. Erleichterung breitete sich aus. Ein Mensch weniger und sie könnten weiterhin bis in alle Ewigkeit feiern.

»Auf das Geschlecht der Arsen.«

Loki trank, bevor der Segensspruch vollständig ausgesprochen war.

4

Ray gähnte und räkelte sich auf dem Sofa, als ihr der Geruch von gebratenen Eiern in die Nase stieg. Sie spürte, wie Energie durch ihren Körper strömte. Seit Langem hatte sie nicht mehr so gut geschlafen. Ein Lächeln stahl sich auf ihre Lippen, und sie öffnete ihre Augen.

Langsam setzte sie sich auf und sah zur Küche, in der eine wilde Mähne fuchsroter Haare leuchtete. Der Anblick von Kára beruhigte Ray. Vor allem, als sich ihre Blicke fanden.

»Guten Morgen«, murmelte Ray.

Um ihre Hüften hatte Kára eine moosgrüne Schürze gebunden, was in Ray unweigerlich das Bild des eigentlichen Wohnungsbesitzers in diesem Kleidungsstück hervorrief. Bei dem Gedanken an den großen, weißhaarigen Mann in einer Schürze mit Kochlöffelaufdruck musste sie schief grinsen.

»Ah, ich dachte mir doch, dass der Geruch von Essen dich von den Toten auferstehen lässt.«

Ray wischte sich übers Gesicht und wuschelte sich einmal durch die Haare, die direkt nach dem Aufwachen immer aussahen, als hätte sie mit elektrisch aufgeladenen Luftballons gespielt. Dann stand sie auf und wankte zu Kára in die Küche.

»Kann ich dir helfen?« Ray drehte sich einmal um die eigene Achse und musterte die Hängeschränke aus Holz, deren Griffe mit filigranen Schnitzereien verziert waren. Sie erinnerten Ray an Efeuranken.

»Setz dich einfach hin. Ich bringe dir heute Frühstück ans Sofa.« Kára grinste und schwenkte die Pfanne ein wenig. »Das Ei ist gleich fertig.«

Ray wollte widersprechen, aber an Káras aufforderndem Blick erkannte sie schnell, dass sie keine Chance haben würde. Also wankte sie zurück zu ihrer Schlafstätte auf der Couch und ließ sich mit einem lauten Seufzer fallen. Die Decke war noch warm, und Ray steckte schnell wieder ihre nackten Beine darunter. Sie trug nur ein T-Shirt, das offenbar dem Fantasy-Fan gehörte. Es reichte ihr bis zu den Knien. Wenigstens roch es nach Waschmittel. Kára hatte ein ganz ähnliches Oberteil übergestreift. Offensichtlich wagte er nicht oft ein neues Outfit.

»Was hast du für heute geplant?«

»Ich wollte mich ein wenig im Internet über Auftrittsmöglichkeiten in der Stadt informieren«, erklärte Ray und schob sich eine vollbeladene Gabel in den Mund.

»Auftrittsmöglichkeiten?«, wiederholte Kára. Sie legte ihre Gabel beiseite und sah Ray überrascht an. Ray verschluckte sich und hustete.

»Heute schon?«, fragte Kára. »Du bist doch gerade erst hier angekommen.«

»Ich möchte dir nicht länger als nötig auf der Tasche liegen«, erklärte Ray. »In Berlin gibt es sicher viele offene Bühnen, oder? Vielleicht finde ich so jemanden, der mich für einen Gig engagiert.«

Vor dem Einschlafen hatte Ray noch eine Weile wachgelegen und über ihre Pläne nachgedacht, bis sie zu dem Entschluss gekommen war, dass dieses Vorgehen das Klügste war. Je eher sie einen Neuanfang wagte, desto schneller konnte sie sich bei ihren Eltern melden und ihnen alles erzählen. Denn das würde Ray definitiv erst tun, wenn sie etwas vorzuweisen hatte.

Als sie noch in München studiert hatte, hatte sie sich bei kleinen Bandabenden oft mit den Musikern unterhalten, und bis auf wenige Ausnahmen waren sie sich alle darüber einig, dass man in Berlin auf offenen Bühnen die besten

Kontakte knüpfen konnte. Abgesehen davon bekam man bei den meisten Trinkgeld oder sogar einen Preis. Vermutlich würde sie dort nicht ihre selbstgeschriebenen Lieder zum Besten geben, sondern eher bei Coversongs bleiben, aber solange sie singen konnte, war ihr das ganz recht.

»Ab nächster Woche werde ich mich dann um einen richtigen Job bemühen. Vielleicht irgendwo an der Kasse.« Sie zuckte mit den Schultern und stocherte auf ihrem Teller herum. Der bloße Gedanke daran, dass sie die Traumzukunft ihrer Eltern endgültig weggeschmissen hatte, schnürte ihr die Kehle zu. Sie tat endlich, was sie schon ihr ganzes Leben tun wollte. Trotz dieser rationalen Erkenntnis blieb das Gefühl des Versagens, und wie so oft kam ihr sofort Anna in den Sinn. Anna, die in allen Belangen so verdammt perfekt war. Der Sonnenschein ihrer Eltern. Abgeschlossenes Jura-Studium, Hochzeit im nächsten Sommer, zu der sie Ray bisher nicht einmal eingeladen hatte. Sie wusste nur dank ihrer Mutter, dass dieses große Ereignis bevorstand.

»Du kannst auch gerne erst einmal hierbleiben«, bot Kára an. »Die Wohnung darf ich so lange benutzen, wie ich möchte. Außerdem hab ich gerne Gesellschaft, und die meisten meiner Freunde sind nicht mehr in Berlin. Mein Einkommen reicht auch für uns beide.«

Ray sah Kára mit großen Augen an. »Ich kann doch nicht auf deine Kosten leben«, widersprach sie entschieden. »Ich muss auf eigenen Beinen stehen. Je früher, desto besser. Außerdem … Was ist, wenn dein Freund wieder auftaucht?«

»Wird er nicht. Er ist auf unbestimmte Zeit verreist«, entgegnete Kára. »Und das heißt für sehr lange.«

Ray schüttelte den Kopf, dann stellte sie den Teller auf den Tisch, obwohl sie nur die Hälfte gegessen hatte. Bei diesem Thema war ihr der Appetit gehörig vergangen. Gerade als sie die Gabel auf den Teller legte, fiel ihr einer der vielen Flyer auf, die kreuz und quer in der Wohnung verteilt lagen.

Auch auf dem Wohnzimmertisch stapelten sich bunte Zettel mit Ankündigungen zu Flohmärkten, Partys und Neueröffnungen. Ein spezieller Zettel hatte Rays Aufmerksamkeit erregt. Auf ihm prangte ein goldenes Mikrofon auf schwarzem Hintergrund und mit goldenen Buchstaben. Ray griff nach dem Papier und las die Ankündigung. Ihr Magen schlug Purzelbäume.

»Genau danach habe ich gesucht!«, rief sie, sprang auf und klatschte in die Hände. »Heute Abend soll ein Produzent im *Walhall* sein. Jeder, der sich traut, darf dort auftreten. Großartig!«

Ray konnte nicht fassen, dass das Glück nach dieser ganzen Zeit endlich auf ihrer Seite zu sein schien. Doch schon im nächsten Moment entriss Kára ihr den Flyer und sah ihn mit gerunzelter Stirn an.

»Von dem Laden habe ich schon gehört. Der hat gar keinen guten Ruf.«

»Einen Versuch ist es wert.« Ray ließ sich nicht anmerken, wie sehr Káras Kommentar ihre Freude dämpfte. Sie hatte gehofft, dass ihre neue Freundin sich für sie freuen würde. »Ich kann mir den Schuppen ja wenigstens mal ansehen. Wenn er mies ist, muss ich ja nicht einmal singen.«

Kára kniff die Lippen zusammen und schüttelte den Kopf.

»Ich halte das wirklich für keine gute Idee. Du kannst was Besseres finden.«

Mit einer schnellen Bewegung hatte Ray den Flyer zurückerobert.

»Ich werde es mir einfach nur mal ansehen«, wiederholte sie zuversichtlich.

Kára musterte Ray von oben bis unten. »So kannst du da nicht auftauchen. Lass uns morgen ein neues Outfit besorgen und gemeinsam nach offenen Bühnen suchen. Es gibt hundertprozentig noch mehr davon.«

»Wieso?« Ray sah Kára herausfordernd an. »Die sollen

mich wegen meiner Stimme und nicht wegen meines Aussehens engagieren.«

»Wir wissen beide, dass hübsche Sängerinnen bessere Chancen haben.« Kára zuckte mit den Schultern, als sie Rays überraschten Blick sah. »Damit meine ich nicht, dass du hässlich bist. Das bist du ganz und gar nicht! Aber das richtige Kleid kann aus einem schönen Mädchen eine atemberaubende Frau machen.«

Ray hob missbilligend die Augenbrauen. Die Vorstellung, wie eine aufgetakelte Puppe auf der Bühne zu stehen und angegafft zu werden, behagte ihr gar nicht.

»Vor allem im *Walhall* legen sie großen Wert auf Äußerlichkeiten. Ist leider so.«

Ray knirschte mit den Zähnen. Vermutlich hatte Kára recht. Die Sängerin kannte sich in der Branche aus und wollte Ray lediglich etwas unter die Arme greifen.

»Dann besorgen wir eben heute neue Klamotten. Dann können wir es im *Walhall* versuchen und ab morgen dann noch woanders. Spricht doch nichts dagegen, oder?«

Kára wollte etwas erwidern, doch am Ende blieb sie stumm und starrte Ray lediglich mit ihren großen grünen Augen an – so eindringlich, dass Ray flau im Magen wurde. Rasch wandte sie den Blick ab.

»Dann gehe ich eben alleine«, sagte sie und stand auf. Aber Kára hielt sie am Arm fest.

»Na schön«, sagte sie und seufzte widerwillig, während sich auf Rays Gesicht ein siegreiches Grinsen ausbreitete. »Aber ich werde dich nicht aus den Augen lassen, verlass dich drauf.«

»Perfekt!«

Kára hob beide Daumen nach oben und klatschte anschließend in die Hände, während Ray mit hochrotem Gesicht die Papiertüte nahm, die der junge Verkäufer ihr hinhielt, ohne

Kára aus den Augen zu lassen. Schon den ganzen Vormittag zog die junge Frau die Blicke sämtlicher männlicher Wesen auf sich, aber sie beachtete keinen von ihnen, sondern kümmerte sich nur um Ray und ihr Bühnenoutfit. Letztendlich hatten sie sich für ein schwarzes enges Top und eine kurze zerrissene Jeans entschieden. Nichts Auffallendes, aber doch besser als die abgenutzten Klamotten, die Ray in ihrem Rucksack mit nach Berlin genommen hatte. Eigentlich war Ray mit sich und ihrem Aussehen bisher vollkommen zufrieden gewesen, doch neben Kára fühlte sie sich plump und unscheinbar. Genau wie bei Anna.

Ray schluckte den Neid herunter und fiel Kára entschlossen um den Hals. Sie war ganz anders als ihre Schwester.

»Danke dir.«

Die Sängerin hatte sich als wahres Modegenie entpuppt, das mit nur einem Blick erkennen konnte, welche Teile Ray standen.

»Weißt du schon, was du singen wirst?«

Sie schlenderten gemeinsam durch das Einkaufszentrum, und Ray beobachtete die umherirrenden Menschen und die Schaufenster, in denen teilweise schon jetzt die neuste Herbstmode präsentiert wurde. Dabei war es draußen so heiß, dass die Klimaanlagen auf Hochtouren liefen und sich vor den Eisläden lange Schlangen bildeten. Kára sah sich immer wieder um, als wäre sie auf der Suche nach etwas.

»Nein, noch nicht.« Im Kopf ging Ray ihre Lieblingslieder durch, aber keines davon schien ihr für den Anlass geeignet zu sein.

»Vielleicht etwas Eigenes?«, fragte Kára vorsichtig und wich einer Frau aus, die so viele Tüten trug, als würde sie gerade ihren Weihnachtseinkauf erledigen. »Schreibst du?«

Verlegen wich Ray ihrem Blick aus. »Manchmal«, gestand sie. »Aber es ist noch nichts fertig.«

»Würdest du mir etwas davon zeigen?«

Sofort schüttelte Ray den Kopf, und Kára verdrehte die Augen.

»Sorry«, murmelte Ray.

»Hmm, dann ... Bist du dir sicher, dass du das durchziehen willst?« Kára suchte erneut den Blickkontakt, aber Ray wich ihr aus und deutete auf eine Eisdiele.

»Darf ich dich für deine Hilfe auf ein Eis einladen? Als Dank dafür, dass du mir den Mut gegeben hast, mal etwas Verrücktes zu wagen?«

»Eine Kostprobe deines Könnens wäre mir lieber ... Aber wenn du meinst.« Kára grinste gequält und knuffte Ray gegen die Schulter.

Das *Walhall* befand sich in einem Berliner Szenenviertel und wirkte von außen sehr unscheinbar. Wenn sie nicht die Adresse auf dem Flyer und das Hausnummernschild an der Steinfassade vor Augen hätte, wäre Ray wohl einfach weitergelaufen. Aber so blieb sie mit zittrigen Händen vor der Treppe stehen, die in einen Keller führte. An den Wänden hingen schwache Lampen und sorgten dafür, dass zumindest nüchterne Gäste nicht hinfielen.

Kára stand neben Ray und hakte sich bei ihr unter.

»Wir müssen da nicht rein, wenn du nicht willst.«

Ein bulliger Mann mit dunklen langen Haaren, dichtem Bart und schwarzen Klamotten drängte sich an den zwei Frauen vorbei, wobei er Kára von oben bis unten musterte.

»Fängst du schon wieder damit an? Keine Chance, mein Entschluss steht«, erklärte Ray, wobei sie sich insgeheim nicht mehr so sicher war. Es wäre so viel einfacher, wenn sie mit Kára nach Hause gehen und sich von ihr einen Auftritt vermitteln lassen würde. Das wäre genau das, was Anna tun würde: sich von anderen helfen, sich von ihnen voranbringen lassen und dann als strahlende Siegerin dastehen. Aber Ray war nicht wie Anna. Sie wollte nicht wie

Anna sein. Sie war stärker, und genau das musste sie ihren Eltern beweisen. Immer wieder hatten sie ihr gesagt, dass sie zu eigenbrötlerisch war. Zu seltsam. Sie musste ihren Eltern zeigen, dass man, dass *sie* auch ganz alleine ihr Ziel erreichen konnte.

»Lass uns reingehen«, sagte sie mit fester Stimme und zog Kára auf den Eingang zu, der von einem schrankähnlichen Mann bewacht wurde. Er beachtete Ray kaum, betrachtete Kára aber dafür umso intensiver. Bevor sie die erste Stufe betraten, hielt sie an und brachte so auch Ray zum Stehen.

»Das ist ein wirklich übler Schuppen. Ich frage dich zum letzten Mal: Können wir nicht woanders hingehen?«

Ray wunderte sich immer mehr darüber, dass die sonst so selbstbewusste Sängerin nicht in eine normale Berliner Kneipe gehen wollte.

»Was ist denn daran so schlimm?«, fragte sie und ging einen Schritt zur Seite, um drei junge Frauen vorbeizulassen.

»Hier kommt es häufig zu üblen Schlägereien und …«

»Kára?« Eine der drei hatte sich umgedreht und sah Kára an, als wäre diese von den Toten auferstanden. »Ich hätte nicht gedacht, dass wir dich hier noch mal wiedersehen.«

Ihre zwei Begleiterinnen würdigten Kára keines Blickes, sondern eilten voraus, die Treppe nach unten.

»Du weißt doch, dass ich gerne spontan bin«, erwiderte Kára fröhlich, aber Ray merkte sofort, dass die gute Laune nur aufgesetzt war. Das Lächeln erreichte ihre Augen nicht.

»Aber so spontan? Ich wusste gar nicht, dass ihr noch …« Erst jetzt schien die Fremde Ray zu bemerken, und sie hob missbilligend beide Augenbrauen so weit, dass sie unter dem kurzen blonden Pony verschwanden. »Jetzt verstehe ich gar nichts mehr.«

Den geringschätzigen Blick nutzte Ray, um ihrerseits die blonde Frau zu mustern. Sie trug ein kurzes schwarzes Kleid und hatte einen Nietengürtel um ihre schlanke Taille gewickelt. Dazu stand sie auf Highheels, deren Anblick reichte, um Blasen an Rays Füßen hervorzubringen.

Sympathisch. Nicht.

Ray wollte eine schlagfertige Antwort geben, aber ihr fiel nichts Passendes ein, deshalb begnügte sie sich damit, so finster wie möglich dreinzublicken.

»Tja, Zufälle gibt's. Wir sollten uns irgendwann demnächst mal treffen und in Ruhe miteinander reden«, plauderte Kára fröhlich weiter.

»Meinetwegen können wir das auch gerne jetzt machen«, forderte die Blondine sie lächelnd heraus. Ray spürte, wie die Luft zwischen den beiden knisterte, und trat unwillkürlich einen Schritt zurück. Das war definitiv nicht ihr Streit.

»Ich denke nicht, dass das der richtige Zeitpunkt ist, Alice«, erwiderte Kára schroff und hakte sich bei Ray unter.

Die Frau namens Alice lächelte abfällig. »Wenn du meinst«, entgegnete sie kühl, wandte sich von ihnen ab und stolzierte die Treppe nach unten.

»Was war das denn?«, fragte Ray und sah ihr nach.

»Alice und ich hatten früher einige Probleme«, erklärte Kára verbittert. »Wir haben gemeinsam gearbeitet, aber sie hatte andere Ansichten von Arbeit als ich. Ich hatte geahnt, dass sie heute Abend hier sein würde.«

»Ich verstehe kein Wort«, gestand Ray und sah Kára forschend an, die entschuldigend lächelte. »Aber das erklärt immerhin, weshalb du nicht hierher wolltest.«

»Wir können also wieder gehen?«

»Nachdem du die schlimme Begegnung schon hinter dich gebracht hast? Was soll noch passieren?«

»Alice kann nichts dafür. Unsere Aufgabenbereiche waren sehr … unterschiedlich. Sie war mir ständig im Weg. Aber dafür kann sie nichts.«

»Ich verstehe immer noch kein Wort.«

»Egal«, winkte Kára ab und zog Ray ein Stück zurück. Sie sah ihr verschwörerisch in die Augen, und plötzlich dachte Ray, dass sie gar nicht so dringend ins *Walhall* wollte. »Lass uns einfach woanders hingehen. Ich habe keine Lust, dass die Situation heute Abend eskaliert.«

Aus dem Augenwinkel sah Ray, wie der Türsteher auf sie zutrat. Sofort drehte Kára den Kopf zur Seite. Ray rammte die Fersen in den Boden und schüttelte den Kopf. Der heutige Kontakt zu einem Produzenten konnte ein echtes Sprungbrett für sie sein. Das würde sie nicht wegen eines banalen Zickenkrieges verpassen. Auch wenn sie durchaus verstand, dass Kára die Konfrontation meiden wollte. An ihrer Stelle hätte sie dasselbe getan.

»Keine Chance, Kára. Ich muss auf die Bühne. Aber du kannst gerne gehen, wenn du möchtest. Ab hier schaffe ich es alleine.«

Kára murmelte etwas, das gut und gern ein gesalzener Fluch sein konnte. »Na schön. Auf deine Verantwortung. Ich lasse dich nicht allein.«

Mit eigentümlich verbissener Miene hakte sie sich bei Ray unter, und gemeinsam gingen sie die Stufen hinab.

Je tiefer sie kamen, desto durchdringender wurde der Geruch nach Alkohol und Schweiß. Ray stieß die altmodische Holztür auf und vergaß vor lauter Verwunderung, weiterzugehen. Der Pub wirkte wie aus einer anderen Zeit. Lautes Gelächter und Gläserklirren übertönte die irische Hintergrundmusik. Die runden Tische waren riesig und voll besetzt. In der Mitte des Raumes erhob sich eine asymmetrische Säule, um die sich eine runde Bühne schmiegte. Darauf standen ein Schlagzeug und ein Mikrofon. Die Bühne war wiederum von einer Theke umschlossen, hinter der fünf Barkeeper eilig die Kunden bedienten.

Das Klientel des *Walhall* war gemischt. Ray sah sowohl aufgestylte Frauen wie Alice als auch stämmige Rocker und normale Studenten. An der Theke hing eine Flagge, die Ray sehr vertraut war.

»Ich wusste gar nicht, dass das ein Irish Pub ist«, staunte sie, und ein Grinsen breitete sich auf ihrem Gesicht aus. »Großartig!«

Viel zuversichtlicher als zuvor marschierte sie in die Kneipe hinein. Mit Irish Pubs kannte sie sich bestens aus. In München hatte sie oft an den offenen Bühnen der lokalen Irish Pubs teilgenommen und die Karaoke-Abende gefeiert. Hier fühlte sie sich zu Hause.

»Wo wollen wir uns hinsetzen?« Ray sah auf die große Uhr an der Wand und stellte erleichtert fest, dass die offene Bühne erst in einer Viertelstunde starten sollte. Sie ließ den Blick über die Anwesenden gleiten und erspähte zwei freie Plätze in einer hinteren Ecke des Raumes. »Schau mal, dort drüben!« Sie kämpfte sich zwischen den Stühlen hindurch und sog dabei die Atmosphäre des Raumes in sich auf. Als sie an der Bar vorbeikam, wurde ihr klar, dass die unförmige Säule in der Mitte der Bühne ein Baumstamm war. Ray hob den Kopf und bestaunte die kunstvoll geschwungenen Äste, die mit der Decke zu verwachsen schienen.

»Das ist wunderschön, findest du nicht?« Sie wandte sich um und runzelte irritiert die Stirn, als sie bemerkte, dass ihre Freundin nicht mehr hinter ihr war. Schnell suchte sie den Raum nach ihr ab, aber sie konnte Kára nirgends entdecken. Ein mulmiges Gefühl breitete sich in Rays Magen aus. Hoffentlich war Kára nicht wieder in einen Streit geraten.

Während sie noch ihren Blick suchend durch den Raum wandern ließ, wurde sie plötzlich von hinten angerempelt. In letzter Sekunde konnte sie sich an der Bar abstützen, schmiss dabei allerdings ein Glas um, und der dunkelbraune Inhalt verteilte sich über die Theke.

»Hey!«, empörte sich Ray und drehte sich um. Hinter ihr stand niemand. Dafür war die Besitzerin des umgekippten

Glases alles andere als begeistert. Ray fluchte innerlich. Ausgerechnet Alice.

»Was war das denn?«, fragte Alice und legte keck den Kopf schief. »Stehen verlernt?« Sie lachte. Ein hoher, unangenehm höhnischer Ton.

»Sorry«, murmelte Ray und wandte sich zum Gehen. »Kommt nicht wieder vor.«

»Nun lauf doch nicht gleich weg«, antwortete Alice, noch immer in dieser ätzenden Tonlage, und hob die Hand, um den Barkeeper zu sich zu holen. »Hey, Ben! Meine Freundin hier lädt mich auf ein Guinness ein.«

Ray öffnete den Mund und wollte widersprechen, aber Alice lächelte nur süffisant, während der Kellner der Aufforderung nachkam.

»Das werde ich sicher nicht bezahlen.«

Normalerweise hätte Ray natürlich für ihre Tollpatschigkeit geradegestanden, doch bei Alice sträubte sich alles in ihr dagegen. Sie wollte dieser Frau keinen Drink ausgeben. Nicht einmal, wenn sie ihr eigentlich einen schuldete. Ray wandte sich brüsk ab und wollte gehen – da lief sie beinahe in Kára hinein.

»Ich habe dich schon gesucht!«, stieß Ray erleichtert aus und packte sie am Arm. »Ich hab zwei gute Plätze entdeckt. Lass uns schnell hin, bevor sie weg sind.«

»Hey, Kára!«, rief Alice, und die Angesprochene blieb stehen, um sich fragend zu ihr umzusehen. »Du solltest deinen Umgang noch einmal überdenken. Deine kleine Freundin ist nicht nur *gewöhnlich*, sondern auch äußerst unhöflich.«

Als Alice lächelte, blitzten ihre weißen Zähne im Zwielicht der Kneipe auf. Ray spürte, wie sie vor Wut zu zittern begann.

»Ich bin gestolpert, das war keine Absicht! Und wenn du nicht so eine blöde Zicke wärst, hätte ich dir dein Getränk bezahlt.« Zum Glück hatte sie wenigstens ihre Stimme noch im Griff, dachte Ray. Hysterie war jetzt wohl das Letzte, was sie gebrauchen konnte. Als wären die letzten Stunden nicht nervenaufreibend genug gewesen. »Und jetzt wäre ich dir sehr verbunden, wenn du uns den restlichen Abend aus dem Weg gehen würdest.«

Ohne ein weiteres Wort packte Kára Rays Hand und zerrte sie in die abgelegene Ecke, die auch Ray zuvor schon angesteuert hatte.

»Bist du wahnsinnig?« Selbst im Halbdunkeln erkannte Ray, wie blass ihre Freundin war. »Du hast keine Ahnung, was du da gerade getan hast.« Sie fuhr sich mit einer Hand über die Stirn und strich eine Locke hinter ihr Ohr. »Warte hier. Ich regle das.«

Ray kniff die Lippen zusammen.

»Ich lasse mich einfach nicht gerne von einer arroganten Tussi herumschubsen«, knurrte sie. »Auch nicht, wenn du mal mit ihr zusammengearbeitet hast.«

In diesem Augenblick wurde das Licht gedimmt, und die Scheinwerfer auf der Bühne leuchteten auf. Die offene Bühne! Ray löste sich von Kára und bahnte sich einen Weg nach vorne. Es ging los. Alles andere war jetzt egal. Musste ihr egal sein. Doch als sie sah, wer in die Mitte trat und nach dem Mikrofon griff, erstarrte sie.

»Hallo, liebe Gäste!« Alice sah mit strahlendem Lächeln in die Runde. »Willkommen zu unserer Offenen Bühne! Ich freue mich sehr darauf, heute Abend neue Talente für mein Label zu entdecken.«

Rays Magen zog sich zusammen. Das durfte doch nicht wahr sein! Ausgerechnet sie. Und jetzt endlich setzte sich auch alles logisch in Rays Kopf zusammen. Weshalb Kára nicht hatte herkommen wollen. In welcher Branche sie und Alice vermutlich zusammengearbeitet hatten. Weshalb sie ihr so dringend neue Klamotten hatte andrehen wollen.

Alice wirkte in der Tat wie eine Produzentin, die viel Wert auf Äußerlichkeiten legte. Wobei Ray jetzt wohl sogar perfekt gestylt keine Chance mehr haben dürfte. *Scheiße.* Ray schloss die Augen und atmete tief ein und aus. Zehn Mal. Das hatte ihr einer der buddhistischen Lebensratgeber empfohlen, die sie nach ihrem ersten Studienabbruch so oft gelesen hatte. Es half ein wenig gegen die Angst, aber die Hilflosigkeit blieb.

Konnte sie trotzdem auf die Bühne gehen? Natürlich. Sie musste. Sie war tough genug. Und sie würde allen zeigen, wie gut sie war. Sogar Kára.

»Also«, fuhr Alice fort und riss einen Arm in die Luft, »wer von euch will heute singen?«

Die Besucher applaudierten, aber noch herrschte allgemeines Zögern, weil niemand zuerst auf die Bühne wollte. Ray ballte die Hände zu Fäusten, atmete noch einmal tief ein, entspannte sich und reckte den Kopf in die Höhe. Dann trat sie entschlossen vor und stieg die Stufen zum Tresen hinauf. Von dort oben führte ein schmaler Steg hinüber zur Bühne. Doch gerade als Ray einen Fuß nach vorne setzen wollte, spürte sie plötzlich einen Ruck an ihrem Bein und verlor das Gleichgewicht. Sekunden später rollte Schmerz ihren Ellbogen und ihre Knie entlang, als sie der Länge nach auf den Steg knallte. Vereinzelt drang Gelächter an ihr Ohr. Rays Wangen färbten sich rot. Wer war das gewesen? Irgendjemand hatte sie am Knöchel festgehalten, sie hatte es genau gespürt! Hastig sah sie sich um – und sie starrte entgeistert in Káras verkniffenes Gesicht.

Kára?!

Ray konnte es nicht glauben. Doch während sie noch vor Fassungslosigkeit wie erstarrt dasaß, betrat ein junger Mann die Stufen, ging an Ray vorbei, als wäre sie gar nicht da, und trat auf die Bühne.

»Perfekt! Ein mutiger Mann – die sind mir die liebsten.

Leg los!« Alice lächelte strahlend, übergab ihm das Mikrofon und kam auf Ray und Kára zu.

Ray stand hastig auf, sprang vom Tresen und packte Kára am Arm.

»Was soll der Scheiß?«, zischte sie, während der Kerl auf der Bühne anfing, einen alten Rocksong zu singen. Alice beobachtete ihr Gespräch sichtlich amüsiert aus der Entfernung.

»Du verstehst nicht«, fauchte Kára eisig zurück, und jetzt war es Ray, die erschrocken zusammenzuckte. So wütend hatte sie Kára noch nicht erlebt. »Du hast keine Ahnung, wer sie ist. Bei der Schlange, bist du schwierig … Bleib einfach hier stehen und rede mit *niemandem*.«

Das war zu viel. Wenn Ray etwas nicht ausstehen konnte, dann war es Bevormundung.

»Behandle mich nicht wie ein Kleinkind«, entgegnete sie wütend. »Ich bin immer noch alt genug, um meine eigenen Entscheidungen zu treffen. Es war schon anstrengend genug, deiner Meinung nach überhaupt hierherkommen zu *dürfen*. Als ob du mir so etwas verbieten kannst – und jetzt zerrst du mich von der Bühne?« Sie trat einen Schritt zurück und funkelte Kára zornig an.

»Ray, jetzt beruhige dich.«

»Hör du endlich auf, mir Befehle zu erteilen!« Einige Gäste in ihrer Nähe drehten die Köpfe. Ihre Gesichtsausdrücke schwankten zwischen belustigt und besorgt. »Ich bin dreiundzwanzig, du bist nicht viel älter als ich und führst dich auf, als wärst du meine Mutter, die mich vor allem Unheil der Welt beschützen will.« Kára zuckte zusammen, als hätte Ray ihr eine Ohrfeige verpasst.

»Wenn du wüsstest«, murmelte sie.

Ihr ernster Tonfall ließ Ray aufhorchen. »Was meinst du damit?«

Plötzlich schien die Musterung des Bodens sehr interessant zu sein, denn Kára starrte wie hypnotisiert auf den Stein.

»Was meinst du damit?«, wiederholte Ray etwas lauter, und die Studenten an dem Tisch in ihrer Nähe kicherten. Ray ignorierte die höhnischen Kommentare, die hinter vorgehaltener Hand geflüstert wurden.

»Lass uns in Ruhe reden«, bat Kára, offensichtlich mühsam beherrscht. Ihr Blick huschte zu den ungebetenen Zuhörern und Alice, die sie noch immer mit spöttischem Blick fixierte und den Sänger auf der Bühne mit Nichtachtung verunsicherte. »Alleine. Okay?«

Ray verschränkte die Arme vor der Brust, aber Kára schritt zielsicher auf eine verschlossene Tür zu, die Ray bis zu diesem Augenblick noch nicht einmal bemerkt hatte. Genervt starrte Ray ihr hinterher. Schließlich entschied sie sich dazu, ihr zu folgen. Sie war zu gespannt, welche Begründung ihr Kára auftischen würde.

Ray betrat den Lagerraum, in dem eine Deckenlampe hohe Regale mit ungemütlichem Licht ausleuchtete. Offensichtlich wurde hier der alkoholische Nachschub für die Gäste aufbewahrt. Kára tigerte auf und ab und raufte sich dabei die Haare. Zu Rays Verwunderung wirkte sie, als würde sie kurz vor einem Nervenzusammenbruch stehen. Ihre Hände zitterten, ihre Haut war schneeweiß, und ihr Gesichtsausdruck ließ Ray frösteln. Es schien, als stünde auf einmal eine ganz andere Person vor ihr und nicht mehr die hilfsbereite junge Frau, die sie an der Isar sofort ins Herz geschlossen hatte.

»Ich wusste es. Ich wusste, dass so etwas geschehen muss. Natürlich musste Alice die Produzentin sein. *Natürlich* musste er diesen Flyer auf seinem Tisch rumliegen lassen! Verdammt, wie viel kann an einem einzigen Tag eigentlich schiefgehen?« Sie schien nicht direkt mit Ray zu reden, und trotzdem bemühte sie sich nicht, ihre Stimme zu senken.

»Ich habe wirklich alles versucht. Ich dachte, es hätte funktioniert, ich dachte, du vertraust mir. Du bist immerhin mit mir nach Berlin gekommen. Trotzdem widersetzt du dich mir dauernd, wie ist das möglich? Die Wirkung sollte nicht ständig aussetzen …«

»Moment«, unterbrach Ray sie. Etwas in Káras Monolog hatte sie aufhorchen und ihren Magen Achterbahn fahren lassen. »Was soll das heißen – *die Wirkung setzt aus*? Hast du mir was gegeben? Irgendwelche Drogen? Verdammt, was hast du mit mir vor?« Noch während Ray die Frage stellte, fürchtete sie sich schon vor der Antwort. Mit einem Schlag wurden ihr die Einsamkeit und Stille in dem Raum bewusst. Durch die solide Holztür drang kein einziger Laut, und das, obwohl sie vor Kurzem auf der anderen Seite noch lautes Gelächter, Musik und Stimmengewirr in den Ohren gehabt hatte. Wenn sie jetzt schreien würde, würde sie niemand hören. Angst breitete sich kalt in ihrem Magen aus. Sie wich vor Kára zurück und schlich langsam zur Tür.

»Das ist alles nicht so einfach.« Kára blieb stehen und sah Ray durchdringend an. »Ich weiß nicht, ob du mir glauben wirst. Eigentlich wollte ich dir all das erst später erzählen.«

Káras Augen blitzten gespenstisch auf, und Ray hörte das Rauschen ihres eigenen Pulses. Was sollte das alles? Wo war sie hier hineingeraten? Was wollte diese Irre ihr antun?

»Versuch es«, forderte sie so ruhig wie möglich und ging einen weiteren Schritt auf die Tür zu. Wenn sie Kára dazu brachte, weiterzusprechen, konnte sie Zeit schinden. Sich irgendeinen Ausweg einfallen lassen. Sie musste hier raus. Irgendwohin, wo andere Menschen waren, die ihr helfen konnten.

»Also«, setzte Kára an und betrachtete eine der unzähligen Flaschen, die in den Regalen lagerten. »Du … Wir … Ich habe wirklich keine Ahnung, wo ich anfangen soll!« Sie raufte sich erneut die Haare und wandte dem Regal den Rücken zu, um Ray von oben bis unten zu mustern. »Du bist etwas Besonderes.«

Rays Mundwinkel zuckten nach oben. Ein irrationales, fast schon hysterisches Lachen gluckste in ihrem Bauch. An einem anderen Ort, in anderer Gesellschaft, hätte das die perfekte Einleitung für einen spontanen Heiratsantrag sein können. Oder für das Finale eines Psychothrillers. Da, wo der Killer dem Opfer seinen perfiden Plan erklärte.

»Aha«, antwortete sie gedehnt und konnte nur mit Mühe ein Kichern unterdrücken. »Und du …?«

»Und ich bin kein Mensch.«

5

Der Geruch von feuchtem Stein schlug Tyr entgegen, als er den Tunnel betrat. Der abschüssige Boden war glitschig, sodass er sich mit einer Hand an der ebenso nassen Wand abstützen musste, um das Gleichgewicht nicht zu verlieren. Tyr fluchte leise, während die Eindrücke auf ihn einprasselten.

Sobald ein Gott eine andere Welt betrat, wurde er lebendiger. Er fühlte dann zwar Freude, doch ebenso Leid. Das war schmerzhaft. Und zugleich schmerzhaft schön. In Asgard hatte er ganz vergessen, dass solche Gefühle überhaupt existieren konnten. Dort war es angenehm warm, und man musste sich nicht körperlich überanstrengen.

Warum war seine erste Aufgabe außerhalb des immer gleichen Asgard ausgerechnet etwas so Grauenvolles? Er war froh, dass der alte Brauch ihn davor schützte, den Menschen selbst töten zu müssen. Auch wenn dieser Gedanke die Schuldgefühle nicht bis in alle Ewigkeit im Zaum halten konnte. Er wusste, dass sie kommen würden. Vor allem jetzt, da er Asgard verlassen hatte.

Tyr verspürte im Augenblick keine Schmerzen, aber die kühle Luft ließ ihn frösteln, und er wünschte sich, dass er einen wärmeren Fellmantel mitgenommen hätte. Andererseits war auf der Erde gerade Sommer, und er würde dort sicher keine wärmere Kleidung benötigen.

Je weiter er vordrang, desto dunkler wurde es, doch Tyr brauchte kein Licht, um sich zurechtzufinden. Er tastete sich einfach weiter an der Wand entlang und überprüfte bei jedem Schritt vorsichtig, ob der Boden stabil war. Die Dunkelheit fürchtete er nicht.

Schließlich erkannte er ein bläuliches Schimmern und wusste, dass er das Ende des Tunnels erreicht hatte.

Als Tyr eintrat, fiel sein Blick zuerst auf den riesigen Lichtpunkt, der unter der Oberfläche leuchtete und das Wasser zum Schimmern brachte. Man erzählte sich, dass dort ein Tunnel lag, der in die Unendlichkeit führte, aus der die Zeit strömte. Aber bisher hatte nie jemand diese Annahme bestätigt oder sich gar durch den See getraut.

Der riesige Webstuhl, ein Gebilde aus glänzendem Gold, stand im seichten Wasser und verrichtete seine Arbeit, während sich die Nornen gespannt darüber beugten. Ihre schwarzen Mäntel trieben um ihre dünnen Beine, und das Glitzern des Wassers warf bizarre Schatten auf ihre Körper.

»Willkommen, Sohn des Odin.«

»Willkommen, Herrscher des Kampfes.«

»Willkommen, Bezwinger Fenrirs.«

Bei der letzten Anrede ging ein Schauer durch Tyrs Körper, und er versteckte automatisch den rechten Arm hinter seinem Rücken, woraufhin die Nornen schrill kicherten.

Der riesige Wolf Fenrir war einst kurz davor gewesen, ganz Asgard zu verschlingen, und Tyr musste seine rechte Hand opfern, um das Ungetüm für immer in magische Fesseln zu legen. Sobald er Asgard verließ und seine menschliche Form annahm, hatte er beide Hände, doch in der Götterwelt musste er seitdem alles mit links erledigen, was ihn aufgrund der Heldentat jedoch nie mit Hohn oder Spott vergolten wurde. Im Gegenteil: Seine fehlende Hand war ein Beweis seines Mutes und seiner Tapferkeit, und er zeigte den Stumpf zu gerne auf den Festlichkeiten in Walhall herum, während er die Geschichte zum Besten gab.

Doch jetzt, da er sich nicht mehr in Asgard befand, spürte er seine rechte Hand, und er fühlte sich, als hätte er einen wichtigen Teil seiner selbst verloren, obwohl er ein Körperteil gewonnen hatte.

»Seid gegrüßt, Schicksalsschwestern«, antwortete er, ohne auf ihre Häme einzugehen. Er war nur aus einem einzigen

Grund hier, und dafür war er auf das Wohlwollen der Seherinnen angewiesen. »Ich benötige eure Hilfe und eure Weisheit.«

Er ging bis an den Rand des Sees und verbeugte sich.

»Sprich, Schützer der Thingversammlung.«

Tyr konnte nicht erkennen, welche der Schwestern ihn zum Reden aufgefordert hatte, aber er kam der Bitte nur zu gerne nach.

»Man sandte mich, um den goldenen Faden aus dem Gefüge des Webstuhls zu entreißen.«

Die Nornen kreischten auf, als hätte sie ein glühendes Schwert durchbohrt. Gleichzeitig wandten sie sich zu Tyr um, die Kapuzen tief ins Gesicht gezogen, das Wasser zu ihren Füßen begann zu schäumen. Der Gott hob sofort abwehrend die Hände und trat einen Schritt zurück.

»Damit meine ich, dass ich das Übel in der Menschenwelt bekämpfe. Niemals würde ich dem Schicksalsgewebe direkten Schaden zufügen.« Sofort beruhigten die Nornen sich, auch das Wasser lag wieder spiegelglatt. »Dafür muss ich allerdings wissen, wo ich das Mädchen finden kann.«

Zwei der Gestalten wandten sich der dritten in ihrer Mitte zu, welche den Webstuhl anstarrte.

»Das dürfte ein Problem werden«, flüsterte die Norne. »Der goldene Faden hat göttliche Hilfe erhalten.«

»Das kann nicht sein!«, stieß Tyr aus. Seine Stimme hallte laut in der Höhle wider. »Sie ist der Untergang Asgards. Wer ihr hilft, wird Odins Zorn auf sich ziehen. Das riskiert kein Gott.«

»Sieh selbst, Beschützer der Kämpfer«, lud die mittlere Norne ihn ein und deutete auf den Webstuhl. Tyr trat zögernd heran. Unzählige bunte Fäden ergaben ein wunderschönes und kompliziertes Muster, welches Tyr jedoch nicht deuten konnte.

»Ich sehe nichts«, knurrte er wütend. »Und ich habe keine Zeit für Spielchen.«

Die Norne streckte ihren Arm aus und deutete auf einen der Fäden, der schimmerte, als wäre er aus flüssigem Silber. Tyr wusste selbst aus der Nähe nicht, welcher Schicksalsschwester er gegenüberstand.

»Das Schicksal der Menschen ist vorherbestimmt«, erklärte eine der Seherinnen.

»Das Schicksal der Götter unbekannt«, pflichtete eine andere ihr bei.

»Wenn ein Wesen aus Asgard bei einem Menschen weilt und dessen Geschicke lenkt, weiß nicht einmal das Schicksal, was geschieht«, vollendete die Dritte und senkte den Kopf. »Wir sind frei. Freier, als die Menschen je sein werden. Doch diese Freiheit müssen wir mit Unwissenheit zahlen.«

6

Kein Mensch«, wiederholte Ray und zog ungläubig die Augenbrauen nach oben. »Was bist du dann? Ein Engel?« Ihr fiel Káras merkwürdiger Freund ein. »Eine Elbin?« Sie lachte tonlos über ihren eigenen schlechten Scherz.

»Ich bin hier, um dich zu beschützen«, erklärte Kára. »Die Götter wollen dich beseitigen, da sie eine alte Prophezeiung falsch interpretieren. Nur dank mir können sie nicht sehen, wo du dich aufhältst. Weder der Webstuhl der Nornen noch Odins allwissender Blick können sehen, was von Götterhand beeinflusst wird.«

»Aha«, antwortete Ray gedehnt, und in ihrem Magen schien ein Wirbelsturm entfesselt zu sein. Zumindest fühlte es sich so an. Káras Ernsthaftigkeit jagte ihr Angst ein, aber das wollte sie nicht zugeben. Erst recht nicht vor sich selbst.

»Ich bin eine Walküre«, fuhr Kára ungerührt fort und beobachtete Rays Reaktion genau.

Ray runzelte derweil die Stirn und suchte in ihrem Kopf nach den wenigen Informationen, die sie über Walküren hatte. Sie erinnerte sich dunkel daran, dass sie aus der nordischen Mythologie stammten und irgendetwas mit Walhall zu tun hatten. Ray schlug sich gegen die Stirn und lachte los.

»Ich verstehe. Wir sind im *Walhall* und du bist eine Walküre. Okay, wo ist die versteckte Kamera?« Ray studierte die Regale genau, konnte aber keine Linse entdecken. Vermutlich war das Aufnahmegerät äußerst klein oder einfach nur gut getarnt. Für einen kurzen Moment hatte sie wirklich Panik gehabt, aber jetzt war sie sich sicher, dass Kára sich einen makabren Scherz erlaubte und sie bei einer Fernsehshow mit seltsamem Humor gelandet war. Das würde auch den peinlichen Sturz auf der Bühne erklären.

»Ich meine das ernst«, widersprach Kára, und ihre Augen schienen erneut gespenstisch aufzuglühen. »Das *Walhall* wird von einem Lichtalb geführt und dient als Sammelort für nichtmenschliche Wesen, die auf der Erde leben oder sogar noch arbeiten.«

Das merkwürdige Ziehen in Rays Magen setzte wieder ein. Angst. Wie weit die hübsche Kára wohl gehen würde, um ihr die Reaktion zu entlocken, die ihre Zuschauer sehen wollten? Obwohl ihr Verstand diese logische Erklärung lieferte, fingen ihre Knie an zu zittern. Kára war eine verdammt gute Schauspielerin, redete sie sich gut zu. Aber sie würde nicht klein beigeben. So schnell nicht.

»Dann war der Typ in der Wohnung sicher auch …«

»Ein Weißalb«, vollendete Kára den Satz und nickte. »Ja. Selbstverständlich kommen auch Menschen ins *Walhall*, aber nicht ausschließlich. Das war auch der Grund, warum ich dich von hier fernhalten wollte.«

»Weil hier Götter rumlaufen?« Ray konnte sich den sarkastischen Unterton nicht verkneifen, wobei sie zugeben musste, dass sie sich damit eher selbst beruhigen als Kára beleidigen wollte.

»Sei nicht albern.« Kára zog die Nase kraus. »Die Götter haben seit über tausend Jahren keinen Fuß mehr aus Asgard gesetzt und darüber hinaus auch noch sämtliche Grenzen versiegelt, damit bloß kein Wesen mehr seine Welt verlassen kann. Das Reisen zwischen den Welten ist strengstens verboten.«

»Du bist also eine Walküre und gekommen, um mich zu beschützen? Wegen einer alten Prophezeiung?«

Kára nickte.

»Du bist die Auserwählte und ich bin gekommen, um dich zu beschützen. Wie gesagt, solange ich bei dir bin, können weder die Nornen noch Odin sehen, wo du dich aufhältst. Deshalb habe ich dich nach Berlin geschleppt. Die Götter wussten, dass du in München bist, also musste ich dich aus der Stadt rauskriegen. Ich wollte hier ganz in Ruhe mit dir reden und einen Plan schmieden, wie wir die Prophezeiung möglichst schnell erfüllen und dich zur Heldin machen. Außerdem leben in Berlin noch immer viele Alben. Sie haben sich hier gesammelt, da sie ja nicht in ihre Welt zurückkönnen. So wie Frey, in dessen Wohnung wir gerade leben. Im Austausch für die Wohnung und seine Verschwiegenheit habe ich ihm einen Weg verraten, unbemerkt in seine Heimatwelt zurückzukehren.«

»Und was ist diese Alice?«, fragte Ray und sah Kára herausfordernd in die Augen. Das war alles zu verrückt, um wahr zu sein. Es musste eine Lücke in ihrer Geschichte geben, und Ray war sich sicher, dass sie diese finden konnte.

»Eine Banshee«, erklärte Kára kleinlaut, aber prompt.

»Eine was?« Davon hatte Ray noch nie gehört, somit konnte Kára ihr alles erzählen und sie hatte keine Möglichkeit, ihre Worte zu überprüfen. Das Halbdunkel des Raumes gepaart mit Káras ernster Stimme und ihrer verbissenen Miene ließen sie schwitzen. Das war doch verrückt.

»Eine Art Todesomen.«

»Was soll das heißen?« *Todesomen* klang nicht gerade nach der Sorte Wesen, die man gerne um sich hatte. »Was passiert jetzt mit mir?«

»Gar nichts«, versuchte Kára sie zu beruhigen. »Sie arbeitet schon seit Jahrhunderten nicht mehr in diesem Gewerbe, sondern produziert jetzt Musik. So geht es vielen Lebewesen, seit die Grenzen versiegelt sind. Sie sind einfach … nutzlos geworden.« Kára schüttelte den Kopf. »Wie dem auch sei: Deiner Familie wird nichts passieren.«

Ihre Worte erreichten das genaue Gegenteil. Statt Ruhe verspürte Ray den Drang, wegzulaufen. So weit, wie sie nur konnte. Weg von dieser Irren, die von Walküren und Todesomen faselte. Kára lebte offensichtlich in ihrer eigenen, kleinen Welt, und Ray hatte nicht vor, ein Teil davon zu werden.

»Du willst mich doch verarschen.« Ray schüttelte den Kopf. Das klang alles zu verrückt, um wahr zu sein. »Ich glaube dir kein Wort. Keine Ahnung, was du damit bezwecken willst, aber ich werde jetzt gehen.«

Ohne auf eine Antwort von Kára zu warten, drehte Ray sich herum und stürmte hinaus. Als sie den Lagerraum verlassen hatte, stemmte sie sich gegen die Tür und stellte erleichtert fest, dass der Schlüssel steckte. Sie drehte ihn herum und spürte kurz darauf Kára gegen das Holz hämmern. Glücklicherweise übertönte der Lärm der Gäste ihre Hilfeschreie. Sie wollte genügend Abstand zwischen sich und den Pub bringen, bevor diese Wahnsinnige wieder freikam.

Ray bahnte sich einen Weg durch den Pub und fluchte dabei innerlich über sich selbst. Sie hätte es wissen müssen! Allein der Freund, in dessen Wohnung sie lebten, war seltsam genug gewesen. Oder Káras merkwürdiges Verhalten am Münchner Bahnhof. Als hätte sie Angst, verfolgt zu werden. Ray schnaubte. Als ob sie sofort auf die Stichwörter *Auserwählte* und *Prophezeiung* anspringen würde wie die Helden aus kitschigen Jugend-Fantasy-Romanen.

Sie warf einen letzten Blick auf die Bühne und verabschiedete sich stumm von der verpassten Gelegenheit eines grandiosen Auftritts. Dabei vermied sie es, den Leuten ins Gesicht zu sehen oder gar nach Alice Ausschau zu halten. Ihr gesamter Auftritt, seit sie auch nur einen Fuß in die Kneipe gesetzt hatte, war einfach nur peinlich. Und das war alles Káras Schuld.

Jetzt aber, da Kára erst mal in einem dunklen Raum festsaß und nicht mehr kontinuierlich auf Ray einredete, fühlte sie sich viel freier.

Schnellen Schrittes eilte sie die Treppe nach oben und genoss die warme Sommernachtluft, die ihr entgegenströmte.

Mit neuer Energie lief sie ein paar Meter ziellos in die lebhafte Menge hinein, die über die Straße vor dem *Walhall* flanierte, und allmählich hatte sie das Gefühl, wieder richtig atmen zu können.

Vielleicht war das alles gar nicht so schlimm. Oder?

Immerhin: Sie war in Berlin und konnte endlich tun und lassen, was sie wollte. Dafür musste sie Kára dankbar sein, aber sie war niemandem etwas schuldig. Sie sollte endlich anfangen, ihren Mut und ihre Entschlossenheit zu genießen. Dies war das Leben, von dem sie immer geträumt hatte! Oder zumindest fast.

Noch einmal atmete Ray tief ein und lief einfach los. Ziellos schlenderte sie durch die von wackeligen Laternen beleuchteten Straßen und besah sich die mit Graffiti verschmierten Wände und Stromkästen. Hin und wieder wich sie einem Haufen Hundekot oder einer leeren Bierdose aus. Immer wieder atmete sie tief und bewusst den Geruch aus Abgasen, Schweiß und Alkohol ein. Jetzt fiel ihr auch das passende Wort für diese Stadt ein: Berlin war im positiven Sinn zerlebt.

Ray liebte es, wie jeder einzelne Zentimeter dieser Stadt zeigte, wie man hier das Leben in vollen Zügen genoss. Und auch sie wollte endlich zu denen gehören, die ihr eigenes Leben feierten. Wenn sie nicht jetzt und hier damit anfing, wann und wo dann? Ohne noch lange zu überlegen, betrat sie die nächste Kneipe, die sich auf ihrem Weg befand. Vor sich selbst rechtfertigte sie diese Entscheidung damit, dass sie sich unabhängig und gut fühlen wollte. Wie es so viele andere Studenten taten, die sie kannte. Aber tief in ihrem Herzen wusste Ray, dass sie den Alkohol zum Vergessen brauchte.

7

Da ist er!«

Tyr erhob sich von dem Felsen, auf dem er gesessen hatte, und trat an den Rand des Sees, in dem die Nornen sich um den Webstuhl versammelt hatten.

»Der goldene Faden? Wo befindet er sich?« Er trat einen Schritt nach vorne, um einen Blick auf das Gewebe zu erhaschen. Tatsächlich glänzte zwischen Braun-, Rot- und Grün-Tönen ein hauchdünner goldener Schimmer.

»Er ist wieder verschwunden«, flüsterte eine der Nornen.

»Was soll das heißen?« Tyr knirschte mit den Zähnen.

»Das ist nicht gut.«

»Gar nicht gut.«

»Wir hätten es ihr nicht verraten sollen.«

»Ihr?« Tyr versteifte sich. Das leise Plätschern des Wassers beunruhigte ihn. Er hatte bereits zu viel Zeit mit Warten verschwendet. Er musste diesen Menschen schnellstmöglich zu seinem Vater bringen. Am besten bevor die Schuldgefühle sich dauerhaft in sein Herz einnisteten. Es war die einzige Möglichkeit, sein eigenes Leben und seine Familie zu retten.

»Eine Walküre«, gestand eine der Nornen, »war bereits hier und hat den Aufenthaltsort des goldenen Fadens erfragt.«

»Sie ist wohl der Grund, weshalb der Faden seit unserer Entdeckung unsichtbar im Gewebe schlummerte.« Die Schwestern sahen sich an. »Das bedeutet …«

Schweigen breitete sich aus. Tyrs Hand wanderte zu seinem Schwertknauf.

»Sprecht, Schicksalsschwestern.«

»Wir können dir verraten, wo sich der Faden gerade befand«, begann eine von ihnen und senkte den Kopf. Eine ihrer Schwestern drehte sich zu Tyr um und sprach weiter:

»Aber du solltest warten, bis der Faden sich erneut zeigt und länger bleibt. Bis du dort bist, wird er woanders sein.«

Tyr spannte die Muskeln an.

»Ich habe keine Zeit zu verlieren.«

»Dir bleibt keine Wahl«, sagte die dritte Norne. »Wir sahen sie in einer großen Stadt inmitten von unzähligen Menschen. Bis du Midgard erreichst, wird sie längst verschwunden sein. Vor allem, da die Walküre offensichtlich wieder an ihrer Seite ist.«

»Welche Walküre?« Tyr war sich nicht sicher, ob er die Antwort wissen wollte. Er konnte sich nicht vorstellen, weshalb eine seiner Schwestern sich Odins Befehl widersetzen und auf eigene Faust nach dem Menschen suchen sollte.

Die Nornen schüttelten die Köpfe.

»Sie nannte uns keinen Namen.«

Resigniert ließ Tyr sich wieder auf seinen Felsen sinken. Er musste also warten, bis diese Walküre von der Seite des goldenen Fadens verschwand, und er hoffte, dass sie das tun würde, bevor Odin etwas davon erfuhr.

Sie war betrunken. Richtig betrunken. So betrunken wie noch nie zuvor in ihrem Leben. Da Ray so gut wie nie große Mengen Alkohol trank, war das auch keine besondere Meisterleistung. Nachdem sie in der ersten Kneipe direkt einen jungen Mann gefunden hatte, der ihr bereitwillig einige Schnäpse bezahlt hatte, war Ray irgendwann weitergezogen und in die nächste Bar gestolpert, ohne sich von dem spendablen Kerl zu verabschieden.

Die Welt verschwamm zu einem angenehm dumpfen Gemisch aus Lichtern und Schatten, doch wenn sie sich konzentrierte, konnte Ray noch einigermaßen vernünftig Konversation betreiben. Zumindest war sie selbst fest davon überzeugt.

Irgendwann hing sie in einer Ecke auf einem Ledersofa der x-ten Kneipe und beobachtete die Feiernden auf der kleinen Tanzfläche. Jeden Annäherungsversuch wimmelte sie erfolgreich ab, indem sie sich einfach wegdrehte und so tat, als würde sie schlafen. Entweder waren die Leute so betrunken, dass sie es glaubten, oder verwirrt genug, um sich ein leichteres Opfer zu suchen, das sie mit nach Hause nehmen konnten.

Seit einer ganzen Weile hatte Ray keinen Gedanken mehr an ihre Zukunft verschwendet, sondern hatte das Hier und Jetzt in vollen Zügen genossen. Sie hatte gemeinsam mit anderen bekannte Lieder gegrölt und sich dem sanften Rausch des Alkohols anvertraut. Doch mittlerweile ließ die Wirkung nach, und ihr wurde schleichend bewusst, dass sie sich zumindest für die Nacht einen Schlafplatz suchen musste. Morgen konnte sie immer noch überlegen, was sie mit ihrem Leben anfangen sollte.

Ray wollte aufstehen, prallte aber gegen irgendetwas Hartes und wurde zurück auf das Sofa geschleudert, auf dem seit einer ganzen Weile schon ein Paar wild knutschte. Genervt wandte Ray den Blick von dem Zungenspiel der beiden ab und sah nach oben, wobei sie sich den dröhnenden Kopf hielt.

Ein junger Mann sah auf sie herab und lächelte freundlich. Ray konnte wegen ihres Zustandes seine Gesichtszüge nur verschwommen erkennen, aber er schien attraktiver zu sein als alle anderen männlichen Wesen, die sie jemals gesehen hatte. Sofort musste sie an die hübsche Kára denken, die sich selbst für eine Walküre hielt.

»Bist du auch so ein Fabelwesen?«, rutschte es aus Ray heraus. Verfluchter Alkohol. Ihr Gegenüber runzelte die hohe Stirn, dann entblößte er eine Reihe weißer Zähne zu einem fein ironischen Lächeln. »Oh, wer weiß das schon so genau?« Seine Augen funkelten und musterten Ray mit unverhohlener Neugier. Das schmale Gesicht wurde von schwarzen Locken umrahmt. Der junge Mann stützte eine Hand auf die Sofalehne und beugte sich nach vorne, um Ray noch etwas genauer zu studieren.

»Zumindest siehst du ganz gut aus«, murmelte Ray, was ihrem Gegenüber ein Lachen entlockte.

Er reichte ihr die Hand, und Ray ließ sich bereitwillig von ihm nach oben ziehen, wobei sie das Gleichgewicht verlor und wie in einem schlechten Film direkt an seiner Brust landete.

»Tut mir leid«, nuschelte sie. Ihre Gedanken fühlten sich an wie klebrige Zuckerwatte.

»Aber nicht doch«, erwiderte er. Die samtige Stimme, die in ihr Ohr kroch, ließ Ray schaudern. »Kann ich dir etwas zu trinken anbieten?«

»Bloß nicht.« Allein bei dem Gedanken an noch mehr Alkohol wurde Ray ein wenig schlecht. Sie musterte den Typen eingehender. Er trug einen schwarzen Anzug, und seine Ausstrahlung war so einnehmend, dass Ray sich kaum über den wahnwitzigen Gedanken wunderte, der plötzlich in ihrem Kopf auftauchte. Zumindest nicht, bis sie ihn aussprach. »Aber vielleicht hättest du einen Schlafplatz für mich?«

Erschrocken über sich selbst schüttelte sie heftig den Kopf. War sie denn jetzt völlig verrückt geworden? Eine kurze Entschuldigung stammelnd, stolperte sie an dem Fremden vorbei und verließ die Kneipe. Sie hatte definitiv zu viel getrunken. Viel zu viel.

»Warte!«

Der Fremde war ihr hinterhergeeilt und stellte sich ihr in den Weg – ziemlich mühelos, was vermutlich an ihrem schlingernden Gang lag. Ray blieb stehen. Der Mann war groß. Sie musste den Kopf in den Nacken legen, um ihm in die Augen sehen zu können.

Doch kurz darauf bereute sie es schon. Ihre Welt schwankte, und ihre Hände suchten verzweifelt nach einer Möglichkeit, sich abzustützen. Ray schloss die Augen, um die Übelkeit zu unterdrücken, und als sie sie wieder öffnete, fand sie sich in den Armen des Fremden wieder.

»Du scheinst viel getrunken zu haben.« Es war keine Frage, sondern eine Feststellung. Freundlich, wenn auch unüberhörbar spöttisch. »Du brauchst Schlaf.«

Er hob Ray hoch, und sie quietschte halb verängstigt, halb vergnügt auf. Die abrupte Bewegung hatte ihre Übelkeit erneut verstärkt, und sie klammerte sich Halt suchend an seinem Hals fest.

»Na, das war ja einfach«, sagte er und lachte. »Das hätte ich nicht gedacht.«

»Ich bin nicht dick!«, protestierte Ray pikiert und trommelte auf die Brust ihres Trägers ein, der langsam die Berliner Straßen entlangschritt und sie mit sich nahm.

»Das habe ich auch nie gesagt«, erwiderte er. Er schüttelte lachend den Kopf und flüsterte etwas in einer Sprache vor sich hin, die Ray nicht verstand. Das gleichmäßige Gemurmel gemischt mit dem sanften Auf und Ab seines Ganges lullten Ray zunehmend ein, obwohl sie sich dagegen wehrte.

»Ich bin gar nicht betrunken!«, versuchte sie mehr sich selbst als ihren Entführer zu überzeugen. »Lass mich runter!«

Sie schlug noch einmal, so fest sie konnte, auf seine Brust, was er mit einem erneuten leisen Lachen quittierte.

»Keine Sorge, ich bringe dich nur an einen Ort, an dem du dich ausruhen kannst. In diesem Zustand bist du nicht reisefähig.«

Ray wunderte sich, woher er wusste, dass sie nicht aus Berlin stammte. Vielleicht hatte sie einen Dialekt, wenn der Alkohol ihre Zunge gelockert hatte.

Sie wollte nachfragen, doch ihre Augenlider wurden immer schwerer. Wieso war sie jetzt plötzlich müde?

Und warum wollte sie noch mal nicht einschlafen?

Ihr Kopf dröhnte, und ihr Körper war angenehm warm.

Als sie die Augen wieder aufschlug, sah sie direkt über sich den Kopf des Fremden schweben, der sie eindringlich musterte. Sie spürte, dass sie auf einem Bett lag, und wenige Wimpernschläge später hatte der junge Mann sie mit einer flauschigen Decke zugedeckt.

»Danke«, murmelte Ray. Er stellte eine Flasche Wasser neben das Bett.

»Ich schlafe drüben.«

Mit diesen Worten verschwand ihr Retter aus dem Zimmer und schaltete beim Hinausgehen das Licht aus. Als sich die Dunkelheit über sie legte, wurde Ray noch übler. Sie setzte sich auf und spürte, wie ihr Magen rebellierte. Im Nachhinein betrachtet war es ein Fehler gewesen, vor dem Auftritt nichts mehr zu essen und mit leerem Magen durch Kneipen zu touren.

Sie stand auf und schwankte in die Richtung, in der sie die Tür vermutete. Ihre Hände stießen auf Widerstand, und sie tastete sich vorsichtig an der Wand entlang, bis sie den Türgriff fand. Erleichtert drückte sie ihn nach unten, während ihr Mageninhalt sich langsam einen Weg nach oben bahnte.

Ray erstarrte. Egal, ob sie drückte oder zog, die Tür ließ sich nicht öffnen. Panik überkam sie. Sie klopfte mit aller Kraft gegen das Holz. Zu schreien traute sie sich nicht, denn sie war sich unsicher, ob ihr statt einem Schrei nicht ihr Mageninhalt über die Lippen kommen würde. Verzweifelt erhöhte sie ihre Kraftanstrengung, dann konnte sie sich nicht länger zurückhalten und erbrach sich gegen die Tür. Sie hörte das leise Klatschen, als die Flüssigkeit auf dem Teppichboden aufkam, und ihr stieg der säuerliche Geruch in die Nase, den sie sonst nur von Magen-Darm-Grippen kannte. Tränen rannen über ihr Gesicht. Wieso hatte der Mistkerl sie eingesperrt?

Sie tastete nach dem Lichtschalter und betätigte ihn, aber die Lampe blieb dunkel. Ray versuchte es noch einmal, doch das Ergebnis blieb das gleiche. Fluchend suchte sie die Finsternis nach einem Lichtstreifen ab, um ein Fenster zu finden, aber die Schatten waren undurchdringlich. Vermutlich hatte der Raum kein Fenster.

Ray begann zu zittern. Einerseits aus Angst, andererseits weil sie mit einem Schlag die körperliche Erschöpfung spürte, die der Alkohol mit sich brachte. Sie wankte zum Bett und schlug sich schmerzhaft die Knie an, da sie die Entfernung falsch eingeschätzt hatte.

Schluchzend und weinend rollte sie sich unter der Decke zusammen.

Schmerzen. Ihr Körper schmerzte, als hätte sie zu lange in der Sonne gelegen, und auch ihr Kopf brannte wie bei einem Sonnenstich. Ray setzte sich auf, stöhnte und spürte, dass sie sich erneut übergeben musste. Sie drehte sich zur Seite und gab dem Gefühl nach.

Dumpf erinnerte sie sich daran, dass sie sowieso keine andere Wahl hatte und hier eingesperrt war.

Es war nicht mehr dunkel, sondern einzelne Lichtstreifen fielen durch die halbgeschlossenen Vorhänge auf das breite Doppelbett, das Ray für sich allein hatte. Außer dem Bett befand sich nur ein mannshoher Kleiderschrank mit verspiegelten Doppeltüren im Zimmer. Sofort bereute Ray, dass sie hineingesehen hatte, obwohl sie im Halbdunkeln glücklicherweise nicht viel erkennen konnte. Das wenige, was sie sah, reichte ihr. Sie sah noch schlimmer aus, als sie sich fühlte. Ihre Haare hingen strähnig in ihr Gesicht, und die Augenringe hätte sie nicht einmal mit einer stundenlangen Schminkaktion überdecken können. Auf der neuen Jeans waren einige Spritzer Erbrochenes, und Ray rümpfte angewidert die Nase.

Die Wände des Raumes waren weiß, der Boden mit dunklem Teppich ausgelegt. An der weißen Holztür erkannte Ray den Fleck, den sie gestern Nacht dort unabsichtlich hinterlassen hatte.

Sie hielt sich den Kopf und unterdrückte einen Fluch. Ihre Zunge fühlte sich belegt und pelzig an, ihr Magen schrie nach Essen und ihre Kehle nach Wasser. Sie schnappte sich die Flasche neben ihrem Bett und leerte sie in einem Zug. Sie musste hier raus. Schwach erinnerte sie sich daran, dass der Kerl, der sie hergebracht hatte, groß und charismatisch war. Wenn sie sich richtig erinnerte, war die Zimmertür abgeschlossen. Ray quälte sich aus dem Bett und wagte trotzdem einen Versuch.

Zu ihrer Verblüffung ließ die Tür sich ohne Probleme öffnen, und Ray fragte sich, ob der gescheiterte Versuch gestern nicht vielleicht einfach ihrem Zustand zuzuschreiben gewesen war. Sie spähte durch den Spalt und stellte erleichtert fest, dass der Raum leer war. Dann bemerkte sie die seltsam unpersönliche Einrichtung, einen kleinen Kühlschrank neben dem Fernseher und billige Aquarelle an den Wänden. Eines zeigte das Panorama der Alpen, das andere den Berliner Fernsehturm. Sofort fühlte Ray sich an ein Hotel erinnert. Als der Geruch nach billigem Desinfektionsmittel und Reiniger ihr in die Nase stiegen, verstärkte das den Eindruck.

Vorsichtig trat Ray in das Wohnzimmer und sah sich um. Es gab zwei Türen, die beide geschlossen waren. Hinter einer hörte sie das Rauschen einer Dusche. Er war also doch noch hier.

Gerade als Ray auf den Ausgang zueilte, verstummte das gleichmäßige Prasseln des Wassers. Sie hielt für einen kurzen Augenblick inne und zog in Erwägung, sich mit ihm zu unterhalten und für die Hinterlassenschaft im Zimmer zu entschuldigen, doch dann entschied sie sich dagegen. Der Kerl hatte eine betrunkene junge Frau in ein Hotelzimmer geschleppt, ganz sicher war sie ihm nichts schuldig.

Ihr Zögern dauerte einen Wimpernschlag zu lange. Gerade als sie ihre Hand auf den Griff legte, hörte sie ein verblüfftes Lachen hinter sich. Eigentlich wäre das der Zeitpunkt gewesen, in dem sie hätte fliehen sollen. Es hätte vieles leichter gemacht. Aber Ray erstarrte und drehte langsam den Kopf Richtung Bad.

In der Türschwelle stand der hochgewachsene Mann von gestern Abend. Trotz ihres zugegebenermaßen angeschlagenen Zustandes musste Ray eingestehen, dass er wirklich so gut aussah wie in ihren alkoholgetrübten Erinnerungen. Er trug lediglich ein Handtuch um die Hüften und war gerade dabei, seine Haare mit einem zweiten zu trocknen.

»Willst du schon gehen?« Er zog einen Mundwinkel nach oben.

»Ja«, sagte sie. »Danke, dass du mich gestern Nacht sicher hergebracht hast.«

Sie murmelte noch eine kurze Entschuldigung bezüglich des Flecks, den sie hinterlassen hatte, dann drückte sie den Griff nach unten.

»Warte mal!«

Seine Worte ließen ihre Muskeln erstarren.

Verflucht.

»Ich muss jetzt leider wirklich los.«

»Wie heißt du?« Er kam auf sie zu, und Ray ließ ihre Hand sinken. Die Türklinge schnallte mit einem leisen Geräusch zurück nach oben.

»Du zuerst«, forderte sie, und ihre Direktheit entlockte ihm ein Schmunzeln.

»Loki.«

Als sie den Namen hörte, kam er ihr seltsam bekannt vor. »Ein Künstlername oder so?« Kára. Loki. Der Herr der

Ringe-Elben-Freak. Hier in Berlin waren wirklich merkwürdige Gestalten unterwegs.

»Keineswegs«, antwortete er und fuhr sich mit einer Hand durch seine Haare. »So nennt man mich.«

Seine hochgestochene Ausdrucksweise verstörte Ray, und sie fühlte, wie sich ihr Magen verkrampfte, während ihr lädiertes Gehirn Verbindungen herstellte. Loki kam auf sie zu, nahm ihre Hand und führte sie zu dem dunklen, abgenutzten Sofa, auf dem eine zerwühlte Decke lag. Offensichtlich hatte er die Nacht hier verbracht.

Widerstandslos ließ sie sich auf die Polster drücken und sah in seine Augen. Etwas an seinem Blick irritierte sie, und erst nach einigen Wimpernschlägen erkannte Ray, dass es an Lokis Augenfarbe lag. Eines grün, das andere braun.

»Ich bin so froh, dich gefunden zu haben.« Da er noch immer ihre Hand umklammerte, spürte er ihr nervöses Zusammenzucken. »Keine Sorge. Ich bin hier, um dich zu retten, Goldener Faden.«

Als sie noch immer nicht reagierte, seufzte er.

»Natürlich, du weißt nicht, wovor ich dich eigentlich retten will. Nun … Es ist schwer zu erklären. Aber ich muss eine Heldin aus dir machen.«

Ihr wurde schwindelig. Noch so ein Spinner. Ein Verwirrter. Ob hier nun endlich die Kameras auf sie warteten, um die ganze Farce zu enthüllen? Nichts geschah. Die hellen Gardinen verbargen ebenso wenig einen grinsenden Moderator wie die halb angelehnte Badezimmertür. Loki saß noch immer lediglich mit einem Handtuch bekleidet vor ihr und sah sie eindringlich an. Sofort drehte sie den Kopf weg.

»Was soll dieser Mist?«, flüsterte sie und unterdrückte die Tränen. Nach Berlin zu kommen war ein Fehler gewesen. So viel immerhin war ihr jetzt klar.

»Ich weiß, dass das alles viel ist. Aber ich bin ein Gott. Du kannst mir vertrauen und mit mir kommen.«

Ray erinnerte sich an Káras Worte. Daran, dass die Götter sie töten wollten. Sie war sich nicht sicher, ob ihre Geschichte stimmte oder nicht, aber ihr Verstand wollte nur noch eines: fliehen.

»Lass mich gehen«, murmelte sie. Ein unangenehmer Kloß saß in ihrem Hals. Sie räusperte sich und wiederholte die Worte mit mehr Nachdruck.

»Das kann ich nicht.«

Der drohende Unterton entging ihr nicht und sorgte dafür, dass sie zu zittern begann.

Ruhig bleiben, Ray.

»Ich werde dir nicht folgen«, sagte sie und sah ihm dabei bestimmt in die Augen. »Das hier ist absolut wahnsinnig. Ihr seid alle verrückt. Absolut verrückt!«

»Denkst du?« Loki hob fragend die Augenbrauen.

»Ja«, antwortete sie sarkastisch. »Du und Thor, ihr seid alle beide absolut durchgeknallt.«

Thor war der einzige Göttername, der ihr in diesem Augenblick einfiel. Früher, als kleines Mädchen, hatte ihr Vater ihr manchmal die Geschichten des Comic-Helden vorgelesen.

Bei Loki aber traf der Name offenbar einen Nerv. »Thor!« Er gluckste amüsiert. »Der war hier? Ich hätte nicht gedacht, dass er sich gegen Papi auflehnt. Und dich noch vor mir zu finden, hätte ich ihm schon mal gar nicht zugetraut.«

»Haha, sehr witzig.« Mit einer ruckartigen Bewegung wollte Ray sich ihm entziehen, aber er drückte noch fester zu.

»Was hat er dir erzählt?«

»Frag ihn doch selbst. Er steht hinter dir am Fenster.«

Zu ihrer Überraschung drehte Loki sich tatsächlich um und sah zum Fenster. Dabei lockerte er seinen Griff. Ray zögerte nicht lange. Mit einem Ruck riss sie sich los und stürmte zur Tür. Der vermeintliche Gott brauchte einen

Wimpernschlag zu lange, um die Situation richtig zu erfassen. Als er aufstand, um ihr nachzueilen, war sie bereits auf dem Flur und stürmte zur Treppe.

»Goldener Faden! Warte!«

Ray wandte sich kurz um und sah, wie er das um seine Hüften geschlungene Handtuch festhielt und ihr nacheilte. Gerade als sie nach der Feuertür griff, öffnete sich eine Zimmertür und Loki knallte mit voller Wucht dagegen.

Hätte ihr Schädel nicht so gedröhnt, hätte Ray gelacht, bevor sie die eiserne Treppe nach unten eilte. Es roch nach Urin und Dreck, die Wände waren mit Graffiti beschmiert. Sie hörte, wie ihr Entführer mit jemandem diskutierte, vermutlich mit einer Putzkraft. Als sie draußen ankam, holte Ray kurz Luft und schloss die Augen, um das Schwindelgefühl unter Kontrolle zu bekommen. Dann tauchte sie in den Gassen Berlins unter.

8

In München wäre sie sogar während einer Partynacht herablassend angestarrt worden, doch hier in Berlin interessierte sich niemand für ihre fleckige Kleidung, die fettigen Haare und die blutigen Knie. Es war nicht so, dass die Menschen absichtlich Blickkontakt mieden, sondern es schien ihnen tatsächlich nicht aufzufallen, wie verstört Ray durch die Straßen wankte. Vielleicht sahen sie so etwas häufiger oder sie waren so mit ihren eigenen Gedanken beschäftigt, dass sie ihre Außenwelt nicht wahrnahmen.

Ray war den Berlinern für diese Eigenschaft sehr dankbar, denn abschätzige Blicke waren das Letzte, was sie jetzt benötigte. Als sie eine leere Bank fand, ließ sie sich darauf nieder. Ihr Hals schmerzte, als hätte sie Glasscherben geschluckt. Ihre Gedanken wirbelten durcheinander. Bei einem Kater war ihr Hirn zu nichts zu gebrauchen. Dabei wären gerade jetzt ein paar klare Gedanken mehr als hilfreich.

Ray betrachtete die Menschen, die vorbeigingen. Manchmal bekam sie einen mitleidigen Seitenblick zugeworfen, aber sonst reagierte niemand auf die müde junge Frau mit der dreckigen Kleidung und dem verzweifelten Gesichtsausdruck.

»Na? Zu schnell gelaufen?« Die Stimme, die in ihr Ohr kroch, kam ihr nur allzu bekannt vor. Ray wandte sich um und erstarrte, als sie Loki nur eine Armlänge entfernt auf der Lehne der Bank hocken sah. Wenigstens trug er jetzt einen eleganten Anzug mit einem bodenlangen Umhang und kein Handtuch mehr. Ray fackelte nicht lange. Sie sprang auf und rannte, rannte, so schnell ihre Beine sie trugen. Sie hetzte um eine Ecke und wich einem Hund aus, der nervös zur Seite ausbrach und ihr schließlich direkt zwischen die Beine lief. Rays Gedanken wirbelten wild durcheinander, während sie mühsam das Gleichgewicht wiederfand und weiterrannte.

Trotz des Adrenalinstoßes wurde sie immer langsamer und schwächer. Zum zweiten Mal an diesem kurzen Tag rannte Ray um ihr Leben. Und das ohne Frühstück und mit Kater.

Deshalb war sie nicht einmal sonderlich überrascht, als sie kurz darauf am Arm gepackt und herumgewirbelt wurde.

»War das jetzt wirklich notwendig?«, fragte Loki und schüttelte mitleidig den Kopf. »Ich möchte dir nichts tun.«

»Du bist ein Gott, und wenn ich richtig informiert bin, wollen mich alle Götter töten,« stieß Ray keuchend hervor, während sie versuchte, wieder genügend Sauerstoff in ihre Lunge zu pumpen. Plötzlich hatte Ray keine Zweifel mehr an Káras Geschichte. Sie war zu wahnsinnig, um komplett erfunden zu sein. Und dieser Loki machte ihr wirklich Angst.

Lokis Lachen klang rau und gehässig. Schweiß glänzte auf seiner Stirn. »Ich hätte nicht gedacht, dass du so vorurteilsbehaftet bist.«

Ray versuchte, sich aus seinem Griff zu befreien, aber Loki ließ nicht locker. Leider war auch niemand in der Nähe, der Ray hätte helfen können. Auf ihrer Flucht war sie in einer Seitenstraße gelandet, in der die Häuser keine Balkone besaßen und die Fenster der untersten Wohnungen mit Brettern zugenagelt waren. Das Glück war definitiv nicht auf ihrer Seite.

»Warum wollt ihr mich töten?«, fragte Ray mit zittriger Stimme und versuchte dabei, Lokis Blick standzuhalten. Wenn sie schon sterben musste, dann würde sie nicht als bibberndes Häufchen Elend abtreten. Sie streckte ihren Rücken durch und bemühte sich um einen gefassten Gesichtsausdruck, während sie krampfhaft versuchte, die Gedanken an ihre Eltern zu verdrängen. Sie hätte sie doch anrufen sollen. Wenigstens ein letztes Mal.

»Beruhige dich. Ich bin hier, um dich zu retten. Wo ist eigentlich Kára? Sie sollte doch bei dir sein.«

Ray sah ihm in die Augen und glaubte, darin echte Sorge zu erkennen.

»Ich weiß es nicht.«

»Dann ist es also wahr«, flüsterte Loki, und seine Stimme verursachte Ray eine Gänsehaut. »Ich hatte gehofft, es wäre nur ein Gerücht. Das hätte nicht passieren dürfen.« Er raufte sich mit einer Hand die Haare und schüttelte wild den Kopf. Mit der anderen hielt er weiterhin Ray fest.

»Was meinst du damit?«, fragte Ray. Die Sorge um Kára schnürte ihr die Kehle zu.

»Ich hörte, dass Kára gefangen genommen wurde. Sie ist die Einzige, die dich retten kann.«

»Wovor soll Kára mich retten?«

»Hörst du mir gar nicht zu? Vor den Göttern, die dich töten wollen! Sie sehen in dir eine Gefahr. Im Webstuhl der Nornen bist du ein goldener Faden, und das bedeutet, dass du der Götterwelt gefährlich werden kannst.«

»Warum sollte ich dir glauben?«

»Ich bin zwar ebenfalls ein Gott«, sagte Loki, »aber ich bin vor allem ein Feind Odins. Uns zwei verbindet eine lange komplizierte Geschichte… Ich bin mir sicher, dass dich das nur langweilen würde.«

Ray schwieg und erinnerte sich plötzlich daran, dass Loki in den Comics wirklich Thors Feind war – und damit ein Feind der Götter, die sie tot sehen wollten.

Sie wollte zwar die ganze Geschichte erfahren, doch zuerst brauchte sie etwas zu essen und ein Glas kaltes Wasser mit einer Kopfschmerztablette. Sie überlegte, wie sie das vor Loki eingestehen konnte, doch er kam ihr zuvor:

»Wie wäre es, wenn wir dir neue Kleidung besorgen und ich dich danach zum Mittagessen einlade?«

Egal, wohin Ray geflohen war, sie war immer gefunden

worden. Und sich mit dem Feind der Götter zu verbünden, erschien ihr in der aktuellen Lage wie der einzige Ausweg.

»Das klingt gut.«

Hungrig machte Ray sich über das Käsesandwich her. Sie saßen in einem Ein-Zimmer-Apartment mit spärlichem Mobiliar. Loki hatte sie unter die Dusche geschickt und sich in den nächstgelegenen Supermarkt verabschiedet, nachdem er sie nach ihren Essenvorlieben gefragt hatte.

Als sie aus der Dusche stieg, lagen bereits frische Klamotten auf der Toilette. Ray fragte erst gar nicht, wem die Wohnung gehörte oder woher Loki das Geld für Essen und Kleidung hatte. Es gab Wichtigeres zu klären.

»Also …« Ray biss in das Brot. »Warum hilfst du mir?«

»Warum brauchen Menschen immer Gründe? Genügt es nicht, dass ich auf deiner Seite bin? Wenn ich dich hätte umbringen wollen, wärst du schon längst nur noch ein Haufen Asche.«

»Wie beruhigend«, entgegnete Ray. Dann kam ihr ein erschreckender Gedanke. »Was willst du dann von mir? Mich als Trophäe zum großen Oberguru schleppen, um deine bisherigen Fehler auszubügeln?«

Loki lachte. Er lachte so laut, dass Ray zusammenzuckte und sich verschluckte. Sein ganzer Körper erbebte, und er hielt sich japsend den Bauch, während er mit einer Hand Lachtränen aus seinem Augenwinkel wischte.

»Da ich offensichtlich in Lebensgefahr schwebe, finde ich das gar nicht zum Lachen«, erwiderte Ray trocken.

»Du hast recht. Du musst zur Heldin werden und einen Eisriesen töten.«

»Einen Eisriesen …?« Ray verschluckte sich. »Auf gar keinen Fall.«

Loki legte den Kopf schief und kniff die Augen zusammen.

»Aber der Eisriese hält Kára gefangen. Willst du ihr nicht helfen?«

»Wie konnte sie gefangen genommen werden, wenn sie angeblich so mächtig ist?«

Etwas in Lokis Blick veranlasste sie dazu, seine Beweggründe zu hinterfragen. Als lauerte ein hungriger Wolf hinter der sorgfältig gepflegten Fassade.

»So funktioniert unsere Welt nicht«, antwortete er schlicht. »Macht hat viele Formen. Odin hat Kára in ein Gefängnis geworfen, in dem sie nichts gegen ihn ausrichten kann. Nur an deiner Seite kann sie ihm gefährlich werden.«

»Wo genau ist sie?«, fragte Ray und verdrängte das Bild von Kára, die in zerrissenen Klamotten in einer einzelnen Zelle verhungerte.

»Bei den Eisriesen in Niflheimr.«

Allein der Name ließ Ray nichts Gutes erahnen. Er klang nach Tod und Kälte. Nach Eis und Dunkelheit.

»Irgendetwas sagt mir, dass das kein kleines Dorf in Deutschland ist.«

»Es befindet sich nicht einmal in dieser Welt«, bestätigte Loki, und ein listiges Grinsen legte sich um seine Lippen. »Niflheimr liegt im hohen Norden der Götterwelt. Hinter dem Reich der Zwerge und Naturgeister.«

»Zwerge«, wiederholte Ray. »Natürlich. Und Naturgeister. Lass mich raten: Dort lebt Schneewittchen, und wir müssen ihre böse Stiefmutter töten, um Kára zu retten?«

Loki zog die Stirn kraus und öffnete den Mund, um etwas zu sagen, doch Ray hob abwehrend die Hände.

»Vergiss es, das war nur ein blöder Scherz.«

Sie wusste, dass dieser Seitenhieb nur dazu gedacht war, um die Situationen ins Lächerliche zu ziehen. Auch als Kind hatte sie bei Nachtwanderungen immer lautstark über die billigen Kostüme der Betreuer gelästert, um die kalte Angst zu vertreiben, die sich wie flüssiges Gift einen Weg durch ihren Körper gesucht hatte.

»Man sollte über unsere Welt keine Witze machen. Schon gar nicht, wenn man so sterblich ist wie du. Jedes Wesen in der Götterwelt könnte dich mit Leichtigkeit töten. Und die Zwerge sind hierbei noch die kleinere Gefahr. In Niflheimr leben die Eisriesen, die mit einem einzigen Atemzug alles einfrieren. Ein Blick von ihnen genügt und du wirst zu einer Statue aus Kälte und Hass. Doch diese Gefahr wirst du in Kauf nehmen müssen, denn wenn Kára nicht an deiner Seite ist, wirst du von den Göttern umgebracht. So sagt es die Prophezeiung.«

Rays Magen zog sich zusammen, und sie legte das Sandwich zur Seite. Der Appetit war ihr vergangen.

Sie musste Kára finden, um ihr eigenes Leben zu retten. Zumindest, wenn Loki die Wahrheit sprach. Und dafür sollte sie nicht nur Zwerge und Naturgeister, sondern auch Eisriesen bekämpfen. Außerdem regte sich ihr schlechtes Gewissen. Sie hatte Kára, die ihr offensichtlich wirklich nur helfen wollte, im Stich gelassen.

»Woher weiß ich, dass ich dir vertrauen kann?«, fragte sie und biss sich auf die Unterlippe. Sie ahnte, dass ihr die Antwort nicht gefallen würde.

»Das weißt du nicht, aber du hast keine andere Wahl.«

Er hatte recht. Ohne seine Hilfe würde sie den geheimnisvollen Ort, an dem Kára gefangen gehalten wurde, niemals finden. Sie wusste ja nicht einmal, wie sie ihre eigene Welt verlassen konnte.

»Bring mich zu Kára«, sagte sie schließlich und sah Loki fest in die Augen. Ein Grinsen breitete sich auf seinem Gesicht aus.

»Bevor wir gehen«, antwortete er ernst, »musst du mir genau zuhören. Unsere Welt ist nicht für Sterbliche gemacht. Du wirst dort weder Hunger noch Durst verspüren, bis du göttliche Nahrung siehst. Dann wird dich ein Verlangen überkommen, dem bisher nur wenige widerstehen konnten. Wir brauchen weder Nahrung noch Schlaf in Asgard, aber wir besitzen riesige Schlafsäle und einladende Festmahle. Solltest du von den Speisen der Götter zehren, wirst du zu Stein erstarren.«

»Stein«, wiederholte Ray tonlos, aber Loki sprach einfach weiter.

»Dasselbe Schicksal wird dir widerfahren, wenn du auch nur einen Ton von dir gibst. Ein Wort und du wirst zu einer hübschen Statue.« Obwohl er grinste, hatte Ray nicht das Gefühl, als hätte er einen Witz gemacht. »Und egal, was passiert, du musst deinen Blick immer nach vorne gerichtet lassen. Sobald du nach hinten siehst, wirst du versteinern.«

»Versteinern«, flüsterte sie. »Nicht essen, nicht reden, nicht umsehen. Ich verstehe.« Sie straffte die Schultern. »Dann lass uns gehen.«

Er klatschte in die Hände und sprang auf.

»Du bist wieder nüchtern, oder? Gut gegessen? Kopf klar?«

Ray nickte und erhob sich ebenfalls.

»Wieso?«

»Weil die Reise sonst schiefgehen kann. Ich werde dich gleich nach Asgard bringen, weil ich nur von dort aus Niflheimr betreten kann. Das ist ein bisschen lästig, aber wenigstens können wir direkt von hier nach Asgard reisen.«

Ray sah sich um. Das Zimmer wirkte nicht so, als hätte es eine geheime Falltür, die in die Götterwelt führen würde. Es gab nicht einmal einen großen Kleiderschrank, hinter dessen Mänteln ein Abenteuer warten konnte.

Loki trat auf sie zu und legte seine Hände an ihre Schläfen. Ray zuckte unter der unerwartet sanften Berührung zusammen und vermied es, ihn anzusehen.

»Schau mir in die Augen«, sagte er. »Und verlier bloß

nicht den Blickkontakt. Wenn du zur Seite schaust, wirst du in den Strudel gesogen und bist für immer im Nichts verloren.«

»Wie verlockend«, flüsterte Ray und schluckte. Sie zwang sich, in Lokis ungleiche Augen zu blicken. Seine Mundwinkel wanderten nach oben.

»Los geht's!«

Rays Magen rutschte nach oben, als säße sie in einem Freefalltower. In den Augenwinkeln flimmerten Farben und Formen, aber sie konzentrierte sich einzig und allein auf Lokis zweifarbige Iriden, die den Farbenstrudel um sie herum reflektierten. Ein Gefühl der Beklemmung überfiel sie, ein kurzer Moment des Zweifelns. Dann war alles vorbei.

9

Buntes Licht tanzte über die mächtigen Burgen und ließ ihre edelsteinverzierten Fassaden erstrahlen. Das Gras unter Rays Füßen war tiefrot. Mit offenem Mund starrte sie die riesigen Bauwerke an.

Eine Hand packte sie an der Schulter. Loki deutete grinsend nach oben.

Ray legte den Kopf in den Nacken und erzitterte vor Ehrfurcht. Die farbigen Wirbel aus Sternenglanz erinnerten sie nur entfernt an die billigen Schwarz-Weiß-Kopien aus dem Erdkundeunterricht. Kein Foto der Welt hätte sie auf die gewaltige und atemberaubende Schönheit dieses Himmelszeltes vorbereiten können.

Galaxien. Unzählige. Sie schienen zum Greifen nah.

Mit bebendem Herzen sog Ray die Pracht dieses Naturschauspiels in sich auf. Dann wandte sie ihren Blick über die goldenen Bauten hinweg zu einer Brücke, die nicht nur überdimensional riesig war, sondern auch in allen Farben des Regenbogens leuchtete. Wenn sie es nicht besser gewusst hätte, hätte sie die Brücke selbst für einen Regenbogen gehalten.

»Willkommen in Asgard«, hauchte Loki ihr ins Ohr, und Ray entging nicht, dass er sich an ihrer Sprachlosigkeit und Überwältigung ergötzte. Er grinste wie ein Kind, das glaubte, ein perfektes Weihnachtsgeschenk für die Eltern gebastelt zu haben, und beobachtete jede ihrer Regungen mit blitzenden Augen.

Instinktiv versteckte Ray ihre wahren Gefühle hinter einer Maske, auch wenn das Blut noch immer laut in ihren Ohren rauschte und ihre Knie vor Freude und Angst zitterten. Entweder war sie gerade auf einem extremen Drogentrip oder sie sah vor sich den Beweis, dass Kára wirklich nicht gelogen hatte. Asgard.

Unzählige Fragen tobten in ihrem Kopf, aber sie ermahnte sich immer wieder, dass sie keine davon stellen durfte. Zumindest nicht, solange sie sich in dieser Welt befanden. Sie hatte Lokis Regeln mehrmals im Kopf wiederholt: nicht essen, nicht reden, nicht nach hinten blicken – oder sie würde auf der Stelle zu Stein erstarren.

»Bist du bereit?«, flüsterte Loki und griff nach ihrer Hand. Erst nach langem Zögern hatte Ray zugestimmt, dass er sie an der Hand durch die Götterwelt führen durfte, da das laut ihm die sicherste Methode war, um sie zu steuern, ohne dabei viele Worte zu benötigen. Aber als sie nun seine warme Haut auf ihrer spürte, dachte sie sogar kurz, dass es Schlimmeres gab. Genau genommen fühlte sich seine Nähe sogar überraschend gut an.

Gemeinsam mit Loki ging sie die ersten Schritte in dieser neuen, ungewohnten Welt. Das Gras unter ihren Füßen war weich, und die Luft roch angenehm frisch. Dennoch war Ray sich nur zu deutlich der lauernden Gefahr bewusst, denn die intensiven Farben, die prunkvollen Gebäude und der unbeschreibliche Himmel erinnerten sie bei jedem Atemzug daran, dass sie in einer anderen Welt war. In einer Welt, in der eine falsche Handlung ihren Tod bedeutete.

Loki führte sie zielsicher durch die Landschaft, vorbei an Bäumen mit silbernen Blättern und Wasserfällen aus Regenbogenglanz. Links thronten zwölf goldene Burgen über allem und gemahnten Ray zum Schweigen, obwohl sie zu gerne gefragt hätte, woher die leise Melodie kam, die tief in ihrem Herzen zu vibrieren schien. Eine sich stetig ändernde Abfolge von Tönen, jeder Takt magischer als der vorige.

»Wenn wir Svartalfheim betreten, beginnen die großen Gefahren unserer Reise erst«, raunte Loki. »Von deiner Welt konnte ich uns nur bis nach Asgard bringen, sodass wir das Zwergenreich nun zu Fuß …«

Er hielt abrupt inne und hob eine Hand, um Ray zu signalisieren, dass sie still sein sollte, was sie mit einem verwirrten Stirnrunzeln quittierte – noch stiller ging ja wohl kaum? Loki lauschte angestrengt. Dann sprintete er unvermittelt los – ohne dabei ihre Hand loszulassen. Ein Ruck ging durch Rays Körper, und ihre Beine fanden wie von selbst den schnellen Rhythmus. Endlich zahlten sich die Joggingrunden mal aus, dachte sie verschwommen. Sie stolperte nicht einmal, als Loki mit einem Sprung über einen Bach setzte. Trotzdem raste ihr Herz, ihre Hände schwitzten, und sie hörte ihr eigenes Blut in den Ohren rauschen. Im allerletzten Augenblick hielt sie eine gekeuchte Frage zurück, und trotz des wachsenden Unwohlseins drehte sie sich nicht um. Sie glaubte den Atem einer riesigen Bestie in ihrem Nacken zu spüren und wünschte sich, dass Loki trotz der Hetzjagd Zeit für einen Satz der Erklärung gefunden hätte. Wovor flohen sie? Doch da Loki ein Gott war und vor diesem Etwas davonrannte, war Ray sich ziemlich sicher, dass sie es lieber später als früher herausfinden wollte.

»Schneller!« Mehr rief Loki nicht, aber das war auch nicht nötig. Rays Herz setzte einen Schlag aus, und für einen Moment sah sie nur noch Schwarz.

In der nächsten Sekunde war die Landschaft um sie herum völlig verändert – als wären sie in eine Fotografie hineingestolpert. Schwer atmend kamen sie zum Stehen. Die Bedrohung – was immer es gewesen war – schien ebenso plötzlich verschwunden zu sein wie der Rest der Landschaft, die sie eben noch durchwandert hatten. Ray befreite ihre Hand aus Lokis und stützte sich auf die Knie, um besser Luft zu bekommen.

Schließlich hob sie den Kopf und sah sich von einem tiefgrünen Blätterdach geschützt. Durch die Baumkronen drangen vereinzelte Lichtstreifen, die den mit Efeu überwucherten Boden mit hellen Punkten sprenkelten. Ray war schon häufig im Schwarzwald wandern gewesen, doch selbst die erhabenen Tannen ihrer Heimatwelt kamen nicht an die Größe der Stämme heran, die sie nun umgaben. Die Bäume standen so weit auseinander, dass bequem eine zweispurige Autobahn zwischen ihnen hätte verlaufen können. Die angenehme Temperatur und die Stille wirkten beruhigend, und doch …

Erneut widerstand Ray dem Drang, über die Schulter zu blicken, und fixierte stattdessen Loki, während ihr Puls sich allmählich verlangsamte.

Als Loki siegreich eine Faust in die Luft stieß, hob sie fragend die Augenbrauen.

»Es hat funktioniert!«, rief er und drehte sich mit ausgestreckten Armen wild lachend im Kreis. Dann umarmte er Ray. Diese erwiderte die unerwartet freundliche Geste vollkommen überrascht, bis Loki sie an den Schultern packte und ein Stück von sich wegschob, um ihr ins Gesicht zu sehen.

»Angst allein kann Fremden einen Weg nach Svartalfheim öffnen«, erklärte er und grinste von einem Ohr zum anderen. »Und du hast es wirklich geschafft!«

Ray holte aus und gab ihm eine schallende Ohrfeige.

Sie waren gar nicht verfolgt worden, begriff sie, und erst recht nicht in Lebensgefahr gewesen! Loki hatte ihr mühsam errungenes Vertrauen missbraucht, um ihre Angst als Schlüssel zu verwenden. Wenn sie nicht bei der ersten Silbe zu Stein erstarrt wäre, hätte sie ihm jetzt sämtliche Beleidigungen entgegengeworfen, die sie kannte. So begnügte sie sich mit dem brennenden Schmerz in ihrer Handfläche, der von dem Schlag übrig geblieben war.

»Ich denke, die habe ich verdient«, sagte Loki schulterzuckend. Dass er noch immer glückselig lächelte, machte Ray rasend. Äußerlich hielt sie sich zurück, während in ihr ein Sturm tobte. Dieser Mistkerl.

»Aber du siehst ein, dass es nötig war, oder?«, fuhr Loki unbekümmert fort. »Wie hätte ich dir sonst genügend Angst einjagen sollen, um das Tor zu öffnen? Angst ist der *einzige* Schlüssel für Menschen wie dich. Na ja, mir wäre schon etwas eingefallen, aber ob dir das besser gefallen hätte …?« Seine Augen funkelten schelmisch.

Ray kniff die Lippen zusammen. Das klang logischer, als ihr lieb war. Und zugegeben – es hätte weitaus unangenehmere Wege gegeben, ihr Angst einzujagen. Sie holte tief Luft und nickte widerwillig.

»Wir sind allerdings im Wald gelandet. Das ist weniger gut.« Das Lächeln verschwand aus Lokis Gesicht und wurde durch Sorgenfalten ersetzt. »Im Wald leben die meisten Wesen Svartalfheims.« Er betrachtete die Bäume um sich herum so eingehend, als befürchtete er, dass sie jeden Moment zum Leben erwachen würden. »Vor allem jene, die einst Menschen waren, fühlen sich hier wohl. Auf der weiten Ebene, die nach Niflheimr führt, überleben sie nicht lange.«

Ray erschauderte und wollte fragen, was Loki damit meinte, doch sie erinnerte sich einmal mehr an das Verbot und raufte sich wütend die Haare. Schweigen zu müssen war schlimmer, als sie gedacht hatte. Vor allem, wenn man sich in einer vollkommen fremden Welt bewegte.

»Ja, Menschen können durchaus in diese Welt wechseln«, sagte Loki, und Ray wunderte sich darüber, dass er sie so gut deuten konnte. Andererseits war es wohl keine große Kunst, ihre Gedanken zu erraten. Vermutlich hätte jeder andere Mensch an ihrer Stelle dasselbe fragen wollen – wenn er gekonnt hätte. »Angst ist der Schlüssel, das hast du ja gerade erst selbst erlebt. Und er wird natürlich auch benutzt. Werwölfe und Hexen stammen von hier aus Svartalfheim, ebenso wie Nachtmahre. Sie versetzen Menschen in Todesangst und bringen sie so hierher als Nahrung für ihre Herrscher – daher hatte ich übrigens die Idee, dich auf dieselbe Art herzubringen. Genial, oder?« Ein selbstgefälliges Grinsen huschte kurz über sein Gesicht. »Doch manchmal entkommt ein Mensch, und dann irrt er hier herum. Wir nennen sie liebevoll *Streuner*. Aber keine Sorge, sie sind harmlos.«

Ray erwiderte nichts – natürlich nicht, obwohl ihr einiges eingefallen wäre. Es waren nicht die heimatlosen Menschen, die ihr Sorge bereiteten. Werwölfe, Hexen und Nachtmahre kannte sie bisher nur aus Geschichten, und sie wäre froh, wenn das so bleiben würde. Nur mit größter Willenskraft widerstand sie dem Drang, sich wachsam umzusehen, und ignorierte die tanzenden Schatten, die von den Lichtstreifen gezaubert wurden.

»Doch die wahren Meister Svartalfheims«, fuhr Loki fort, »sind die Zwerge. Sie beherrschen die Ebene, die den Großteil dieser Welt ausmacht. Der Wald hier ist im Vergleich dazu nur ein Sandkorn im Ozean.«

Nur ein Sandkorn … Als Ray sich der Dimensionen bewusst wurde, erzitterte sie erneut. Die Bäume waren riesig, und so weit sie blicken konnte, war kein Waldrand in Sicht. Ein ziemlich großes Sandkorn … In einer so gigantischen Welt lebten sicherlich unzählig viele Wesen. Und Ray wollte keinem davon begegnen. Fragend sah sie Loki an und wartete darauf, dass er losging, doch er lauschte lediglich in die scheinbar unendlichen Weiten des Waldes. Nervös trat Ray von einem Bein auf das andere. Hinter den Baumstämmen glaubte sie gierige Augen zu sehen, die sie beobachteten.

Schließlich nickte Loki bedächtig und deutete in eine Richtung. Ray blieb noch einen Moment unsicher stehen, dann atmete sie tief ein und folgte ihm. Der Drang, sich wenigstens ein einziges Mal umzusehen, wurde mit jedem Schritt mächtiger. Vor allem, da sie nun wusste, dass sie in diesem Wald nicht allein waren. Was, wenn sie verfolgt wurden?

»Pass auf, dass du dich nicht verletzt«, sagte Loki. »Hexen und Werwölfe legen hier häufig Fallen aus, um die Streuner zu fangen. Wenn sie uns erwischen, könnte das übel für uns enden.«

In Rays Kopf tauchten Bilder von blutverschmierten Werwölfen und gackernden Hexen auf, und sie rieb sich mit den Händen die Oberarme, um die plötzliche Kälte zu vertreiben, die von ihr Besitz ergriff. Konnte der Gott sie wirklich vor all dem beschützen? Nervös beäugte sie Lokis Hinterkopf. Der aber lief immer weiter, ohne zu zögern. Ray versuchte sich zu beruhigen: Immerhin hatte er ihr bisher geholfen, er hatte sie bis nach Asgard gebracht und schließlich sogar hierher, so zweifelhaft seine Methoden auch gewesen waren.

Er würde schon wissen, was er tat. Hoffentlich.

Seit einer gefühlten Ewigkeit folgte Ray dem seltsamen Gott. Sie achtete darauf, ihren Fuß in die Abdrücke zu setzen, die seine Füße im Unterholz hinterließen, um nicht versehentlich eine der Fallen auszulösen, von denen er gesprochen hatte. Dabei erinnerte Ray sich stets daran, dass sie unter keinen Umständen einen Laut von sich geben durfte. Selbst wenn sie überraschenderweise in ein tiefes Loch fallen sollte, durfte sie nicht schreien. Bei jedem Schritt bereitete sie sich auf unerwartete und höllische Schmerzen vor, weshalb der Marsch eine große Belastungsprobe für ihren Verstand darstellte.

Da Ray vollkommen auf sich selbst konzentriert war, wunderte sie sich nicht darüber, dass sie keinem einzigen Tier begegneten oder dass neben dem Efeu keine andere Pflanze den Boden bedeckte. Sie bemerkte auch nicht, dass die Lichtstreifen unverändert hell durch das Blätterdach fielen. Und sie verwechselte den leise raschelnden Efeu mit einem Lufthauch, der durch die Baumkronen strich, obwohl in Svartalfheim kein Wind wehte.

Loki machte nicht den gleichen Fehler. Er packte Ray an den Armen und zerrte sie hinter einen Baum, dessen Stamm so breit war, dass sie sich mühelos beide hinter ihm verstecken konnten. Dann tippte er ihr auf die Schulter und legte einen Finger an seine Lippen.

In diesem Moment hörte Ray es auch. Keuchen und Blätterrascheln. Sie riss die Augen weit auf und wartete darauf, dass Loki ihr eine Erklärung lieferte, aber der Gott sprach kein einziges Wort, sondern fixierte die Richtung, aus der die Geräusche kamen. Auch Ray suchte zwischen den Baumstämmen nach der Ursache und erkannte kurz darauf wilde Zuckungen unter dem Efeu. Plötzlich erschien eine Hand in dem Haufen aus Blättern und streckte sich nach oben, doch eine Efeuranke umschlang sie und zog sie wieder zurück. Ray keuchte tonlos. Ihr Blick wanderte zu dem Efeu, der sich knapp vor ihren Füßen befand. Er war so still und harmlos wie zuvor.

Waren das die Fallen, von denen Loki gesprochen hatte? Und wenn ja, würde das nicht bedeuten, dass die, die sie aufgestellt hatten, bald ihre Beute holen kamen? Ray schloss die Augen und lehnte ihre Stirn gegen den Baumstamm, der sich eigenartig glatt wie Glas anfühlte. Auf was hatte sie sich bloß eingelassen? Das war der komplette Wahnsinn. Sie könnte jetzt ein neues Lied schreiben oder an ihrem ersten Auftritt arbeiten, stattdessen stand sie mit einem Gott in einer anderen Welt und sah dabei zu, wie ein Mensch in die Falle der Hexen geraten war. Oder der Werwölfe. Oder Nachtmahre.

Ein hilfloses Lebewesen, das von der Erde, aus *ihrer Welt* stammte, würde vor ihren Augen sterben.

Plötzlich spürte Ray ein heißes Brennen in ihrer Kehle

während ihr Herz im selben Moment zu Eis erstarrte. Sie konnten doch unmöglich tatenlos zusehen und diese Person ihrem Schicksal überlassen! Selbst wenn die Angst in ihrem Körper wütete und sie sich vollkommen machtlos fühlte. Loki war immerhin ein Gott! Gemeinsam mussten sie etwas tun können!

Ray riss die Augen wieder auf und sah erneut zu dem zuckenden Haufen. Dann wanderte ihr Blick zwischen den Stämmen umher. Da die Bäume so weit auseinander standen, konnte sie weit genug sehen, um festzustellen, dass sich ihnen niemand näherte – zumindest nicht in diesem Augenblick. Jetzt oder nie, dachte Ray.

Sie packte Loki am Arm und deutete auf das Häufchen Elend. Dann gestikulierte sie wild mit den Händen in der Luft und hoffte, dass Loki sie verstehen würde. Ihr Zeigefinger wanderte zwischen dem Gott, dem Gefangenen und ihr selbst hin und her, während sie mit dem Kopf in die Richtung des Streuners zuckte.

Lokis Stirnrunzeln wurde von einem verblüfften Lächeln abgelöst. »Du willst ihn retten?«, flüsterte er und hob belustigt die Brauen.

Ray nickte wild entschlossen – auch um sich selbst zu überzeugen. Sie würde diese verlorene Seele nicht zurücklassen. Das war einfach nicht richtig.

»Wofür? Er kam direkt von eurer Welt hierher und nahm nicht den Weg über Asgard. Dadurch ist eine Rückkehr für ihn unmöglich. Der direkte Weg zwischen Svartalfheim und Midgard ist eine Einbahnstraße.« Loki zuckte mit den Schultern. »Es ist besser für ihn, wenn sein sinnloses Leben so schnell wie möglich ein Ende findet, glaube mir.«

Eine kleine, ängstliche Stimme in Rays Kopf gab ihm recht. Sie kannte den Streuner nicht einmal, und selbst wenn sie ihn rettete, konnte er nicht lange in dieser Welt überleben. Früher oder später würde er wieder in einer Efeufalle landen und letztendlich als Opfer der Naturwesen enden …

Nein.

Ray verschränkte die Arme vor der Brust und schüttelte den Kopf. Niemand durfte sich anmaßen, über Leben und Tod zu entscheiden. Nicht einmal ein Gott wie Loki. Tatenlos zuzusehen war, als würde sie den Menschen mit eigenen Händen erwürgen.

»Als Midgard bezeichnen wir im Übrigen eure Welt«, fügte Loki derweil hinzu, als wäre das Thema für ihn längst erledigt. »Und alle Welten werden durch Yggdrasil, die Weltesche, verbunden.«

Ray boxte ihn energisch gegen den Oberarm – wen interessierten jetzt Exkurse über das Weltengefüge? – und deutete wieder in Richtung des Streuners. Allein konnte sie nichts ausrichten, das wusste sie. Sie hatte keine Ahnung, mit welchem Fluch die Schlingpflanze belegt war und wie weit ihre Triebe reichten. Möglicherweise konnte schon ein Schritt in diese Richtung ihren Tod bedeuten. Eindringlich musterte sie Loki von oben bis unten. Ob er sie zurücklassen würde, falls sie in die Falle geriet? Sie wusste es nicht. Aber sie würde nicht ihren Fuß in den Efeu stecken, um es herauszufinden.

Loki seufzte und nickte ergeben. Ray triumphierte innerlich, und ihre Mundwinkel verzogen sich zu einem Lächeln, doch gerade als sie den ersten Schritt zu der hilflosen Gestalt machen wollte, hielt Loki sie erneut zurück und drückte sie so eng an den Baum, dass ihre Wange auf dem glatten Holz zu liegen kam. Es war erstaunlich warm und schien zu pulsieren. Hinter dem breiten Stamm konnte Ray nicht sehen, was Loki sah, als er sich ein Stück zur Seite lehnte und mit grimmigem Gesichtsausdruck nach oben starrte. Schließlich hielt sie ihre Neugier nicht mehr aus, wand sich aus Lokis Griff und spähte ebenfalls um das Holz herum. Sofort wünschte sie sich, sie hätte es nicht getan. Die Szene vor ihr glich einem schlechten Actionfilm.

Von oben fielen mehrere Gestalten auf den Boden herunter und fingen ihren Sturz gekonnt mit einer Rolle ab, bevor sie aufsprangen und in geduckter Haltung den Streuner umkreisten. Auf den ersten Blick zählte Ray mindestens zwanzig Männer und zehn Frauen, allesamt in graue Fellkleidung gehüllt. Ihre Gesichter waren zu so hässlichen Fratzen verzogen, dass sie nicht einmal mehr menschlich wirkten. In ihren Augen loderten Gier und unbändiger Hunger. Ray zitterte inzwischen so stark, dass das Laub unter ihren Füßen zu rascheln begann, aber die Werwölfe waren zu sehr auf ihre zappelnde Beute fixiert, um sie zu bemerken. Zumindest ging Ray davon aus, dass es sich hierbei um Werwölfe handelte.

Loki bedeutete Ray mit einem wütenden Blick, still zu sein, und drückte sie wieder an den Stamm heran, bis sie nichts mehr sehen konnte. Zum ersten Mal seit ihrer gemeinsamen Reise war Ray ihm für seine Bevormundung dankbar. Ein schauriges Jaulen ertönte und ging ihr durch Mark und Bein. Ray konnte nur mit Mühe einen Schluchzer unterdrücken und griff unwillkürlich nach Lokis Hand, um sich daran festzuklammern. Der Gott ließ es widerspruchslos zu und behielt das Geschehen weiterhin im Auge, während Ray ihre Stirn an den Stamm presste und sich auf das sanfte Vibrieren des Holzes konzentrierte. Es erinnerte sie an das tröstliche Brummen des Basses ihrer Kopfhörer.

Weniger ermutigend waren dagegen die schrillen Schreie, die durch das Brummen an ihr Ohr drangen. Ray hatte noch nie in ihrem Leben solche Laute aus einer menschlichen Kehle gehört. Sie hatte nicht einmal gewusst, dass Stimmbänder zu so etwas fähig waren. Für dieses Geheul gab es nur einen Ausdruck: Todesangst.

Rays ganzer Körper bebte, ihre Knie zitterten, und die

Welt um sie herum schwankte. Sie schloss die Augen und riss sich mit aller Kraft zusammen. Nicht ohnmächtig werden. Nicht jetzt.

Das Gejammer schwoll an, dann mischten sich seltsame Geräusche darunter, und das Gebrüll wurde zu wimmernden Klagelauten. Hin und wieder klang es, als würde jemand nassen Stoff zerreißen. Schließlich verstummte der Streuner komplett, und nur das schaurige Reißen und der metallische Geruch von Blut erfüllten die Luft. Rays Verstand weigerte sich, diesen Umstand zu verstehen. Sie wollte nicht wahrhaben, dass die Werwölfe den Menschen gerade bei lebendigem Leibe in Stücke gerissen und vermutlich auch gefressen hatten.

Ihr wurde übel, aber sie wusste, dass sie sich auf keinen Fall übergeben durfte. Das hätte ihren Tod bedeutet. Sie kniff die Lippen zusammen und zwang sich, ruhig zu atmen. Einen Atemzug nach dem anderen. Wenn die Werwölfe sie entdeckten, waren sie tot. Loki mochte ein Gott sein, aber selbst er konnte nicht allein gegen über dreißig halb menschliche Bestien kämpfen. Und Ray wäre sicher keine große Hilfe.

Sie packte Lokis Hand noch fester und begann, in Gedanken ein Lied zu singen. Irgendeinen Popsong, der momentan in den Charts war und den sie erst letzte Nacht noch in einer der Bars lauthals mitgegrölt hatte. Wie weit fort das alles auf einmal schien. Wie unbedeutend ihre Sorgen um das Studium und ihre Zukunft, der Streit mit Kára. Ray fühlte, wie Loki ihr sanft über den Rücken strich, und ein Teil ihrer Anspannung löste sich. Sie war nicht allein, und Ray musste sich eingestehen, dass es schön war, jemanden bei sich zu haben. Sie war sich sicher, dass Loki problemlos nach Asgard hätte flüchten können, aber er blieb hier bei ihr und hielt ihre Hand, bis er ihr endlich ins Ohr flüsterte, dass die Werwölfe verschwunden seien.

Langsam öffnete Ray die Augen und spähte um den Baumstamm herum. Der Wald lag leer und verlassen vor ihr. Nur die roten Flecken auf den Efeublättern erinnerten an das grausige Schauspiel, das hier stattgefunden hatte.

Vorsichtig traten sie aus ihrer Deckung heraus. Loki ließ Rays Hand dabei los, doch sie sah ihn flehentlich an, und er stellte den Körperkontakt wieder her, ohne zynisch zu grinsen. Seine Stirn war in Falten gelegt, und sein Blick zuckte unruhig umher. Er setzte jeden Schritt bedächtiger als zuvor, und seine gute Laune war komplett verschwunden.

Glaubst du, sie sind noch in der Nähe?, wollte Ray schon fragen – aber sie kam nicht dazu, weil Loki sie mit einem Mal an der Schulter packte und sie auf den blätterbedeckten Boden drückte. Laub wirbelte auf und nahm ihr die Sicht, sie spürte einen Luftzug.

Lokis Hand entglitt ihrer, und sofort fühlte Ray sich furchtbar verletzlich. Hastig rollte sie zur Seite, sprang auf, drückte ihren Rücken gegen einen Baumstamm und sah sich mit weit aufgerissenen Augen nach Loki um. Neben ihm hatte sich ein Holzspeer in den Boden gebohrt. Der Gott erhob sich, wirbelte herum, griff nach der Waffe und hielt sie weit ausgestreckt von sich. Er stand breitbeinig, den Oberkörper geduckt, seine Muskeln waren gespannt. Bereit, jederzeit zuzuschlagen. Sein Blick war auf Ray gerichtet – oder auf etwas hinter ihr?

Ein Knurren ertönte neben Rays Ohr. Ihr Herz setzte einen Schlag aus, und sie kniff die Augen zusammen. Sie wusste sofort, was neben ihr lauerte.

Einer ist zurückgeblieben.

Mit einem tiefen Atemzug bereitete sie sich auf die Schmerzen vor, die der Werwolf ihr zufügen würde, aber stattdessen spürte sie einen dumpfen Schlag gegen ihr Knie. Sie riss die Augen auf und sah nach unten: Der Werwolf lag halb auf ihren Füßen, gekrümmt vor Schmerzen. In seiner

Schulter steckte der Holzspeer. Loki packte Rays Hand und riss sie mit sich. Hinter ihnen stieß das Wesen einen markerschütternden Laut aus. Loki fluchte. »Er hat soeben seine Freunde gerufen. Machen wir, dass wir wegkommen.«

Das ließ Ray sich nicht zweimal sagen. Widerstandslos ließ sie sich von Loki mitziehen. Die Blätter unter ihren Füßen und ihr eigener Atem klangen so laut, dass sie unmöglich sagen konnte, ob sie noch verfolgt wurden. Sie lief schneller als jemals zuvor in ihrem Leben. Ihr Herz raste so schnell, dass sie befürchtete, es würde sämtliche Schläge ihres Lebens in wenigen Sekunden verbrauchen. Der Efeu knisterte unter ihren Füßen, und obwohl sie fürchtete, jeden Moment in einer Schlinge hängen zu bleiben oder in eine Falle zu tappen, rannte sie weiter, ohne auf den Boden zu achten. Dafür war keine Zeit.

Loki warf immer wieder Blicke über die Schulter, aber an seiner Miene konnte Ray nicht erkennen, ob der Feind sich näherte oder schon längst außer Sichtweite war. Endlich blieb er stehen, und auch Ray hielt nach Atem ringend inne. Sie ließ Lokis Hand los, um sich über das Gesicht zu fahren. Der Wald wirkte jetzt wieder so friedlich wie zuvor. Rays Puls normalisierte sich langsam, der Adrenalinspiegel sank.

»Haben wir ihn abgehängt?«, stieß sie zwischen einzelnen Atemzügen hervor.

»Ja«, lautete Lokis schlichte Antwort, und auch er wischte sich mit dem Handrücken Schweiß von der Stirn, woraufhin Ray schmunzelte.

»Ich wusste gar nicht, dass Götter schwitzen können«, witzelte sie.

Loki aber lachte nicht. Er sah sie mit einem seltsamen Gesichtsausdruck zwischen Faszination und Bedauern an.

Das Lachen blieb Ray in der Kehle stecken. Und jetzt konnte sie Lokis Blick auch deuten.

»Ich kann reden.«

Sie sah an sich hinab und erwartete beinahe, dass sie schon zu Stein geworden war. Nichts hatte sich verändert. »Ich lebe.«

Fassungslos starrte sie erst Loki und danach ihre Beine an.

Der Gott erwiderte nichts, sondern kratzte sich mit einer Hand im Nacken und setzte ein verlegenes Lächeln auf. »Also«, setzte er an, aber er kam nicht weit, denn Ray wandte sich bereits von ihm ab, drehte sich einmal um die eigene Achse und nahm jeden einzelnen Baumstamm in Augenschein.

»Ich kann mich umdrehen«, murmelte sie mehr zu sich selbst. »In jede Richtung.«

»Was das betrifft …«, startete Loki den nächsten Versuch. Diesmal wurde er von einer schallenden Ohrfeige unterbrochen.

»Die habe ich wohl noch mehr verdient als die erste«, sagte er und rieb sich die Wange. Trotz seiner Worte grinste er.

Wutschnaubend stand Ray vor ihm, eine Hand zur Faust geballt, mit der anderen bohrte sie ihren Zeigefinger in Lokis Brust.

»Du hast mich belogen«, zischte sie, »die ganze Zeit.« Tränen der Wut und Enttäuschung stiegen ihr in die Augen. Sie hatte es geahnt, aber nicht wahrhaben wollen. Er hatte sie vor den Werwölfen beschützt. Er hatte versprochen, sie zu Kára zu führen! Falls Kára überhaupt … Ray fluchte. »War das auch eine Lüge? Wurde Kára vielleicht gar nicht gefangen genommen?«

»Nein«, beteuerte Loki und hob beide Hände nach oben, als würde er sich ergeben. Sein überhebliches Grinsen allerdings verschwand nicht. »Sie wurde *wirklich* von Odin entführt und nach Niflheimr gebracht, und ich wollte dich *wirklich* dorthin bringen.«

Ray stieß geräuschvoll einen Schwall Luft aus. »Ja klar,

natürlich.« Sie funkelte ihn wütend an. »Sag mir endlich die Wahrheit! Was ist mit Kára?«

»Das, was ich dir gesagt habe: Die Götter wollen dich töten, Kára ist die Einzige, die dich retten kann, und wurde deshalb in Niflheimr eingesperrt.«

»Warum dann diese Lügen? Warum die erfundenen Regeln?«

Loki hob beide Augenbrauen, und sein Grinsen wurde noch breiter. »Zu meiner Belustigung?«

Es geschah nur selten, dass Ray sprachlos war, aber jetzt war sie es. Mit offenem Mund starrte sie den Gott an und wusste nicht, ob sie schreien oder ihm eine weitere Ohrfeige verpassen sollte. In ihrem Bauch kochte die Wut, während ihr Kopf die Ungeheuerlichkeit seiner Worte nicht fassen konnte.

»Ray, du musst mich verstehen«, sagte er und ging einen Schritt zurück, die Arme weiterhin erhoben. »Ich lebe schon ewig. Ein Götterleben ist nicht so aufregend, wie es klingt. Sicher, wir haben Alkohol, Musik und hübsche Frauen, aber das reicht nicht. Hin und wieder brauchen wir … eine kleine Aufmunterung. Spaß. Einen besonderen Nervenkitzel. Ihr Sterblichen kennt das doch auch.«

Mit jedem Wort fühlte Ray sich weiter herabgesetzt. Zu einer netten Unterhaltung degradiert wie ein billiges Nachmittagsprogramm im Fernsehen.

»Das alles hier ist für dich ein *Spiel*?« Sie sprach mit vor Wut zitternder, aber leiser Stimme. Die Fratzen der Werwölfe waren ihr noch lebhaft im Gedächtnis, und sie wollte nicht riskieren, sie durch laute Schreie herbeizurufen. »Kára ist gefangen. Ich bin in Lebensgefahr. Und für dich ist das nichts weiter als ein netter *Zeitvertreib*?«

Ray konnte es nicht fassen. Obwohl sie von Anfang an gespürt hatte, dass mit diesem Kerl etwas nicht stimmte, traf sie die Wahrheit wie ein Eimer mit eiskaltem Wasser nach einer durchzechten Nacht. Irgendwo tief in ihrem Inneren hatte sie gehofft, dass sie sich irrte und Loki wirklich auf ihrer Seite stand.

»Ich habe dir geholfen, oder?«, entgegnete Loki und ließ die Hände sinken. »Ist das nicht alles, was zählt?«

Entschlossen schüttelte Ray den Kopf. »Wie soll ich dir vertrauen, wenn du mich nur als Spielzeug missbrauchst?« Sie musterte ihn abschätzig von oben bis unten. Sie verabscheute alles an ihm. Noch mehr als zuvor. »Woher soll ich wissen, dass du mich nicht bei nächster Gelegenheit fallen lässt?« Sie wollte die Worte kalt und schneidend klingen lassen, aber ihre Stimme war tränenerstickt. Ray konnte mit vielem umgehen, aber Verrat und Lügen gehörten nicht dazu. Nicht einen Schritt, wiederholte sie in Gedanken. Nicht einen Schritt würde sie weiter mit ihm gehen.

Stattdessen gab sie ihrem ersten Impuls nach, drehte sich um und rannte. Sie stürmte durch den Wald, zurück in die Richtung, aus der sie gekommen waren.

Hinter ihr rief Loki ihren Namen und nahm die Verfolgung auf, aber Ray war nicht töricht genug, sich umzudrehen und damit ihren Vorsprung zu verringern. Der Gott hatte nicht mit einem Fluchtversuch gerechnet, und das war ihr Vorteil. Auch wenn sie nicht wusste, wohin sie überhaupt wollte oder wie sie zurück in ihre Welt kam, sie musste weg von Loki und zurück zu Kára. Vielleicht war sie doch gar nicht gefangen genommen worden. Es war nicht ausgeschlossen, dass auch das eine von Lokis Lügen war.

Ray riskierte einen Blick zu den Baumwipfeln. In ihr keimte die verrückte Hoffnung, dass Kára vielleicht sogar schon auf dem Weg war, um sie zu retten. Sie hatte sie in München gefunden, das konnte sie sicher auch hier schaffen. Jetzt wäre jedenfalls genau der richtige Zeitpunkt, um als strahlende Retterin aufzutreten und den verräterischen Gott niederzuschlagen, der Ray verfolgte.

Nichts geschah.

Ray rannte weiter und hörte, wie sich die Distanz zu Loki immer weiter vergrößerte. Er war wirklich nicht sportlich, und Ray konnte sich ein Grinsen nicht verkneifen, wodurch ihre gleichmäßige Atmung aus dem Rhythmus geriet. Das machte sich sofort mit Seitenstechen bemerkbar, und Ray wurde langsamer. Dabei riskierte sie einen Blick über die Schulter und stellte mit grimmiger Zufriedenheit fest, dass Lokis Silhouette weit hinter ihr zurückgeblieben war. Trotzdem hielt Ray nicht inne, sondern erlaubte sich lediglich, ihr Tempo noch weiter zu drosseln, bis das Seitenstechen nachgelassen hatte. Loki, erkannte sie bei einem weiteren Blick über die Schulter, war inzwischen stehen geblieben und stützte sich mit einem Arm gegen einen Baum. Diese zusammengekrümmte Haltung ließ Ray innerlich triumphieren. Sie war einem Gott entkommen. Vielleicht war sie doch gar nicht so schlecht.

Während sie weitertrabte, überlegte sie fieberhaft, was sie nun tun sollte. Wie sollte sie zurückkommen in ihre Welt? Angst hatte den Weg nach Svartalfheim geöffnet, möglicherweise war es auch Angst, die das Tor erneut öffnen könnte? Oder war es vielleicht die gegenteilige Emotion? Welche wäre das? Mut wahrscheinlich. Allerdings fühlte Ray sich trotz ihrer gelungenen Flucht alles andere als mutig. Und mit jedem Schritt wurde ihr klarer, dass sie vollkommen verloren war. Alleine würde sie niemals das Tor nach Asgard finden. Geschweige denn den Weg in ihre eigene Welt. Sie fuhr sich mit einer Hand durch die wirren Haare und wurde noch langsamer. Was sollte sie nur tun? Loki war offenbar das einzige lebende Wesen weit und breit, das sie nicht direkt fressen oder opfern wollte. Aber ihn um Rat oder gar Hilfe zu bitten, schied für Ray nun völlig aus. Sie konnte diesem listigen Gott nicht mehr trauen.

Die schiere Verzweiflung veranlasste Ray dazu, weiterzugehen. Einfach weiter. Immer weiter. Tiefer in den Wald, immer auf den Boden achtend. Als sie sich halbwegs erholt fühlte, rannte sie wieder. Sie wollte so viel Abstand zwischen Loki und sich bringen, wie es nur ging. Wenn sie Glück hatte, würde er sie schon bald nicht mehr erkennen können.

Der Efeu unter ihren Füßen raschelte bedrohlich und erinnerte sie an die tödlichen Fallen, die von den Naturwesen hier ausgelegt worden waren. Ray erwartete bei jedem Schritt, dass die Pflanzen lebendig wurden, sich um ihre Füße schlangen und sie festhielten, aber nichts geschah.

»Odin sei Dank!« Die ihr unbekannte Stimme ließ sie zusammenzucken. Sie warf einen Blick über ihre Schulter und fluchte. Ein hochgewachsener Mann in Rüstung stand direkt hinter ihr. Seine braunen Haare gingen ihm bis zur breiten Schulter, und sein markantes Kinn zierte ein Dreitagebart. An seiner Seite baumelte eine Schwertscheide. Der Knauf der Waffe reflektierte das Licht, das durch die Baumwipfel fiel.

Die schillernde Rüstung und der entschlossene Blick in seinen grünen Augen ließen nur einen Schluss zu: Ray stand einem Gott gegenüber.

Sofort wirbelte sie herum und begann erneut zu rennen. Ein Wald wie ein Sandkorn, verdammt! War sie denn nirgends vor denen sicher? Wenn dieser Gott sie in seine Finger bekam, wäre das ihr sicheres Todesurteil.

»Warte!«, hörte sie seine immer näher kommende Stimme. Er war zu durchtrainiert, als dass sie vor ihm flüchten könnte.

»Du willst mich töten.« Ray hörte die Resignation in ihrer Stimme. Ihr war bewusst, dass es für sie kein Entkommen gab. Also blieb sie stehen und wandte sich dem Unbekannten zu. Sie wollte nicht wie ein verängstigtes Häschen von hinten niedergestreckt werden.

»Ich will dich zu Odin bringen«, antwortete er.

»Wer bist du?«, wollte Ray wissen und ging auf ihn zu, was den Gott dazu veranlasste, stehen zu bleiben. Sie streckte die Schultern durch und reckte das Kinn in die Höhe. In den Augen des Gottes funkelte etwas, das Ray als Überraschung deutete.

Trotzig hielt sie seinem Blick stand, auch wenn sie innerlich bebte. Mit wenigen Schritten überwand er den Abstand zwischen ihnen und packte sie am Arm. Seine Berührung war im Kontrast zu seiner starken Hand sanft und vorsichtig. Als sie sich jedoch loswinden wollte, wurde sein Griff fester.

»Mein Name ist Tyr, und ich werde dich nach Asgard bringen, bevor erneut ein anderer Gott an deiner Seite auftaucht und dich unsichtbar macht. Das ist mein Auftrag.«

10

Als sie Asgard wieder betraten, spürte Ray ein merkwürdiges Ziehen in ihrer Magengrube. Die Welt um sie herum verschwamm, die Bäume lösten sich in Luft auf und der Boden färbte sich rot.

»Wie?«, hauchte Ray und starrte fasziniert in den sternenübersäten Himmel. Die Galaxien schimmerten in allen Farben des Regenbogens, und der Wind strich sanft durch die silbernen Bäume.

Tyr runzelte die Stirn.

»Es gibt viele Portale, die von Svartalfheim nach Asgard führen«, antwortete er. »Das solltest du wissen, immerhin musst du Svartalfheim über Asgard betreten haben.«

Ray nickte und betrachtete das glitzernde Wasser im Fluss, der gemächlich dahinfloss.

»Das haben wir auch. Loki nutzte meine Angst als Schlüssel. Er behauptete, dass ich mich nicht umdrehen dürfte, um meine Angst zu verstärken. Deshalb konnte ich diese Welt noch gar nicht richtig genießen.« Ray schloss die Augen und atmete tief ein. Ihr war egal, wie lächerlich Tyr das fand. So, wie die Dinge standen, brachte Tyr sie gerade zu ihrer eigenen Hinrichtung. Seltsamerweise machte ihr der Gedanke keine Angst. Ihr Verstand bewahrte sie davor, die gesamten Konsequenzen zu verstehen. Ray weigerte sich, an ihre Eltern zu denken. Oder an Anna, die eine perfekte Zukunft vor sich hatte. Eine Zukunft, die sie nun nie erleben würde. Sie genoss den Moment im Hier und Jetzt. Den leuchtenden Sternenhimmel über ihr. Die leise Melodie des Windes in ihrem Ohr. Ihr wehte eine einzelne Haarsträhne ins Gesicht, aber Ray störte sich nicht daran. Ihr Magen fühlte sich schwer und ihr Herz zugleich unglaublich leicht an.

»Man benötigt keinen Schlüssel.« Tyrs Stimme klang seltsam belegt und riss Ray aus ihrer Trance. Sie öffnete die Augen und strich sich die Strähne aus dem Gesicht. Tyr sah sie unverwandt an, in den Augen ein merkwürdiges Glitzern, aber Ray bemerkte es nicht. In ihr begann die Wut erneut zu kochen. Loki hatte sie von vorne bis hinten belogen.

»Wie meinst du das?«, fragte Ray und versuchte, sich nicht zu sehr aus der Ruhe bringen zu lassen.

»Von Asgard aus hätte Loki dich in nahezu jede Welt bringen können. Er mag nicht von uns abstammen, aber er ist zu unserem Leidwesen dennoch ein Gott.«

»Ich hätte mich nicht fürchten müssen?«, schlussfolgerte Ray und strich sich über die Haare. Es überraschte sie nicht sonderlich, dass auch das eine Lüge gewesen war. »Wie hast du mich eigentlich gefunden?« Interessiert musterte sie Tyr von oben bis unten.

»Die Nornen haben es mir verraten«, antwortete Tyr. »Deine Spur war zunächst nicht auffindbar. Ich nehme an, dass du zu diesem Zeitpunkt mit Loki unterwegs warst. Als du allein durch Svartalfheim geirrt bist, konnten die Nornen mir deinen Standort nennen. In deiner Welt wäre die Gefahr zu groß gewesen, dass ich dich nicht auffinde. Aber in Svartalfheim konnte ich dich direkt aufgreifen, sobald Loki außer deiner Reichweite war. Es überrascht mich nicht, dass er klug genug war, um dich reinzulegen.«

Ray schoss die Schamröte ins Gesicht.

»Und warum bringst du mich zu Odin, anstatt mich zu töten?«, lenkte sie ab. Sie wollte Tyr nicht verraten, dass sie Loki aufgrund eines albernen Comics für den Feind der Götter und deshalb für ihren Freund gehalten hatte. Er zog sie mit sich und lockerte gleichzeitig seinen Griff. Ray wagte es nicht, sich erneut von ihm befreien zu wollen. Er sah auf sie herab und runzelte die Stirn.

»Weil das meine Aufgabe ist.«

Ray brummte der Schädel. Sie wusste nicht mehr, wer die Wahrheit sagte und wer sie umbringen wollte. Loki hatte sie belogen, aber nie verletzt. Genauso wenig wie Kára. Sie verstand nicht, weshalb Tyr sie nicht direkt umbrachte, sondern erst zu Odin schleppte, und sie wusste nicht, von welchem Gott eine reale Gefahr ausging. Hätte sie nur direkt Kára geglaubt. Sie konnte niemandem hier trauen, aber sie brauchte einen Verbündeten, um zu überleben. Sie hatte erlebt, wie die Bewohner des Waldes mit menschlichen Besuchern umgingen.

Ihr Magen zog sich zusammen, und ihre Kehle brannte. Die Welt verschwamm hinter einem Schleier aus Tränen. Langsam erreichte sie die Grenze des Möglichen.

Tyr hielt inne und sah sie überrascht an.

»Was ist geschehen?« Alarmiert blickte er sich um und suchte nach einer Gefahrenquelle. Vor ihnen ragte Asgard in den Himmel.

»Ich fühle mich wie euer verdammter Spielball«, brach es aus ihr hervor. Für einen kurzen Moment zögerte sie und wollte nicht von Kára erzählen, da sie Konsequenzen für sie fürchtete. Aber die heiße Verzweiflung in ihr verbrannte diese Achtsamkeit wie ein trockenes Blatt. »Zunächst erzählt Kára mir, dass mich alle Götter töten wollen. Dann…« Sie hielt inne und schlug sich die Hände vor den Mund. Kára war in den Händen zweier Eisriesen – vermutlich zumindest. Oder doch wenigstens vielleicht. Wie hatte sie das nur vor lauter Egoismus vergessen können?

»Habt ihr Kára dafür bestraft, dass sie mir helfen wollte?« Vorwurfsvoll funkelte sie Tyr an, der ihrem Blick ratlos begegnete.

»Was ist mit Kára?«, fragte er.

Ray registrierte seinen veränderten Tonfall sofort, auch wenn sie sich gerade erst begegnet waren. Eine Mischung aus Besorgnis und Ungläubigkeit. Wütend erzählte Ray von ihrer Begegnung mit Kára und ihrer Gefangenschaft bei den Eisriesen. Sie erwähnte nicht, dass dieses Wissen von Loki stammte. Ihre Stimme zitterte bei jeder Silbe, während Tyrs Falten auf der Stirn immer tiefer wurden. Schließlich fuhr er sich mit einer Hand über das Gesicht und schüttelte den Kopf. Seine Reaktion zertrümmerte Rays Zweifel an Lokis Geschichte. Zumindest an dem Teil, der die Eisriesen betraf.

»Ich glaube einfach nicht, dass sie das getan hat«, stieß er hervor und raufte sich die Haare.

»Und ich glaube nicht, dass ihr mich umbringen wollt!«, konterte Ray lauter als beabsichtigt. Ihr Brustkorb bebte. Sämtliche Gedanken drängten nach draußen, ohne dass sie etwas dagegen tun konnte. »Ich habe euch nie etwas getan. Ich wollte überhaupt nie etwas mit dieser Götterwelt zu tun haben!«

»Und ich wollte nie, dass meiner Schwester etwas zustößt«, entgegnete Tyr und ballte seine freie Hand zu einer Faust. »Ich muss sie retten.«

»Deiner Schwester?« Perplex sah sie Tyr an. Er begegnete ihrem Blick ebenso überrascht.

»Ja, Kára ist meine Schwester. Ich hätte mir denken können, dass sie mit drinsteckt. Sie hatte schon immer eine Schwäche für Menschen …« Unter seinem eindringlichen Blick fühlte Ray sich unwohl. Gleichzeitig regte sich in ihr ein Hoffnungsschimmer. Würde der Gott ihr am Ende doch helfen? Konnte sie Kára retten, die ihr versprochen hatte, auf sie aufzupassen? Vielleicht musste sie selbst am Ende doch nicht sterben?

»Dann lass uns gemeinsam gehen«, drängte sie und legte instinktiv ihre Hand auf Tyrs. Sie war angenehm warm, und die Berührung ließ Ray erschaudern. Tyr sah sie mit großen Augen an und öffnete überrascht den Mund, in seinen grünen Augen lag ein seltsamer Schimmer. »Bitte, lass uns Kára retten. Danach kannst du mich immer noch zu Odin bringen.«

Ray biss sich auf die Unterlippe, denn sie wusste, dass Tyr die Wahrheit hinter ihren Worten hörte. Sobald Kára befreit war, würde die Walküre Ray beschützen. Der Gott sah Ray intensiv in die Augen, und sie bemühte sich, seinem Blick nicht auszuweichen.

»Warum willst du Kára so dringend helfen?«, fragte er mit gerunzelter Stirn, und Ray zuckte ertappt zusammen. Wenn sie ehrlich zu sich selbst war, hoffte sie, dass Kára ihr den Ausweg aus diesem ganzen Chaos zeigen würde, wie sie es im *Walhall* angedeutet und auch Loki behauptet hatte. Sicher, sie fühlte sich Kára gegenüber auch verantwortlich, da Ray schuld an deren Unglück war und die Walküre sich liebevoll um Ray gekümmert hatte, aber tief in ihrem Inneren kannte Ray die Wahrheit über sich selbst. Und sie hasste sich dafür.

»Weil«, setzte Ray an und bereitete sich darauf vor, Tyr zu belügen, obwohl dieser sie ansah, als könnte er auf den Grund ihrer Seele blicken, was Rays Herz rasen und ihre Knie zittern ließ.

»Woher weißt du von ihrer Gefangenschaft?«, fragte er plötzlich.

»Loki.« Mehr sagte Ray nicht, und sofort entspannten sich Tyrs Gesichtszüge. Sie wusste, dass dieses kleine Detail ihre Geschichte für den Gott unglaubwürdig machen würde.

»Kára wurde nicht gefangen …« Er verstummte, und sie sah die Unsicherheit in seinen Augen. »Man hat mir zumindest nicht davon berichtet.« Seine Stimme schwankte wie eine alte Eiche im Sturm. »Loki ist eine hinterlistige Natter. In Asgard werde ich herausfinden, ob Kára wirklich bestraft wurde. Ich traue ihm nicht.«

»Was ist das mit Loki?«, fragte Ray. »Warum hasst er Odin so sehr?«

»Er ist das Kind zweier Riesen.«

Ihre bildliche Vorstellung wurde vollkommen auf den Kopf gestellt.

»Aber sind Riesen nicht … größer?«, fragte sie vorsichtig und fuhr sich mit der freien Hand durch die Haare. Tyr zog einen Mundwinkel nach oben.

»Das sind sie«, bestätigte er. »Aber Loki war nie wie seine Eltern. Er wollte immer ein Gott sein, und so nahm er unsere Gestalt an. Seine Natur ist falsch und hinterlistig. Einmal verwandelte er sich in eine Stute und gebar ein achtbeiniges Pferd, das er meinem Vater schenkte.«

Ray wurde allein von der Vorstellung schwindelig.

»Er hat sich in ein Pferd verwandelt und ein Kind bekommen?«

Absurd. Vollkommen absurd.

»Gemeinsam mit einer Riesin zeugte er außerdem die Totengöttin sowie den Fenriswolf und die Midgardschlange.«

»Okay, jetzt verarschst du mich.«

Sie konnte sich nicht vorstellen, dass der charismatische Gott der Vater jener Schlange sein sollte, die ihre komplette Welt umschlang. Sie hatte in einem Seminar über antike Architektur Gebäude gesehen, die dem Mythos der Schlange huldigten, und kannte daher einige Geschichten.

»Keineswegs.«

»Die Midgardschlange existiert also wirklich«, stellte sie nüchtern fest und schluckte. »Und sie ist Lokis Kind.«

Tyr sah Ray an, als würde sie eine einfache Grundrechenaufgabe nicht verstehen. Schließlich nickte er.

»Das alles ist vollkommen absurd«, hauchte Ray und rieb sich über die Schläfen. »Ein Mann kann keinen Wolf zeugen.«

»Er ist kein Mann«, korrigierte Tyr, »sondern ein Gott. Ein ziemlich mächtiger, der seine Gestalt ändern und jeden von uns täuschen kann.«

»Ach so, natürlich.« Sie nickte so überzeugt, wie sie konnte. »Und als Gott kann man Schlangen, Pferde und andere Götter zur Welt bringen, seine Gestalt ändern und klüger sein als der Rest.«

Ich brauche diesen Sarkasmus. Sonst drehe ich durch. Riesige Schlangen. Achtbeinige Pferde.

Sie verstand den hinterhältigen Gott mit den verschiedenfarbigen Augen nicht und war nicht bestrebt, es jemals zu tun. Der Gott der Täuschung hatte sie bei ihrer ersten Begegnung belogen, und dennoch war sie verunsichert, wenn es um die Walküre ging. Tyr hatte recht: Sie wusste nicht, ob das alles nur ein Manöver gewesen war, um Ray durch die Götterwelt zu bringen. Weshalb Loki das hätte tun sollen, war ihr zwar schleierhaft, aber das wunderte sie nicht. Wenn auch nur ein Bruchteil von Tyrs Geschichten stimmte, war Loki absolut unberechenbar.

Sie warf einen Blick zu Tyr, der sie aufmerksam musterte und dabei aussah wie … ein Gott. Im Schein der Sterne traten seine markanten Gesichtszüge noch stärker hervor, seine grünen Augen funkelten. Ray spürte, wie ihr Herz raste, als er ihr ein aufmunterndes Lächeln zuwarf und sich dabei ein leichtes Grübchen an seinem Kinn abzeichnete. Ray schüttelte den Kopf. Für solche Gedanken war jetzt weder die richtige Zeit noch der passende Ort. Ihre Instinkte versuchten wirklich alles, um sie vor der Wahrheit zu schützen. Rays Herz zog sich schmerzhaft zusammen, ihr Atem ging schneller. Sie schloss die Augen und zählte langsam bis zehn, um die Panikattacke abzuwenden.

»Alles okay?«, flüsterte Tyr in ihr Ohr. Sie fühlte den sanften Druck seiner Hände durch den weichen Stoff.

»Natürlich nicht!«, hätte sie am liebsten geschrien, stattdessen entschlüpfte ein leiser Schluchzer ihrer Kehle.

»Was ist denn los …?« Vorsichtig schob er seine Hand unter ihr Kinn und drückte ihren Kopf nach oben, sodass sie ihn ansehen musste.

»Ich werde sterben.« Drei Worte, die seltsam hohl klangen, obwohl sie ihre ganze Zukunft in sich trugen. Tyr sah sie mit einer Mischung aus Unverständnis und Mitleid an.

»Du…«

»Vorzüglich!«

Ray und Tyr wirbelten gleichzeitig herum und erstarrten. Drei Walküren kamen auf sie zu. Ihre Silhouetten zeichneten sich vor den goldenen Mauern der Schlösser ab. Als sie sich näherten, erkannte Ray die Feinheit ihrer Gesichtszüge. Sie trugen Mäntel aus Fell und Rüstungen aus Leder und Eisen. Zwei von ihnen trugen Schwerter, die dritte Walküre hielt einen Bogen in der Hand und hatte einen Köcher auf dem Rücken.

Die mittlere war die Kleinste von ihnen, und trotzdem wirkte sie mit ihrer strengen Schönheit und ihrem starken Charisma am eindrucksvollsten auf Ray. Sie hatte das Kinn stolz in die Luft gestreckt und sah Tyr beinahe liebevoll an, was in Ray einen unerwarteten Stich der Eifersucht auslöste, der in Anbetracht der Situation sehr absurd wirkte.

»Wir werden das Mädchen nun zu Odin bringen.«

»Das ist meine Aufgabe«, widersprach der Gott sofort. Ein Grollen ertönte, und Ray sah mit großen Augen, wie Tyr wuchs. Er streckte sich in die Höhe und Breite, seine Muskeln wurden kräftiger. Schließlich ebbte das Grollen ab, und er stand in der doppelten Größe vor ihr.

»Lass das«, sagte die Walküre und verdrehte genervt die Augen, während Ray den Gott weiterhin anstarrte. Er hatte sich in ein riesiges Monstrum verwandelt, das gut drei Meter in die Luft ragte. An seinem rechten Arm prangte statt seiner Hand ein goldener Stumpf.

»Was?«, brachte sie schließlich hervor.

Tyr sah auf sie herunter.

»Das ist meine wahre Gestalt.«

Ray nickte, als wäre das alles selbstverständlich, dabei explodierte ihr Kopf vor tausend Fragen. »In Midgard, deiner Welt, wandle ich in angepasster Form, um die Menschen nicht zu erschrecken. Doch hier in Asgard bevorzuge ich meine wahrhaftige und göttliche Form. So nehmen mich die Walküren ernster.«

»Aha.« Am liebsten hätte sie laut losgelacht, obwohl ihr ganzer Körper vor Angst zitterte. Vielleicht war es auch diese Panik, die in ihrer Kehle kitzelte.

»Beruhige dich, Tyr«, unterbrach die Walküre ihr Gespräch. »Du hast deine Aufgabe erfüllt. Wir werden die restliche Arbeit erledigen, damit du dich ausruhen und erholen kannst.«

»Ich verstehe«, sagte Tyr. Er stieß einen Schwall Luft aus, ließ die Schultern hängen und entspannte seine Fäuste. Dann schrumpfte er auf seine menschliche Größe zusammen.

»Bringt das Mädchen zum Allvater.«

Bevor Ray es realisierte, waren die zwei Walküren bei ihr und hielten jeweils einen ihrer Arme. Instinktiv begann Ray, sich zu wehren. Sie wand sich unter den Griffen der Kriegerinnen und stemmte die Fersen in den weichen Boden unter dem roten Gras.

»Lasst mich los«, brüllte sie und spürte, wie ihre Panik die Kontrolle übernahm. Sie nahm sämtliche Geräusche durch einen dumpfen Schleier wahr. Ihre Muskeln verkrampften sich ohne ihr bewusstes Zutun, und das Atmen fiel ihr immer schwerer. Sie musste sich befreien. Musste hier raus. Sie wollte nicht sterben. Nicht jetzt.

Merkwürdigerweise hoffte sie, dass Tyr sie retten und sich gemeinsam mit ihr auf die Suche nach Kára begeben würde. Ray wehrte sich immer heftiger, etwas in ihrem Brustkorb rasselte.

»Ist das wirklich notwendig?«, glaubte sie Tyr sagen zu hören, dann umfing sie Finsternis.

11

Wie konntest du das tun!«

Kára stürmte in Tyrs Zimmer, das über und über mit Gold und rotem Stoff verziert war. Als sie hereinkam, stand er von seinem Himmelbett auf und trat ihr entgegen. Sie wartete keine Antwort ab, sondern verpasste ihm eine schallende Ohrfeige.

»Du hast keine Ahnung, was du angerichtet hast!«

Tyr hielt sich überrascht die Wange, dann stellte er sich aufrecht hin. Wütend funkelte Kára ihn an. Ihn aber überfiel Erleichterung darüber, dass es ihr wirklich gut ging, und er wünschte sich, dass er die Walküren danach gefragt hätte, bevor sie Ray in die Bewusstlosigkeit schickten. Sicher machte sie sich große Sorgen, obwohl ihr eigenes Leben bald endete.

»Ich habe meine Mission erfüllt«, sagte er. »Den Auftrag Odins.«

Káras Augen verengten sich zu Schlitzen. Tyr kannte diesen Gesichtsausdruck nur allzu gut. Sie war bitter enttäuscht. Eine alte Erinnerung blitzte in ihr auf. Damals hatte er sich für den Tod eines Helden entschieden, der Kára mehr bedeutete, als ihr guttat. Um das Herz seiner Schwester zu retten, hatte er den Menschen im Stich gelassen, und er starb unehrenhaft im Krieg, sodass er nie den Weg nach Walhall gefunden hatte. Die Erinnerung daran hatte ihn über Jahrhunderte verfolgt und tat es noch heute. Kára litt deutlich stärker darunter. Vielleicht war das auch einer der Gründe, weshalb sie so verbissen um Rays Leben kämpfte.

»Mehr hast du dazu nicht zu sagen?«

Tyr schüttelte den Kopf. Was auch immer er sagte, würde sie nicht beruhigen. Doch Kára funkelte ihn so hasserfüllt an, und dieser Blick schmerzte ihn so sehr, dass er sich trotzdem zu einer Rechtfertigung hinreißen ließ.

»Es musste sein.«

Er bemerkte, wie ehrliche Verwirrung in ihr Gesicht trat.

»Ich habe geschworen, das Geschlecht der Arsen zu schützen. Viel wichtiger: Dich zu schützen, liebste Schwester. Einen Menschen zu opfern, ist nie leicht. Weder für dich noch für mich. Aber manchmal bleibt uns keine Wahl. Wir alle wollen leben, Kára.«

»Du gehörst also auch zu jenen, die der Prophezeiung Böses unterstellen?« Sie stemmte die Hände in die Hüften. Ihre Gesichtszüge aber wurden weicher.

»Gibt es denn eine andere Auslegung?« Er sah zu den Wandteppichen, auf denen zahlreiche Heldensagen verewigt waren. Jeder dieser Menschen saß in Walhall und war glücklich. Die meisten von ihnen hatte er selbst auf den Weg zum Heldentum geführt. Er hatte ihnen im Traum Schlachtpläne eingegeben und war ihnen im Kampf erschienen, um ihnen Mut zu geben. Das war schon lange her. Er wandte sich wieder Kára zu.

»Natürlich gibt es die«, sagte Kára. »Der Glanz eines neuen goldenen Fadens, der den Webstuhl befällt, besiegelt das Ende der bekannten Götterwelt.«

»Sobald der König der Riesen fällt, beginnt das Ende der bekannten Götterwelt«, fuhr Tyr fort. »Wenn niemand das Heldentum gefangen hält, ist es das Ende der bekannten Götterwelt. Ich kenne die Prophezeiung sehr wohl. Mich wundert nur, weshalb du sie kennst. Sie war den Göttern vorbehalten und wurde stets vor den Helden und Walküren verschwiegen.«

Kára kniff die Lippen zusammen.

»Ich …« Sie knirschte mit den Zähnen und straffte die Schultern. »Ich habe den ersten Satz der Prophezeiung gehört. Bei eurer Besprechung damals … Nachdem Loki mit diesen Zetteln ankam, war ich neugierig. Also habe ich eure Zusammenkunft belauscht. Oder es zumindest versucht.«

»Du kanntest nicht die ganze Prophezeiung«, schlussfolgerte Tyr. »Und auf der Basis dieser unvollständigen Information bist du zu den Nornen gelaufen und hast nach dem Menschenmädchen gesucht, bevor wir jemanden losschicken konnten.«

»Das ändert gar nichts!«, erwiderte Kára. »Hast du denn noch nie selbst darüber nachgedacht? Das *Ende der bekannten Götterwelt* bedeutet doch nicht zwangsläufig, dass Yggdrasil zerbricht. Das Wörtchen *bekannt* ist sicherlich nicht zufällig dort. In einer Prophezeiung ist jede einzelne Silbe wichtig. Die bekannte Götterwelt ist genau das, was wir gerade leben: Übermut, Überfluss und Ignoranz.«

Für einige Augenblicke breitete sich Stille zwischen ihnen aus. In Tyrs Brust bewegte sich ein Gefühl, das er für immer verloren geglaubt hatte.

»Du wolltest ihr also wirklich helfen«, sagte er und strich sich über das stoppelige Kinn. »Und nicht nur ihr. Auch uns … Auf deine Art.« Er lächelte wehmütig. »Verzeih mir. Um ehrlich zu sein: Ich dachte, du wolltest Vaters Anerkennung ernten, indem du den Goldenen Faden mit Lügen nach Walhall lockst. Dabei hätte ich es besser wissen müssen.«

Káras Blick wurde wieder eisig.

»Hättest du«, zischte sie und ballte die Hände zu Fäusten. »Ich will, dass diese Ära endet. Ich ertrage die Eintönigkeit nicht mehr. Die Menschen fehlen mir. Ihre Art, das Sein zu betrachten, ist unserer so ähnlich und gleichzeitig vollkommen fremd. Die Sterblichen sind faszinierend und sorgen dafür, dass die Götter Aufgaben haben. Wir werden gebraucht … Ein Gefühl, das ich mehr vermisse als alles andere.« Sie nahm einen goldenen Becher in die Hand, der auf einem dunklen Holztisch neben dem Bett stand. »Das hier ist kein Leben mehr. Verstehst du das denn nicht?« Sie sah ihm in die Augen und entspannte sich etwas. »Du verstehst es.«

Er drehte den Kopf zur Seite und sah sich mit dem Wandgemälden seiner Vergangenheit konfrontiert. Viele der Helden waren für ihn lange Freunde gewesen. Seit sie in Walhall saßen, hatten sie nichts als Spaß und Alkohol im Sinn. Das geschah mit Menschen, die ihr Leben in Midgard mit Kämpfen und Leid verbracht hatten: Sie genossen für immer unendliche Freuden. Doch seit vielen Jahrhunderten hatten sich auch die Götter ihnen darin angeschlossen.

»Ich habe getan, was Vater wollte. Das Risiko ist zu groß. Was, wenn du dich irrst?«

»Du bist so ein unerträglicher Ignorant! Wieso habe ich eigentlich geglaubt, dass du dich jemals ändern würdest? Du bist und bleibst einfach ein Gott.« Kára schnaubte und stürmte aus dem Raum. Sie war zu wütend, um Loki zu bemerken, der hinter einem Vorhang lauerte. Mit einem schiefen Grinsen sah er ihr hinterher.

Tyr raufte sich die Haare und ließ sich auf sein Bett fallen. Dann fasste er einen Entschluss. Er klingelte mit einer goldenen Glocke, und wenige Sekunden später trat eine Walküre ein. Tyr winkte sie zu sich und flüsterte ihr eine knappe Anweisung ins Ohr.

Die Augen der Walküre weiteten sich. »Ich soll …?«

»Verrate meinem Vater nichts davon.«

Die Walküre runzelte die Stirn und eilte davon. Hinter seinem Vorhang lächelte Loki breit. Dann verließ er mit geschmeidigen Schritten sein Versteck.

12

Ray spürte ihre Sinne zurückkehren und nahm als Erstes das kalte Metall an ihren Handgelenken wahr. Gefolgt von einem heftigen Stich in ihrem Rücken. Mit einem leisen Stöhnen rutschte sie in eine neue Position und öffnete die Augen, als ein scharfer Schmerz durch ihre Glieder schoss. Ihre Arme waren in Schellen am Boden fixiert, sodass Ray nicht viel mehr tun konnte, als leicht hin und her zu rutschen, wobei ihre Muskeln bei jeder Bewegung heftig protestierten. Der Raum war mit hellen Marmorfliesen verkleidet, die von goldenen Adern durchzogen wurden. Die Stäbe des Gefängnisses waren aus einem Material gefertigt, dessen Schimmern Ray verdächtig an Diamanten erinnerte. Durch das Gitter sah sie auf eine nach oben geschwungene Treppe. An den Wänden hingen Fackeln, deren flackernder Feuerschein Schatten über den Stein tanzen ließ.

Ray wollte nach jemandem rufen, aber sie wusste nicht, welche Worte sie wählen sollte. Sie fühlte, wie sich Tränen den Weg nach oben bahnten, und drückte sie mit aller Macht zurück. Wenn sie weinte, würde sie das nicht retten. Sie musste sich mit aller Macht zusammenreißen. Stark sein. Ruhig bleiben. Nachdenken.

Die Schmerzen in ihren Gliedern lenkten sie von ihrer Situation ab, was ein Segen und zugleich ein Fluch war. Konzentrieren.

Plötzlich drangen Schritte zu ihr nach unten, und Ray wandte den Kopf automatisch zu der Treppe. Ein langgezogener Schatten kam näher und wurde kleiner, bis schließlich jene Walküre um die Ecke bog, die zuvor mit Tyr gesprochen hatte. Sie sah Ray nicht ins Gesicht, sondern hatte den Blick starr auf das Tablett gerichtet, das sie trug.

Darauf befand sich ein schimmernder Silberbecher und ein Laib frisch duftendes Brot. Rays Magen zog sich vor Vorfreude zusammen, bis ihr Lokis Warnung wieder einfiel. Schon nach wenigen Sekunden schalt Ray sich für den Gedanken. Loki hatte die Regeln nur erfunden, sicherlich auch die Vorschrift in Bezug auf Nahrung. Dennoch blieb ein Rest von Angst in Rays Bauch und setzte sich fest wie eine unerwünschte Erkältung, von der man zwar wusste, dass sie da war, die aber nicht recht ausbrechen wollte und darum auch nicht auskurierte.

Die Walküre öffnete die Gefängnistür, stellte das Tablett neben Ray auf den Boden, öffnete eine Handschelle und ging wieder. Ray unternahm erst gar nicht den Versuch, mit ihr zu kommunizieren. Sie wollte nicht mit der Frau sprechen, die sie gefangen genommen und hierhergebracht hatte.

Erschöpft griff sie mit der freien Hand nach dem Brot und genoss dabei die Bewegungsfreiheit und die damit einhergehende Linderung der Schmerzen. Ray schloss die Augen und biss ein Stück vom Brot ab. Es schmeckte frisch und würzig und erinnerte sie an Vollkornbrot mit Honig. Während sie die Mahlzeit verschlang, dachte sie mit grimmiger Zufriedenheit an Loki. Hätte der Gott sie verhungern lassen, wenn sie nicht von selbst herausgefunden hätte, dass seine Regeln nur erfunden gewesen waren? Ray wollte die Antwort auf diese Frage gar nicht wissen. Sie griff nach dem Becher und schnüffelte daran, um herauszufinden, welches Getränk sich darin befand. Es roch nach Schokolade und Pflaumen. Mit großen Schlucken leerte sie ihn bis auf den Grund.

Rays Magen rebellierte. Sie spürte den glatten Boden unter ihren Knien und erschrak, als sie feststellte, dass ihre Unterschenkel ihr nicht mehr gehorchen wollten.

Mit einem tiefen Atemzug zwang Ray sich zur Ruhe. Vorsichtig veränderte sie ihre Position. Ihre Unterschenkel prickelten unangenehm, als der Kreislauf wieder in Schwung geriet und die Beine mit Blut versorgte. Ray atmete erleichtert auf.

Schaurige Gedanken schlichen in ihren Kopf. Wie würden die Götter sie beseitigen?

Erneut erklangen Schritte, und Ray erkannte den Schatten der Walküre, die ihr zuvor das Essen gebracht hatte. Sie betrat die Zelle, nahm das Tablett und runzelte die Stirn.

Ruckartig ging die Walküre in die Knie und sah Ray forschend ins Gesicht. Dabei bemerkte Ray die sanften Sommersprossen auf ihrer Nase und die misstrauisch zusammengekniffenen Augen. Die Walküre beugte sich nach vorne und sprach ganz leise in Rays Ohr:

»Ich weiß nicht, warum er dir hilft. Aber es wird dich ganz sicher nicht retten. Dieses Gefängnis entzieht dir deine Lebenskraft. Auch diese Nahrung wird deinen Tod nur verschieben, aber nicht verhindern.«

Die Walküre packte Rays Hand und befestigte sie wieder in der Vorrichtung am Boden, dann verschwand sie und ließ Ray mit ihren Gedanken zurück. Sie war vollkommen verwirrt.

Wen die Walküre wohl gemeint hatte? Etwa Loki? Oder sogar Tyr? Weshalb hatte der Gott das getan? Wollte er ihr Leid verlängern? Oder hatte er es sich etwa anders überlegt …?

Ray wusste nicht, welche der beiden Möglichkeiten ihr absurder erschien. Gleichzeitig fühlte sie in sich das seltsame Verlangen, mit Tyr zu sprechen. Sie wollte wissen, was in seinem Kopf vor sich ging und sich gleichzeitig in seinen Augen verlieren. Erschrocken über sich selbst schüttelte Ray den Kopf und begann, in Gedanken die Linien im Marmor nachzuzeichnen. Irgendwie musste sie sich von ihren eigenen Gedanken ablenken. Zumindest fürs Erste.

Mit jedem Augenblick, der verstrich, fühlte Ray sich erschöpfter. Es war mittlerweile bestimmt mehrere Stunden her, dass die Walküre, deren Namen sie nicht kannte, sie besucht hatte. Möglicherweise waren es auch erst wenige Minuten. Ray hatte noch nie zu den Menschen gehört, die geduldig warten konnten. Und allein in einem Marmorgefängnis zu sitzen, das ihr die Lebenskraft entzog, war noch einmal etwas anderes, als zehn Minuten auf die nächste U-Bahn zu warten.

Zudem grübelte Ray ständig über Tyrs unerklärliches Verhalten nach, während sie in regelmäßigen Abständen Todesängste durchlitt und an Anna und ihre Eltern dachte. Ob ihre Eltern sie überhaupt vermissen würden? Wann Anna wohl auffiel, dass sie keine Schwester mehr hatte? Mittlerweile hatte sich eine angenehm dumpfe Leere in ihrem Kopf eingestellt. Die Erschöpfung war so stark wie nach einer einwöchigen Alpenwanderung.

Müde lehnte sie den Kopf nach hinten gegen die Wand und schloss die Augen. Wenn nicht bald etwas geschah, würde sie einschlafen, und Ray wusste, dass sie nicht mehr aufwachen würde. Krampfhaft zwang sie sich dazu, die Lider wieder zu heben und in den Feuerschein der Fackeln zu starren.

Plötzlich hörte sie Schritte, aber sie war sich nicht sicher, ob diese nicht nur ihren Wunschträumen entsprangen. Vorsichtig drehte sie den Kopf und sah Kára die Treppe hinabstürzen. Auf ihrem Gesicht lag ein Ausdruck grimmiger Entschlossenheit.

Sie hob die Hand, öffnete die Zelle und stürmte zu Ray hinein.

»Ich hole dich hier raus«, flüsterte sie, und Ray hob einen Mundwinkel nach oben, denn zu mehr war sie nicht in der Lage.

»Wird auch langsam Zeit«, wollte sie antworten, aber die

Zunge versagte ihr den Dienst. Kára löste ihre Handschellen und hob Ray nach oben, legte Rays Arm um ihren Nacken und zog sie aus der Zelle.

Langsam schleppte Kára sie die Wendeltreppe nach oben, aber Ray nahm nur noch schemenhafte Schatten wahr. Erschöpft schloss sie die Augen. Je weiter sie sich von der Kammer entfernten, desto kräftiger fühlte Ray sich, bis sie schließlich die Lider wieder hob und sich fasziniert in dem überdimensionalen goldenen Gang umsah, den Kára sie nun hastig entlangtrug. Die Wände waren komplett aus dem edlen Metall gefertigt und teilweise mit großen Teppichen geschmückt, auf denen Figuren eingestickt waren, an der Decke hingen riesige Kronleuchter. Erst nach mehrmaligem Blinzeln erkannte Ray, dass die Bilder Geschichten ergaben. Sie erzählten von vergangenen Heldentaten und Unglücken der Götter. Bei Betrachtung der Erzählung lief Ray ein eisiger Schauer über den Rücken. Eine der kunstvollen Arbeiten stellte dar, wie ein riesiger Wolf einem der Götter eine Hand abbiss. Ray erzitterte, als sie sich daran erinnerte, dass Tyr in seiner göttlichen Gestalt nur einen goldenen Stumpf an einem Arm trug. Ob dieses Tier dafür verantwortlich war?

Sie war unendlich froh, dass sie Kára bei vollem Bewusstsein neben sich sah, aber sie wünschte sich, dass sie wenigstens ein Wort an die Walküre hätte richten können. Das musste wohl noch warten.

An einer Seitentür hielt Kára schließlich inne. Sie drückte die Klinge nach unten, zog Ray mit sich und ließ sie in dem kleinen Raum auf den Boden gleiten.

Ray fühlte sich, als wäre ihr Kopf mit leerer Hoffnung und falschen Versprechen gefüllt. Sie seufzte, senkte die Augenlider und fuhr sich mit einer Hand durch die dunklen Haare.

»Ray, bleib bei mir.« Wie eine lästige Fliege schwirrte Káras Stimme in ihr Bewusstsein. Um sie loszuwerden, schüttelte Ray den Kopf, dann spürte sie eine warme Hand auf ihrer Wange. »Du darfst nicht nachgeben, hörst du?«

Mit größter Mühe leistete sie der Anweisung Folge und weigerte sich standhaft, mit ihrem Geist in die Dunkelheit hinabzusteigen, obwohl es sie viel Kraft kostete.

Schließlich spürte sie eine Berührung an ihren Lippen. Sie gab dem Druck nach und trank die kühle Flüssigkeit, die sich in ihrem Körper rasend schnell ausbreitete wie ein frischer Herbstwind in der sengenden Spätsommerhitze.

»Danke«, sagte Ray und öffnete die Augen. Sie fühlte sich seltsam, aber endlich wieder im Hier und Jetzt verankert.

»Komm«, flüsterte Kára und reichte ihr die Hand. Gemeinsam durchschritten sie den steinernen Raum und öffneten die letzte Tür, die zwischen ihnen und der Freiheit stand.

»Danke«, wiederholte Ray und hielt kurz inne. Auch die Walküre blieb stehen und wandte sich ihrer Freundin zu.

»Wir haben keine Zeit«, drängte Kára, aber ein Lächeln umspielte ihre Lippen. Für wenige Sekunden zog sie Ray in ihre Arme.

»Lass uns sprechen, wenn wir in Sicherheit sind.«

Ray stellte diese Entscheidung nicht infrage und folgte Kára. Erleichtert atmete sie ein und hob den Kopf zu den Sternen. Ihr fiel ein riesiger Stein vom Herzen, sie fühlte sich plötzlich frei und unbeschwert. Allerdings vertrieb die Realität dieses Gefühl rasch wieder, denn Kára trieb sie zur Eile an und schleifte sie über das rot leuchtende Gras unter ihren Füßen. Ray sah sich um und erzitterte, als sie erkannte, wie weit das Schloss über ihnen in den Himmel ragte. Sie wollte so schnell wie möglich hier weg.

»Lauf schneller«, flüsterte Kára, und Ray wandte sofort den Blick von ihrem ehemaligen Gefängnis ab. Sie glaubte, den Boden beben zu spüren, und fragte sich, welcher der Götter sie nun verfolgte. Allerdings spielte es keine Rolle.

Sie war unendlich froh, Kára wieder bei sich zu wissen, denn nun war sie sich sicher, dass die Walküre wirklich ihr Bestes wollte. Sie hatte sie aus dem Gefängnis befreit und half ihr bei der Flucht. Einen größeren Beweis brauchte Ray nicht. Plötzlich veränderte sich ihre Umgebung, und sie sah erneut die hohen Bäume Svartalfheims. Ein Schaudern ergriff ihren Körper, und sie wünschte sich, Kára hätte sie an einen anderen Ort gebracht.

Stolpernd kam sie zum Stehen. Ihr Kopf fühlte sich an, als hätte sie ein Schleudertrauma erlitten. Hin- und hergerissen zwischen fremden Welten und altbekannten Gefühlen. Es wunderte sie, dass sie nicht längst einen Nervenzusammenbruch erlitten hatte, aber irgendetwas in ihr schien sie bisher vor der Realität geschützt zu haben, und so nahm sie die Geschehnisse durch einen dumpfen Schleier wahr.

Erst mit der Erkenntnis, wo sie sich erneut befand, fiel der Schleier, und Ray sank auf den Boden. Sie gehörte nicht in die Welt der Götter und Sagengestalten.

»Können wir nicht einfach wieder nach Hause?«, fragte sie und versuchte, die Tränen zu unterdrücken. Sie wollte nicht aufgeben, aber ihre Brust zog sich krampfhaft zusammen. Mehrmals war sie dem Tod entkommen, ihre Familie wusste nicht, wo sie war, und die Banalität der alltäglichen Probleme kam ihr auf einmal wie ein wahrer Segen vor. Sie würde sogar in einem rosafarbenen Kleid auf Annas Hochzeit das Blumenmädchen spielen, wenn es sein musste. »Ich möchte wieder normal sein.«

Kára schwieg, ging neben Ray in die Hocke und legte ihr eine Hand auf die Schulter. Sanft strich sie ihrer Freundin über den Kopf.

»Wir schaffen das.«

Mehr sagte sie nicht. Drei Worte, die für Ray jeglicher Bedeutung entbehrten. Am liebsten hätte sie energisch den Kopf geschüttelt, stattdessen verharrte sie regungslos. Sie wusste, dass die Götter keine Ruhe geben würden, bis sie tot war.

»Du bist stärker, als du denkst, Ray. Kein anderer Mensch hätte in dieser Zelle so lange überlebt. Odin hat dich dort hineingeworfen, um dich vom Schicksal töten zu lassen – aber das Schicksal war auf deiner Seite.«

Diese Worte entlockten Ray ein freudloses Lachen. »Ich habe überlebt, weil Tyr mir irgendeinen Heiltrank geschickt hat.«

»Er hat was?«, fragte Kára ungläubig. Dann grinste sie selbstzufrieden.

Ray erzählte von der Walküre, die auf Tyrs Befehl hin die göttliche Nahrung gebracht hatte.

»Trotzdem bist du etwas Besonderes«, betonte Kára. »Ansonsten hätte mein Bruder dich nicht gerettet. Er muss etwas in dir gesehen haben, das er schon lange verloren glaubte.«

Diese Worte beschleunigten Rays Puls. Sie wünschte, Tyr wäre hier, und sie verfluchte sich dafür. Was war nur mit ihr los? Warum hatte er diese Wirkung auf sie? War es der gleiche Zauber, der alle Männer der Erde dazu brachte, Kára hinterherzustarren? Ja, das musste es sein.

»Ich bin so froh, dass es dir gut geht«, flüsterte Ray.

»Weshalb sollte das nicht so sein?« Verwirrt hob Kára die Augenbrauen. »Was ist überhaupt alles mit dir geschehen?«

Ray erzählte von ihren Erlebnissen, die sie nach ihrer Flucht aus der Bar durchlebt hatte. Hin und wieder schüttelte Kára den Kopf, und als Loki ins Spiel kam, kam sie nicht umhin, wütend die Mundwinkel zu verziehen.

»Loki sagte, du hättest für mich die Regeln gebrochen und wärst bei den Eisriesen gefangen«, schloss Ray. »Er sagte, dass ich dich befreien müsste, um die Welt zu retten.«

Stille breitete sich zwischen ihnen aus.

»Loki lügt, wenn er den Mund aufmacht …« Sie hielt

inne. »Aber seine Idee ist gar nicht mal so übel: Er wollte dich so dazu bringen, einen Eisriesen zu töten.«

»Und das bedeutet?«

»Ich denke, dass ich dich zunächst darüber aufklären muss, wie die Prophezeiung wirklich lautet. Dann wirst du verstehen, weshalb alles so unendlich kompliziert ist.«

Lichtpunkte tanzten über Káras Gesicht, und Ray glaubte, die Bäume tief einatmen zu hören, als bereiteten sie sich auf ein bevorstehendes Geheimnis vor, das niemals ausgesprochen werden sollte.

»Es heißt, dass das Erscheinen eines goldenen Fadens im Gewebe der Nornen das Ende der bekannten Götterwelt ankündigt. Der goldene Faden wird einen Eisriesen töten und damit das Ende der bekannten Götterwelt herbeiführen.«

»Verstehe«, antwortete Ray, obwohl das nicht einmal im Ansatz der Wahrheit entsprach. *Eisriesen töten* war das Einzige, das ihr durch den Kopf spukte.

»Odin und ein großer Teil der anderen Götter glauben, dass die ganze Welt durch deine Schuld zerbrechen wird«, erklärte Kára. »Deshalb jagen sie dich.« Sie machte eine Pause, als müsse sie ihre nächsten Worte genau wählen. »Ich aber glaube, dass das Ende der *bekannten* Götterwelt etwas Gutes ist«, fuhr sie schließlich fort. »Deshalb helfe ich dir. Ich werde dich beschützen, komme, was wolle. So, wie die Götter jetzt leben, verraten sie sich selbst und den Grund ihres Daseins. Wir sollten den Sterblichen helfen und den Helden ein ruhmreiches Nachleben in Walhall ermöglichen.« Ihre Stimme zitterte. »Stattdessen saufen sie sich zu und ignorieren, was geschieht.«

»Verstehe«, wiederholte Ray, und dieses Mal meinte sie es ernst. »Ich werde also einen Eisriesen töten und damit eine neue Götterordnung herstellen?«

»Genau.«

»Das ist wirklich der Plan?«

Kára nickte. »Ich werde dich nach Niflheimr bringen, dort wirst du einen von ihnen für immer auslöschen.«

»Ich töte keine hilflosen Eisriesen.«

»Es handelt sich hier um ein riesiges Wesen aus Eis, das unzählige Seelen auf dem Gewissen hat. Glaub mir: Es ist alles andere als hilflos.«

»Das ist natürlich viel besser«, konterte Ray. »Ich kämpfe gegen ein unbesiegbares und gewissenloses Monster. Allein. Wie groß ist wohl die Wahrscheinlichkeit, dass ich dabei sterbe? Ich bin nicht das tapfere Schneiderlein.«

Die Walküre schwieg für einen Moment, dann kräuselten sich ihre Lippen.

»Helden sterben nicht einfach so. Sie gewinnen. Immer. Sonst wären sie keine Helden. Manchmal ... Manchmal sterben sie einen Heldentod. Aber als Walküre würde ich wissen, wenn es bei dir so weit ist. Das ist immerhin meine Berufung.«

Ray seufzte und fuhr sich mit einer Hand durch die langen Haare. Am liebsten wäre sie geflohen, aber etwas in ihr fing an zu glühen. Die Art, wie Kára sie ansah, war Ray vollkommen fremd. Ihre neue Freundin glaubte wirklich daran, dass Ray diesen Kampf gewinnen konnte. Eine Walküre, die schon unzählige Schlachten geschlagen und Helden gesehen hatte, glaubte daran, dass Ray einen Riesen besiegen konnte.

Es war das erste Mal, dass jemand wirklich an sie glaubte, und es war die einzige Chance, ihr Leben zu retten.

»In Ordnung«, hörte sie sich selbst sagen, und das warme Glühen in ihrem Herzen erwärmte ihren Körper. »Lass uns gehen.«

13

Odin!« Loki rannte zwischen den Tischen Walhalls nach vorne, die Arme weit ausgebreitet, als könnte er fliegen. Dabei stieß er einigen Helden ihre Helme vom Kopf, was sie mit lauten Flüchen beantworteten. Loki beachtete sie nicht.

»Was willst du, Loki? Es ist ein Tag der Freude! Der Goldene Faden ist gefangen und wird in wenigen Augenblicken tot sein. Gefangen in einer Zelle und somit dahingerafft vom Schicksal.«

Die Helden brachen in laute Jubelschreie aus.

»Was das betrifft«, Loki hob einen Zeigefinger und zuckte mit den Schultern. »Das sollte eventuell nicht jeder hören.« Er trat auf das Podest, auf dem Odins Thron stand. Die zwei Raben flatterten mit ihren Flügeln und stießen missmutige Laute aus. Loki beugte sich nach vorne und flüsterte Odin etwas ins Ohr. Mit jeder Silbe wurde Odins Gesicht blasser. Er schluckte.

»Ich glaube dir nicht.«

»Frag sie.« Loki deutete auf eine Walküre, die soeben Wein an einem der langen Tische einschenkte. Verblüfft ließ sie die Karaffe fallen. Odin winkte sie zu sich.

»Stimmt es, dass du dem Goldenen Faden Speis und Trank brachtest, um ihr Leben gegen meinen Willen zu verlängern?«

Stille legte sich über die Anwesenden.

»Es stimmt.« Sie senkte den Kopf. »Verzeiht. Die Anweisung kam von einem Gott, und ich stellte sie nicht infrage. Das war dumm von mir.«

»Von welchem Gott sprichst du?« Odin lehnte sich interessiert nach vorne. Die Fältchen um sein Auge vertieften sich. Kurz huschte sein Blick zu Loki.

»Tyr.«

Odins Augenbrauen zuckten.

»Bring ihn her.« Die Walküre nickte und eilte davon.

Bis Tyr die Halle betrat, fiel kein Wort. Alle starrten auf den Gott, der erhobenen Hauptes auf seinen Vater zuschritt. In seinem Blick war zu erkennen, dass die Walküre ihn bereits informiert hatte.

»Stimmt es?«, fragte Odin. »Hast du dem Goldenen Faden geholfen?«

»Ja.« Tyr sah ihm direkt ins Auge. Enttäuschung huschte über das Gesicht Odins.

»Geh nach unten und töte sie sofort«, befahl er.

Loki kicherte.

»Das wird nicht möglich sein.«

»Was meinst du damit?« Mit einer kräftigen Bewegung stieß Odin sich mit den Händen vom Thron ab und stand auf.

»Sie ist nicht mehr da«, sagte Loki. »Sie hat gemeinsam mit einer Walküre Asgard verlassen.«

Getuschel brach aus. Odin wurde aschfahl. Tyrs rechter Mundwinkel zuckte nach oben.

»Vater.« Schnellen Schrittes trat Thor nach vorne und ignorierte dabei Tyrs feindseligen Blick. Frigg kniff die Lippen zusammen. »Lasst mich gehen.«

»So sei es.« Odin wagte es nicht, zu seiner Gemahlin zu sehen. »Geh mir aus den Augen, Tyr. Ich möchte dich erst wiedersehen, wenn der Mensch tot ist. Dann werde ich deine Strafe verkünden.«

Thor stapfte mit grimmiger Miene auf die Grenze Asgards zu. Er hatte keine Ahnung, wo er den Goldenen Faden suchen sollte. Da sie mit einer Walküre geflohen war, konnte er die Nornen nicht um Hilfe fragen. Aber Thor war kein Gott, dessen Entschlossenheit aufgrund von Kleinigkeiten ins Wanken geriet.

Als er leise Schritte hinter sich hörte, tat er zuerst so, als hätte er nichts gehört. Dann wirbelte er unvermittelt mit erhobenem Hammer herum.

Loki stand ihm grinsend und mit erhobenen Händen gegenüber.

»Hallo, mein Freund.«

Thor schnaubte verächtlich, drehte sich um und ging weiter.

»Möchtest du nicht mit mir reden?« Loki schloss auf und sprang neben ihm her. »Ich könnte dir immerhin verraten, wo du den Goldenen Faden findest.«

Thor knirschte mit den Zähnen und hielt an. Er warf Loki einen wütenden Blick zu.

»Wo?«, fragte er.

»Hör mir zu«, begann Loki und hob beide Zeigefinger. »Du kannst Kára und Tyr nicht allein besiegen.«

Thor schnaubte.

Loki aber lächelte. Er hatte recht, und er wusste es. »Nach Hilfe wirst du niemanden fragen, denn dann wird Odin deine Schwäche sehen. Also bin ich deine einzige Chance. Tu, was ich dir sage, und du wirst siegen.«

»Schwachsinn«, murmelte Thor und verstärkte den Griff um seinen Hammer. »Mach, dass du wegkommst.«

Loki tat, als hätte er ihn gar nicht gehört. Er lehnte sich nach vorne und flüsterte Thor etwas ins Ohr.

»Lass Kára da raus!«, knurrte Thor. »Setz deinen Plan alleine um.«

Er hob seinen Hammer ein wenig, aber Loki ließ sich davon nicht beeindrucken. Er deutete nur eine spöttische Verbeugung an und sprach weiter.

»Gute Idee – zumindest wäre es vor tausend Jahren eine gewesen. Doch du weißt, dass weder Kára noch Tyr mir glauben werden. Sogar das Menschenmädchen … sagen wir, sie hat meine Spiele durchschaut. *Dir* allerdings sollte es leichtfallen, das alles umzusetzen. Und es wäre das Beste für Kára … Oder irre ich mich?« Loki wackelte vielsagend mit den Augenbrauen.

Thor ließ den Hammer sinken. Traurigkeit schlich über seine Züge und ließ sie ungewohnt weich wirken. »Das mit Kára und mir ist lange vergangen.«

»Trotzdem möchtest du nur ihr Bestes. Immerhin bist du ein Kavalier.« Loki grinste. »Glaub mir, es wird funktionieren.«

»Warum solltest du mir helfen?« Thor kniff misstrauisch die Augen zusammen und steckte seinen Hammer wieder in die Lasche an seinem Gürtel.

»Oh, du weißt doch: Ich helfe immer der Seite, die am meisten Spaß verspricht. Außerdem … Wem soll ich meine Streiche spielen, wenn Asgard brennt?«

Thor starrte eine Weile nachdenklich in die Ferne. Schließlich drehte er sich ohne ein weiteres Wort um und setzte seinen Weg fort. Loki folgte ihm, noch immer ein spöttisches Lächeln auf den Lippen. Den Schatten, der ihnen in gebührendem Abstand folgte, bemerkten sie dabei nicht. Tyr hatte nicht vor, aufzugeben.

14

Solange ich also bei einem göttlichen Wesen bin, bin ich in Sicherheit?«

Ray schwirrte der Kopf von den Informationen, die Kára ihr in den letzten Stunden mitgeteilt hatte. Sie wanderten noch immer durch den mystischen Wald Svartalfheims.

Kára nickte. »Der Webstuhl kann unser Handeln nicht vorhersehen. Das ist Fluch und Segen zugleich. Wir sind die Einzigen, deren Zukunft niemand kennt, doch wir wissen, was mit der Welt geschieht. Bis wir eingreifen und alles verändern. Eine Bürde, die nicht so leicht zu tragen ist.«

Sie traten aus dem Schatten der Bäume, und instinktiv hob Ray die Hände vor die Augen. Langsam senkte sie die Arme und betrachtete die Landschaft, die vor ihr lag. Eine leuchtend rote Sonne schickte ihre Strahlen auf hellweißen Sand. Am Horizont erhob sich eine dunkle Silhouette. Schwarze Zacken vor hellem Grund. Dazwischen erstreckte sich scheinbar endlos eine Wüste, bei deren Anblick Rays Nacken kribbelte. Heißer Wind schlug ihr entgegen und raubte ihr den Atem.

»Wow.« Mehr brachte sie nicht hervor.

Kára hatte nicht innegehalten, um den Anblick zu genießen. Sie stapfte durch den weichen Sand voran. Nach einigen Schritten drehte sie sich um und sah zu Ray zurück.

»Beeil dich«, forderte sie. »Wir wissen nicht, wie lange wir noch in Sicherheit sind. Die Götter sind nicht dumm. Sie werden schnell schlussfolgern, wo wir uns befinden – und wer weiß, wen Odin dir als Nächstes hinterherschickt.«

Ray zitterte, obwohl bereits Schweißperlen auf ihrer Stirn standen. Die Sonne Svartalfheims war um einiges größer als die auf der Erde, und es war, als wären auch ihre Strahlen heißer. »Die Wüste durchqueren? Ohne Wasser?« Natürlich wusste Ray, dass Kára recht hatte. Aber sie konnte sich einfach nicht überwinden, die Schatten der Bäume zu verlassen. Sie ahnte, dass sie lediglich dank des Blätterdaches noch nicht an einem Hitzschlag gestorben war.

Kára runzelte die Stirn. Dann seufzte sie und lächelte.

»Wie unbedacht von mir.« Sie ging den Weg zurück und nahm Ray bei der Hand. »Ich vergesse immer wieder, was du alles nicht weißt – nicht wissen kannst. Die Wüste ist nicht wie die in Midgard. Sie kann die Hölle sein, aber nur wenn du es zulässt. Der Sand nährt sich von deinem Zorn, die Sonnenstrahlen treffen deine Furcht. Solange du diesen Emotionen keinen Raum lässt, wird dir nichts geschehen.«

Rays Mundwinkel verzogen sich zu einem resignierten Lächeln.

»Das sagst du so leicht.«

»Ich weiß, dass du es kannst«, entgegnete Kára.

Aber Ray wusste zu gut, dass sie zu viel Zorn und Angst in ihrem Herzen trug – ganz egal, was Kára sagte. Angst vor dem Versagen, vor ihrem Schicksal und dem Tod. Zorn über die Narben in ihrem Herzen und ihre eigene Unfähigkeit, ihren Verstand über die Gefühle siegen zu lassen.

»Entschuldige«, murmelte Ray und rieb sich verzagt über das Gesicht. »Ich bin wohl doch nicht die Heldin, auf die du hoffst.«

»Bitte hör endlich auf zu zweifeln.« Mit wenigen Schritten überbrückte Kára den Abstand zwischen ihnen und nahm Rays Hände in ihre. »Weshalb tust du das immer wieder?«

Káras Vertrauen tat Ray unglaublich gut. Umso bitterer war die Erkenntnis, dass sie dieses Vertrauen enttäuschen musste, dachte Ray. Sie öffnete den Mund, um zu antworten. Doch da zog Kára sie plötzlich mit einem Ruck mit sich hinter einen Baum und presste ihre Hand auf Rays Lippen, um den Schrei der Überraschung zu ersticken. Entsetzt und fragend zugleich sah Ray ihrer Freundin in die Augen, die auf einen Punkt in den Tiefen des Waldes gerichtet waren.

»Ein Nachtmahr«, flüsterte Kára, und die Furcht in ihrer Stimme ließ Ray erbeben. »Sei leise!«

Das musste sie Ray nicht zweimal sagen. Wenn dieses Wesen, dieser Nachtmahr, selbst einer gestandenen Kriegerin solch einen Schrecken versetzen konnte, musste es wirklich übel sein. Ray konnte jedenfalls gut auf eine Begegnung verzichten. Sie atmete möglichst flach, rührte sich nicht und wartete.

Kára schloss kurz die Augen und runzelte die Stirn, als müsste sie eine schwierige Matheaufgabe lösen.

Ray spürte die harte Rinde in ihrem Rücken und versuchte den Kopf etwas zu drehen, um einen Blick auf das Grauen zu erhaschen, aber Káras Griff war zu fest, sodass sie lediglich zur Seite schielen konnte. Aus dem Augenwinkel sah Ray braune Stämme, grünes Laub und helle Sonnenstrahlen. Nichts, das überdurchschnittlich bedrohlich wirkte, und dennoch stellten sich die Härchen auf ihrem Arm auf, und ihre Knie begannen zu zittern. Dunkelheit griff mit langen Fingern nach ihrem Glück und brachte die dunkelsten Kindheitserinnerungen an die Oberfläche ihrer Gedanken.

Kára öffnete die Augen und schüttelte den Kopf, um Ray so zu verstehen zu geben, dass der kleinste Laut ihren Tod bedeuten konnte. Tausende Fragen schossen Ray durch den Kopf, gefolgt von unzähligen Formen, die ein Nachtmahr in ihrer Vorstellung annehmen konnte. Gleichzeitig ahnte sie, dass jede Einzelne von ihnen nicht einmal im Ansatz der Realität entsprach.

Am Rand ihrer Wahrnehmung breitete sich allmählich ein tiefschwarzer Fleck aus.

Falsch. Das Licht verschwindet.

Der Gedanke schoss ohne erkennbaren Grund durch ihren Kopf, doch Ray wusste sofort, dass es die Wahrheit war. Es war kein Schatten, der langsam über den Boden schlich. Die Sonnenstrahlen selbst mieden diesen Fleck wie die Katze das Wasser. Als würde in jener Dunkelheit etwas lauern, das zu grauenvoll war, um von irgendjemandem erblickt zu werden.

Instinktiv schloss Ray die Augen und wünschte sich die schützende Bettdecke ihrer Kindheit herbei.

In diesem Moment gab der Baum hinter ihr nach, und sie stolperte nach hinten. Erschrocken riss sie die Augen auf und sah sich um. Die Pflanzen, Kára, der Nachtmahr – verschwunden. Ray stand einsam auf der flachen Ebene, um sich herum nichts als Wüstensand und sengende Hitze.

»Kára?« Ihre Stimme zitterte. »Was passiert hier?«

Der Horizont bröckelte. Der Boden unter Rays Füßen gab nach, und die Welt begann sich zu drehen, als würde sie in ein schwarzes Loch gesogen. Ray schwankte auf zittrigen Knien, unfähig, sich zu bewegen. Dann knickten ihre Beine weg, und sie fiel. Tief. In die Unendlichkeit.

Und dann, ein Blinzeln später, fand Ray sich plötzlich auf einer Bühne wieder. Vor ihr reflektierte ein Mikrofon das Scheinwerferlicht. In ihren Händen fühlte sie eine Gitarre. Das Publikum verschwamm in der Finsternis hinter den blendenden Lampen zu einer undeutlichen Masse.

»Jetzt sing schon!« Ein Ruf aus der Menge, gefolgt von Gelächter.

Ray blinzelte. Sie konnte sich nicht mehr daran erinnern, wie sie auf die Bühne gekommen war.

Ich bin doch gestürzt?

Ihr war schwindelig.

Was geschieht hier?

Ihre Hände fanden die Saiten der Gitarre und schlugen den ersten Ton an. Er klang schrill in ihren Ohren. Das Instrument war vollkommen verstimmt. Vorsichtig drehte sie am entsprechenden Wirbel, bis die Saite in der richtigen Tonlage schwang.

Erwartungsvolle Stille.

»Wird das heute noch was?«

»Hallo?«, fragte sie tonlos ins Mikrofon, doch heraus kam lediglich das einhämmernde Geräusch einer Rückkopplung. Das Publikum stöhnte.

The show must go on.

Ray biss sich auf die Lippen und stimmte das Lied an, das ihr zuerst in den Sinn kam. Eine deutsche Ballade, die sie schon häufiger gesungen hatte und deren Text ihr schon oftmals als Ohrwurm durch den Verstand gegeistert war.

Als die ersten Töne in der Luft schwebten, begannen die Zuschauer begeistert zu klatschen, doch als Ray zur ersten Strophe kam und den Mund öffnete, merkte sie, dass ihr der Text entfallen war. Der Einsatz verstrich, das Publikum grölte die ersten Silben und verstummte nach wenigen Takten, da Ray nicht mitsang. Wo war der Text hin? Sie hatte ihn tausendmal gehört, gesungen, gesummt. Wie war das möglich? Ray öffnete den Mund, aber kein Ton kam heraus.

Das Publikum schrie, pfiff und buhte. Lachte sie aus. Eine Stimme erkannte sie dabei ganz deutlich. Anna. Sie stand in der ersten Reihe neben ihren Eltern, das schöne Gesicht zu einer herablassenden Fratze verzogen. Das war zu viel. Nichts, gar nichts konnte sie richtig machen. Ray nahm die Hände von der Gitarre und wollte von der Bühne stürmen.

Etwas hielt sie zurück. Ein unbestimmter Gedanke an rote Haare und ein freundliches Lächeln. Ein angenehmes Kribbeln breitete sich von ihrem Nacken die Wirbelsäule entlang aus, und es war die Erinnerung an Káras aufmunternden Blick, der Ray dazu ermutigte, sich mit einem tiefen Atemzug wieder dem Mikrofon zuzuwenden.

Erneut stimmte sie das Lied an. Dieses Mal gelang ihr der Einsatz mühelos, und als sie die letzte Strophe beendet hatte, tobte die Menge vor Begeisterung. Die klatschenden Hände wurden zu wogenden Sandmassen, das grelle Scheinwerferlicht zu Sonnenstrahlen, die Gitarre löste sich auf.

Vor ihr lag Kára auf dem Boden und wand sich unter Schmerzen. Schnell bückte Ray sich zu ihrer Freundin nieder und legte ihren Kopf auf ihren Schoß. Die Walküre zitterte.

Wo ist der Nachtmahr?

Mit größter Kraft kämpfte Ray aufkeimende Angst nieder. Káras Worte hallten in ihrem Verstand wider: Sie durfte sich nicht fürchten. Sie hoffte, dass dies auch für die Nachtmahre galt. Ob die Wesen ihr nichts antun konnten, wenn sie einfach nicht an sie glaubte? War das nicht die Magie der Kindheit, mit der sie sich vor allem hatte schützen können? Der Glaube an die eigene Kraft?

Kára glaubte an sie. Sie war in einer fremden Welt, bedroht von Kreaturen, die eigentlich nicht real sein dürften, aber Kára glaubte fest daran, dass Ray eine Heldin war. Also musste sie sich endlich auch heldenhaft benehmen, verdammt! Ray atmete tief ein und zwang ihre zitternden Knie und ihre rasenden Gedanken zur Ruhe.

Kontrolliert ließ sie Luft in ihre Lunge strömen und dachte dabei an die schönen Augenblicke in ihrem Leben. An ihre riesige Geburtstagstorte zu ihrem sechsten Geburtstag. Ihren ersten Kuss am Lagerfeuer. Der Moment, in dem ihr klar wurde, dass Musik ihr Leben war. Das erste Mal auf der Bühne. Sie spürte, wie der eisige Griff um ihr Herz sich lockerte, ihre Schultern nach unten sanken und ihre Muskeln sich entkrampften.

Und schließlich wurde auch Kára unter ihrer Berührung ganz ruhig und öffnete die Augen.

»Wie hast du?«, flüsterte ihre Begleiterin und sah sich um. »Das ist …«

Verblüfft über sich selbst starrte Ray auf ihre Hände.

»Ich habe nichts gemacht«, antwortete sie, obwohl ihr klar war, dass das nicht stimmen konnte. »Ich …«

»Das ist unglaublich«, murmelte Kára und starrte ihre Freundin an.

»Ich … also«, setzte Ray an und knetete verlegen die Finger. Dann erzählte sie Kára von dem Traum und der inneren Ruhe, zu der sie sich gezwungen hatte. Dabei glühten ihre Wangen und Augen vor Stolz. Kára rang nach Worten, und es beruhigte Ray, dass die sonst so starke Walküre von der Situation ebenso überrascht war wie sie selbst.

»In keiner Überlieferung wird von einem Menschen berichtet, der einen Nachtmahr abwehrte«, erklärte sie ihre Ratlosigkeit. »Diese Wesen ziehen dich in die Tiefen deines Unterbewusstseins, hinab zu deinen größten Albträumen und sorgen dafür, dass du sie immer wieder durchlebst, bis sie von deinem Unglück speisen können.«

»Ich weiß.« Ray fröstelte, als sie an das Gefühl der Beklemmung dachte, das sie durchströmt hatte. »Es war der Horror.«

»Aber du hast es überlebt … Und nicht nur das. Du hast dich deinen Ängsten gestellt, sie überwunden und somit den Nachtmahr besiegt.«

Die Sonnenstrahlen tanzten in einem wilden Spiel über den Boden, als wollten sie dieses Wunder würdigen.

»Ja«, flüsterte Ray und wischte eine Träne aus ihrem Augenwinkel. Ihr Herz glühte vor Glück.

»Dann können wir also gemeinsam die Wüste durchqueren?«, fragte Kára lächelnd und hielt ihr eine Hand hin. Ohne zu zögern, griff Ray zu und ließ sich auf die Ebene ziehen. Als sie den schützenden Schatten der Bäume verließ, spürte Ray einen Stich hinter ihrer Schläfe und in ihrem Rücken. Dieses Mal aber hatte sie nicht das Bedürfnis, sich umzudrehen. Schon nach wenigen Schritten wagte sie sogar, Káras Hand loszulassen, und eilte neben ihrer Freundin durch den feinen Wüstensand, der sich unter ihren Füßen wie Beton anfühlte. Tatsächlich stellte sie fasziniert fest, dass der Untergrund unter ihrem Gewicht keinen Millimeter nachgab. Ray erinnerte sich an den Sandstrand in ihrem letzten Urlaub, das leise Knirschen unter ihren Sandalen und das Rauschen der Wellen. Die Landschaft vor ihr hatte mit dieser Erinnerung rein gar nichts gemeinsam und war weder trostspendend noch beruhigend. Die scheinbar unüberwindbare Wüste wirkte bedrückend und der ferne Horizont wie ein unerreichbares Ziel, das wie in einem Albtraum immer weiter von ihnen fortrückte, je weiter sie liefen. Ray wusste, dass sie dieser Angst nicht nachgeben durfte, und dachte an ihren Traum zurück. Ihr Herz fühlte sich so leicht an, dass sie fast glaubte, fliegen zu können.

»Es ist so verrückt«, platzte sie heraus.

Kára, die ein paar Schritte vorausgegangen war, blieb stehen, um Ray zu sich aufschließen zu lassen. Aber sie wandte sich nicht um und antwortete auch nicht, während Ray munter weitersprach: »Es war so leicht. Ich musste einfach nur an mich selbst glauben. Hätte ich nur gewusst, dass das so einfach ist, ich hätte mir das ganze blöde Studium gespart! Ich meine: Wer hätte gedacht, dass ich bloß auf einer Bühne stehen und singen muss? Das habe ich schon hundertmal getan. Der Spott aus dem Publikum … Das war hart, ja. Aber ich musste nur daran denken, dass jemand an mich glaubt, und plötzlich wusste ich, dass ich alles erreichen kann.«

Ein merkwürdiger Laut durchschnitt die Luft. Verwirrt runzelte Ray die Stirn, als sie erkannte, dass Kára lachte. Die Walküre warf den Kopf in den Nacken und lachte schrill wie eine Hyäne. »Das soll das ganze Geheimnis sein? Lächerlich.«

Sie lachte weiter, und ihr seltsam verzerrter Gesichtsausdruck jagte Ray einen Schauer über den Rücken.

»Kára, was …?« Vorsichtig legte sie eine Hand auf die Schulter ihrer Gefährtin, doch sie wurde sofort abgeschüttelt. Kára stieß die Faust in die Luft und jubelte.

»Loki!«, brüllte sie zum Himmel. »Ich habe die Wette gewonnen! Komm her und löse deine Schuld ein!« Sie drehte sich zu Ray. Das grässliche Lachen hing noch immer in ihrem Gesicht. »Niemand hat je an dich geglaubt. Loki meinte, dass du nicht so leicht zu täuschen wärst. Ich habe dagegen gewettet und gewonnen. Er wird wohl langsam alt.«

»Kára, was soll das?«, flüsterte Ray.

»Dachtest du wirklich, dass es eine Prophezeiung gibt? Dekadente Götter, die nicht mehr auf die Erde wollen, und eine Walküre, die sich gegen Odin stellt? Ich bitte dich.« Kára wischte sich eine Lachträne aus dem Augenwinkel. »Weshalb solltest gerade du eine Heldin sein?« Sie holte tief Luft, und Ray spürte, wie ihr Herz am liebsten seinen Dienst versagen würde, um sie aus dieser Situation zu befreien und sie mit ewiger Ruhe zu beschenken. Mit größter Kraft zwang sie es dazu, weiter zu schlagen.

»Ich habe dich glauben lassen, dass du den Nachtmahr besiegt hättest, damit du mir in die Wüste folgst«, klärte Kára sie höhnisch auf. »*Das* ist das ganze Geheimnis.«

Ray wollte ihren Ohren nicht trauen. Der Boden unter ihr schien zu schwanken. Das konnte doch nicht … Kára auch? Dabei hatte sie gerade begonnen zu glauben …

»Und jetzt?«, fragte sie mit zitternder Stimme.

»Jetzt? Jetzt werde ich meinen Wettlohn holen und nach Asgard zurückkehren, wo ich gemeinsam mit meinen Brüdern in Walhall feiere, bis Ragnarök über uns hereinbricht.«

»Und ich?« Ray wollte diese Frage nicht stellen, und doch kroch sie über ihre Lippen. Kára runzelte die Stirn, als wäre es das erste Mal, dass sie darüber nachdachte.

»Na ja. Die Wette ist vorbei. Ich habe gewonnen. Das Ziel war, dich in diese Wüste zu locken.«

»Verstehe«, entgegnete Ray, und die Silben fielen in die Stille wie riesige Felsen in einen See. »Du wirst mich hier zurücklassen.«

»Es ist nicht meine Aufgabe, dich heil nach Hause zu bringen. Vielleicht hilft Loki dir, wenn du lieb fragst. Oder es eilt dir dein neuer Liebhaber in schillernder Rüstung zu Hilfe.«

Der Seitenhieb saß, und Ray fragte sich, welche Rolle Tyr in der ganzen Farce gespielt hatte. *Egal.*

Sie würde ihre Selbstzweifel nicht vor Kára zur Schau tragen.

Sie würde nicht zulassen, dass diese verlogene Person die Risse in ihrer Fassade erkannte. Wenn sie eines konnte, dann das. Das hatte sie schließlich ihr ganzes Leben lang geübt. Allein stark sein.

»Okay«, sagte sie und straffte den Rücken. »Ich komme schon zurecht. Vielleicht finde ich ein paar Zwerge, die mich nach Hause bringen.« Freudlos zog sie einen Mundwinkel nach oben. »Ob du nun an mich glaubst oder nicht. Ich schaffe es auch allein.«

Sie wiederholte den letzten Satz noch einmal. Leise, tonlos. Als sie merkte, wie die Panik kam, warf sie einen Blick zum weit entfernten Horizont und rief sich die Realität in Erinnerung. *Es gibt andere Welten. Ich habe es bis hierher geschafft. Ich finde den Weg nach Hause.*

Wieder und wieder betete sie sich diese Worte vor, und doch umschloss die Panik ihr Herz wie ein hungriges Wolfsrudel ein schwaches Tier.

»Na dann.« Kára schritt auf den Wald zu und hob die Hand zum Abschiedsgruß. »Danke, dass du es mir so leicht gemacht hast.«

Von ihren eigenen Gefühlen verwirrt beobachtete Ray, wie die Frau, die sie für eine Freundin gehalten hatte, von dannen zog und ihr Umriss vor den grünen Bäumen immer kleiner wurde. Je weiter sich die Walküre entfernte, desto unruhiger wurde Ray. Sie trat von einem Bein auf das andere, fuhr sich durch ihre Haare und sah sich um.

Einmal setzte sie sich demonstrativ auf den Boden, um wenige Augenblicke später aufzuspringen und den Kopf in den Nacken zu legen. Sie war vollkommen ratlos, aber fest entschlossen, nicht aufzugeben. Kára war schon längst verschwunden, und Ray machte sich auf den Weg zurück zum Wald. Dieses Mal gab der Sand unter ihren Füßen nach, als wollte er sie daran hindern, ihr Ziel zu erreichen.

Verwirrt runzelte Ray die Stirn und setzte zu einem kurzen Sprint an, wobei sie die Baumwipfel genau im Auge behielt. Als ihre Lunge sich schmerzhaft zusammenzog, hielt Ray inne und stützte sich im Stehen auf ihren Knien ab, den Kopf ließ sie kraftlos hängen. Sie sah nach oben und stellte fest, dass sie sich dem Wald nicht um einen Meter genähert hatte.

»Was?«, stieß sie atemlos aus und wischte sich den Schweiß von der Stirn. »Was soll das nun bedeuten?«

Furcht schlug über ihr zusammen, und mit der Furcht kam die sengende Hitze der Sonnenstrahlen, die auf ihren Rücken einprasselten wie glühende Kohlen. Wütend über sich selbst versuchte Ray ihren Puls zu beruhigen und ihr Selbstbewusstsein wiederzufinden. Mit geschlossenen Augen rief sie sich das Gefühl während des Traumes in Erinnerung.

Lüge. Alles Lüge.

Es war hoffnungslos. Die fremde Sonne labte sich an Rays Panik und wurde mit jedem Schaudern ihres Opfers stärker und heißer.

»Wie konnte das nur passieren?«, fragte Ray sich leise. »Ich hätte einfach in München bleiben sollen.« Geschwächt sank sie im Sand zusammen und vergrub den Kopf in den Händen. »Nein. Berlin war die richtige Entscheidung. Aber ich hätte mit meinen Eltern reden und nicht mit einer fremden Frau durchbrennen sollen. Nicht mal versagen kann ich allein.« Ein freudloses Lachen stolperte aus ihrer Kehle.

Die letzte Silbe war kaum ihren Lippen entschlüpft, da begann der Boden plötzlich zu vibrieren. Verblüfft hob Ray den Kopf und versuchte, sich aufzurichten, aber die Wucht des Erdbebens schleuderte sie sofort nieder. Eine Welle der Panik ergriff sie, und mit aller Kraft stemmte sie sich nach oben. Doch sie war kaum auf den Füßen, als sie schon wieder den Halt verlor und der Länge nach zu Boden stürzte. Im Fallen biss sie sich auf die Lippe und schmeckte Sand und Blut. Angewidert spuckte sie aus und wollte es gleich noch einmal versuchen. Aber ihr fehlte die Kraft. Ergeben blieb Ray liegen und streckte ihre vier Glieder von sich, die Wange auf den Boden gedrückt. Sie spürte jede Vibration des Bodens in ihren Knochen und schloss müde die Augen. *Wenn ich mich nur verabschiedet hätte.*

Dass sie ihre Eltern nicht informiert hatte, bereute Ray am allermeisten. Ihre Mutter würde irgendwann mit der Suche nach ihr beginnen.

Bei dem Gedanken an ihre weinende Mutter verkrampfte sich Rays Herz. Mit letzter Kraft drückte sie sich nach oben und krabbelte vorwärts. Als ihre Energie hierfür nicht mehr reichte, kroch sie. Ihre Handflächen scheuerten sich auf dem Sand wund und brannten, doch der Wald blieb in unerreichbarer Ferne, egal, wie sehr sie sich bemühte. Der Boden bebte mittlerweile so stark, dass Ray sich fühlte, als würde sie direkt auf der Membran eines Lautsprechers sitzen. Ihr Kopf dröhnte, ihr Sichtfeld vibrierte, ihr Körper schmerzte.

»Ich schaffe das«, knurrte Ray, um sich selbst zum Weitermachen zu motivieren. »Ich schaffe das.«

Die Absurdität der Situation brach über sie herein und löste etwas in ihr. Unvermittelt brach sie in Tränen aus und sank endgültig zusammen. Sie wusste, dass sie hier sterben würde.

»Hilfe.« Es war das einzige Wort, das noch in ihrem Verstand übrig war. »Hilfe.«

Immer wieder und wieder flüsterte sie es, obwohl ihre Kehle vor Durst brannte und ihre Stimme rauer klang als nach einer durchgrölten Partynacht.

Ein letzter Seufzer entschlüpfte ihr.

»Hilfe.«

Sie schloss die Augen und wünschte sich, dass sie Kára aufgehalten hätte, als sie ging. Sie hätte die Walküre um Hilfe bitten sollen, aber ihr Stolz hatte sie daran gehindert.

Ich wollte eine Heldin sein. Ich wollte mir selbst beweisen, dass ich etwas wert bin und in meinem Leben etwas erreichen kann. Und was hat der Stolz mir gebracht? Meinen Tod.

Sie fuhr mit der Hand durch den Sand und ließ die kleinen Körner durch ihre Finger rieseln.

»Hey.« Die unerwartete Stimme ließ Ray hochfahren. Sie sah direkt in Tyrs Augen, der sie besorgt musterte. »Was machst du hier?«

»Du weißt von der Wette«, hätte Ray ihm in einer anderen Situation entgegengeschleudert, gefolgt von wüsten Beschimpfungen und der Versicherung, dass sie lediglich Sandkörner zählte und allein zurechtkommen würde.

Aber nicht hier. Nicht jetzt.

»Ich«, setzte sie an und schluckte. Der Reflex war schmerzhaft und brannte wie hochprozentiger Alkohol in der Kehle. »Ich brauche Hilfe.«

Tyr hielt ihr eine Hand entgegen, und dankbar griff Ray zu. Als sie seine kühle Haut auf ihrer spürte, schloss sie erleichtert die Augen. Als sie sie wieder öffnete, stand ihr Kára gegenüber. Tyr aber war verschwunden.

Verwirrt sah Ray sich um. Sie stand im Wald, neben ihren Füßen lag ein dunkler Schatten in einer bizarren Form. Instinktiv wich sie zurück. »Du hast ihn besiegt«, flüsterte Kára und fiel Ray um den Hals.

»Ich habe … Was?« Verblüfft stellte Ray fest, dass ihre Kehle nicht mehr schmerzte und auch ihre Handflächen vollkommen unversehrt waren. Selbst der stechende Durst war verschwunden.

»Den Nachtmahr«, erklärte Kára. »Du hast ihn bezwungen.«

»Das ist ein Albtraum«, murmelte Ray und wich noch ein Stück weiter zurück. »Das alles ist schon einmal passiert. Und jetzt bin ich wieder hier. Was ist hier los? Was soll das?«

Vollkommen verwirrt sah sie sich um und suchte nach einem winzigen Anzeichen dafür, dass sie jetzt endlich zurück in der Realität war. Sie hatte einmal gehört, dass man im Traum nicht auf seine Hände sehen konnte, aber bei ihrer Reise durch die Wüste war das problemlos möglich gewesen. Trotzdem zählte sie ihre Finger, starrte auf ihre Füße und suchte am Horizont nach dem Gebirge.

»Erzähl mir von deinem Traum«, forderte Kára sanft und warf dem Nachtmahr einen angewiderten Blick zu. Ray zögerte kurz, dann berichtete sie von ihrem Auftritt auf der Bühne und der anschließenden Wanderung durch die Wüste. Als sie von Káras Verrat erzählte, zuckte die Walküre kurz zusammen.

»Wow«, sagte sie schließlich, als Ray geendet hatte. »Das ist … Wow.«

Sprachlos sah sie die junge Frau an, die sich unter dem bohrenden Blick unwohl fühlte und noch immer nach einem Zeichen suchte, dass sie nicht erneut einer Illusion erlag.

»Du hast dich nicht vor deiner Vergangenheit gefürchtet«, erklärte Kára. »Dein größter Albtraum war die Zukunft.« Sie nickte anerkennend. »Das ist sehr weise für einen Menschen in deinem Alter.«

»Wie meinst du das?«

»Zunächst konfrontierte der Nachtmahr dich mit einem Trauma deiner Vergangenheit. Dieses konntest du anscheinend relativ mühelos bezwingen … Und zwar indem du an die Zukunft dachtest. An das, was vor dir lag: deine Bestimmung. Der Nachtmahr erkannte das und veränderte die Illusion. Er schickte dich in eine Zukunft, die dir Angst bereitet. Deine größte Angst war es, Schwäche zu zeigen und Hilfe anzunehmen. Aber du hast deinen Stolz und dich selbst überwunden. Das ist eine wahrlich meisterhafte Leistung in so kurzer Zeit. Vor allem, wenn man bedenkt, dass der Nachtmahr dich zunächst für einen typischen Menschen hielt und dich mit so etwas wie Lampenfieber konfrontierte. Deine innere Stärke hat ihn überrascht und in die Knie gezwungen.«

Die beiden sahen gleichzeitig zu dem düsteren Schatten, in den nun vorsichtig einzelne Sonnenstrahlen helle Löcher brannten. Langsam tastete das Licht sich vor, und als es verstand, dass keine Gefahr mehr drohte, verschluckte es die Hülle des Nachtmahrs komplett. Der Waldboden lag da, als wäre nie etwas vorgefallen.

Nachdenklich betrachtete Ray die leere Stelle. Káras Worte ergaben Sinn, und sie hoffte inständig, dass dies nicht eine neue Illusion des Nachtmahrs war. Eine falsche Fährte war genug, eine zweite würde sie an den Rand des Wahnsinns bringen.

»Dann lass uns jetzt die Wüste durchqueren«, sagte Ray und warf einen Blick über die Schulter. »Wir haben schon zu viel Zeit verloren. Ich möchte wirklich nicht von einem anderen Gott eingeholt werden.«

15

Sie durchschritten die Landschaft, ohne sich umzusehen. Zwar merkte Ray, dass es auf der offenen Ebene etwas wärmer war, aber die komplette Hitze der Sonne hielt von ihr Abstand ebenso wie das Licht von dem Nachtmahr. Kára hatte offenbar recht gehabt: Solange sie keine Angst und Unsicherheit zeigte, konnte sie die Strecke mühelos bewältigen.

Zu ihrer Beruhigung kamen auch die Berge immer weiter auf sie zu, sodass sie nun endlich glaubte, dem Albtraum entkommen zu sein. Mittlerweile ragten die grauen Spitzen so hoch über ihr auf, dass sie den Kopf in den Nacken legen musste, um die Gipfel zu erkennen. Sie wirkten so grau und leblos wie das Skelett eines toten Riesen, und Ray hätte es nicht einmal gewundert, wenn die scharfen Kanten tatsächlich von einem mystischen Lebewesen stammten. Als sie Kára danach fragte, lachte die Walküre.

»Nicht alle Legenden sind wahr«, sagte sie. »Aber in der Tat gibt es auch zu diesem Gebirge eine schauderhaft schöne Geschichte, die uns unsere Mutter früher oft erzählte.«

Gerade als Ray nach der Legende fragen wollte, hielt ihre Begleiterin inne und bedeutete Ray, es ihr gleichzutun.

Sofort blieb sie stehen und sah sich um, aber sie konnte nichts erkennen.

»Was ist …?«

»Zwerge«, zischte Kára.

»Wo?«, fragte Ray gedämpft und trat neben die Walküre, die ihre Hand bereits an ihrer Waffe hatte.

»Unter uns.«

Wie zur Bestätigung begann der Boden zu vibrieren.

»Kára!«

Erstaunt drehte sie sich nun doch herum und sah einen

bärtigen Mann in schillernder Rüstung auf sich zurennen. An seiner Seite schwang ein gigantischer Hammer hin und her.

»Scheiße«, war alles, was Kára hervorbrachte. Ray wiederholte den Fluch und begann gleichzeitig mit ihrer Freundin zu rennen.

»Wer ist das?«, stieß Ray zwischen zwei gehetzten Atemzügen hervor.

»Thor.«

Ray fluchte. Natürlich. Irgendwann musste der ja auch noch auftauchen.

Sie raste auf die Berge zu und hoffte, sie rechtzeitig zu erreichen, auch wenn sie wusste, dass es hoffnungslos war. Der Sand unter ihnen erzitterte, der Boden kippte, und sie rutschten Halt suchend einen Abhang hinab, der vor wenigen Sekunden noch nicht einmal vorhanden gewesen war.

Hinter sich hörte Ray Thor aufschlagen und ebenfalls über den Wüstenboden schlittern. Instinktiv hob sie ihre Arme schützend vor ihr Gesicht. Als der Untergrund wieder eben wurde, verlangsamte sich ihr Tempo. Nach Atem ringend kamen die drei zum Liegen.

Thor war als Erster auf den Beinen und ging zielsicher auf Ray zu.

»Kára, ich will euch helfen!«

Die Walküre wich zurück.

Er griff nach ihrem Arm, aber sie entwand sich ihm.

»Du lügst!«

Ray blinzelte verwirrt. Die beiden gingen seltsam vertraut miteinander um. Ihre Blicke verhakten sich ineinander.

»Ich sage die Wahrheit. Als ich von einer der Walküren die wahre Bedeutung der Prophezeiung erfuhr, machte ich mich sofort auf den Weg, um euch zu unterstützen. Sie hat Tyr und dich belauscht, Kára – und sie bat mich um Hilfe. Auch ich möchte endlich wieder ein Teil der Menschenwelt sein.«

Kára starrte ihn unverwandt an.

»Ich will ja nicht stören.« Ray schluckte. »Aber wir haben gerade ganz andere Probleme.«

Sie deutete mit ihrem Finger auf etwas hinter Kára. Aus einer Öffnung in der Erde marschierten dunkle Silhouetten auf sie zu. Sie waren etwas kleiner als Ray, aber dreifach so breit. Als sie näher kamen, erkannte sie gepflegte Bärte und polierte Rüstungen.

Da sie ein ganzes Stück hinabgerutscht waren, war es hier unten kühl, und die Sonne prallte nicht mit voller Kraft auf das glänzende Metall.

Einer der Zwerge hob seine Streitaxt, und die anderen vier, die ihn begleiteten, kamen zum Stehen.

»Götter«, begann er. Seine Stimme war wie das Grollen einer Lawine. »Was habt ihr hier verloren? Seit Jahrhunderten kümmert ihr euch nicht mehr um uns, und nun stört ihr unsere Ruhe mit lauten Tritten und wüsten Beschimpfungen.«

Er kniff die Augen zusammen und musterte die beiden, Ray würdigte er keines Blickes.

»Verzeiht uns«, begann Kára und verneigte sich tief. »Wir wollten eure Ruhe nicht stören. Unser Weg führt uns nach Niflheimr zu den Riesen.«

Der Zwerg hob beide Augenbrauen und ließ die Axt etwas sinken.

»Was wollt ihr bei unseren eisigen Brüdern? Ihr wart dort seit Ewigkeiten nicht mehr.«

»Wir haben einen Auftrag des Allvaters«, antwortete Kára. Ihre Lüge stolperte durch die Wüstenluft wie ein verirrter Wanderer.

»Halt uns nicht zum Narren, Tochter des Odin. Wir kennen euch. Ihr schert euch schon lange nicht mehr um die Dinge, die außerhalb Asgards geschehen.«

Ray wollte zu einer Antwort ansetzen, aber Kára schüttelte kaum merklich den Kopf.

Was wird hier gespielt?

»Lasst uns ziehen«, sagte Kára und verneigte sich vor dem Zwerg. »Ich bitte Euch höflich.«

»Ihr haltet uns für naiv und dämlich.«

Oh-oh. Das klingt gar nicht gut.

»In keinster Weise.«

»Genug. Führt sie in den Berg!« Sofort setzten sich die Zwerge in Bewegung. Thor zog seinen Hammer, Kára hob beschwichtigend die Hand.

»Lasst uns ziehen«, forderte sie. Als Antwort stürmte einer der Zwerge auf sie zu und drückte sie zu Boden. Kára schaffte es nicht, sich aus seinem Griff zu befreien. Die restlichen Zwerge stürmten auf Thor zu.

Keiner der Angreifer kümmerte sich um Ray. Sie stand mit klopfendem Herzen neben dem Schauplatz des Kampfes und spürte, wie die Zeit durch ihre Finger glitt.

Metall traf auf Metall, Kampfgeschrei durchdrungen vom Aufprall der Körper, die sich vor einem Schlag in Sicherheit brachten.

Ray konnte nicht begreifen, wie die Situation so schnell eskalieren konnte und was der Auslöser für den Kampf war, der vor ihren Augen wütete. Sie stand abseits, und keiner schien Ray zu bemerken. Nicht einmal Kára, die von zwei stämmigen Zwergen nach oben und Richtung des Tunnels gezogen wurde, sah zu ihr.

»Hört auf!« Rays Stimme verlor sich im Hass der Kämpfer. Sie rannte ihrer Freundin hinterher, und zu ihrer Überraschung nahm noch immer keiner der Zwerge Notiz von ihr.

Sie betrat den Tunnel, und modrige, kühle Luft schlug ihr entgegen. An den Wänden hingen Fackeln, die ihren Lichtschein über den kahlen Fels tanzen ließen wie Schmetterlinge.

Der Boden war leicht abschüssig, und schon nach wenigen

Metern verstummte das Kampfgeschrei hinter ihr. Sie begann zu rennen, und als sie die anderen am Ende des Tunnels erkannte, wurde sie etwas langsamer.

Obwohl der Lärm ihrer Schritte in ihren Ohren laut durch die Luft gehallt war, drehten sich die Zwerge nicht zu ihr um.

Sie sehen mich nicht als Bedrohung.

Diese Erkenntnis löste in ihr ein altbekanntes Zittern aus, das sie schnellstmöglich unterdrückte.

Die Zwerge unterschätzen mich.

Sie setzte zu einem Sprint an, um sich ihnen noch schneller zu nähern. Nicht einmal jetzt drehten sie sich um. Es war lediglich Káras Stimme, die an ihre Ohren drang.

»Wann habt ihr zuletzt einen Menschen gesehen?«, fragte sie möglichst beiläufig. Ihre Worte brachten Ray ins Stolpern, und sie drosselte ihr Tempo.

»Sehr amüsant, Walküre.« Einer der Zwerge knurrte. »Die Verbindung nach Midgard wurde vor langer Zeit von euch Göttern unterbunden. Seitdem können wir nicht einmal mehr die Streuner wahrnehmen, die gegen das Gesetz hier nach Niflheimr gebracht werden. Menschen sind für uns nicht mehr als Geister der Geschichte.«

Verstehe. Sie können mich gar nicht sehen.

»Das ist mir bewusst«, entgegnete Kára. »Aber wann ist euch zuletzt ein Mensch begegnet? Ich vermisse sie.«

Der letzte Satz war nicht mehr als ein Flüstern. Die Zwerge warfen sich über Káras Kopf hinweg einen erstaunten Blick zu.

»Ich war nie selbst in Midgard«, erzählte der Zwerg auf Káras rechter Seite. Er hatte rote Haare, die zu einem Zopf geflochten und mit silbernen Perlen verziert waren. »Mein Vater erzählte mir viele Geschichten von den Menschen. Es waren Legenden des Grauens und Märchen der Hoffnung.«

Mittlerweile hatte Ray aufgeschlossen und ging vorsichtig neben der Dreiergruppe her. Gerade als die Walküre antworten wollte, verschlug ihr der Anblick, der sich vor ihr eröffnete, den Atem. Auch Ray schlug die Hände vor den Mund und starrte mit weit geöffneten Augen auf die riesige Höhle, die sich vor ihnen ausbreitete. Auf mehreren Ebenen waren Treppen und Brücken aus dem Fels gehauen, die sich zwischen gigantischen Steinsäulen wie Blumenranken wanden. Die Bauwerke waren mit kunstvollen Steinfiguren und funkelnden Edelsteinen verziert, die aus eigener Kraft leuchteten.

Es herrschte emsiges Treiben in der unterirdischen Stadt. Zwerge schleppten Steine umher, neue Unterkünfte wurden in den Fels gehauen, und aus der Ferne hallte der Klang von Schmieden durch die Finsternis.

»Neue Häuser zu bauen ist alles, was uns bleibt«, sagte der rothaarige Zwerg und deutete auf die Baustellen. »Und Waffen für einen Krieg zu schmieden, der nie wieder kommen wird.«

Hinter ihnen wurden protestierende Stimmen laut. Die restlichen Zwerge kamen durch den Gang und schleppten Thor mit sich, der ein Schimpfwort nach dem anderen ausstieß.

»Das werdet ihr bereuen.« Thor knurrte und spuckte einem der Geiselnehmer vor die Füße.

»Ihr Götter habt Niflheimr jahrhundertelang ignoriert, und ich glaube nicht, dass ihr offizielle Gesandte seid.« Er musterte die Gefangenen. »Niemals würde Odin oder einer der anderen euch zwei auf eine Reise schicken. Nein. Ihr seid aus niederen Beweggründen unterwegs, möglicherweise sogar als Flüchtende. Habt ihr den Allvater erzürnt, sodass er euch in die Unendlichkeit hinausschleudern möchte?« Seine Mundwinkel zuckten hämisch, und keiner antwortete ihm. »Bringt sie nach unten. Unser Kerkermeister hatte schon lange keine Gäste mehr.«

Während Kára mit hängenden Schultern folgte, war es Thor, der sich wehrte und schlussendlich über den Boden geschleift wurde. Sein Brustpanzer kratzte über den Steinboden und übertönte seine Verwünschungen.

Ray schlich leise hinter der Prozession her, die auf ihrem gesamten Weg von neugierigen Zwergen beobachtet wurde. Einige schüttelten den Kopf, andere konnten sich ein amüsiertes Grinsen nicht verkneifen.

Keiner von ihnen nahm Ray zur Kenntnis, die ihrerseits die Zwerge musterte. Ihr Kleidungsstil war rustikal und doch elegant: polierte Rüstungen mit Edelsteinen und Lederverzierungen. Einer der Zwerge trug einen gigantischen Rubin auf der Brust und reckte ihn stolz den Göttern entgegen.

Ob sie mit diesen prunkvollen Rüstungen überhaupt kämpfen könnten?

Immer tiefer führten ihre Gegner sie hinab, bis schließlich die Abstände zwischen den leuchtenden Kristallen so groß wurden, dass sie den Weg nur noch spärlich beleuchteten. Den Zwergen schienen die neuen Lichtverhältnisse nichts auszumachen, sie gingen unbeirrt weiter über die kurvige Brücke, die weder rechts noch links ein Geländer hatte. Konzentriert starrte Ray auf den Boden und betete, dass sie sich nicht mit einem falschen Tritt verraten würde.

Es irritierte sie, dass die Zwerge nicht einmal ihre Schritte hören konnten. Nicht gesehen zu werden, war eine Sache – aber komplett unsichtbar zu sein, eine andere.

Einmal konnte sie der Versuchung nicht widerstehen und trat absichtlich geräuschvoll gegen einen Stein, dessen Weg in die Tiefe ein lautes Echo auslöste. Außer einem wütenden Blick von Thor erhielt sie keinerlei Reaktion.

Erstaunlich.

Schließlich blieben die Zwerge stehen und deuteten auf einen niedrigen Eingang zu ihrer Rechten. Der Steinbogen war mit Runen verziert, und ein grimmig dreinblickender Wächter starrte die Neuankömmlinge an.

»Gefangene?« Seine Stimme klang, als hätte er über viele Jahre hinweg zu viel Met getrunken.

»Götter«, antwortete ein Zwerg aus ihrer Eskorte und strich sich über den Bart. »Sie sind Wände aus Gold und Böden aus Marmor gewohnt. Bitte gib ihnen unsere beste Zelle.«

»Was habt ihr mit uns vor?«, fragte Kára. Sie bemühte sich offensichtlich um einen sachlichen Tonfall, aber selbst Ray erkannte die Angst in ihrer Stimme.

»Das entscheidet der König«, antwortete der rotbärtige Zwerg. Sie folgten dem Gefängniswärter und stießen Kára und Thor gemeinsam in eine Zelle. Ray drückte sich in eine Ecke. Als die Metallstäbe hinter den beiden Göttern mit einem lauten Knall nach unten fielen, wirbelte Thor herum und griff mit beiden Händen nach dem Gitter. Sofort fuhr er mit einem lauten Aufschrei zurück und betrachtete irritiert die Blasen, die sich auf seiner Haut bildeten. Die Zwerge lachten höhnisch und verschwanden in dem dunklen Gang, aus dem sie gekommen waren.

»Die Zwerge sind Meister der Schmiedekunst«, zischte Kára. »Glaubst du wirklich, dass sie Götter in ein Gefängnis werfen, das für ihresgleichen bestimmt ist? Sie wissen um den Zauber der Runen und die Macht der Erde.« Nahezu bewundernd ließ sie den Blick über die Decke schweifen. »Wir sind ihre Gefangenen.«

»Weshalb tun sie euch das an?«, flüsterte Ray und trat näher heran. »Warum haben die Zwerge so einen Hass auf euch?«

»Jeder hasst die Götter.« Kára seufzte. »Ich für meinen Teil kann das sehr gut verstehen. Diese arroganten Arsen glauben, ganz Yggdrasil gehöre ihnen, obwohl sie lediglich das Glück haben, vom Weltenbaum geduldet zu werden.«

»Blödsinn«, unterbrach Thor sie und schlug mit einer

Hand gegen die Wand. Erneut zog er sich mit einem Schmerzensschrei zurück.

»Du lernst niemals aus deinen Fehlern, nicht wahr?« Káras Frage klang, als würde sie mehr meinen als die Brandblasen auf seinen Fingern.

»Doch, sonst wäre ich nicht hier.« Thor trat zu Kára und legte zärtlich eine Hand auf ihre Wange. Rays Mund klappte auf.

»Ihr zwei …«

»Nicht mehr«, sagte Kára und trat einen Schritt zurück.

»So glaub mir doch.« Thor kniete vor ihr nieder und nahm ihre Hand in seine. Neben ihm wirkte die Walküre unglaublich zerbrechlich. »Ich war ein Narr. Du hattest recht. Immer. Ich bin hier, um euch zu helfen.«

»Warum?«

»Du kennst die Antwort.«

Kára schluckte.

»Ich würde dir so gerne glauben …«

»Dann tu es!« Thor sprang auf, legte eine Hand in Káras Rücken und zog sie an sich. Rays Augen weiteten sich, und sie wandte beschämt den Kopf zur Seite, während die beiden sich küssten.

Kára löste sich von ihm.

»Ich gebe dir eine letzte Chance«, sagte sie. »Aber wenn du Ray ein Haar krümmst, werde ich dich eigenhändig durchlöchern. Unabhängig davon, was ich für dich empfinden mag.«

»Du empfindest also etwas für mich?« Er wackelte mit den Augenbrauen, und Kára schlug ihm gegen die Brust.

»Okay«, unterbrach Ray die beiden. »Wie hole ich euch hier raus?«

»Gar nicht«, erwiderte Thor. »Verschwinde einfach. Besiege den Riesen und erfülle die Prophezeiung. Wir sind Götter, wir kommen zurecht.«

»Genau genommen«, schaltete Kára sich ein und warf Thor einen ungläubigen Blick zu, »wäre es den Zwergen mithilfe ihrer Runen durchaus möglich, unser unendliches Leben zu beenden oder es wenigstens in niemals endende Qualen zu verwandeln.«

Thor schluckte.

»Wir kommen hier schon raus«, sagte er zuversichtlich.

Ray musterte die beiden. Ihre Kleidung war vom Kampf mitgenommen, und ohne ihre Waffen wirkten sie so verloren wie Kinder, die man zur Auszeit in ihr Zimmer geschickt hatte. Es war vor allem Thor, dessen Finger sich immer wieder dorthin verirrten, wo eigentlich der Griff seines Hammers sein sollte.

»Ich möchte euch helfen.« Ray holte entschlossen Luft. »Ich hole euch hier raus. Ohne euch finde ich sowieso niemals den Weg zu den Riesen.«

Sie entfernte sich von den Gitterstäben und schritt die Wand ab, bis sie die Kurbel für den Öffnungsmechanismus fand. Ohne lange zu zögern, griff sie danach. Das kalte Metall gab selbst unter dem größten Druck nicht nach.

»Das ist zwecklos«, kommentierte Thor. »Selbst ein Zwerg muss seine ganze Kraft aufwenden, um diesen Mechanismus zu betätigen. Du bist ein Mensch. Und ein ziemlich schwacher noch dazu.«

»Unfug«, sagte Kára und warf ihm einen bitterbösen Blick zu. Kurz schloss sie die Augen und atmete tief durch, dann legte sie den Kopf in den Nacken. »Lass mich nachdenken. Du bist ein Mensch und sehr schwach. Dieses Eisen ist nicht nur schwer, sondern auch mit einem Zauber versehen. Demnach ist es logisch, dass uns lediglich ein Zwerg hier rausholen kann. Doch die können dich nicht sehen, da ihre Verbindung zu deiner Welt vollkommen zerstört ist.«

»Das ist mir alles durchaus bewusst«, kommentierte Ray

trocken. »Bisher ist mir nicht klar, wie euch das hier rausholen soll.«

»Ich weiß es doch auch nicht!« Kára kniff die Augen zusammen. »Aber wir müssen hier schnell raus. Diese Runen beginnen, unsere Energie zu stehlen.«

Sie deutete auf ihre Füße, die von einem grünen Glühen umgeben waren. Panisch wanderte Thors Blick zu seinen eigenen Schuhen, die ebenfalls leuchteten. Er fluchte, und die Gelassenheit fiel von ihm ab. Sein Gesicht wurde kreidebleich.

Ray sah sich hilflos um. Mit aller Kraft drückte sie erneut die Kurbel, und dieses Mal bewegte sie sich wenige Millimeter. Ein Hochgefühl des Triumphs durchflutete Rays Herz, um im nächsten Moment in eine Welle aus Panik umzuschlagen, als der Mechanismus sich nicht weiter rührte.

»Was soll ich tun?«, flüsterte sie zu sich selbst, während die Augen der Götter langsam zufielen.

»Was soll ich tun?« Dieses Mal schrie sie mit voller Kraft, aber ihr Echo verhallte ungehört.

Es war Kára, die zuerst ohnmächtig auf den Boden aufschlug.

Als auch Thor die Augen schloss, hörte sie Schritte hinter sich. Zwei Zwerge kamen auf sie zu. Einer von ihnen war der Rotbärtige mit den kunstvollen Perlen. Der andere trug eine goldene Rüstung, und seine Haare waren so silbern wie der Brustpanzer seines Begleiters. Ein Stirnreif mit einem eindrucksvoll blau leuchtenden Stein verlieh ihm eine seltsame Gesichtsfarbe.

»Das sind sie also?«

»Ja, Eure Majestät.«

Der König.

Unbewusst hielt Ray den Atem an und wich ein Stück zurück.

»Bitte lass mich mit ihnen allein.«

»Aber …«

»Jetzt.«

Widerwillig gehorchte der Zwerg und zog sich zurück. Als er verschwunden war, wandte der König sich Ray zu.

»Und nun zu dir.«

Sie zuckte zusammen und unterdrückte den Impuls, in die Dunkelheit hinter sich zu flüchten. Mutig trat sie einen Schritt auf den König zu.

»Ihr könnt mich sehen?«, fragte sie und war stolz darauf, dass ihre Stimme nicht zitterte.

»In der Tat.« Er musterte Ray von oben bis unten. Sein Blick wanderte über ihren Körper wie die Hände eines Blinden. »Bist du …?«

Er ließ die Frage unvollendet.

»Ein Mensch«, bestätigte sie.

»Wahrhaftig!« Auf seinem Gesicht breitete sich ein Lächeln aus, das seine Haut in Falten legte. »Ein Mensch! In meinem bescheidenen Heim! Nach all der Zeit. Wer hätte das gedacht?« Er verneigte sich so tief vor ihr, dass sie seinen Ansatz sehen konnte.

»Weshalb habt Ihr meine Freunde festgenommen?«

Bist du wahnsinnig, Ray?

Die hellen Augen des Königs weiteten sich.

»Deine Freunde? Ich dachte, du wärst ihre Geisel.« Er strich sich über den Bart und musterte sie noch interessierter. »Deshalb habe ich sie mit den Runen außer Gefecht setzen lassen. Ein Glück, dass ich sie nicht direkt getötet habe, nicht wahr?«

»Das ist nicht witzig.«

Woher nehme ich diesen Mut? Dieser Zwerg könnte mich mit einem Hieb seines Schwertes köpfen.

»Nein«, bestätigte er. »Aber es ist ziemlich amüsant, dass du den anderen nicht einmal aufgefallen bist, als du einen Stein in die Tiefe getreten hast. Ganz zu schweigen von deiner rasanten Aufholjagd durch den Eingang und deinem lauten Brüllen hier im Verlies.«

Ray spürte, wie ihr das Blut in die Wangen schoss, und sie war froh, dass der König dies bei dem diffusen Licht unmöglich bemerken konnte.

»Ich dachte nicht, dass sich einer der Bewohner gegen die Naturgesetze wehrt und mich wahrnehmen kann.«

»Es ist das Herz Midgards in meinem Stirnreif, das dich erkannt hat«, flüsterte der König, und seine Worte krabbelten über Rays Haut wie Insekten. »Nicht ich. Es war ein großer Verlust für uns alle, als wir hierher verbannt wurden. Nach Niflheimr. Eine Welt, in der uns lediglich der Untergrund bleibt, da die Wälder bereits von Hexen und Nachtmahren besetzt sind. Es gab einen Grund, weshalb wir einst in deine Welt flüchteten.«

Kára stöhnte qualvoll und wälzte sich herum. Noch immer glühte ihr Körper an den Stellen, die den Boden berührten, grün.

»Bitte sorgt dafür, dass ihnen nicht noch mehr Energie entzogen wird«, bat Ray und beobachtete sorgenvoll ihre Gefährten. »Sie sind wirklich meine«, sie warf Thor einen unschlüssigen Blick zu, »Freunde. Ich brauche ihre Hilfe.«

Ray wusste, dass es vielleicht ein Fehler war, Thor mitzunehmen. Sie wusste noch gar nichts über ihn, außer dass er eine fragwürdig-innige Vergangenheit mit Kára zu haben schien. Aber sie brachte es einfach nicht über sich, ihn hier sterben zu lassen. Der König murmelte wenige Worte in einer fremden Sprache, und das Glühen erlosch.

»Ich danke Euch.«

»Wir flohen wegen der Götter«, fuhr er fort. »Sie brachten die Nachtmahre und Hexen aus Midgard hierher, um die Menschen zu beschützen. Ihr wart ihnen wichtiger als wir, weil sie in euch interessantere Spielzeuge sahen. Kein Zwerg ließ sich von einem Gott lenken, aber euer Verstand war so formbar wie Lehm.«

Gedankenverloren berührte er den blauen Stein an seiner

Stirn. »Kein Wunder, dass sie euch beschützten, um selbst mit euch zu spielen. Also verbannten sie die für euch gefährlichen Wesen hierher, wo sie unsere Dörfer überfielen und uns niedermetzelten.«

»Das ist grauenhaft.«

»Wir flohen. Es war die einzige Möglichkeit für uns, zu überleben. Einer meiner Vorfahren fand den Weg nach Midgard und nahm ein Teil des Volkes mit, um zu überleben. Als die Grenzen geschlossen wurden, schickte man uns zurück. Die Kreaturen der Dunkelheit vergaß man. Sie mussten nicht zurück nach Midgard, sondern durften hierbleiben. Eine wirkliche Strafe für diese armen Wesen, deren Leben daraus besteht, andere zu quälen. Ich verstehe nicht, wie du hierherkommst, Mensch. Und erst recht verstehe ich nicht, weshalb du diese Götter als deine Gefährten bezeichnest.« Seine Hand legte sich um den Schwertknauf an seiner Seite. »Es wäre besser, wenn du mir die Wahrheit sagst. Wenn du Glück hast, gefällt sie mir.«

Ray schluckte.

»Eure Majestät …«, setzte sie an und wich zurück. Die Aussicht darauf, völlig unbewaffnet einem Meister des Schwertkampfes gegenüberzutreten, erschien ihr nicht gerade erstrebenswert. »Bitte hört mir zu, bevor Ihr voreilige Schlüsse zieht. Es ist grauenhaft, was Euch und Eurem Volk widerfahren ist. Auch die Menschen leiden unter der Abwesenheit der Götter.«

Mit Schaudern dachte sie an die Kriege, die tobten, und den Hunger, der Tausende Menschenleben kostete. »Ich weiß nicht, ob es uns mit ihnen besser ginge. Vermutlich nicht. Wahrscheinlich ist es unser Wesen, Leid hervorzurufen. Und dennoch: Die Walküre ist meine einzige Chance, zu überleben.«

Verblüfft hob der König beide Augenbrauen und lockerte den Griff um seine Waffe.

»Sprich weiter.«

Sie holte tief Luft.

»Die Nornen.« Bei der Erwähnung der weisen Frauen zuckte der Zwerg zusammen, und Ray beeilte sich, weiterzusprechen. »Sie hatten eine Prophezeiung. Diese Worte waren der Grund, weshalb der Göttervater die Grenzen zwischen den Welten endgültig schloss.« Sie betete, dass sie die Geschichte korrekt wiedergab. Zumindest den Teil, den der Zwerg bereits kannte. Sein Gesicht zeigte keine Regung, die verraten hätte, wie viel er wusste. »Sie kündigten einen Helden an, dessen Aufstieg zum wahren Heldentum das Ende der bekannten Götterwelt einläuten würde. Odin fürchtete sich davor.«

»Selbstverständlich. Welcher Herrscher würde sich nicht vor seinem Ende fürchten?« Er verstärkte die Hand um den Knauf. »Aber das alles ist mir bekannt. Ich verstehe nicht, was du mir damit sagen möchtest. Es sei denn …« Seine Augenwinkel zuckten ebenso wie sein Bart und seine Fingerspitzen. Bedächtig ließ er die Hände sinken.

»Ich verstehe. Das ergibt Sinn!« Er klatschte freudig und riss Ray in seine Arme. Sein rauer Bart rieb an ihrem Hals, während ihr Kinn auf seinem Scheitel zu liegen kam. »Du bist die angekündigte Heldin. Die Walküre ist auf deiner Seite, auch wenn ich ihre Gründe nicht verstehe.« Er strahlte sie an wie ein Erstklässler, der seine Schultüte auspacken durfte. Irritiert nickte sie. »Und was wollt ihr bei unseren eisigen Brüdern?«

Für einen Moment zögerte Ray. Ihr war bewusst, dass die Wahrheit den König gegen sie aufbringen konnte, wenn er die Riesen beschützen wollte.

Andererseits wäre dann endlich jemand meiner Meinung.

»Kára meinte, dass die Prophezeiung die Ermordung eines Riesen fordert.« Ihr Tonfall ließ keinen Zweifel daran, wie sie die Idee fand. Dennoch führte sie weiter aus: »Mir liegt nichts daran, jemanden grundlos zu töten. Allerdings versicherte man mir, dass die Riesen alles andere als hilflos und unschuldig sind.«

Der Zwerg fuhr sich mit einer Hand durch den Bart und rieb sich mit der anderen die Schläfe.

»Eine verzwickte Sache. Mir ist klar, dass du denkst, ich wäre auf der Seite der Riesen und würde einen Mord nicht gutheißen. Du irrst dich.«

»Ach ja?«

Er lächelte. »Ja. Das Ende der bekannten Götterwelt ist für mich ein erstrebenswertes Ziel, ganz egal wie sich dieses gestaltet. Diese Überheblichkeit muss ihnen ausgetrieben werden. Selbst wenn ich meinen eigenen Sohn dafür opfern müsste … Ich würde es tun.«

Bei diesen Worten zuckte sie zusammen. Der Hass loderte in seinen Augen und verzerrte sein Gesicht in der Dunkelheit zu einer bizarren Fratze. Das Leuchten auf seiner Stirn wurde schwächer, als fürchtete sich das Herz Midgards vor seinem Träger.

»Verstehe«, flüsterte Ray, um die Stille zu durchbrechen, obwohl es eine Lüge war. Nicht einmal im Ansatz konnte sie nachvollziehen, wie man sein eigenes Fleisch und Blut opfern konnte. »Ich bitte Euch noch einmal: Lasst die beiden und mich ziehen. Ohne sie erreiche ich mein Ziel nicht.«

»Ich glaube nicht, dass Thor dir helfen möchte«, beharrte er und musterte seine Gefangenen. »Die Walküre lasse ich mit dir gehen, er bleibt in meiner Obhut.«

Ihr Blick wanderte zu Thor, der vor wenigen Minuten noch Kára geküsst und ihr seine Treue geschworen hatte. Wenn Kára ihm vertraute, tat sie es auch. Sie fasste einen Entschluss.

»In Ordnung«, stimmte sie schließlich zu.

Sie trat zur Seite, und der König betätigte die Kurbel. Er ätzte, während das eiserne Gitter nach oben fuhr.

»Kára!« Sie wollte zu der ohnmächtigen Freundin stürmen, aber er hielt sie mit einem scharfen Zischlaut zurück.

»Sei keine Närrin. Du kannst nicht ohne Weiteres die Runenlinie überschreiten. Warte, bis ich den Mechanismus deaktiviert habe.«

Ungeduldig trat sie auf der Stelle und beobachtete, wie sich das Tor quälend langsam in die Höhe schob. Wenn ihr Plan funktionieren sollte, musste sie nicht nur schnell, sondern auch kompromisslos sein.

In einem ihrer Zen-Bücher hatte sie einmal gelesen, dass man im Kampf etwas nur versuchen sollte, wenn man sich auch sicher war, das Ergebnis erreichen zu wollen. Ein Kämpfer ohne Entschlossenheit würde letztendlich niemals zum finalen Schlag ausholen, um wirklich einen Menschen zu töten. Wer in den Kampf zog, musste bereit sein, ein Mörder zu werden.

Während ihrer kurzen Buddhismus-Phase in der zehnten Klasse hatte Ray viele solcher Bücher gelesen und sie am Ende alle auf dem Flohmarkt für wenige Euro verkauft. Ruhe, Gelassenheit und Geduld waren keine Tugenden, die sie verinnerlichen konnte. Aber jetzt, Jahre später, schienen sich die aufgeschriebenen Gedanken der Shaolin-Mönche bezahlt zu machen.

Sie stellte sich mit beiden Beinen fest auf den Boden und ließ ihre Anspannung abfallen. Zumindest, so gut es ging. Das Zucken ihrer Muskeln ließ ebenso nach wie das Rasen ihrer Gedanken.

Ein Blick zu dem Zwerg signalisierte ihr, dass sie nicht genügend Zeit haben würde, um sich mental vollkommen vorzubereiten. Sie musste zuschlagen.

Ein kühler Lufthauch strich durch den Gang, als das Gitter schließlich mit einem lauten Schlag einrastete. Das Leuchten der Kristalle schien stärker zu werden, während der König zur Zelle schritt und seine Hand gegen die Felsen lehnte.

Einige gemurmelte Worte, und Ray fühlte ein Kribbeln über ihrem ganzen Körper und ein Knistern in ihren Ohren, als würde sie neben einer elektronischen Hochspannungsleitung stehen.

Dann war es vorbei.

Der Zwerg betrat die Zelle, hob Kára hoch und trug sie hinaus. Beinahe zärtlich legte er sie auf dem Boden ab, und Ray stürmte zu ihr, um ihren Puls zu fühlen. Zu ihrer Beruhigung schlug er schwach, aber stetig.

Das Gitter senkte sich rasselnd wieder herunter.

Jetzt.

Kurz bevor das Gitter den Eingang komplett versiegelte, sprang Ray auf und warf sich mit aller Kraft gegen den Zwerg. Der König, der keinen Angriff erwartet hatte, fiel zu Boden wie eine überdimensionierte Konservenbüchse. Sein Körper scheuerte über den Fels, und er riss die Arme über den Kopf, um ihn zu schützen.

Kurz vor der Wand kam er zum Liegen. Die Zelle schloss sich mit einem dumpfen Laut.

»Was?«, hörte sie den König erstaunt fluchen. Er hastete zu den Gitterstäben und sah Ray mit großen Augen an. Das Licht des blauen Steins blendete sie, als sie sich aufrappelte und ihm näherte. Nicht einmal der König der Zwerge konnte der Magie der Erde entfliehen, wenn er auf der falschen Seite stand.

»Ich gehe nicht ohne Thor«, sagte Ray. Ihre Stimme zitterte vor Anstrengung, und sie schöpfte atemlos Luft.

»Was sagst du da?«

»Möglicherweise will er meinen Tod. Vielleicht will er mir auch helfen. Was davon auch wahr ist, wenn ich ihn zurücklassen würde, wäre ich nicht besser als er in der schlimmsten Version, die ich mir denken kann. Lasst ihn frei, Euer Hoheit, ich bitte Euch.«

»Ich sitze zwar in einer Zelle, aber du befindest dich noch

immer in meinem Reich und bist nicht in der Lage, Forderungen zu stellen. Ein Ruf von mir und meine Wachen nehmen dich gefangen.« Er verengte die Augen zu Schlitzen und verschränkte die Arme.

»Sie können mich doch nicht einmal sehen«, konterte Ray.

»Und ich dachte, dass du auf unserer Seite wärst.«

»Es gibt keine Seiten«, widersprach sie. »Ich möchte einfach nur überleben … Und die Prophezeiung erfüllen. Ich muss endlich meinen eigenen Weg gehen, und dafür brauche ich diesen Gott. Ganz egal, wie seine Vergangenheit aussieht.«

»Weshalb sollte ich euch nach diesem Verrat ziehen lassen? Dich und den Gott noch dazu?«

»Ihr wollt, dass ich das Ende der bekannten Götterwelt herbeiführe«, stellte sie nüchtern fest. »Das kann ich von hier aus nicht.«

Der Zwerg drückte seine Schultern durch und legte den Kopf schief.

»Demnach«, fuhr sie fort, »bin ich Eure einzige Hoffnung. Ihr müsst mich gehen lassen. Mich und die zwei anderen.«

16

Ray saß auf einem Baumstamm und zeichnete mit einem dünnen Stock abstrakte Figuren in den nassen Uferschlamm. Sie war dankbar, dass die Zwerge sie hierhergebracht und sogar die ohnmächtigen Götter hierhergetragen hatten. Alleine hätte sie niemals so lange in der Wüste überlebt.

»Was ist passiert?«, flüsterte Kára, und Ray hob den Kopf. Erleichterung breitete sich auf ihren Gesichtszügen aus.

»Du bist wach.« Sie erhob sich und warf den Ast zur Seite. »Wie geht es dir?«

Die drei Reisenden befanden sich am Fuß des riesigen Gebirges, neben ihnen gurgelte leise ein Gebirgsbach.

»Ganz gut, denke ich.« Sie sah zum strahlend blauen Himmel und den steingrauen Gipfeln. »Was ist geschehen?«

Ray reichte ihr eine lederne Trinkflasche und begann zu erzählen, während Kára ihren Durst stillte. Als Ray geendet hatte, blieb Kára still.

»Was geht dir durch den Kopf?«, fragte Ray vorsichtig.

»Ich bin beeindruckt … Und verwirrt darüber, dass du ihn gerettet hast.« Sie sah zu Thor, der regungslos im Gras lag. Seine Augen waren noch immer geschlossen. »Ich weiß, warum *ich* ihm vertraue … Aber du hast keinen Grund dazu.«

»Es ging nicht anders«, erklärte Ray. Sie setzte sich wieder ans Ufer und zeichnete mit einem Ast Kreise in die Erde. »Wenn du ihm glaubst, tue ich das auch. Und überhaupt. Ich konnte ihn doch nicht einfach zurücklassen.«

»Dein Gewissen?« Es erstaunte Ray, dass die Frage nicht herablassend oder amüsiert klang.

»Wahrscheinlich«, stimmte sie zu. »Ich hoffe nur, dass wir uns nicht in ihm irren.«

»Das hoffe ich auch.« Kára sah zu ihm und runzelte die Stirn. »Wir haben uns wegen Tyr getrennt. Die beiden streiten seit ihrer Geburt um die Aufmerksamkeit unseres Vaters.«

»Unseres Vaters?«, wiederholte Ray. In ihrem Kopf fügten sich Informationen zusammen und ergaben ein Bild, das sie zunehmend verstörte. »Das bedeutet, dass Thor auch dein … Bruder ist?«

»Halbbruder«, korrigierte Kára sie und nickte.

»Und dein ehemaliger Liebhaber?« Ray wusste nicht, ob sie lachen oder angeekelt das Gesicht verziehen sollte. Fassungslos schüttelte sie den Kopf.

»Ich weiß, was du denkst«, antwortete die Kriegerin und nahm eine ihrer roten Haarsträhnen zwischen ihre Finger. »In Asgard gibt es nur uns Kinder Odins. Du hast die Wahl zwischen Riesen, Zwergen oder deinen Geschwistern und Halbgeschwistern. Menschen stehen aus mehreren Gründen nicht zur Debatte. Sie sind zu sterblich und aufgrund der momentanen Situation sowieso unerreichbar.«

»Aha.« Mehr wollte Ray nicht dazu sagen. Sie ließ den Blick schweifen und suchte nach einer Ablenkung. Ihr Blick fiel auf die Gipfel. »Weshalb müssen wir die Berge überqueren? Warum können wir Niflheimr nicht einfach von Asgard aus betreten?«

Kára setzte sich neben sie, nahm ihr den Stock aus der Hand und begann, einen Baum in die weiche Erde zu ritzen. Fasziniert beobachtete Ray, wie vor ihren Augen ein ganzes Universum entstand.

»Yggradsil«, Kára schloss mit einer kreisenden Bewegung ihre Zeichnung ein, »ist der Weltenbaum und beherbergt den gesamten Kosmos. Neun Welten, die über die Äste und Lebensadern des Baumes verbunden sind. In der Oberwelt«, sie zeigte auf drei Kreise in der Krone des Baumes, »leben die Götter und Lichtalben. Asgard, Wannenheim und Albenheim liegen hier nah beieinander, doch die Grenzen wurden schon vor langer Zeit versiegelt.«

Ray spürte ein Frösteln auf ihrer Haut und zog den Pullover enger um ihren Körper.

»Auf der Erde befinden sich neben Midgard, also deiner Heimat, Jötunheim und Muspellsheim, die beide das Zuhause der gutmütigen Riesen sind. Früher konnten sie Midgard unbehelligt bereisen, doch heute ist das nicht mehr möglich. Darunter liegt die Unterwelt, in welcher wir uns nun befinden. Svartalfheim bildet das Zentrum, den Einlass. Es liegt ein Stück höher als die anderen Welten und ist direkt mit Asgard verbunden.«

Kára zog einen Strich durch die drei Ebenen.

»Asgard, Midgard und Svartalfheim liegen auf einer senkrechten Achse. Sie sind die Welten mit der engsten Verbindung. Deshalb können noch heute Nachtmahre und Hexen in eure Welt gelangen, wenn sie einen Riss in Odins Mauer finden. Hel, das Totenreich, und Niflheimr können lediglich durch diesen Einlass betreten werden. Sie liegen in den tiefsten Wurzeln Yggdrasils und besitzen nur einen Eingang, denn es gibt nur wenige, die jemals einen Ausgang gebraucht hätten. Dieser Einlass liegt hier in Niflheimr. Früher habe ich manchmal Seelen nach Hel begleitet, die sich durch Lügen in Walhall eingeschlichen haben. Das kam selten vor, aber hin und wieder«, die Walküre erschauderte und warf den Stock mit einer ausholenden Bewegung in den Fluss, »kann auch ich Wahrheit und Lüge nicht unterscheiden.«

Eine heiße Wüstenbrise wehte zu ihnen herüber und fuhr raschelnd durch das Blätterwerk der verkümmerten Bäume. Ray fragte sich, wie lange sie der heißen Sonne schon trotzten und ob es lediglich das kühle Gebirgswasser war, das sie am Leben erhielt. Einer der Bäume stand gefährlich nah am Ufer, sodass das Wasser einen Teil des Erdreichs, das einst seine Wurzeln bedeckt haben musste, fortgespült hatte. Hilflos klammerte er sich an den letzten Rest Boden, den er erreichen konnte. Die Sängerin erinnerte sich an das letzte Mal, als sie mit Kára auf einem Stein gesessen und auf einen Fluss gestarrt hatte. Der Tag in München kam ihr vor wie aus einem anderen Leben. Als wäre er Teil eines schlechten Films, den sie vor einigen Monaten im Kino gesehen und dann schnellstmöglich verdrängt hatte. Trotz der Gefahren war sie froh, diesen Weg gegangen zu sein, dessen wurde sie sich jetzt bewusst. Sie fühlte sich innerlich stärker, und auch wenn ihre Knie blutverkrustet waren und sie sich vor der bevorstehenden Aufgabe fürchtete, wusste sie doch, dass es sich gelohnt hatte.

Was sie in den letzten Tagen erlebt hatte, konnte ihr niemand mehr nehmen. Ihr Selbstbewusstsein, ihre Erkenntnisse, ihre Entscheidungen – mit alldem war sie gewachsen, und sie wusste, dass sie mehr gesehen hatte als alle anderen Menschen Midgards.

Ray sah erneut in die Wüste und erstarrte. Der Horizont war von den Bäumen des Waldes bedeckt, sodass sie erst jetzt die Gestalt sah, die durch den Sand auf sie zustolperte. Kára bemerkte Rays Gesichtsausdruck und drehte sich um.

»Tyr«, stellte sie fest und schmunzelte. »Wie zu erwarten.«

»Wie zu erwarten?« Rays Herz schlug schneller.

»Hoffen wir, dass Thor erst aufwacht, wenn Tyr hier angekommen ist. Dann kann er es dir in Ruhe erklären.«

17

Kára.« Tyr hob zögerlich die Hand zum Gruß. Er mied Rays Blick. Als er den bewusstlosen Thor zwischen den Büschen liegen sah, huschte ein Schatten über sein Gesicht.

»Was macht der hier?« Tyr griff nach seinem Schwert.

»Er hilft uns«, entgegnete Kára schlicht und kniff die Augen zusammen. »Ob du es glaubst oder nicht.«

»Er wurde von Odin geschickt, um sie zu töten«, antwortete Tyr. Eine eiskalte Klaue legte sich um Rays Herz. Sie warf einen besorgten Blick zu Kára, die sich eine Haarsträhne hinters Ohr steckte und die Lippen zusammenkniff.

»Odin würde niemals ihn schicken.«

»Nachdem ich euch geholfen habe, hatte er wohl keine andere Wahl.«

Kára streckte trotzig das Kinn nach vorne.

»Ich glaube ihm. Sobald er sich erholt hat, soll er uns seine Version der Geschichte erzählen. Denn während du in Walhall saßt, wurden wir von Zwergen gefangen genommen, und Ray hat uns befreit.«

»Hat sie das?« Es war das erste Mal seit seiner Ankunft, dass er Ray offen ansah. Bewunderung lag in seinen Augen.

»Dann erzähl mal, Bruder«, forderte Kára. »Warum hast du Ray die Nahrung geschickt?«

Allein die Frage ließ Rays Herz rasen. In Kombination mit seinem forschenden Blick war ihr Körper vollkommen überfordert. Bevor sie wusste, was sie tat, sprang sie auf und stolperte rückwärts. Ihr Körper wollte vor der Antwort fliehen, die auf seinen Lippen lag. Auf dem schlammigen Grund verlor sie das Gleichgewicht, strauchelte und stürzte in den Bach. Das kalte Wasser umfing sie wie an einem heißen Sommertag. Prustend rappelte sie sich auf, strampelte mit den Beinen und kam zum Stehen. Die Oberfläche reichte ihr bis zur Brust, und die kühle Flüssigkeit umfloss sie gemächlich. Das nasse Haar klebte ihr im Gesicht, und ihre aufgeschürften Knie brannten in der Kälte.

»Scheiße«, fluchte Ray und strich sich eine Strähne aus der Stirn. Entgeistert starrten Kára und Tyr sie an.

Tyr trat ans Ufer, streckte eine Hand aus, und Ray griff zögerlich danach, um sich heraushelfen zu lassen. Mit einem kräftigen Ruck zog er sie hoch, und voller Schwung strauchelte sie direkt in seine Arme.

Schlimmer als in jedem Kitschfilm, dachte Ray, während sie den Kopf in den Nacken legte und in seine besorgten Augen sah, in denen sich das Glitzern des Wassers spiegelte.

Schnell befreite sie sich aus seinem Griff und ließ sich neben Kára nieder, um ihre Kleider auszuwringen.

»Ich habe bereut.«

Die Antwort, vor der sie in den kalten Bach geflohen war, wärmte ihr Herz.

»Bereut?«, hakte Kára nach und lächelte amüsiert. »Du kannst ruhig zugeben, dass meine Worte dich umgestimmt haben.« Sie zwinkerte ihm zu.

»Sagen wir mal, dass deine Auslegung der Prophezeiung mein Gewissen beruhigen konnte«, erwiderte Tyr.

»Das kommt mir bekannt vor.« Thor räusperte sich, rappelte sich auf und begann, seinen Körper zu dehnen. Ray zuckte zusammen. Sie hatte fast vergessen, dass der Gott noch immer ohnmächtig dort lag.

»Guten Morgen, Dornröschen«, sagte sie und hoffte, die bevorstehende Eskalation zu verhindern.

Als Thor zu ihnen trat und sah, dass Tyr bewaffnet war, huschte ein Schatten über sein Gesicht.

»Du wurdest geschickt, um Ray zu ihm zu bringen.« Tyr griff nach seinem Schwert und richtete die glänzende Spitze auf seinen Halbbruder. Thor zuckte nicht zurück.

»Das stimmt«, knurrte er. »Aber bevor ich ging, nahm mich eine der Walküren zur Seite und erzählte mir die wahre Bedeutung der Prophezeiung. Sie hatte euch zwei belauscht. Also machte ich mich auf den Weg, um Kára zu helfen.« Er griff nach ihrer Hand. »Sie wusste schon immer, was das Beste für die Menschen ist.«

»Du lügst«, sagte Tyr ruhig.

»Wenn ich sie hätte überwältigen wollen, wäre das bereits geschehen.«

»Du hast keinen Hammer mehr.«

»Den habe ich erst vor Kurzem verloren.«

Eisige Stille breitete sich zwischen ihnen aus. Kára sah die beiden abwechselnd an und suchte in ihren Gesichtern nach der Wahrheit.

»Ich würde alles für Kára tun«, sagte Thor. »Alles.«

»Ich glaube ihm.« Ray seufzte. Aus dem Augenwinkel bemerkte sie, wie Tyr sie ungläubig ansah, aber sie richtete ihre Aufmerksamkeit auf Kára. »Warum sollte er dich anlügen? Du bist ihm offensichtlich sehr wichtig.«

»Götter, die zu lange in Asgard verweilen, verlieren ihre Gefühle«, sagte Kára, und Traurigkeit legte sich über ihr Gesicht. »Uns Walküren betrifft das nicht. Wir stumpfen in Asgard nicht ab. Wir spüren Freude. Wir leiden. Götter, die sich zu lange in Asgard verkriechen, leben nur noch für den Sieg und die Feste.«

Ray sah neugierig zu Thor. Sein Gesicht blieb ausdruckslos, aber in seinen Augen glaubte Ray eine Regung zu erkennen. Schmerz.

»Aber wir sind hier nicht in Asgard«, erinnerte Ray sie. »Und Tyr ist offensichtlich hier, um uns zu helfen. Er bereut – und das ist ein Gefühl. Ansonsten hätte er uns mit seinem Schwert bereits angreifen können. Ihr habt nämlich beide eure Waffen verloren.«

Sehnsuchtsvoll sah Thor zu der leeren Schlaufe an seiner

Rüstung. »Jetzt sind wir hier und müssen einen Weg nach Niflheimr finden«, fuhr Ray fort, »und uns überlegen, wie um alles in der Welt ich es schaffen soll, einen Riesen zu besiegen.«

»Na schön.« Kára schloss die Augen und atmete tief durch. »Ich glaube ihm auch.«

Thor nickte und lächelte.

»Zunächst werde ich mit Kára zurückkehren, um meinen Hammer zu holen. Tyr, du begleitest Ray weiter durch die Berge. Wir dürfen keine Zeit verlieren, denn ich bin mir sicher, dass Loki uns schon bald finden wird.«

»Was hat Loki jetzt damit zu tun?«, fragte Ray.

»Ich werde nicht zulassen, dass du deine Waffe zurückholst«, unterbrach Tyr und steckte sein Schwert zurück in die Scheide.

Unangenehme Stille breitete sich aus, während die beiden sich gegenseitig fixierten. Ray hoffte, dass Kára die beiden zur Vernunft bewegen konnte. Ihre Gedanken kreisten um Loki. Weshalb hatte Thor das gesagt?

Vermutlich, weil Loki wahrhaftig ihr Feind ist.

»Selbst wenn er seinen Hammer hat, sind wir in der Überzahl«, sagte Kára. »Und wenn er auf unserer Seite ist, benötigen wir jede Waffe, die wir kriegen können.«

»Du hast recht«, gab Tyr schließlich nach. »Ich vertraue dir. Wenn du ihm glaubst, werde ich das auch tun. Ray bewegt sich in dieser Welt langsamer als wir, deshalb werde ich mit ihr vorausgehen. Ihr geht zurück, holt Thors kostbaren Hammer und folgt uns so schnell wie möglich. Ich nehme an, ihr kennt den Weg?«

Die beiden nickten. Während Thor sich umdrehte und Richtung Wüste schritt, kam Kára auf Ray zu und schloss sie in die Arme.

»Es wird alles gut. Du kannst ihm vertrauen.«

Sie nickte, obwohl sie sich selbst nicht sicher war, die richtige Entscheidung getroffen zu haben.

18

Eine Weile folgten sie schweigend dem Gebirgsbach. Tyr ging voran, und Ray folgte, den Kopf stets gesenkt und in Gedanken versunken.

»Es wundert mich, dass Thor seine Meinung geändert hat«, sagte sie schließlich. »Er schien mir eher starrköpfig zu sein.«

Tyrs Schultern bebten, als er leise lachte. »In der Tat. Ich selbst verstehe es auch nicht so ganz. Vielleicht liegt es an Káras Einfluss. Sie vermochte schon immer, diesen Hitzkopf in die Realität zurückzuholen. Ich denke, er hat gesehen, wie wichtig es ihr ist, und hat nachgegeben, um sie zurückzuerobern. Das ist schon früher passiert. Er rückt von seiner Meinung ab, um es ihr recht zu machen.«

»Du denkst, dass das der Grund für sein Handeln ist?«

»Es ist die einzige Möglichkeit, die für mich plausibel klingt. Es gab immer nur eine Sache, die in Thors Leben wichtiger war als die Anerkennung unseres Vaters: Káras Zuneigung.«

Er hielt kurz inne und warf einen Blick über die Landschaft um sie herum. Der plätschernde Bach erstreckte sich zu ihrer Linken, die grauen Berge lagen vor ihnen. Rechts erstreckten sich Sträucher auf einem Grasteppich voller Blumen und kleeähnlichem Gewächs. Hin und wieder lag ein moosbewachsener Felsen in der Gegend, oder ein verkümmerter Baum reckte sich dem Licht entgegen.

»Du glaubst gar nicht, wie sehr er mich hasste, als er sie meinetwegen verlor.«

»Ich kann es mir ungefähr vorstellen«, antwortete Ray und versuchte, ihre Haare zu bändigen, die von einer Luftböe erfasst wurden. »Die Liebe zu verlieren ist immer schmerzhaft.«

»Ich bin mir nicht sicher«, sagte Tyr, »ob ihr Menschen wirklich wisst, was Liebe ist.«

Diese Aussage verletzte sie.

Weil sie von ihm kommt, stellte Ray bitter fest. *Ich möchte nicht, dass er mich als wertlosen Menschen sieht.*

»Weshalb sagst du so etwas? Was bringt dich zu dieser Annahme?«

»Wir Götter leben ewig und haben somit eine ganze Unendlichkeit, um Gefühle zu entwickeln und zu leben. Ihr Menschen hingegen…« Er hielt inne, bückte sich, nahm einen Stein und warf ihn in hohem Bogen in den Fluss. »Eure Existenz ist nicht mehr als eine Sternschnuppe.«

»Genau.«

Er drehte sich um und sah Ray verblüfft an.

»Gemessen an eurer Zeit leben wir nicht lang«, stimmte sie zu. In ihrer Kehle bildete sich ein Kloß. Dieses ungute Gefühl war der Grund, weshalb sie sich viele Monate in buddhistische Lebensweisheiten geflüchtet hatte. »Deshalb ist es für uns umso wichtiger, den richtigen Partner zu wählen. Wir haben nur ein Leben, und dieses wollen wir nicht mit dem Falschen verschwenden.« Sie schloss die Augen und atmete tief durch. »Ihr habt die Unendlichkeit, um euch immer wieder neu zu verlieben. Wenn ihr einen Fehler macht, könnt ihr dennoch eine Ewigkeit mit eurer großen Liebe verbringen. Für uns sind diese Jahre verloren. Manchmal werden wir nach Jahren der scheinbaren Liebe enttäuscht und stehen vor Trümmern … Und nicht nur das, die Jahre, die wir mit jemandem verbracht haben, der unser Herz gebrochen hat, bekommen wir nie wieder zurück. Sie sind vergangen, und uns bleibt lediglich die Hoffnung, dass wir uns das nächste Mal richtig entscheiden. Aber meist machen wir nicht nur einen Fehler, sondern viele, und dann ist unser Leben vorbei, ohne dass wir die wahre Liebe gefunden haben.«

»Das klingt traurig.« Seine Stimme bebte, und Ray traute

sich nicht, ihn anzusehen. Stattdessen beobachtete sie das sanfte Fließen des Flusses.

»Vielleicht«, stimmte sie zu. »Andererseits bedeutet das für uns, dass unsere Liebe immer echt, aufrichtig und ohne Kompromisse ist. Wenn wir uns verlieben, gehen wir immer davon aus, dass es das letzte Mal ist. Wenn ein Gott sich verliebt, weiß er immer, dass er nichts falsch machen kann. Selbst wenn seine Liebe nicht erwidert oder er betrogen wird: Er hat noch viele Jahrhunderte, um glücklich zu werden.«

Tyr wandte schweigend den Blick gen Horizont.

»Also.« Thor warf Kára einen Seitenblick zu. »Wie hast du uns da rausgeholt?«

»Gar nicht.« Kára starrte geradeaus. »Das war Ray.«

Thor blieb kurz stehen, hob die Augenbrauen und ging dann weiter.

»Das Menschenmädchen?«

»Ja. Der Zwergenkönig wollte nur mich gehen lassen, aber sie hat darauf bestanden, dich zu retten. Sie hat dafür sogar den König in die Zelle geworfen. Sehr mutig.«

»Sehr riskant«, brummte Thor. Er runzelte die Stirn und sah über die Schulter.

»Ist alles in Ordnung?«, fragte Kára. »Es war doch richtig von mir, dir zu vertrauen, oder?«

»Die Frage verletzt mich.« Er griff nach ihrer Hand und streichelte über ihre Haut. »Ich hätte ihr das einfach nicht zugetraut. Das ist alles.«

Eine seltsame Stille breitete sich zwischen ihnen aus. Thor starrte nachdenklich an den Horizont und schien nach irgendetwas zu suchen, Kára beobachtete ihn unauffällig dabei. Sie hatten noch immer ihre Hände ineinander verschränkt, und seine Nähe machte sie nervös. Sie biss auf ihrer Unterlippe herum und hoffte, dass ihr Herz sich nicht irrte.

Als sie schließlich an der Stelle angekommen waren, an der sie überfallen wurden, bückte Thor sich und wühlte im Sand. Nichts kennzeichnete den Fleck, doch der Hammer gehörte zu dem Gott wie ein Teil seines Körpers, und er spürte genau, wo er sich befand. Niemand außer ihm konnte ihn bewegen, und das war der einzige Grund, weshalb die waffenbegeisterten Zwerge ihn nicht hatten verschwinden lassen. Mit größter Kraftanstrengung konzentrierte er sich auf die Waffe. Mitfühlend legte Kára eine Hand auf seine Schulter, während er mit seinen Gedanken tonnenweise Sand zur Seite hievte, um Platz zu schaffen. Káras Schwert tauchte auf und sie seufzte erleichtert. Schnell steckte sie es in die Scheide.

Als er das Metall endlich in den Händen hielt, schwitzte er, als hätte er den Sand eigenhändig zur Seite geschaufelt.

»Eine Qual«, murmelte er und betrachtete den Hammer. »Es ist zwar praktisch, ihn zu sich rufen zu können, aber noch immer ist es eine Qual.« Mit einer Hand fasste er an seine Brust, um seinen Herzschlag zu beruhigen. »Es fühlt sich an, als würde Gift durch meine Adern fließen.«

Kára strich ihm eine Schweißperle aus dem Gesicht.

»Ich weiß«, flüsterte sie beruhigend. »Aber dafür hast du ihn wieder und er ist dein. Lass uns gehen.«

19

Sie erreichten den ersten Anstieg der Berge, als die Sonne den Horizont berührte. Im Schatten der Felsen war es kühl, und Ray fröstelte. Ihre verwundeten Knie schmerzten, und sie ließ sich auf einen Stein sinken, um die Wundheilung zu inspizieren.

Tyr sammelte einige Äste und Zweige, um sie zu einem Lagerfeuer aufzuhäufen.

»Ich wusste gar nicht, dass Götter Feuer machen können«, neckte sie ihn.

»Denk noch mal darüber nach, wann wir zuletzt regelmäßig nach Midgard reisten. Die Menschen hatten damals weder Elektrizität noch sonderlich gut abgedichtete Häuser. In jeder Unterkunft und an jedem Lagerplatz brannten Feuer. Unsere Besuche galten nicht nur dem Krieg, manchmal verbrachten wir Wochen bei ihnen. Meistens gaben wir uns als ihresgleichen aus. Ohne die Kunst, ein Feuer zu entfachen, wären wir sofort aufgefallen.«

»Weshalb habt ihr nicht gesagt, dass ihr Götter seid?«

Tyr kniete sich neben die Feuerstelle und begann, zwei Steine aneinanderzuschlagen. Bei jedem Aufprall stoben kleine Funken, die er auf einen Haufen trockener Gräser fallen ließ, den er vor sich angehäuft hatte. Als das Heu glühte, legte er das glimmende Bündel vorsichtig in den Holzstapel. Mit wenigen Atemzügen brachte er das Feuer in Gang, dann verstaute er die Feuersteine wieder in seiner ledernen Umhängetasche.

»Dafür gab es viele Gründe«, sagte er und klopfte sich den Dreck von den Beinen. »Vor einem Kampf versicherten wir uns, dass die Menschen noch an uns glaubten. Wenn nicht …«

Er verstummte und sah sich um. »Ich nehme an, dass du nicht zufällig etwas zu essen dabeihast?«

Ray hob einen der Beutel, den sie von den Zwergen erhalten hatte, in die Höhe. Dabei konnte sie sich ein überlegenes Grinsen nicht verkneifen.

»Sie gaben mir nicht nur die Trinkflasche, sondern auch genügend Essen, um Niflheimr zu erreichen.«

Tyr schwieg und machte keine Anstalten, nach der Nahrung zu greifen.

»Wir sollten uns hier in der Umgebung Wurzeln und Beeren suchen«, sagte er schließlich.

Sie ließ den Beutel sinken und sah ihren Begleiter ratlos an.

»In Niflheimr gibt es nichts als Eis. Es ist gut, dass die Zwerge uns Proviant mitgegeben haben, aber wir sollten ihn erst dann nutzen, wenn uns keine andere Möglichkeit bleibt. Hier in Svartalfheim können wir noch Essbares finden.«

Er beschrieb ihr einige Beeren und Pilzarten, die sich in dem Gestrüpp finden lassen sollten, und sofort machten sie sich auf die Suche. Die Sonne war fast hinter dem Horizont verschwunden, und mit ihr verblassten die Farben der Umgebung, sodass es Ray immer schwerer fiel, die Beeren an den Sträuchern zu erkennen. Ihre magere Ausbeute sammelte sie in ihrem Pullover, den sie wie eine Schürze nutzte. Als sie über eine Wurzel stolperte und dabei einen Großteil der Errungenschaften verlor, fluchte sie lauthals und kniete sich nieder, um alles wieder einzusammeln. Sie kniff die Augen zusammen und musste sich anstrengen, um überhaupt etwas zu sehen.

Mit einem lauten Seufzer gab sie schließlich auf und kehrte zum wärmenden Lagerfeuer zurück, wo sie die Pflanzen auf die Erde fallen ließ. Tyr war noch nicht zurückgekehrt, und obwohl ihr Magen knurrte, traute sie sich nicht, etwas zu essen. Misstrauisch betrachtete sie eine goldfarbene Beerenart, die im Schein des Feuers glänzte. Daneben lagen Pilze, die eine seltsam bläuliche Färbung und schwarze Punkte hatten.

Außerhalb des Feuerscheins konnte Ray nicht viel erkennen, und sie fragte sich, ob ihr Lager über die weite Ebene hinweg sichtbar war. Sofort überfiel sie ein Frösteln.

Was ist, wenn ein Nachtmahr auftaucht? Oder ein Streuner? Hätte Tyr mich alleingelassen, wenn diese Gefahr bestünde?

Dieser letzte Gedanke beruhigte ihren Verstand ein wenig, aber ihr Herz pulsierte weiterhin im Takt der Panik.

Ray setzte sich neben das Feuer und wärmte ihre Hände daran, während sie konzentriert in die Nacht lauschte. Am Himmel über ihr war keine Wolke zu sehen, aber ebenso wenig erleuchteten Sterne oder ein Mond die Landschaft.

Vielleicht liegt es daran, dass man außerhalb des Lagerfeuers kaum etwas sehen kann. In der Nacht gibt es hier kein Licht.

Nervös betrachtete sie die Flammen.

»Ich bin zurück.«

Tyr trat in den Schein des Feuers und hob mit einem triumphierenden Lächeln ein dunkles Bündel in die Höhe. Ray runzelte die Stirn.

»Was ist das?« Sie versuchte, nicht allzu erleichtert über seine Rückkehr zu klingen, was ihr kläglich misslang.

»Essen.« Er trat nah an das Feuer, und sie erkannte schwarzes Fell und leblose Augen. Das Tier ähnelte von Größe und Körperbau her einem Hasen, hatte aber deutlich kleinere Ohren und größere Zähne, die aus seinem toten Maul hervorblitzten. Ihr Magen rebellierte.

»Du hast es getötet.« Ihre Stimme klang vorwurfsvoll, und er hob überrascht die Augenbrauen. Mit einer langsamen Bewegung hob er seine Beute hoch und inspizierte sie genauer.

»Ja«, sagte er schließlich, und die Falten auf seiner Stirn vertieften sich. »Bei dir klingt es, als hätte ich etwas Falsches getan.« Auf einmal hellte sich seine Miene auf. »Du hättest dein Fleisch selbst jagen wollen, nicht wahr?«

»Nein!« Abwehrend riss Ray die Hände in die Höhe. »Ich jage nicht.«

»Ihr Menschen habt euch wirklich verändert«, murmelte Tyr. »Das habt ihr schon immer getan. Aber ich hätte nicht gedacht, dass sich eure Essgewohnheiten auch so stark gewandelt haben.«

Mit einem enttäuschten Schulterzucken ließ er das Tier sinken.

»Ich bin keine Vegetarierin«, erklärte Ray. »Es ist nur so, dass … wir unsere Tiere nicht mehr jagen müssen.«

Als Tyr nicht reagierte, biss sie sich auf die Unterlippe.

Verdammt. Voll ins Fettnäpfchen.

»Vegetarier sind Menschen, die keine Tiere essen«, fügte sie erklärend hinzu, und er entspannte sich etwas.

»Es wundert mich, dass Kára und Thor noch nicht zu uns gestoßen sind«, lenkte er vom Thema ab und sah über sie hinweg in die Dunkelheit. »Eigentlich müssten sie schon längst hier sein. Ich hoffe, es gab keine Probleme.«

Das mulmige Gefühl in Rays Magen verstärkte sich. Außer dem Knistern des Feuers und dem Gurgeln des Baches war nichts zu hören. Keine Tiere, kein Rauschen des Windes in den Büschen.

»Gibt es hier Nachtmahre?«, flüsterte sie und schlang die Arme um ihren Oberkörper.

»Nein«, antwortete Tyr bestimmt und hockte sich neben sie. Das tote Tier hielt er, so weit es ging, von ihr weg, mit der anderen Hand strich er ihr sanft über den Kopf.

»Die Nachtmahre könnten niemals lebend die heiße Wüste durchqueren.«

»Auch nicht in der Nacht?«

Irritiert hielt er in seinen beruhigenden Bewegungen kurz inne.

Er weiß es nicht, schoss es ihr panisch durch den Kopf. *Er hat keine Ahnung.*

Seine Streicheleinheiten setzten wieder ein.

»Weshalb sollten sie sich hierher verirren? Nicht mal die Streuner nehmen diesen langen Weg auf sich, um den Wald zu verlassen.«

»Warum? Wäre das nicht klug? Nachts den Wald zu verlassen und sich hier in Sicherheit zu bringen?«

Tyr machte eine ausladende Handbewegung. »Hier gibt es keinen Ort, an dem man sich verstecken kann.« Als ihm klar wurde, dass dieses Argument gegen ihn sprach, schwieg er abrupt.

»Sie könnten hier sein«, schloss Ray und sah mit großen Augen in die Dunkelheit. »Es gibt absolut keinen Grund, weshalb sich ein Streuner nicht hierher geflüchtet haben sollte. Und wenn Streuner hier sind, sind es auch die Nachtmahre. Zumindest könnten sie. Ebenso wie die Hexen …«

Ein Frösteln durchlief ihren Körper, und sie konzentrierte sich schnellstmöglich auf die wärmenden Flammen des Feuers.

»Wir müssen Svartalfheim durchqueren«, sagte Tyr und begann, das Tier mit einem kleinen Messer, das er in den Beuteln der Zwerge fand, zu häuten. »Uns bleibt keine andere Wahl. Der einzige Weg nach Niflheimr führt durch die Berge. Möglicherweise begegnen wir dabei Hexen und Nachtmahren. Möglicherweise nicht. Es macht keinen Sinn, sich die Gedanken über einen Gegner zu zerbrechen, der nicht einmal mit Sicherheit auftauchen wird.«

Ray hätte ihm da gern zugestimmt. Aber sie blieb stumm und lauschte auf ungewöhnliche Geräusche, während er sich die Geschenke der Zwerge ansah. Aus dem Beutel förderte er kleine Metallschüsseln zutage, die nicht größer waren als

Rays hohle Hand. Die Oberfläche war blank poliert und spiegelte das Feuer golden wider. Nachdem Tyr den Beutel weiter durchsucht hatte, fand er die Deckel dazu und füllte die Schüsseln mit Wasser.

»Kann ich helfen?« Ray fühlte sich nutzlos und seltsam bevormundet in ihrer Unwissenheit. Tyr gab ihr ein Messer und einige riesige braune Beeren, die sehr harte Schalen hatten und Ray an Nüsse erinnerten. Sie waren kugelrund, etwa so groß wie Tomaten, und jede von ihnen hatte einen kleinen roten Punkt an der Stelle, an der Ray sie vom Strauch gepflückt hatte.

Tyr nahm eine der Beeren in die Hand, griff nach seinem Messer, erhitzte es kurz im Feuer und stach damit hinein. Die Schale leistete kurz Widerstand, dann glitt die Schneide mit leisem Zischen in das Fruchtfleisch. Die Frucht fiel in zwei Hälften und offenbarte ein grünes, saftiges Inneres.

»Schneide bitte genau so die anderen auf, ja?«

Sie nickte zum Zeichen, dass sie verstanden hatte, und begann mit der Arbeit. Es stellte sich heraus, dass Ray dreimal so lang brauchte, um eine der Beeren zu öffnen, sodass Tyr ihr schließlich zu Hilfe kam, als er andere Früchte zerdrückt, das Tier zerlegt und die Zutaten wohl portioniert in den Schalen verteilt hatte. Diese schob er mit einem Stock in das Feuer, nachdem er sie mit den Deckeln sorgfältig versiegelt hatte.

»Müssen die nicht mit rein?«

»Diese Beeren sind eine Nachspeise«, erklärte er. »Du wirst nachher verstehen, warum.«

Nach einer Weile nutzte er den Stock erneut, um das Essen aus dem Feuer zu holen. Sobald die Schüsseln nicht mehr in den Flammen standen, griff er danach, bevor Ray reagieren konnte. Zu ihrem Erstaunen zuckte er nicht zurück, sondern hielt ihr eine der Schüsseln entgegen. Perplex starrte sie darauf.

»Das Metall war im Feuer.« Mehr brachte sie nicht hervor.

Tyr lachte. »Die Zwerge verwenden kein dir bekanntes Gestein, um diese Schüsseln herzustellen. Sie sind dafür gedacht, im Feuer zu sein. Sobald sie die Flammen verlassen, kühlen sie ab und können bequem genutzt werden.«

»Das ist …«

»Erstaunlich?«, unterbrach Tyr sie schmunzelnd. »Ja. Die Zwerge haben einige Errungenschaften, von denen wir Götter nicht einmal träumen können. Ihnen fehlt die göttliche Macht, dafür kennen sie den Untergrund und die Schmiedekunst wie niemand sonst. Es war immerhin ihre einzige Möglichkeit, unsere Gunst zu erwerben. Mjölnir, Thors Hammer, wurde von den Zwergen geschmiedet. Auch die Fesseln, mit denen wir den Fenriswolf bezwangen, stammten von ihnen. Ohne ihr Wohlwollen und ihre Waffen hätten wir ihre eisigen Brüder, die Riesen, nur deutlich schwerer besiegen können. Es wäre nicht unmöglich gewesen … Aber eine wahre Herausforderung, selbst für uns.«

»Ihr habt miteinander gekämpft?« Misstrauisch roch Ray an der Suppe, die sie in den Händen hielt. Sie roch süßlich und gleichzeitig herb. Vorsichtig setzte sie an. Obwohl die Brühe noch heiß war, stürzte sie nach dem ersten Schluck den kompletten Inhalt herunter. Erst jetzt merkte sie, wie ihr Magen nach Nahrung schrie. Tyr reichte ihr eine weitere Schale und lächelte.

»Es wurde früher viel gekämpft. Wo Krieg ist, entstehen auch Bündnisse, und die Zwerge waren einige Zeit auf unserer Seite, aber irgendwann … nicht mehr.« Er zuckte mit den Schultern und machte sich ebenfalls über das Abendessen her.

»Was ist passiert?«, fragte Ray vorsichtig, nachdem sie die zweite Schüssel geleert hatte. Mutig griff sie zu den Nüssen, die Tyr als Nachspeise betitelt hatte. Sie biss hinein und kaute überrascht. Sie schmeckten nach Schokolade, Honig und Nüssen. Einfach köstlich.

»Das, was immer geschieht, wenn ein Lebewesen sich verraten oder nicht wertgeschätzt genug fühlt. Die Zwerge glaubten, wir betrachteten sie als Dienstleister und Sklaven, was auf einige von uns sicher zutraf. Also weigerten sie sich, weiterhin Waffen für uns herzustellen. Allerdings hatten wir das Glück, dass sie sich nicht mit den Riesen verbündeten, sondern sich lediglich aus dem Krieg zurückzogen. In dieser Zeit floss viel Blut, und es entstanden unzählige Geschichten über Helden in Midgard ... Wenn die Riesen die Waffenkunst der Zwerge hätten nutzen können, wären es keine Kriege, sondern Gemetzel gewesen.«

Ray nickte. Sie hatte viele Rittergeschichten und Fabeln gelesen, in denen Riesen niedergestreckt wurden, um eine Frau für sich zu gewinnen. In keiner davon besaßen die Riesen gefährliche Waffen.

»Die Menschen waren stets auf unserer Seite«, erklärte Tyr. »Sie bekämpften Drachen und ...«

»Es gab auch Drachen?«

»Natürlich.« Er sah sie an, als hätte sie ihn gefragt, ob der Regen vom Himmel fiel. »Stolze Wesen mit gigantischen Flügeln und einem erstaunlich hohen Wunsch nach Reichtum, für den sie niemals Verwendung fanden. Wobei man sagen muss, dass die Sucht nach Gold und Edelsteinen durchaus berechtigt war, wenn man bedachte, dass sie mit diesen Metallen die einzige Schwachstelle in ihrem Schuppenpanzer abdecken wollten.«

Ray ließ die Schüssel sinken und sah ihn verständnislos an.

»Unter den Flügeln der Drachen gab es einen Punkt, der nicht von ihrem starken Schuppenpanzer bedeckt war«, erklärte er, »also sammelten sie die härtesten Dinge, um mit ihnen diese Lücke zu schließen. Sie fanden allerdings nie etwas Geeignetes, das gegen die Lanzen und Schwerter der Menschen half. Wir können von Glück reden, dass die Zwerge sich nie auf ihre Seite stellten und ihnen die passende Schuppe schmiedeten.«

»Drachen«, wiederholte sie tonlos. »Es gab wirklich Drachen.«

»Das überrascht dich? Nachdem du bereits leibhaftige Götter und Zwerge getroffen hast?«

Das Knistern des Feuers füllte die kurze Stille, die zwischen ihnen entstand. Mit einem wohligen Seufzen leerte Tyr eine Schüssel und reichte die letzte Nuss Ray. In ihrem Magen hatte sich bereits eine angenehme Wärme ausgebreitet, und der schlimmste Hunger war gestillt.

»Ich hätte einfach nicht gedacht, dass alle Sagen wahr sind«, sagte sie schließlich und biss bedächtig hinein.

Tyr lächelte, und der Feuerschein tanzte über sein Gesicht. »Nicht alle entsprechen der Wahrheit«, widersprach er leise. »Ich bin mir ziemlich sicher, dass in unserer Abwesenheit viel umgedichtet und neu erfunden wurde. So waren die Menschen schon immer.«

Ray schwieg. Sie bereute jetzt, dass sie sich nie ausführlicher mit den nordischen und germanischen Legenden auseinandergesetzt hatte. Bis zum heutigen Tag hatte sie nicht einmal gewusst, wie viele Welten es gab. Geschweige denn, dass diese sich in einer bestimmten Anordnung an den Weltenbaum schmiegten.

»Vermutlich«, stimmte sie kleinlaut zu und nahm den letzten Bissen.

20

Bist du dir sicher, dass wir dem richtigen Weg folgen?«, fragte Kára und starrte missmutig in die Flammen. »Wir hätten ihnen schon längst begegnen müssen. So schnell können sie gar nicht sein.«

»Ich weiß es nicht«, knurrte Thor und biss in den Fisch, den er im Gebirgsbach gefangen hatte.

Frustriert stand Kára auf, um ihre Hände im Fluss zu säubern. »Was machen wir, wenn wir sie nicht wiederfinden? Ich hatte versprochen, sie zu beschützen.«

»Dein Lieblingsbruder ist doch bei ihr«, entgegnete Thor ungerührt und warf die Reste in die Flammen. Das Fett zischte laut, die Knorpel knackten unter der Hitze. »Er wird schon auf sie aufpassen.«

»Darum geht es nicht«, flüsterte Kára so leise, dass Thor sie nicht hören konnte. Mit sanften Bewegungen schöpfte sie Wasser und reinigte ihre Haut vom Schmutz des Tages. Das Wasser war eiskalt, und der stechende Schmerz half ihr dabei, klare Gedanken zu fassen.

»Was, wenn ihnen bereits etwas zugestoßen ist?« Sie vermied es, Thor dabei anzusehen.

»Das hätten wir bemerkt«, antwortete er, aber sie hörte die Unsicherheit in seiner Stimme. Ruckartig richtete sie sich auf und wirbelte herum.

»Hätten wir nicht«, fuhr sie ihn an. »Und das weißt du ganz genau.«

Thor erhob sich und trat zu ihr ans Flussufer, um sich ebenfalls die Hände zu waschen. Der Schein ihres Lagerfeuers tanzte über die Wasseroberfläche. In der Nähe des Flusses war es recht kühl, und die Walküre bereute, dass sie sich dazu hatte überreden lassen, ihr Lager so nah am Ufer aufzuschlagen. Andererseits bot ihnen das den Vorteil, auch jetzt Wasser schöpfen zu können. Da Thor mit dem Rücken zu den Flammen kniete, lag sein Gesicht im Dunkeln.

»Ich denke«, antwortete er schließlich bedächtig, »dass wir einen Kampf gehört hätten. Es wundert mich nicht, dass wir weder die beiden noch ihr Feuer sehen können, wenn ich ehrlich bin. Du weißt um die verschlingende Kraft der Dunkelheit in Svartalfheim.«

Kára antwortete nicht. Die Legenden, die sich um die Nacht an diesem Ort rankten, waren so vielseitig wie die Geschichten der Menschen über die Götter, aber eines hatten sie alle gemeinsam: Sie behaupteten, dass man in der Dunkelheit Svartalfheims nicht existieren konnte.

»Ich glaube nicht an Märchen.« Ihre Stimme klang kraftlos, und trotz ihrer Aussage wich sie instinktiv wenige Schritte zurück, um dem Licht näher zu sein.

»Du musst auch nicht daran glauben, damit sie wahr sind«, antwortete Thor trocken und schöpfte sich eine Handvoll Wasser ins Gesicht. »Es gibt einen Grund, weshalb weder Streuner noch Nachtmahre die schützenden Bäume verlassen.«

»Ja, die Hexen«, konterte Kára. »Die reichen wohl als Grund. Oder?«

Thor schnaubte. »Aber es geht nicht nur um die Hexen«, widersprach er düster. »Hexen sind lediglich die einzigen Wesen, die den Schatten widerstehen können. Ihre Magie schützt sie, deshalb leben sie hier draußen. Jedes andere Lebewesen würde ohne Licht von der Finsternis verschlungen.«

Kára knuffte ihn vorwurfsvoll gegen die Schulter. »Hör auf, mir absichtlich Angst einzujagen!«

»Pass auf!«

Er fuhr so ruckartig herum, dass sie vor Schreck ein Stück nach hinten stolperte. Blitzschnell griff Thor nach ihrem

Handgelenk und rettete sie so vor einem Sturz ins Feuer. Kára funkelte ihn wütend an.

»Das war nicht witzig.«

Er half ihr dabei, ihr Gleichgewicht wiederzufinden, und ließ dann los.

»Du musst zugeben, dass du mir geglaubt hast«, forderte er, stützte die Hände in die Hüften und legte den Kopf schief. Auf seine Lippen stahl sich ein Lächeln.

»Hab ich nicht«, widersprach sie mürrisch. Doch das Rasen ihres Herzens und das mulmige Gefühl, wenn sie in die Finsternis am Rande des Feuerscheins starrte, straften ihre Worte Lügen.

»Also?«

»Ich glaube dir«, gab sie schließlich kleinlaut zu. »Allerdings mache ich mir jetzt nur noch größere Sorgen um die beiden.«

»Brauchst du nicht«, beruhigte er sie und strich ihr sanft über den Arm. Dabei vermied er, ihr in die Augen zu sehen. »Solange sie Feuer und Licht haben, kann ihnen nichts geschehen.«

21

Als Ray die Augen aufschlug, war die Nacht noch allgegenwärtig und der Schein der Flammen so gering, dass sie kaum ihre eigene Hand vor Augen sehen konnte. Vorsichtig kroch sie näher an die Glut und legte einige Stöcke hinein, die Tyr neben dem Feuer aufgetürmt hatte. Sofort züngelten die Flammen in die Höhe und verschlangen die neue Nahrung wie ein hungriges Tier.

Als das Licht sich weiter ausbreitete, atmete Ray erleichtert auf. Sie wusste nicht, weshalb die Finsternis dieses beklemmende Gefühl in ihr auslöste, aber sie hoffte, dass die Sonne bald am Horizont erscheinen und sie erlösen würde. Tyr lag mit geschlossenen Augen ruhig da und rührte sich nicht. Auf einmal hörte Ray in der Finsternis ein Knacken und richtete sich auf. Auch Tyr hatte das Geräusch vernommen und war sofort aufgesprungen, die Hand am Schwertknauf. Er legte seinen Zeigefinger auf die Lippen und bedeutete ihr, still zu sein. Mit einem Nicken zeigte Ray, dass sie verstanden hatte. Ihre Hände wanderten auf der Suche nach einer Waffe über den Boden und fanden schließlich einen der Steine, die um das Feuer lagen. Sie wog sein Gewicht in der Hand und fühlte sich zumindest etwas sicherer. Mit großen Augen beobachtete sie, wie Tyr das Schwert hob und es gut sichtbar in die Höhe hielt. Das polierte Metall spiegelte das Feuer und sandte seinen Schein gebündelt in die Dunkelheit. Er bewegte die Klinge hin und her, bis plötzlich ein gequälter Schrei erklang. Unwillkürlich zuckten sie beide zusammen.

»Wer ist da?«, forderte Tyr zu wissen und versuchte, das Licht noch einmal in dieselbe Richtung zu lenken.

»Nicht!«, flehte eine Stimme aus der Finsternis. »Bitte tut das nicht.«

»Wer ist da?«, rief er erneut und spähte mit zusammengekniffenen Augen in die Nacht.

»Nur eine Wanderin auf der Suche nach Obdach«, erklang die Antwort. »Eine alte Frau, die sich nach einer warmen Mahlzeit und etwas Gesellschaft sehnt.«

Rays Augen weiteten sich vor Angst. Die Stimme klang wie das leise Scharren von Spinnenbeinen, die sich um ihre Beute schlangen. Langsam sickerte sie in ihr Bewusstsein, füllte jeden Winkel aus und zog dunkle Erinnerungen aus den hintersten Ecken ihres Verstandes.

Unwillkürlich fragte sich Ray, wie die Besitzerin einer solchen Stimme wohl aussah. Dass sie unsichtbar außerhalb des Feuerscheins stand, gab ihrer Fantasie Nahrung für die schaurigsten Bilder.

»Wir laden keine Hexen zu uns ein«, antwortete Tyr derweil und hob drohend das Schwert. »Und du kannst dich nicht zu unserer Lagerstätte gesellen, bis wir dich darum bitten. Glaub mir: Bei uns verschwendest du deine Zeit.«

Eine Hexe! Ray schauderte unwillkürlich.

Jenseits des Feuerscheins war es nun eine Weile still, und Ray wollte schon hoffen, dass ihre Besucherin verschwunden war. Doch dann erklang ein ohrenbetäubendes Wimmern, das Ray bis auf die Knochen zu durchdringen schien.

»Ich flehe euch an«, flüsterte die Stimme. Ray konnte ihren Schmerz fühlen, und mit einem Mal war sie sich gar nicht mehr so sicher, dass die Hexe böse war. Was konnte schon passieren? Mussten sie einer armen alten Frau nicht helfen – so ganz allein und verloren in der Dunkelheit?

Tyr allerdings schien von dem Klagen der Hexe unberührt. »Du wirst weiterhin hungern müssen«, antwortete er schroff. »Denn wir lassen uns nicht von dir verspeisen. Zieh weiter, und ich werde dich nicht dafür bestrafen, dass du unsere Nachtruhe gestört hast. Mehr hast du von uns nicht zu erhoffen.«

»Ich verstehe«, murmelte die Hexe. »Ihr haltet mich für eine meiner bösen Schwestern. Wie könnte ich euch das verdenken? An eurer Stelle würde ich ebenso handeln, aber glaubt mir: Ich bin nicht wie sie. Ich habe schon vor langer Zeit den Pfad des Guten gewählt.«

Rays Mitleid wuchs. Funken stoben in den Himmel, als Tyr einen weiteren Scheit ins Feuer warf, und für einen kurzen Moment sah Ray am Rand der Finsternis eine in schwarzen Stoff gehüllte Gestalt, die auf einen Stock gestützt gepeinigt vor der Helligkeit zurückwich.

»Wenn das wahr wäre, würdest du das Licht nicht fürchten«, erklärte Tyr sehr ruhig und rückte näher an Ray heran, um ihr beruhigend einen Arm um die Schulter zu legen. Normalerweise hätte sie diese Geste empört abgeschlagen, aber in dieser Situation rutschte sie noch näher an ihn heran und war sogar kurz davor, ihr Gesicht an seiner Brust zu vergraben. Sie hörte ein leises Knacken in ihrem Ohr, und ihre Gefühle veränderten sich so schnell, dass Ray schwindelig wurde. Die Hexe zischte.

Rays Herz begann zu rasen. Ihre Hände zitterten, und sie spürte kalte Schweißperlen der Angst auf ihrem Rücken. Alles in ihr schrie danach, die Hexe so schnell wie möglich loszuwerden.

»Du kannst uns nichts anhaben«, sagte Tyr und strich Ray dabei beruhigend über den Rücken. Sie merkte, dass die Worte eher an sie gerichtet waren, und dankbar drückte sie seinen Arm. Es machte sie nervös, dass die Hexe sie beobachten konnte, während sie nicht einmal wusste, wo der ungebetene Besucher sich befand.

»Verschwinde«, brachte Ray mit erstickter Stimme hervor, was ein Gackern hervorrief, das ihr bis ins Herz drang.

»Verschwinde«, äffte die Hexe sie nach. »Du kleines Mädchen kannst dich nicht mit meiner Kraft messen, also versuche es erst gar nicht.«

»Sie versucht lediglich, dir Angst einzujagen«, flüsterte Tyr beruhigend. »Das kann sie nur, wenn du es zulässt. Sie hat keine Macht, solange wir sie nicht als Gast einladen oder ein Geschenk von ihr annehmen.«

»Wenn du mich ans Feuer lässt«, schnarrte die Hexe, »verschone ich dein Leben.« Sie hielt kurz inne. »Und seines auch, wenn es sein muss. Ich möchte doch bloß etwas Wärme. Im Austausch dafür erzähle ich dir eine spannende Geschichte. Ist das nicht ein fairer Tausch? Wenn du möchtest, beginne ich sogar …«

»Untersteh dich!«, brüllte Tyr so laut, dass Ray zusammenzuckte. »Wir wollen deine Geschichte nicht, hörst du? Wir wollen nichts von dir! Ich verbiete dir, uns etwas zu geben.«

Ein unwirscher Fluch gefolgt von wütendem Murmeln war die Antwort.

»Du kennst uns gut«, stellte sie fest und lachte leise. Der Wind frischte auf, fuhr durch Rays Haare und wirbelte Staub nach oben. Lediglich das Feuer flackerte unberührt. »Doch das kann dich nicht schützen.«

»Genau genommen«, widersprach er schroff, »kann es das sehr wohl. Ich kenne all deine Tricks, und ich weiß, dass du nur so viel Macht über uns besitzt, wie ich dir überlasse.«

»Das mag stimmen«, raunte sie. »Und auf dich trifft das sicherlich alles zu, doch deine Gefährtin zittert vor Angst wie die Maus vor der Schlange und weiß sich nicht zu wehren.«

Ray spürte, wie sich ihr Magen vor Wut zusammenzog. Diese Wut war es, die ihre Gedanken kristallklar werden ließ. Sie knirschte mit den Zähnen und kniff die Augen zusammen.

»Unterschätz mich nicht.« Ihre Stimme war scharf und klar. »Ich habe bereits einen Nachtmahr besiegt. Was auch immer du tun willst, um mich zu verängstigen, ich habe es bereits besiegt. Ja, ich habe Angst, und es wäre dumm von mir, keine zu haben. Wer sich nicht fürchtet, wird unaufmerksam. Das heißt aber nicht, dass ich mich von Panik überwältigen lasse. Nein, dafür hast du dir die Falsche ausgesucht, Hexe.«

Das letzte Wort spuckte sie aus, als schmeckte es wie eine Kröte. Tyr begann leise zu glucksen, wodurch sein Brustkorb bebte und Ray durchschüttelte. Sie nahm etwas Abstand und suchte in der Dunkelheit nach ihrer Feindin.

»Du kannst die restliche Nacht mit uns verschwenden, wenn du willst. Damit retten wir wenigstens andere arme Seelen vor deiner Anwesenheit.«

»Wie selbstlos du klingst.« Das Rascheln von Stoff erklang direkt hinter ihnen, und sie wirbelten herum. »Deine Worte mögen der Wahrheit entsprechen, aber das Wichtigste an deiner Aussage hast du richtig erfasst: Du fürchtest dich vor mir. Die Sonne wird gleich aufgehen, aber eines versichere ich euch: Nächste Nacht werde ich euch wieder besuchen.«

Ray fröstelte, kleine Äste knackten.

In diesem Moment durchbrach der erste Sonnenstrahl die Nacht.

Die Hexe war fort. Wie unbändige Flammen raste das Licht über den trockenen Untergrund und zauberte Farben auf die Erde. Der Himmel wurde in ein sanftes Orange getaucht.

Erleichtert ließ Ray sich gegen Tyr sinken und schloss die Augen. Um sie herum war nichts als Pflanzen und Steine. Sie spürte, wie sich Müdigkeit auf ihre Glieder legte, und war versucht, ihr nachzugeben.

»Wir müssen weiter«, drängte er leise.

»Aber Kára und Thor …«

»Sie können einen anderen Weg eingeschlagen haben. Spätestens am Eingang nach Niflheimr werden wir uns wieder begegnen, aber dafür müssen wir jetzt aufbrechen.«

Unwillig erhob sie sich und dehnte sich ausgiebig.

»Wie viele Nächte sind wir noch unterwegs?«, stellte sie die Frage, die ihr plötzlich durch den Kopf schoss.

Wie oft werden wir der Hexe noch begegnen?

Tyr ließ sich mit seiner Antwort Zeit und strich sich nervös durch die Haare. Während sie gemeinsam ihre Habseligkeiten aufklaubten, wuchs auch Rays Unruhe mit jeder Sekunde.

»Zwei, schätze ich«, sagte er schließlich. »Aber mach dir keine Sorgen. Solange ich bei dir bin, wird dir nichts geschehen.«

22

Zitternd saß Ray am Feuer und wärmte sich die Hände. Ihre Beine schmerzten vom langen Weg, und die Aussicht darauf, heute Nacht wieder von einer Hexe heimgesucht zu werden, war wenig vielversprechend.

»Können wir nicht irgendetwas dagegen tun?«, fragte sie zum wiederholten Mal, aber sie bekam auch diesmal keine Antwort. Tyr bereitete stoisch ihr Mahl zu, das heute üppiger ausfallen würde, da sie bereits während des ganzen Weges Zutaten gesammelt hatten.

»Im Ernst«, drängte sie, und er schloss kurz die Augen. Auf seiner Stirn bildete sich eine tiefe Falte.

»Jetzt hör schon auf«, murmelte er und zerhackte eine weitere Wurzel. »Wenn es einen Weg gäbe, hätte ich ihn dir längst genannt.«

Seine Worte klangen so harsch, dass Ray zusammenfuhr und gekränkt den Blick abwandte. Ihre Finger wanderten über die Erde, fanden einige Grasbüschel, rissen sie aus und begannen damit, sie systematisch zu zerkleinern. Diese kleine Tätigkeit fühlte sich tröstlich an, erinnerte sie Ray doch daran, dass sie durchaus noch existierte und etwas verändern konnte.

»Weißt du«, flüsterte sie nach einer Weile, »ich frage dich das nur, weil ich Angst habe. Große Angst.«

Tyr hielt in seinen Bewegungen inne und sah zu ihr herüber. Als er Rays niedergeschlagene Miene sah, presste er die Lippen zusammen und wischte sich über das Gesicht.

»Es tut mir leid«, gab er nach und legte das Messer zur Seite. »Um ehrlich zu sein: Für mich ist es nicht leichter.«

Das überraschte Ray. Sie legte den Kopf schief und musterte sein Gesicht. »Ehrlich? Aber du scheinst schon viel Erfahrung mit Hexen zu haben.«

Tyr errötete und begann, einige Beeren in einer Schale zu zerdrücken.

»Ja«, antwortete er knapp. Erst nach etlichen Minuten des Schweigens murmelte er etwas in sich hinein, das Ray nicht verstand. Als sie nachfragte, senkte er den Blick.

»Es geht dabei nicht um mich«, wiederholte er und holte tief Luft. »Es ist einfach schwer für mich, dich zitternd am Feuer kauern zu sehen.«

Jetzt war es Ray, der das Blut in den Kopf schoss. Mit leicht geöffnetem Mund und gerunzelter Stirn sah sie ihn an, bis ihr klar wurde, wie dämlich sie aussehen musste, und sie schnell den Kopf wegdrehte.

»Wegen Kára«, fügte Tyr erklärend hinzu, und die Worte versetzten Ray einen eigenartigen Stich. »Ich habe ihr doch versprochen, auf dich aufzupassen.«

»Natürlich«, murmelte Ray.

Natürlich.

Sie stand auf und sammelte im Licht der untergehenden Sonne noch ein paar Äste, um sie neben dem Feuer aufzuschichten. Der Gedanke daran, dass ihnen möglicherweise das Holz ausging, ließ sie frösteln, obwohl sie bereits genügend Stöcke für mindestens drei Nächte gesammelt hatten.

Als sie zurückkam, warf sie einige ihrer Fundstücke in die Flammen und sah zu, wie das Feuer an ihnen züngelte, während sie geistesabwesend wieder mit dem Grasrupfen begann. Tyr schob die kleinen Metallschalen in die Glut und setzte sich ihr direkt gegenüber, wodurch ihm der Rauch ins Gesicht blies, was ihn allerdings nicht zu stören schien.

Vielleicht ist ihm das lieber, als neben mir zu sitzen, dachte Ray bitter und biss sich auf die Unterlippe. *Es sollte mich nicht stören, wenn ich ihm egal bin. Er ist bloß ein Gott, der mich in eine andere Welt begleitet. Nichts weiter.*

»Wieso bist du damals mit Kára gegangen?«

Die Frage traf sie so unvorbereitet, dass sie vor Schreck das Grasbüschel aus ihrer Hand fallen ließ.

»Ähm …«, setzte sie an und erinnerte sich an den Moment, als die Walküre sie an der Isar gefragt hatte, ob sie mit nach Berlin kommen würde. An die unerklärliche Anziehungskraft, die sie sich inzwischen sehr wohl erklären konnte. »Sie hat ihre Kräfte eingesetzt«, sagte sie nüchtern. »Also hatte ich gar keine andere Wahl. Ich folgte ihr nach Berlin und überredete sie, diese Kneipe zu besuchen, in der ich die Wahrheit erfuhr, weil wir einer Banshee begegneten.« Bei dem Gedanken an die blonde Schönheit fröstelte sie. »Alice.«

»Du hast Kára dazu überredet, einen Ort zu besuchen, den sie meiden wollte?« Durch den Rauch sah sie nicht, ob er lächelte, aber seine Stimme war voller Wärme.

»Ja, das habe ich wohl.«

»Beeindruckend.«

Jetzt waren es Rays Mundwinkel, die nach oben zuckten.

»So habe ich das noch gar nicht betrachtet«, gestand sie und strich sich eine Haarsträhne aus dem Gesicht. Das Feuer qualmte noch immer, und dennoch fühlte sie sich beobachtet. Die Sonne sank immer tiefer, und die Schatten wurden länger. Eisige Finger krochen über Rays Nacken. Sie suchte nach einem Themenwechsel, um der Vergangenheit zu entfliehen und an die Zukunft zu denken. Was sie fand, war allerdings wenig tröstlich.

»Die Hexe wird wirklich wiederkommen, nicht wahr?«, fragte sie tonlos und holte mit einem Stock eine der Schalen aus dem Feuer.

»Sehr wahrscheinlich«, gab Tyr zu und rutschte zur Seite, sodass er nicht mehr im Rauch saß. Seine Augen waren leicht gerötet. »Ich weiß wirklich nicht, was wir dagegen tun können. Bisher bin ich sehr wenigen ihrer Art begegnet, ich kenne lediglich die Geschichten. In den meisten haben die Hexen gewonnen. Wir müssen sehr vorsichtig sein.«

»Wie ermutigend. In unseren Märchen gewinnen die Hexen nie.«

23

Ich kann nicht glauben, dass wir nun schon den zweiten Tag wandern, ohne sie gefunden zu haben.« Kára suchte den Horizont und die Silhouetten vor den Bergen ab. Mit zusammengekniffenen Augen musterte sie jeden Schatten, jeden Busch, jeden verkümmerten Baum. Neben ihr gluckerte der Gebirgsbach gemütlich dahin.

»Möglicherweise wurden wir mit einem Zauber belegt.« Thor saß mit geschlossenen Augen am leise knisternden Feuer.

»Möglicherweise …«, flüsterte Kára und griff sich mit beiden Händen in die Haare. »Wir würden es niemals erfahren. Was ist, wenn wir sie nie wiederfinden?«

»Wir finden sie spätestens, wenn wir diese Welt verlassen. In Niflheimr wirken die Flüche der Hexen nicht. Bitte, Kára, beruhige dich. Hoffe lieber, dass wir den Hexen nicht leibhaftig begegnen. Ich möchte ungern eine ganze Nacht damit zubringen, ihren hinterhältigen Tricks auszuweichen, bloß um zu überleben.«

Kára schnaubte und ließ sich neben ihn auf die Erde fallen. »Deine Ruhe treibt mich in den Wahnsinn.«

Thor lächelte freudlos.

»Warum hat er sie doch gerettet?«, fragte er.

Kára sah überrascht von den Beeren, die sie gesammelt hatte, auf.

»Du meinst Tyr und Ray?« Sie lächelte traurig und seufzte. »Mir war klar, dass du das nicht verstehen würdest. Ich glaube, er hat sich ein wenig in sie verliebt.«

»Verliebt?« Thor sah auf. Ehrliche Überraschung lag auf seinem Gesicht.

»Tyr hatte schon immer eine Vorliebe für die Menschen.

Er ist seit Jahrhunderten keinem mehr begegnet. Abgesehen davon ist Ray wirklich etwas Besonderes.«

»Sie hat mich gerettet.«

»Ja.«

»Kára … ich muss dir etwas sagen.« Er vermied es, sie anzusehen.

Die Sonne hing bereits so tief, dass sie zur Hälfte vom Horizont verschluckt wurde. Mit bloßem Auge konnte Kára erkennen, wie sie versank, bis sich absolute Finsternis über die Landschaft legte wie ein schmieriger Ölteppich.

Ein leises Kichern ertönte.

»Das ist nicht witzig«, knurrte Thor. »Ich meine es ernst.«

Kára aber schüttelte nur den Kopf, die Augen weit aufgerissen, eine Hand an ihrem Schwertknauf.

Sofort griff Thor nach seinem Hammer und sprang auf.

»Verschwinde, Hexe«, rief er, worauf das Gackern erneut erklang. Lauter, näher. »Du bist an unserem Feuer nicht willkommen, und wir wollen keine deiner Gaben.«

»Sicher?«, gurrte sie, und ihre Stimme umhüllte die beiden wie ein schmutziges Bettlaken. »Aber dein Freund meinte, ihr bräuchtet ganz dringend meine Hilfe.«

»Was meinst du damit?«, stieß Kára hervor und verengte die Augen zu wütenden Schlitzen. »Thor, wovon spricht sie?«

Ihr Körper bebte, als sie sich ebenfalls erhob und neben Thor stellte. Automatisch wanderte ihre Hand zu seiner. Thor umfasste sie und streichelte sanft mit seinem Daumen über ihren Handrücken.

»Alte Liebe«, raunte die Hexe, und sofort trennten sich die beiden, als hätten sie sich aneinander verbrannt. »Ah. Verletzte Liebe. Sie weiß es also nicht.«

»Was weiß ich nicht? Was meint sie?«

Aber Thor sah sie nicht an. »Was willst du, Hexe?« Seine Worte rollten durch die Dunkelheit wie Donner.

»Ich wollte euch nur sagen, dass dein Auftrag erfüllt ist und das Menschenmädchen nicht mehr lebt«, erwiderte sie, als würde sie davon sprechen, dass keine Wolke am Himmel hing und ein schöner Tag bevorstand. Thors Augen weiteten sich, und er wandte seinen Kopf zu Kára, die seinen Blick erwiderte.

»Thor … Was meint sie damit?«, wiederholte sie scharf.

Thor presste die Lippen zu einem blassen Strich zusammen. Doch diesmal wich er ihrem Blick nicht aus.

»Kára, ich …« Er verstummte. Aber er musste auch nichts sagen. Sie las es in seinen Augen.

»Du …« Sie zog ihr Schwert. »Du hast sie umgebracht.«

»Nein, nein«, sagte die Hexe. »Das war ich. Mein alter Freund Loki bat mich um Hilfe. Und wer wäre ich, ihm seinen Wunsch auszuschlagen, wenn er mir ein Menschenleben auf dem Silbertablett serviert?«

Kára schluckte. Tränen glitzerten in ihren Augen.

»Du erhältst keinen Dank«, sagte sie zu der Hexe. »Denn wir wollten niemals eine Information von dir. Wir betrachten sie nicht als Geschenk, sondern als Lüge.«

»Kára, es tut mir leid.« Thor ließ den Hammer sinken und sah sie hilflos an. »Das war genau das, was ich dir beichten wollte, bevor die Hexe auftauchte. Ich …«

»Schweig!«, fuhr Kára ihn an. Ihr Gesicht lag halb im Schatten. »Du hast mich verraten. Dank dir wird alles …« Sie ballte die Hand zu einer Faust und schwieg.

»Ich wollte es dir erzählen. Wirklich. Seit ich von der Prophez…«

»Genug!«, zischte Kára. Vor der Hexe würde sie nicht die Auslegung der Prophezeiung diskutieren. Das wäre naiv und töricht. »Lass uns darüber sprechen, wenn die Sonne wieder scheint. Ich muss nachdenken.«

»Interessant. Ihr glaubt wirklich, dass ich euch belüge. Nun, sehr schade. Dabei gab ich euch diese Information ohne Hintergedanken, sondern lediglich als Beweis meiner

Freundschaft, in der Hoffnung, dass die mächtigen Götter eine arme alte Frau nicht vergessen würden, sobald sie wieder reich in Walhall speisten.«

»Verschwinde und lass uns schlafen«, forderte Kára.

»So gönnt ihr mir nicht einmal ein angenehmes Gespräch?« Die Stimme der Hexe troff vor falschem Bedauern. »Was bleibt mir denn anderes übrig, als die wenigen Wanderer, die mein Reich durchqueren, in der Nacht zu besuchen? Ich bin ein einsames altes Wesen, das schon viel zu lange nicht mehr zärtlich berührt wurde. Oh …«

Erneut gackerte sie, und Thor erschauderte.

»Zärtlichkeit und Liebe muss man sich verdienen«, erwiderte er zornig. »Wie wäre es, wenn du dir jemanden deinesgleichen suchst?«

Tödliche Stille breitete sich aus, selbst das Feuer schien den Atem anzuhalten. Dann tropften die Worte der Hexe aus der pechschwarzen Nacht.

»Du weißt genau, Gott des Donners, dass wir Hexen alle einsam sind. Wir sind Frauen, zu denen sich kein Mann legen will. Von der Schöpfung gestrafte Wesen, die mit ihren eigenen Dämonen kämpfen und stetig verlieren. Aber du, du wurdest mir versprochen.«

»Versprochen? Lügnerin!«

Wieder gackerte die Hexe lang und anhaltend. Doch diesmal mischte sich ein weiteres Lachen hinein. Ein Lachen, das sowohl Thor als auch Kára nur allzu gut kannten. Und dann trat ein Schatten in den Lichtkreis des Feuers. Kára hob ihr Schwert.

»Loki«, zischte sie.

Der Gott der Listigkeit verneigte sich, ohne den Blick zu senken.

»Es ist wahr. Ich habe dich meiner Freundin versprochen«, sagte Loki und grinste Thor triumphierend an. »Sie wollte eine Gegenleistung dafür, dass sie deinen Wunsch erfüllt.

Und ich würde doch niemals meine Verbündeten betrügen. Deine Liebe war das Einzige, was sie zufriedenstellen konnte. Ich war sicher, sie würde dir auch gefallen. Suchen gebrochene Herzen nicht immer Trost?«

»Kára!«, rief Thor verzweifelt. »Glaub ihnen kein Wort!«

Kára nahm seine Worte nur gedämpft wahr, so laut rauschte das Blut in ihren Ohren.

»Deshalb haben wir Ray noch nicht gefunden«, flüsterte sie heiser und starrte Thor fassungslos an. »Du hast uns absichtlich in die falsche Richtung geführt.«

»Ich …« Thor schwieg. Der sonst so imposante Gott wirkte klein und hilflos. Loki gluckste vergnügt.

»O ja, das hat er, und nicht nur das«, antwortete er an Thors Stelle. »Die Zwerge waren natürlich auch Teil des Plans.« Er umrundete das Feuer, sodass er auf der anderen Seite stand. »Thor hat sich absichtlich von ihnen überrumpeln lassen. Er ist so ein fantastischer Schauspieler! Das hätte ich ihm gar nicht zugetraut, aber er hat mich überrascht. Du musst wissen, liebste Kára: Als Kind der Riesen bin ich bei den Zwergen stets willkommen. Aber ich hätte nicht gedacht, dass ihre Abscheu gegenüber den Göttern sogar noch größer ist als ihre Loyalität zu mir.« Das Feuer tanzte über sein Gesicht.

»Nein«, flüsterte Kára. »Das kann alles nicht wahr sein.« Zorn ließ ihre Stimme vibrieren.

Thor streckte hilflos die Hand nach ihr aus, aber sie wich zurück, als wären seine Finger etwas Abstoßendes, Abscheuliches. »Du hast mich verraten.«

»Aber das ist es doch, was ich dir die ganze Zeit zu sagen versuche!«, rief er verzweifelt. »Als die Runen der Zwerge uns die Kraft entzogen, wurde mir klar, dass Loki mich reingelegt hatte.«

»Wie überraschend.« Kára verschränkte die Arme und hob die Augenbrauen. »Der Gott der Listigkeit hat nicht die Wahrheit gesagt. Wie dumm kann man eigentlich sein?«

»Verdammt, ja, ich habe einen Fehler gemacht! Ich hätte nie auf ihn hören sollen! Bitte, Kára, es tut mir leid!«

»Ach, unser Bündnis tut dir leid?« Loki schüttelte den Kopf und schnalzte mit der Zunge. »Das ist … bedauerlich. Gerade jetzt, da wir so gut dabei sind. Sich mit dir zu verbünden war das Aufregendste, was ich in den letzten Jahrhunderten erleben durfte. Allein dafür hat es sich gelohnt.«

»Für dich ist das alles nur ein Spiel«, fauchte Kára und richtete die Schwertspitze auf Lokis Brust, obwohl er viel zu weit entfernt stand, um sich wirklich bedroht zu fühlen.

»Natürlich.« Loki zuckte mit den Schultern. »Das ganze Leben ist ein Spiel. Und was gibt es Amüsanteres, als andere in tiefe Verzweiflung zu stürzen?«

Er umrundete das Feuer noch ein Stück weiter und war fast bei Thor angekommen. Der Gott des Donners hatte allerdings nur Augen für Kára. Sogar sein Hammer hing kraftlos an seiner Seite. Die Hexe kicherte.

»Nein!« Mit einem Satz sprang Kára nach vorne und hob ihr Schwert. Loki zog einen kurzen Dolch aus seinem Ärmel. Das Metall blitzte im Schein des Feuers auf, dann versank es in Thors Rücken.

Der Schmerzensschrei des Donnergottes dröhnte durch die Finsternis, untermalt vom glücklichen Lachen der Hexe. Loki hingegen sprang zurück in die Finsternis und damit außer Káras Reichweite. Die Walküre fluchte verzweifelt. Thor sank auf ein Knie und presste seine Hand auf die Wunde. Sein Gesicht war schmerzverzerrt.

»Gern geschehen«, flötete Loki aus der Finsternis.

Und dann ging über Svartalfheim die Sonne auf.

»Was hast du dir nur dabei gedacht?«, schimpfte Kára. Sie hatte ihr Schwert auf den Boden fallen lassen und untersuchte den Stich. Er war tief, und in dieser Welt konnte eine

Verletzung für einen Gott tödlich sein. Kára fluchte aus vollem Herzen.

»Es tut mir leid«, flüsterte Thor mit vom Schmerz rauer Kehle. »Ich … Ich hätte diesen Pakt nie eingehen dürfen. Verzeih mir, Kára.«

»Du hast mich verraten!«

Er sah auf seinen Hammer und beobachtete, wie das Sonnenlicht über das Metall wanderte. »Ich wollte Vater beweisen, dass ich es wert bin, sein Sohn zu sein. Als Loki mir von Tyrs Verrat erzählte, war ich für diese Gelegenheit unendlich dankbar. Ich verstand nicht, weshalb er sich Vaters Anweisung widersetzt hatte. Nachdem ich meinen Auftrag erhielt, kam Loki zu mir und sagte, dass ich gegen euch beide im Kampf keine Chance hätte. Er versprach, dass er das Menschenmädchen beseitigen würde, ohne dir ein Haar zu krümmen.« Schmerzen schüttelten seinen Körper erneut, und er stöhnte laut auf. »Das war meine einzige Bedingung. Ich weiß, dass wir zwei längst Geschichte sind, Kára.«

»Ach, halt endlich den Mund!« Kára sprang auf. »Glaubst du etwa, dass ich erneut auf diese Lügen reinfalle?« Tränen der Wut glitzerten in ihren Augen. »Du hast meine Schwäche bereits einmal ausgenutzt. Weshalb sollte ich dir gerade jetzt noch einmal glauben? Nachdem du vor wenigen Stunden genau das erzählt hast, um mich reinzulegen?« Sie ballte die Fäuste.

Thor biss die Zähne zusammen und schüttelte den Kopf. »Du denkst, du würdest mich kennen, weil du mich einmal kanntest. Aber ich bin nicht mehr der Gott von damals. Ich habe mich verändert. Du hast mich verändert. Und die Zeit ohne dich hat mich verändert. Als ich gesehen habe, wie du in dieser erbärmlichen Zelle umgefallen bist, ist ein Teil von mir gestorben. Ich wollte nie, dass dir etwas zustößt.«

»Du hast dich mit Loki verbündet, um Ray zu töten.«

»Der Goldene Faden ist eine Gefahr für unsere Welt!«

»Das ist sie nicht!«

»Du glaubst wirklich, was Loki mir erzählte, oder? Du denkst, dass sie einen Wandel einläuten wird, der uns allen hilft.«

»Es ist die einzige Möglichkeit. Weshalb sollte die Prophezeiung sonst vom Ende der bekannten Götterwelt sprechen? Der *bekannten*! Kein Wort der Nornen ist zufällig.«

Thor runzelte die Stirn und stöhnte vor Schmerz auf. »Vielleicht hast du recht. Wir können uns nicht für immer in Asgard verschanzen und hoffen, dass Ragnarök nicht kommen wird. Irgendwann ist es ohnehin so weit.« Er sog scharf Luft ein. »Aber darum geht es mir nicht, Kára. Ich möchte dich noch einmal von ganzem Herzen lächeln sehen, bevor unser unendliches Leben vorbei ist. Mir ist klar, dass das nicht geschehen wird, solange du in Walhall Met ausschenkst ... Also werde ich alles daransetzen, dich glücklich zu machen. Das kannst du glauben oder nicht.« Er hob den Kopf und sah sie an. »Mir ist klar, dass ich in der Vergangenheit viel falsch gemacht habe. Ich dachte immer, dass ich noch Jahrtausende habe, um dich zurückzuerobern, aber als wir in diesem Gefängnis beide fielen, wurde mir klar, dass immer etwas geschehen kann. Loki könnte gewinnen, Vater dich bestrafen ... Nur weil ich dachte, dass ich noch eine Ewigkeit habe, habe ich nicht sofort gehandelt. Das war ein Fehler. Möglicherweise irrst du dich, und Ray wird uns alle stürzen. Aber dann werde ich an deiner Seite fallen.«

»Ich ...« Kára schloss die Augen. »Ich würde dir so gerne glauben.«

»Weshalb sollte ich dich anlügen?«

»Weil du noch immer Ray töten möchtest?«

Thor verstärkte den Griff um seinen Hammer. Das Metall begann blau zu leuchten.

»Ich schwöre auf meinen Hammer Mjölnir«, er hob den Kopf und sah ihr fest in die Augen, »dass ich auf deiner Seite kämpfen werde, bis Ray eine Heldin geworden ist und…« Das Leuchten wurde schwächer. Er räusperte sich. »Bevor ich den Schwur beende, muss ich dir noch etwas gestehen.«

»Ja?« Kára sah ihn verblüfft an.

»Ich liebe dich noch immer.« Er wagte nicht, ihr ins Gesicht zu sehen. Mit zitternder Stimme wiederholte er die Zeilen. »Ich schwöre auf meinen Hammer Mjölnir, dass ich auf deiner Seite kämpfen werde, bis Ray eine Heldin geworden ist, und dass ich keine Geheimnisse mehr vor dir habe.«

Das Metall der Waffe leuchtete heller. Blaue Flammen tanzten unter der Oberfläche, schlangen sich um Thors Hände.

»Du …« Kára holte tief Luft.

Thor lächelte. »Du weißt, was dieser Schwur bedeutet, Kára. Wenn ich ihn breche, werde ich Mjölnir für immer verlieren. Und nun werde ich dich zu den anderen führen. Wir sollten sie besser erreichen, bevor Loki noch mehr seiner Freunde auf sie hetzt. Ich glaube ihm nicht, dass Ray tot ist.«

Er wollte sich erheben und brach zusammen.

24

Ray erwachte langsam. Der Geruch des frischen Grases schlich sich in ihre Sinne und kämpfte mit ihrem Traum, der sich hartnäckig in ihren Gedanken verkeilt hatte.

Ihr Rücken war angenehm warm, sodass sie sich mit einem wohligen Geräusch noch weiter nach hinten drückte. Auf ihrer Hüfte allerdings spürte sie ein schweres Gewicht, das sie stutzig werden ließ. Schlagartig öffnete sie die Augen, dann sprang sie auf und vertrieb den ungewohnten Ballast von ihrem Körper.

Es war Tyr, der ebenso überrascht erwachte und sie aus großen Augen ansah, und Ray erkannte, dass es sein Arm um ihre Hüfte gewesen war, den sie so panisch abgeschüttelt hatte.

»Was ist geschehen?«, fragte er alarmiert und griff nach seiner Waffe, während sie ihn lediglich wortlos anstarren konnte.

Gekuschelt. Ich habe mit ihm gekuschelt. Nein, er mit mir. Er hat seinen Arm um mich gelegt und mich festgehalten.

Ihre Gedanken rasten. Fieberhaft versuchte sie sich daran zu erinnern, was gestern Abend geschehen war. Gemeinsam hatten sie am Feuer gesessen, schweigend und in die Flammen starrend.

Vom langen Marsch des Tages und der aufreibenden Nacht waren ihre Augenlider bleischwer, und es war ihr schwergefallen, sich aufrecht zu halten. Das Letzte, woran sie sich erinnerte, war das Prasseln des Feuers und Tyr, der neben ihr saß, um sie zu beschützen, falls die Hexe auftauchte.

Die Hexe.

Misstrauisch beäugte sie zunächst die Umgebung und

dann ihren Begleiter. Es war durchaus möglich, dass sie sich in einer Illusion befand, ähnlich der des Nachtmahrs.

»Ray?« Er sah sie eindringlich an und holte sie damit aus ihren Gedanken zurück.

»Es ist Tag«, antwortete sie und deutete auf die Sonnenscheibe, die knapp über dem Horizont schwebte. Die Worte stolperten wie auswendig gelernte Reime durch die Luft. »Wir sollten losgehen.«

Panik verbiss sich wie ein wildes Tier in ihrem Nacken, und ihr Blick huschte umher.

Ist das hier die Realität?

Ihr Verstand war überfordert. Sie sah hinab auf ihre Hände, zählte ihre Finger und kniff sich in den Oberschenkel. Wortlos stand Tyr neben ihr und beobachtete sie.

»Was tust du?«

Sie zuckte ertappt zusammen und verschränkte die Arme.

»Etwas überprüfen«, antwortete sie ausweichend und strich sich eine Haarsträhne aus dem Gesicht. Langsam wich der Albtraum der letzten Nacht aus ihren Gliedern, und sie konnte einigermaßen klar denken.

»Tyr ... kann ich gegen diesen Riesen gewinnen?« Sie sah den vermeintlich realen Gott an und wartete gespannt.

Wenn er es nicht ist, wird er sich jetzt verraten. Die Hexe wird diese Chance nutzen, um meine Angst zu schüren.

»Natürlich«, erwiderte er und runzelte die Stirn. »Es ist deine Bestimmung, zur Heldin zu werden. Wahre Helden können Drachen bezwingen, Nachtmahre überlisten und auch Riesen besiegen.«

Erleichtert atmete sie aus. »Du bist es wirklich.«

Die Falten auf seiner Stirn vertieften sich, dann klarte sein Blick auf.

»Du dachtest, die Hexe wäre erschienen und hätte dich in einer Illusion gefangen«, stellte er fest und schmunzelte. »Es ist wirklich klug von dir, eine ereignislose Nacht infrage zu stellen. Vor allem nach dem, was gestern passiert ist. Es verwundert mich ebenfalls, dass sie uns nicht heimgesucht hat.« Für einen kurzen Moment schwieg er und blickte über seine Schulter. »Andererseits hätten Kára und Thor uns längst einholen müssen. In Anbetracht der Tatsache, dass eine Hexe hier ihr Unwesen treibt, bereitet mir das große Sorgen.«

Ray schluckte.

»Meinst du, sie hat ihnen etwas angetan?«

Entschieden schüttelte er den Kopf. »Die beiden sind zu schlau, um auf ihre Tricks hereinzufallen. Aber ich befürchte, die Hexe hat dafür gesorgt, dass wir einander nicht finden. Wer weiß, mit welchem Zauber sie das bewerkstelligt hat.«

Ray begann, ihre Finger zu kneten, und blickte sich unruhig um.

»Du meinst, sie könnten hier in der Nähe sein und wir sehen sie bloß nicht?«

Tyr runzelte nachdenklich die Stirn. »Sobald wir diese Welt verlassen, sind wir sicher und ihr Zauber hat keinerlei Wirkung. Das ist momentan unsere einzige Hoffnung. Es ergibt keinen Sinn, sich jetzt allzu große Gedanken zu machen.«

Entgeistert sah Ray ihn an. »Wie kannst du das auf die leichte Schulter nehmen? Wir müssen ihnen helfen!«

»Es gibt nichts«, antwortete er ruhig, »was wir tun können. Dieses Weib kann ihnen nichts anhaben, solange sie nicht ans Feuer gebeten wird oder die beiden ein Geschenk von ihr annehmen. Für sie gelten dieselben Regeln wie für uns. Kára und Thor sind schlau genug.« Er erhob sich und begann, ihre Habseligkeiten zusammenzuklauben. »Es tut mir allerdings leid für sie, dass sie ohne unsere Ausrüstung kochen müssen.«

»Müssen sie denn hier etwas essen?« Erst jetzt fiel Ray

ein, dass Loki ihr erzählt hatte, dass Götter in ihrer Welt weder schliefen noch aßen. »Musst du überhaupt schlafen?«

Sie kniff die Augen zusammen und musterte ihn mit gerunzelter Stirn und verschränkten Armen. Loki hatte sie zwar in Bezug auf die Regeln belogen, aber vielleicht hatte er wenigstens hier die Wahrheit gesagt.

Tyr seufzte, dann lächelte er. »Ja und nein. Wir haben nicht das absolut notwendige Bedürfnis nach Nahrung und Schlaf. Dennoch schätze ich diese Dinge sehr, ebenso wie Kára. Thor schläft selten, dafür isst und trinkt er umso mehr.«

»Du musst nicht schlafen und tust es trotzdem?« Verblüfft zog Ray beide Augenbrauen nach oben.

»Schlafen entspannt«, entgegnete er. »Und Essen ist eine Gewohnheit, die ich nur schwer ablegen kann.«

Ray grinste. »Das kann ich erstaunlicherweise sogar nachvollziehen.«

»Hast du eigentlich Angst?«, fragte Tyr.

Ray strich sich eine Haarsträhne hinter das Ohr.

»Wovor?«

»Du musst zur Heldin werden. Das ist eine große Last, die auf dir liegt.«

Rays Herz schlug schneller. Sie hatte bisher so gut wie möglich versucht, den Gedanken daran zu verdrängen.

»Wie lautet die Prophezeiung eigentlich genau?«

Tyr legte den Kopf in den Nacken und sah in den Himmel.

»Der Glanz eines neuen goldenen Fadens, der den Webstuhl befällt, besiegelt das Ende der bekannten Götterwelt.

Sobald der König der Riesen fällt, beginnt das Ende der bekannten Götterwelt. Wenn niemand das Heldentum gefangen hält, ist es das Ende der bekannten Götterwelt.«

»Ah.« Mehr wusste Ray nicht zu sagen.

»Du musst keine Angst haben«, flüsterte Tyr. »Ich bin ja bei dir.«

Ray sprang auf. Diesen Satz hatte Anna früher so oft gesagt. Immer dann, wenn sie merkte, wie unsicher Ray sich fühlte. Aber sobald ein Junge in Annas Leben getreten war, hatte sie Ray im Stich gelassen und war seitdem nie zurückgekehrt. Außer altklugen Ratschlägen und einem überlegenen Lächeln hatte Anna nichts mehr für Ray übrig. Sie holte tief Luft. Tyr konnte nichts dafür. Und irgendwie war sie sogar froh darüber, dass er seine Hilfe anbot und bei ihr bleiben wollte. Etwas in ihr vertraute ihm.

Sie ging zum Fluss, um die negativen Gefühle abzuwaschen. Ihre Glieder waren steif vom harten Untergrund, auf dem sie geschlafen hatte, und sie wünschte sich eine heiße Dusche und ein ausgiebiges Frühstück. Auf beides würde sie noch einige Zeit verzichten müssen. Mit einem tiefen Seufzer kniete sie sich nieder und tauchte ihre Hand in das Wasser. Sie durfte nicht so viel an Anna denken. Endlich hatte sie die Möglichkeit, ihrer großen Schwester zu zeigen, dass sie auch alleine zu etwas fähig war.

Ein Blitzen.

Fasziniert beobachtete Ray, wie unter der gekräuselten Wasseroberfläche grüne Schuppen mit dem Sonnenlicht spielten. Rays Finger folgten der Bahn des seltsamen Wesens, und ein seliges Lächeln breitete sich auf ihrem Gesicht aus. Alle Erinnerungen an Anna waren wie weggewischt.

Wann habe ich zuletzt einfach dagesessen und gelächelt?

Sie kannte die Antwort auf ihre eigene Frage nicht, und das bestürzte sie über alle Maßen. Voller Wut auf sich selbst kniff sie die Lippen zusammen, um sich Sekunden später daran zu erinnern, dass sie das nun nachholen konnte.

Sie schloss die Augen und zwang die Mundwinkel nach oben. In ihrem Kopf breitete sich eine wundervolle Melodie aus. Als sie die Lider wieder hob, sah sie in zwei goldene Katzenaugen in einem menschlichen Gesicht.

Überrascht zuckte Ray etwas zurück, aber die Neugier zog sie wieder zu der fremden Gestalt, die aus dem Wasser ragte. Ihr nackter Oberkörper wurde von ihren fließenden grünen Haaren verdeckt. Gold schimmerte auf ihrer blaugefleckten Haut.

Die Fremde blinzelte, dann offenbarte sie perlweiße und spitze Zähne und legte den Kopf schief.

»Ein Mensch«, stellte sie fest, und ihre Stimme klang wie Sommerwind in den Bäumen und ein Gebirgsbach im Frühling. »Ein Mensch in unserer Welt.«

Ray nickte, und ein Teil ihres Verstandes versuchte sich an die Märchen zu erinnern, in denen von Wassermenschen die Rede war. Das Einzige, was ihr einfiel, war die Vorlage für den Disney-Film Arielle. Die kleine Meerjungfrau, die sich unsterblich in einen Prinzen verliebte und im Originaltext schließlich zu Schaum auf den Wellen wurde.

»Bist du eine Meerjungfrau?«, fragte Ray, und ihre eigene Stimme klang in ihren Ohren wie die eines fünfjährigen Mädchens.

Das Wassergeschöpf lachte und klang dabei wie Glockenspiel in einer sanften Herbstböe.

»Ich bin eine Nixe«, erklärte sie ernst. »Meerjungfrauen leben im Salzwasser, wir bewohnen die Seen, Flüsse und Tümpel. Früher auch in eurer Welt.«

Ray nickte ernst.

»Eine Nixe«, wiederholte sie und schmunzelte. »Weshalb hat man euch hierher verbannt?«

Empört schlug die Nixe mit ihrem Fischschwanz auf die Wasseroberfläche, sodass Ray vollkommen durchnässt wurde.

»Ray!«

Tyrs Ruf drang wie durch Watte an ihre Ohren, und Ray vermochte es nicht, sich von den katzenartigen Pupillen des fremdartigen Wesens loszureißen.

»Wir wählten diese Heimat freiwillig«, erklärte die Nixe.

»Nachdem alle außer den Menschen Midgard verlassen mussten, hatten wir die freie Wahl. Diese Welt schien uns am angenehmsten zu sein. Einige meiner Schwestern haben sich anders entschieden … Zumindest sagen das die Legenden. Ob es stimmt? Ich weiß es nicht.«

Mit einer eleganten Bewegung schwamm sie näher ans Ufer und stützte ihre Ellbogen auf den Schlamm. Der dreckige Untergrund störte sie nicht.

»Und du? Was sucht ein Mensch in Svartalfheim? Das ist äußerst ungewöhnlich.«

Sofort wollte Ray die Wahrheit erzählen, aber etwas in ihr hielt sie zurück. Verwirrt runzelte sie die Stirn und schüttelte leicht den Kopf. In den Augen der Nixe loderte ein Feuer, aber sobald Ray genauer hinsah, lag Freude und ehrliche Besorgnis in ihrem Blick.

»Ich«, setzte Ray an.

»RAY!« Tyrs Stimme wurde drängender und panisch. Sie schrillte in ihren Ohren, und Ray stolperte einen Schritt nach hinten, woraufhin die Nixe wie eine Katze fauchte und die Zähne zeigte.

Erschrocken wich Ray noch weiter zurück, bis sie in Tyrs Arme fiel, der sie festhielt. Bei der Berührung setzte ihr Herz einen Schlag aus.

»Odin sei Dank«, flüsterte er und strich ihr eine Haarsträhne aus dem Gesicht. Verwirrt starrte sie ihn an. Ihr Puls raste. Seine Nähe vernebelte ihre Gedanken.

»Was ist denn los?« Sie klang unfreundlicher, als sie beabsichtigt hatte, aber Ray war wütend. Worauf, wusste sie nicht, aber das Gefühl brannte in ihrer Magengrube wie Säure und beschleunigte ihren Herzschlag. »Weshalb schreist du so herum? Was ist, wenn die Hexe dich hört?«

Entgeistert sah der Gott sie an.

»Du warst im Bann einer Nixe«, stellte er fest und schluckte. »Ich musste dich doch irgendwie retten.«

»Im Bann ...?«, wiederholte Ray tonlos und wandte den Kopf zum Bach. Die Nixe war verschwunden, und die Oberfläche glitzerte, als wäre nichts geschehen.

»Du darfst in dieser Welt keinem Wesen glauben«, beschwor Tyr sie und legte seine Hände auf ihre Schultern. »Die meisten von ihnen können deine Sinne und deine Gefühle manipulieren und verwirren.«

So wie du?

Sie traute sich nicht, diese Frage laut auszusprechen. Gleichzeitig breitete sich ein weiterer Gedanke in ihr aus: Tyr hatte Wort gehalten und war bei ihr geblieben. Er hatte sie nicht im Stich gelassen. Noch nicht.

25

»Die dritte Nacht«, flüsterte Ray und starrte in die Flammen. Sie konnte nicht sagen, wohin die Zeit des Tages verschwunden war, aber die Sonne senkte sich, und eine kühle Brise wehte von den Bergen herab, deren Fuß sie mittlerweile erreicht hatten.

»Ja«, bestätigte Tyr und setzte sich neben sie. Sie hatten kein Wort mehr darüber verloren, dass sie die letzte Nacht eng umschlungen verbracht hatten, und Ray fragte sich, ob diese Art von körperlicher Nähe irgendetwas für ihn bedeutete.

Ich kann ihn unmöglich direkt danach fragen.

Allein bei der Vorstellung wurde ihr Gesicht heiß und ihre Wangen rot. Sie hoffte, dass es im Schein des Feuers nicht allzu sehr auffiel. Dann hatte sie eine Idee.

»Kára und Thor«, setzte sie möglichst beiläufig an, »waren mal ein Paar, nicht wahr? Was ist zwischen ihnen geschehen?«

Tyr hob überrascht die Augenbrauen und runzelte die Stirn.

»Ich bin mir nicht sicher, ob meine Schwester möchte, dass ich … davon spreche«, murmelte er. »Vor allem, da ich eine ganz eigene Sicht auf die Dinge habe. Thor und ich waren nie Freunde. Kára und ich dafür umso mehr.«

»Waren du und sie …?«, fragte Ray vorsichtig.

Überrascht lachte Tyr auf.

»Nein«, erwiderte er. »So eine Beziehung hatten wir nie. Aber wir waren oft gemeinsam auf den Schlachtfeldern und haben an der Seite der Menschen gekämpft, sie beschützt, und Kára hat jene Helden, die ich begleitete, nach Walhall gebracht.«

»Ihr habt zusammengearbeitet«, stellte Ray fest.

»So könnte man das sagen«, bestätigte er. »Kára und Thor

verbindet etwas anderes. Ich weiß, dass Menschen unsere Beziehungen nicht immer nachvollziehen können. Aber weißt du, Ray … Götter altern nicht. Wir verändern uns nicht. Und nur die wenigsten von uns sind fähig, überhaupt etwas zu lernen. Für die meisten von uns besteht Leben aus einem einzigen Moment, nämlich jenem, in dem wir gerade existieren. Allein die Angst vor dem Tod bewegt uns dazu, weiterzudenken. Das ist übrigens auch unsere Schwäche, die Loki sich als Kind der Riesen zunutze macht. Er kann sich anpassen und verändern.«

Ray biss sich auf die Unterlippe und versuchte, das Gehörte zu verarbeiten. Das Knistern des Feuers lenkte sie ab und machte sie plötzlich nervös. Ihr wurde schmerzlich bewusst, dass sie sich in einer Welt befand, die nicht ihre war, mit einem Wesen, das zwar wie ein Mensch aussah, aber unter dieser Oberfläche vollkommen anders dachte und fühlte als sie.

»Thor und Kára fühlen sich seit jeher zueinander hingezogen«, fuhr er sanft fort, als spürte er ihre Verwirrung, »aber ihre Charakterzüge sind so unterschiedlich, dass sie immer wieder streiten. Nach einem besonders erbitterten Streit beschlossen beide, dass es besser wäre, wenn sie ihre Beziehung nicht fortführten … Aber da sich unsere Gefühle so langsam ändern wie der Lauf dieses Gebirgsbaches, haben die beiden noch immer mit ihrer Liebe zu kämpfen. Sie wollen sich, aber sie sind wütend aufeinander und wissen, dass der Grund für ihren Streit niemals verschwinden wird.«

»Das ergibt Sinn«, erwiderte Ray tonlos. Sie fühlte sich plötzlich leer und einsam. Tyr würde sich niemals in sie verlieben, denn sie würde nicht lange genug leben, um Gefühle in ihm zu wecken. Es wäre nichts anderes als dumm von ihr, ihr Herz an ihn zu verschenken.

Als der letzte Sonnenstrahl hinter dem Horizont verschwand, ertönte die Stimme der Hexe, und Ray zuckte so heftig zusammen, als wären die Worte ein Pfeil, der sie in der Brust getroffen hatte.

»Soso«, säuselte die Hexe. »Ihr seid also nun fast in den Bergen. Wie überaus schade. Eure beiden Freunde werden für immer auf der Ebene gefangen sein.«

»Lüge«, antwortete Ray tonlos und rieb sich über die Augen. Müdigkeit und Erschöpfung machten sich in ihr breit. »Verschwinde, Hexe. Du hast uns in der vorletzten Nacht nicht bekommen, in der letzten nicht, und du wirst es auch heute nicht schaffen. Spar dir die Energie und reite auf deinem Besen davon.«

»Besen?«, gurrte sie. »Glaubt ihr Menschen noch immer an dieses seltsame Bild? Witzig.«

Ray antwortete nicht. Sie führte sich vor Augen, dass sie in wenigen Tagen gegen einen Riesen kämpfen sollte und ihr Herz sich bereits jetzt anfühlte, als wäre es von ihrem eisigen Gegner zertrampelt worden. So ungern sie es zugab, musste sie sich doch eingestehen, dass sie in den letzten Tagen gewisse Hoffnungen und Wünsche gehegt hatte, was Tyr betraf. Hoffnungen, die mit einem Schlag ernüchtert worden waren. Nicht einmal die Hexe konnte diesen dumpfen Schleier der Enttäuschung durchbrechen, aber sie schien ihn durchaus wahrzunehmen.

»Nein, so was! Du hast in nur zwei Tagen ihr Herz gebrochen.« Ihr Lachen ertönte, und Ray blinzelte ertappt. »Ist dir das bewusst, Gott?«

»Spar dir das, Hexe«, antwortete Tyr wütend. Ray sah zu ihm und stellte fest, dass er die Hände zu Fäusten geballt hatte.

Was ist mit ihm los?

»Ach, Tyr.« Die Stimme, die durch die Dunkelheit drang, erklang so unerwartet, dass sie beide aufsprangen. Der Gott griff nach seinem Schwert und hob es drohend nach oben.

Loki trat mit ausgebreiteten Armen in den Schein des

Feuers und lächelte. Er hatte tiefe Ringe unter den Augen, und sein linkes Bein hing etwas nach, als er näher trat.

»Ray.« Er deutete eine leichte Verbeugung in ihre Richtung an. »Es schmerzt mich sehr, dass du vor mir geflüchtet bist.«

Sein leises Lachen wurde von einem Schmerzenslaut unterbrochen, und er griff sich an die Rippe.

»Die Wesen fordern ihren Tribut«, erklärte er und kam noch näher. Tyr stellte sich zwischen ihn und Ray, das Schwert noch immer erhoben. Hinter sich glaubte sie die Augen der Hexe in ihrem Nacken zu spüren, und sie wusste nicht, welchen der beiden Besucher sie mehr fürchtete.

»Verschwinde«, forderte Tyr.

»Begrüßt man so seine Freunde?«, tadelte Loki und sah ihn strafend an. »Es sollte euch doch freuen, dass ich wohlauf bin.«

»Wohl kaum«, antwortete er und hob seine Waffe ein Stück höher. »Steckst du mit der Hexe unter einer Decke?«

»Möglicherweise. Werwölfe, Nachtmahre, Zwerge, Hexen, Nixen …« Loki grinste. »Wir alle sind gegen die Götter. Das macht uns zu Verbündeten. Nun, Thor fällt ein bisschen aus dem Raster, aber … Ups.« Er schlug die Hand vor den Mund, als hätte er sich ungewollt verplaudert. Der Schalk in seinen Augen verriet, dass das nicht so war.

»Lügner«, sagte Ray, obwohl sie sich nicht so sicher war. Hatte Thor sie wirklich verraten? Dann war Kára in großer Gefahr.

»Ach, Kleine.« Er blinzelte ihr zu. »Ich lüge viel. Schön, dass es dir mittlerweile aufgefallen ist. Es hat mich ehrlich gesagt sehr geärgert, dass mein kleiner Werwolf-Streich zu unserem Zerwürfnis führte. Aber als du den Nachtmahr und den Zwergen-König überwältigt hast, war ich zutiefst beeindruckt. Die Nixe meinte allerdings, dass dein Überleben am Fluss eher Tyr anzurechnen ist.«

»Du warst es die ganze Zeit.« Ray fuhr sich mit einer Hand durch die Haare. »Warum?«

Loki legte den Kopf schief und grinste. »Du kennst die Antwort.«

»Aus Spaß.« Tyr hob sein Schwert. Der Schein des Feuers tanzte über die Klinge.

»Falsch.« Loki hob einen Zeigefinger. »Weil ich möchte, dass Ray ihre Bestimmung erfüllt. Ich bin mir ziemlich sicher, dass du und deine Freunde diese Mission vermasseln werden. Aber ihr solltet mir dankbar sein. Thor habe ich bereits aus dem Weg geräumt. Er hat noch in Asgard mit mir einen Deal gemacht. Einfältiger Junge. Die Zwerge waren angewiesen, Ray gehen zu lassen und die Götter festzuhalten.«

Rays Mund klappte auf. *Deshalb hat der König mich also gehen lassen. Er war auf Lokis Seite.*

»Loki«, gurrte die Hexe, »erinnerst du dich noch an meine Belohnung?«

»Nicht jetzt.« Er winkte ab.

»Was hat er dir versprochen?«, fragte Ray. Sie war sich nicht sicher, ob sie die Antwort hören wollte.

»Einen Partner.« Sie seufzte wehleidig. »In der Finsternis ist es so einsam.«

»Gleich sollst du ihn haben, Hexe.« Loki zwinkerte Tyr zu. »Aber zunächst muss ich mich um etwas anderes kümmern. Eine Prophezeiung, die erfüllt werden muss.«

»Wir wollen auch, dass sie die Prophezeiung erfüllt«, rief Tyr ihm ins Gedächtnis. »Was hast du wirklich mit Ray vor?«

Loki wandte sich ab, sodass sie nur noch seinen Rücken sehen konnten, der von einem leisen Lachen geschüttelt wurde. Ruckartig wirbelte er herum, seine Augen leuchteten, als brenne ein Feuer in ihnen.

»Ich bin nicht so dumm, es euch zu verraten. Für euch ist nur eines wichtig: Ich werde Ray nun mit mir nehmen.«

»Das wollen wir sehen.« Tyr knurrte und schwang sein Schwert. Er stürzte auf Loki zu, der geschmeidig auswich. Von seinen angeblichen Verletzungen war nichts mehr zu sehen. In einer einzigen fließenden Bewegung brachte er das Feuer zwischen sich und seinen Angreifer, sodass er nun neben Ray stand. Er musste nur noch den Arm ausstrecken, um sie zu packen …

Ein Gedanke huschte durch Rays Verstand.

Es muss eine Möglichkeit geben, dich mit deinen eigenen Waffen zu schlagen. Du lügst. Du täuschst. Du nutzt die Starrheit der Götter zu deinem Vorteil. Ich bin nicht wie die Götter, aber das ist dir klar. Du weißt, dass ich ein Mensch bin, und du kennst auch unsere Fehler und Schwächen. Also muss ich mich ändern und so handeln, wie du es nicht von mir erwartest. Also: Was würde ich niemals tun?

Ihr Blick glitt über Lokis schmales Gesicht, über Tyrs breite Schultern, das knisternde Feuer, hinein in die Dunkelheit, vor der sie sich fürchtete. Dort lauerte die Hexe, die sich mit Sicherheit sofort auf sie stürzen würde, sobald sie den schützenden Feuerschein verließ.

In diesem Moment griff Loki nach ihrem Arm. Tyr stürzte mit einem Schrei auf sie zu.

Ein Ruck ging durch Rays Körper. Sie blinzelte. Die Zeit atmete ein, Ray aus. Im letzten Moment, ehe Lokis Hand sie erwischte, trat sie nach hinten und verließ das schützende Licht.

Kälte umfing sie und traf sie wie ein Schlag. Es war, als würde sie in eiskaltes Wasser eintauchen. Sämtliche Luft wurde aus ihrer Lunge gesogen. Das Prasseln des Feuers verklang, und sie konnte es nicht mehr sehen, obwohl es gerade eben noch direkt vor ihr gewesen war.

Ein überraschter Laut entglitt ihrem Mund, drang aber nicht bis zu ihren Ohren. Jeder Ton verschwand ungehört im ewigen Nichts.

Bebend und noch ganz überwältigt von ihrer eigenen Courage blieb Ray stehen. Die Zeit dehnte und streckte sich zugleich. Waren Sekunden vergangen? Stunden? Ray war sich nicht einmal sicher, ob Zeit in diesem alles erdrückenden Schwarz überhaupt existierte.

Sie atmete tief ein, schloss die Augen und wusste wenig später nicht mehr, ob sie die Lider auch wieder gehoben hatte. Mit aller Kraft konzentrierte sie sich auf ihre Füße und darauf, dass sie den Boden unter sich spüren konnte. Wenigstens wusste sie so, wo oben und unten war. Aber sie konnte nicht sagen, ob sie sich gedreht hatte oder das Feuer noch immer direkt vor ihr lag.

Ein eisiger Windhauch streifte ihren Nacken, und Ray zwang sich, nicht panisch loszurennen, als sich eine Hand in ihren Nacken legte und Fingerspitzen mit langen Nägeln beinahe zärtlich über ihre Haut tanzten.

»Du.« Ein einzelnes Wort, schüchtern und verloren. Die Stimme der Hexe klang jung und zart. Ganz anders als bei ihrem Gespräch am Lagerfeuer. Ray wollte antworten, erinnerte sich aber dann daran, dass sie niemand hören würde, also schwieg sie und nickte in die Finsternis.

»Interessant.« Belustigung. Aufrichtigkeit. Neugier. »Du hast vor diesem Gott wirklich größere Angst als vor mir.«

Du hörst also meine Gedanken.

»In meinem Reich höre ich Gedanken, fühle ich Freude ebenso wie Angst oder Liebe. Aber nur, wenn ich nicht alleine bin. Ansonsten spüre ich nichts.«

Das hört sich sehr einsam an. Ray wünschte sich plötzlich, sie könnte der Hexe helfen, diesem Schicksal zu entkommen. Und diesmal, das spürte sie deutlich, war es kein durch einen Zauber erzwungenes Mitleid. Vom Leben zu so einer Existenz verdammt zu sein, schien ihr schlimmer als der Tod.

»Du bist die Erste, die mich bemitleidet. Die anderen hatten alle Angst vor mir. Ihre Panik trieb mich in den Wahnsinn, und so musste ich sie töten.« Bedauern schwang in jeder Silbe.

Weshalb belauerst du uns am Feuer? Warum versuchst du, uns in eine Falle zu locken?

»Niemand würde freiwillig zu einer Hexe gehen«, wisperte sie, und Ray glaubte, einen leisen Seufzer zu hören. Haut, die über Haut strich, um eine Träne fortzuwischen.

Das glaube ich nicht.

»Du kamst nicht freiwillig.«

Ray widersprach nicht. Sie brachte es nicht übers Herz, die Hexe zu belügen.

»Du bist verliebt.«

Ja.

Sie hoffte sehr, dass Loki Tyr nichts angetan hatte. Allein der Gedanke, dass er verletzt sein könnte, verkrampfte ihr Herz. Es wunderte sie nicht, dass die Hexe diese Gefühle wahrnehmen konnte, denn es waren die einzigen Gedanken, die sich immer wieder nach vorne drängten, um gespürt zu werden.

»In diesem Fall musst du den anderen Gott überlisten«, flüsterte die Hexe. »Du musst ihn dazu bringen, zu dir zu kommen. Zu mir.«

Der letzte Satz klang wehmütig und gleichzeitig rachsüchtig.

»Vielleicht ist ein Gott stark genug, um nicht in Panik zu verfallen. Möglicherweise könnte dieser hier sich sogar in mich verlieben. Man sagt, er hätte eine Schwäche für die Finsternis. Außerdem hat er mir einen Partner versprochen. Er soll selbst für sein Versprechen einstehen. Der Gott der Listigkeit wäre eine großartige Trophäe, um die mich jeder beneidet. Ich werde meinen Schleier um dich lüften. Sobald dies geschehen ist, musst du Loki dazu bringen, zu dir zu stürmen, während dein Geliebter verharren soll. Ich kann nicht garantieren, dass ich ihn dir zurückgebe, wenn er meine Welt betritt.«

Ray schluckte.

Bitte?

»Du erhältst mehr von mir als jeder andere meiner Gefangenen vor dir«, erwiderte die Hexe. »Wage nicht zu viel, sonst überdenke ich mein Angebot.«

In Ordnung.

Rays Herzschlag beschleunigte sich, und sie hörte ihren Puls in ihren Ohren rauschen. Sie hatte keinen blassen Schimmer, wie sie Loki davon überzeugen sollte, die Schatten zu durchqueren, während Tyr sich nicht vom Fleck rühren durfte.

Ihr blieb keine Zeit zum Überlegen. Wärme strich über ihren Körper, und plötzlich sah sie wieder das Lagerfeuer sowie Tyr und Loki, die noch immer gegeneinander kämpften. Tyr trug einen verbissenen Ausdruck im Gesicht, als hätte er soeben seinen wertvollsten Besitz verloren und Loki trüge die Schuld daran. Der Gedanke, dass er ihretwegen so hoffnungslos aussah, ließ Rays Fingerspitzen kribbeln. Noch hatten die Kämpfenden sie nicht bemerkt, und Ray machte mit einem leisen Räuspern auf sich aufmerksam. Es war nicht laut genug, um das Knistern des Feuers oder gar das Klingen der Schwerter zu übertönen, dennoch sah Tyr zu ihr her. Sofort schüttelte sie leicht den Kopf und sah ihn so eindringlich an, wie sie konnte. Sie hoffte so sehr, dass er verstand.

Als Loki bemerkte, dass sein Gegner abgelenkt war, wandte er sich ebenfalls um. Ray zog die Mundwinkel nach oben.

»Tyr!«, rief sie und streckte die Hand nach ihm aus. Irritiert sah er sie an, dann warf er sich nach vorne, um Loki aufzuhalten, der bereits mit einem siegessicheren Lächeln auf sie zustürmte. Im letzten Moment blieb Tyr stehen, doch Loki lief weiter.

Zwischen ihr und dem Lager lag Schwärze, die er nicht sah, und so stieß er einen erstickten Laut aus, als seine Füße im Dunkeln verschwanden. Gierige schwarze Arme streckten sich ihm entgegen. Schwarze Finger griffen nach ihm. Er wehrte sich, aber die Finsternis um seine Füße war so stark, dass er nicht weglaufen konnte. Es war das erste Mal in seiner Existenz, dass er Panik fühlte. Er warf Ray einen Blick zu, der sich tief in ihr Gedächtnis einbrannte. Schmerzverzerrt und angsterfüllt. Beinahe zärtlich legte sich eine Hand auf sein Gesicht und zog seinen restlichen Körper in die Dunkelheit. Er schrie, doch die Finsternis verschluckte seine Stimme und seinen Körper. Ein leises Kichern war zu hören, dann Rascheln. Ray glaubte zu sehen, wie Lokis zappelnde Gestalt von einem Umhang verborgen wurde.

Sofort stolperte Ray hastig nach vorne, als würde sie von einem wilden Tier verfolgt werden. Sie stolperte und fiel in Tyrs ausgebreitete Arme. Mit großen Augen sah er sie an.

»Was?«, stieß er hervor und sah hinter sie. Ihr Atem ging stoßweise, und erst jetzt bemerkte sie, wie verschwitzt sie war. Erschöpft ließ sie sich auf den Boden sinken und genoss Tyrs feste Hände auf ihrem Rücken.

»Was ist passiert?«, drängte er. Sie sagte nichts, sondern sah ihm einfach nur in die Augen. In einen smaragdgrünen See aus Besorgnis. Er ließ sie los, und sofort fühlte sie sich einsam und schutzlos. Sie schluckte und zwang sich zur Ruhe. Die Geräusche, das Licht, die Gerüche – das alles stürmte auf sie ein und überforderte ihre Sinne nach der absoluten Leere der Hexenwelt.

Sie räusperte sich und hoffte, so ihre Stimme wiederzufinden.

»Die Hexe hat mich gehen lassen«, flüsterte sie. Zu ihrer eigenen Überraschung klang sie weder rau noch erschöpft, sondern vollkommen klar. »Sie wollte nur, dass ich ihr dafür Loki bringe.«

Als ihr die Ausmaße ihrer Tat bewusst wurden, schluckte sie.

Ich habe keine Sekunde gezögert, ihn zu opfern.

Schlagartig fühlte sie sich schlecht und verlogen. Sie riss die Augen auf und die Hände vor den Mund. Ihr Körper begann zu zittern.

»Ray?« Ratlos sah Tyr auf sie hinunter, dann setzte er sich neben sie und zog sie in seine Arme. Die Berührung fühlte sich gut an, aber gleichzeitig breitete sich in ihrem Inneren eine Leere aus, die sie zerfetzte. Sie schlug ihre Krallen in ihr Gewissen und ihr Unterbewusstsein.

»Ich muss ihn zurückholen«, flüsterte sie, während ihr Verstand darauf drängte, dass sie das Richtige getan hatte. Tyr sah sie an, als wäre sie irre.

»Du hast soeben Loki besiegt«, flüsterte er. »Den Gott, der selbst meinen Vater schon mehrmals überlistete. Er ist auf deinen Trick hereingefallen und nun in den Fängen einer Hexe. Ich habe von niemandem gehört, der je einer entkommen ist.« Er schwieg kurz und musterte sie eindringlich. »Von niemandem außer dir.«

»Dann muss ich ihn erst recht retten!«, rief Ray panisch. Dass sie die Verantwortung für den Tod eines Gottes trug, wollte sie nicht begreifen müssen.

»Warum?«, fragte Tyr und drückte sie auf den Boden, als sie aufspringen wollte. »Er wollte dich entführen.«

Ja, warum?

Sie konnte es sich selbst nicht erklären, aber irgendetwas in ihr weigerte sich, ihn zurückzulassen. Sie wollte kein schlechter Mensch sein, immerhin erwartete das Schicksal Heldentaten von ihr. Sie kannte keine Legende, in der ein Held zunächst die Schuld an einem Mord auf seine Schultern lud.

Der erste Sonnenstrahl kroch über den Horizont und erleuchtete die Ebene.

Loki war verschwunden.

26

Egal, was Tyr sagte oder fragte, Ray blieb stumm. Sie folgte ihm wortlos und in Gedanken versunken, nahm die Umgebung nicht wahr und sinnierte über Heldentum, Gut und Böse.

Wenn Loki böse war, habe ich eine Heldentat begangen, indem ich ihn besiegte. Damit hätte ich einen Teil der Prophezeiung erfüllt. Aber es ist nichts geschehen, also war es keine Heldentat, und Loki war demnach nicht böse.

Ihre Gedanken drehten sich im Kreis, und sie war sich sicher, dass sie diese Spirale niemals durchbrechen würde.

So fühlt es sich also an, wenn man wahnsinnig wird.

Ray hatte sich oft gefragt, ob Geisteskranke um ihre verwirrte Gedankenwelt wussten. Ein Teil von ihr nahm wahr, dass sie sich in tiefe Schuldgefühle verstrickte, die nicht wirklich gerechtfertigt waren. Sie hatte sich und Tyr verteidigt und nur ihr eigenes Leben gerettet. Viele Menschen hätten das getan.

Dennoch krochen Stimmen der Schuld durch ihren Verstand und warfen ihr vor, unrecht gehandelt zu haben. Egoistisch. Verlogen.

So will ich nicht sein.

So bin ich nicht.

Du hast Loki in eine Falle gelockt, um deine Haut zu retten.

So bin ich nicht.

Du hast dich mit der Hexe verbündet.

So will ich nicht sein.

Ich muss ihn retten.

Ich muss zu ihr zurück.

Als sie es nicht mehr ertragen konnte, drückte sie ihre

Hände gegen ihre Schläfen und sank auf die Erde. Tränen rannen aus ihren Augenwinkeln.

»Dieses Weib«, knurrte Tyr, und Ray spürte, wie er neben ihr einen Stein aufhob und fortschleuderte. Erschrocken zuckte sie zusammen und hob den Kopf, aber er sah nicht sie an, sondern etwas, das über ihr zu schweben schien. Sie legte den Kopf in den Nacken, erkannte aber nichts. Fragend sah sie ihn an, das Herz schmerzhaft in der Brust pochend, die Stimmen laut im Ohr.

»Sie hat dich mit Schuld und Wahnsinn behaftet«, flüsterte er und ballte die Hände zu Fäusten. Ratlos erwiderte Ray seinen forschenden Blick.

»Hexen haben die Kraft, ihre Opfer mit Flüchen zu belegen. Wenn du ihre Geschenke annimmst, verlierst du meist dich selbst, da diese mit einem Fluch verwoben sind. Ihre Geschichten sind vergiftete Worte, die sich in deinem Verstand ausbreiten und dein Wesen auslöschen, um dich letztendlich zurück in ihre Arme zu treiben.« Er strich sich über das Gesicht und kniff die Lippen zu einem schmalen Strich zusammen. »Mir hätte klar sein müssen, dass sie dich nicht einfach so gehen lässt.«

»Sie hat mich benutzt, um Loki zu fangen, und hatte dabei niemals wirklich vor, mich freizulassen?« Die Sonnenstrahlen kitzelten auf ihrer Haut und trockneten die Tränen.

Tyr betrachtete sie nachdenklich. »Der Fluch wird vorbei sein, sobald du diese Welt verlassen hast. Nur …« Er drehte den Kopf Richtung Berge. Der Anstieg war zunächst sanft, wurde dann aber abrupt steil. Zwischen zwei Gipfeln schlängelte sich ein Pfad nach oben, der so schmal war, dass sie niemals nebeneinander dort laufen konnten. Knorrige Bäume und verdorrte Büsche krallten sich in den Fels und hingen über dem Abgrund.

»Wir können Niflheimr noch heute erreichen, wenn wir uns beeilen.«

Ray verstand die Botschaft, die zwischen den Zeilen mitschwang. Wenn die Dunkelheit kam, würde nichts mehr sie halten können.

»Und Kára?« Sie hatten noch nicht über Thors Verrat gesprochen.

»Wir müssen das Portal noch heute erreichen«, wiederholte Tyr. »Das bedeutet auch, dass wir Kára nicht helfen können. Eventuell war Thor wirklich die ganze Zeit auf Lokis Seite … Wir wissen nicht, ob er die Wahrheit gesagt hat.« Er knirschte mit den Zähnen. »Aber Kára wird es schaffen. Da bin ich mir sicher. Selbst wenn es stimmt, hat Thor es auf dich abgesehen und nicht auf sie. Wir müssen weiter, dann wird alles gut werden.«

»Wenn ich keinen Nervenzusammenbruch mehr bekomme«, flüsterte Ray und rappelte sich auf, obwohl ihr Körper nach Ruhe und Schlaf schrie. Die Tränen hatten sie ausgelaugt, als hätte sie sämtliche Energie mit ihnen heraus geweint.

»Das war kein Nervenzusammenbruch«, beschwichtigte er sie. »Die Hexe hat dich verflucht. Es ist nicht deine Schuld. Und sobald ich Thor sehe und Lokis Worte sich bewahrheiten, werde ich ihm persönlich mit seinem Hammer den Schädel einschlagen.«

»Ich habe ihr Geschenk angenommen«, widersprach sie matt und wischte sich mit dem Handrücken über die Augen. »Wenn es nicht meine Schuld ist, wessen dann?«

Sie setzte einen Fuß vor den anderen und schleppte sich weiter. Das Gras raschelte unerträglich laut unter ihren Füßen, und das Licht schien ihr unerträglich hell. Sie wollte schlafen.

Stumm liefen sie nebeneinander her. Der Anstieg war in ihrem Zustand eine echte Herausforderung. Bei jedem Schritt musste Ray sich mit aller Kraft daran erinnern, dass es der Fluch der Hexe war, der sie zurück ins Tal zog. Sie wollte umkehren und aufgeben. Nein – der Fluch wollte sie dazu zwingen. Er säte Angst und Selbstzweifel in ihr. Konnte sie wirklich zur Heldin werden? Sie warf einen kurzen Blick zu Tyr. Er glaubte daran. Zumindest behauptete er, dass er daran glaubte. Ein seltsames Gefühl. Seit ihre Beziehung zu Anna abgebrochen war, hatte niemand mehr an sie geglaubt.

Der Fluch schlug seine Krallen in ihr Herz. Tyr würde sie ebenso zurücklassen wie Anna. Also musste sie es alleine schaffen … Und das konnte sie nicht. Ray streckte den Rücken durch. Doch, sie konnte.

Ihre Umgebung wurde felsiger, je weiter sie nach oben kamen. Die Luft wurde kühler, der Wind eisig. Instinktiv schlang Ray die Arme um ihren Oberkörper, um sich wenigstens etwas zu schützen. Ihre Knie schlotterten vor Erschöpfung und Kälte.

Der sandige Weg war so schmal, dass sie hinter Tyr gehen musste, der regelmäßig besorgte Blicke nach hinten warf, wie sie aus dem Augenwinkel bemerkte. Sie lief mit gesenktem Kopf, wodurch ihr die Haare ins Gesicht wehten und die Sicht verschleierten, und wünschte sich, dass die Reise bald ihr Ende fand.

Die Erinnerung an Anna vermischte sich mit der Angst um Kára und der Furcht vor dem Kampf gegen den Eisriesen. Zudem krochen ihre Selbstzweifel wieder hervor, angelockt vom Fluch der Hexe und seiner zerstörerischen Macht.

Ich muss stark sein.

Sie rief sich in Erinnerung, wie weit sie schon gekommen war. Ihre Aufmerksamkeit richtete sich auf die Aussicht unter ihr. Der felsige Abhang, der in eine sanfte Ebene überging, auf der Gras und Bäume wie Fäden in einem Webteppich ineinandergriffen. In der Ferne leuchtete der helle Streifen der Wüste, und am Horizont glaubte sie die hohen Bäume erahnen zu können, die ihre Schatten auf die Ungeheuer warfen, die sich in den Tiefen des Waldes verbargen. Über allem brannte die rote Sonne wie eine Königin.

»Wo genau befindet sich der Eingang?«

Tyr antwortete nicht. Der Wind pfiff so laut, dass er Rays Worte verschluckte und ihr entgegenspie. Sie seufzte resigniert, als sie plötzlich eine Welle der Übelkeit überrollte. Mit einem lauten Stöhnen stützte sie sich mit einer Hand gegen den Fels und scheuerte sich an dem scharfkantigen Geröll die fast abgeheilten Hände wieder auf. Der Schmerz tobte wie eine Flammenwand durch ihren Körper.

Ray wollte nicht um Hilfe rufen. Ihr Begleiter merkte nicht, wie sie mit sich selbst kämpfte, und lief einfach weiter. Ihr war es recht, dass er ihren Schwächeanfall nicht bemerkte. Als die ersten Symptome abgeklungen waren, setzte sie sich wieder in Bewegung.

In diesem Zustand kann ich keinen Riesen besiegen.

Allein die Vorstellung an den bevorstehenden Kampf brachte sie erneut zum Stillstand. Ihr Körper verweigerte jede weitere Bewegung. Ihre Muskeln brannten, ihre Augen schmerzten, und ihr Kopf dröhnte wie in einer schlechten Disko. Sie presste eine Hand gegen ihre Schläfe und biss die Zähne zusammen.

Ich gebe nicht auf. Es ist nur der Fluch.

»Wir haben es geschafft!«

Tyrs Worte trieben ihr Tränen der Erleichterung in die Augen. Er deutete auf einen unscheinbaren Spalt in der Felswand wenige Meter entfernt, aus dem Wasser rann und in die Tiefe plätscherte. Die Feuchtigkeit hatte den Boden vor dem Spalt geglättet, und die Sonne brach sich in der glitzernden Wasseroberfläche.

Sie beschleunigten, doch als sie die nasse Stelle erreichten, tasteten sie sich vorsichtig voran. Tyr betrat die Höhle zuerst und reichte Ray seine Hand, um ihr über den gefährlichen Part hinwegzuhelfen. Sie griff nicht danach.

Den letzten Abschnitt stolperte sie und knallte mit der Schulter gegen den Stein. Mit größter Mühe verkniff sie sich einen Fluch und lächelte den Gott tapfer an.

Die Luft um sie herum war stickig und modrig.

»Sind wir hier richtig?«, fragte Ray, und ihr Echo verhallte in der Tiefe. Wortlos deutete Tyr auf den kleinen Bach, in dem sie standen und der ihre Füße aufweichte. Keine drei Schritte von ihnen entfernt gefror das Wasser zu Eis. Wie zarte Blumen bedeckten die Eiskristalle das kühle Nass. Hinter dem Eis funkelte die Wand in einem hellen Blau, obwohl kein Sonnenstrahl so weit in die Höhle vordrang.

Fasziniert beobachtete Ray das Farbenspiel und vergaß für einen kurzen Moment, dass alles in ihr danach schrie, zur Hexe zurückzukehren. Gleichzeitig wurde ihr mit einem Mal bewusst, dass sie Kára und Thor noch immer nicht begegnet waren, und Sorge wallte in ihr auf. Sie hoffte sehr, dass sie Kára auf der anderen Seite treffen würde und Loki erneut gelogen hatte.

»Bist du bereit?«, fragte Tyr.

Statt zu antworten, trat sie auf die Wand zu. Der Fluch der Hexe bäumte sich in ihr auf, Ray fühlte sich, als würde ein starker Wind sie zurück Richtung Svartalfheim drängen, aber sie dachte an Kára, widerstand der Kraft und setzte einen Fuß vor den anderen, bis sie die Barriere durchtrat.

Es war so kalt, dass ihr Atem sich in die am Boden kriechende Nebelschicht mischte. Kein Windhauch ging. Blau, weiß und grau. Kein einziger warmer Farbfleck durchbrach die Kälte, und es schien, als wäre das spiegelglatt polierte Eis die Haut eines Giganten, der darauf wartete, sich aus einem tausend Jahre dauernden Schlaf zu erheben.

Ray glaubte, das Herz Niflheimrs unter ihren Füßen pochen zu spüren. Der kräftige Herzschlag einer ganzen Welt, der den Boden erzittern ließ. Wie ein Hammer, der wieder und wieder auf einen Amboss fiel, um ein mächtiges Schwert zu schmieden.

Bumm. Bumm. Bumm.

In Wahrheit, dachte Ray, sind es die Schritte der Riesen, die diese Erschütterungen auslösen.

Aus dem Nebel hoben sich gigantische Säulen wie eine Armee. Bereit zum Angriff, auf ewig in dieser Position gefangen.

Der Fluch der Hexe fiel von ihr ab wie ein schwerer Mantel, und endlich konnte sie wieder atmen. Bis zu diesem Moment hatte Ray nicht einmal bemerkt, dass sie nicht richtig Luft bekam. Dafür sog sie jetzt umso gieriger den Sauerstoff in ihre Lunge, obwohl die Luft so kalt war, dass jeder Atemzug schmerzte.

Vereinzelt fielen Schneeflocken zu Boden. Ohne Wind, auf dem sie tanzen konnten, wirkten die sonst so anmutigen Kristalle wie verklumpte Wattereste.

»Niflheimr.« Tyr hauchte den Namen wie ein furchtbares Geheimnis. Sie erkannte in den Augen des Gottes, dass er diesen Ort noch nie zuvor betreten hatte, und war sofort beunruhigt.

»Du kennst dich hier nicht aus, oder?«, sprach sie ihn direkt an und biss sich auf die Unterlippe, als sie sah, wie er ertappt die Stirn runzelte.

»Ich kenne Niflheimr«, antwortete er selbstbewusst. »Ich war nur noch nie persönlich hier. Das ist keine Welt, die wir gerne betreten. Loki stammt von hier.«

Kälte kroch unter ihre Kleidung und brachte ihre Zähne zum Klappern.

»Ich hoffe, dass Thor und Kára bald hier auftauchen«, flüsterte Ray. »Mir gehen Lokis Worte nicht aus dem Kopf.«

»Du meinst, dass Thor ein Verräter ist?«, fragte Tyr. Er lächelte grimmig. »Ich hoffe für Kára, dass er gelogen hat. Aber das erfahren wir erst, wenn sie hier sind.«

Rays Blick wanderte über ihre Schulter, und sie zuckte erschrocken zurück. Hinter ihr ragte eine senkrechte Wand auf, die so hoch war, dass Ray ihr Ende nicht erkennen konnte. Der graue Stein verlor sich im farblosen Himmel zwischen Schneeflocken und Wolken.

Sie stieß einen überraschten Schrei aus und wich zurück, sodass sie das Gleichgewicht verlor und auf dem eisigen Boden landete. Tyr reichte ihr die Hand und half ihr wieder hoch.

»Was ist los?«, fragte er besorgt und betrachtete das Glitzern der Wand, das den Durchgang in eine andere Welt markierte.

»Dieser Berg ist riesig«, hauchte Ray und riss dabei die Augen auf.

»Das ist kein Berg«, korrigierte er, »sondern das Ende dieser Welt. Dahinter ist nichts.«

Das Ende dieser Welt.

Die Worte hallten in ihrem Kopf wider, aber Ray konnte ihre Ausmaße nicht wirklich erfassen.

»Gibt es bei uns auch ein Ende?«, wollte sie fragen, aber die Worte blieben ihr im Hals stecken.

Es ist besser, wenn ich es nicht weiß.

»Wie lange wollen wir warten?«, fragte Ray, um sich von ihren eigenen Gedanken abzulenken.

»Gib ihnen einen halben Tag. Mehr Vorsprung sollten wir wirklich nicht haben.«

»Und was machen wir, wenn sie dann noch immer nicht hier auftauchen?«

Sie merkte, wie ihm die Frage Unbehagen bereitete. Er verlagerte sein Gewicht und kreiste seine Schultern, als hätte er sie sich unangenehm verrenkt.

»Tyr?«, bohrte sie nach.

»Sie werden kommen«, antwortete er schlicht. »Ganz sicher.«

27

Nach einer Weile hatten sie sich auf dem Eis niedergelassen. Tyr hatte dafür einige der Zwergenbeutel geleert, um sie als Decke zu verwenden, damit sie nicht allzu sehr froren. Obwohl Niflheimr vom Eis regiert wurde, herrschten keine Minusgrade, wie Ray fasziniert feststellte. Es war, als hätte das Wasser hier einen höheren Gefrierpunkt, sodass die Temperatur an einen kühlen Herbsttag erinnerte. Nicht so kalt, dass ihre Finger blau wurden und ihre Ohren jegliches Gefühl verloren, aber auch nicht so warm, dass das längere Ausharren problemlos möglich wäre.

Immer wieder standen sie abwechselnd auf, um sich die Beine zu vertreten. Am Anfang schwiegen sie, aber dann erzählte Tyr eine Geschichte aus der Zeit, in der er noch gemeinsam mit Kára Midgard besucht hatte, und Ray forderte ihn stets auf, weiterzusprechen. Er erzählte von Götterkämpfen und der Angst vor Ragnarök.

»In dieser letzten Schlacht werden wir alle sterben«, flüsterte er ehrfurchtsvoll. »Wir wissen, dass es geschehen wird. Die Nornen haben es schon vor langer Zeit in den Teppich gewebt. Nur der Weg dahin … Er ist es, den wir mit möglichst vielen Kurven und Pausen verlängern können.«

Bei seiner Schilderung der Midgardschlange war Ray unwillkürlich näher an ihn herangerutscht. Er berichtete von ihren gigantischen Schuppen, von ihren Muskeln und von Thors erstem Kampf gegen sie.

»Er fuhr mit einem Riesen auf das Meer hinaus, um sie zu fangen. Als Köder benutzte er einen Stierkopf.« Ray erschauderte, doch Tyr zuckte lediglich mit den Schultern. »Die Schlange biss an. Als sie ihren riesigen Kopf aus dem

Urozean erhob, erschreckte der törichte Riese, kappte das Seil der Angel, und Thor konnte nichts weiter tun, als seinen Hammer nach ihr zu schleudern. Armer Bruder. Er hatte damals so sehr gehofft, mit dieser Heldentat unserem Vater zu imponieren.«

Mitleid keimte in Ray auf. Es gab so viele Legenden, die Tyr wiedergeben konnte, und jede einzelne von ihm zeigte ihr eine neue Facette aus seinem Leben. Sie hätte ihm ewig zuhören können. Die Vergangenheit der Götter erstreckte sich wie eine faszinierende neue Welt in ihrem Kopf, und Ray wünschte, sie könnte ein Teil von ihr sein.

»Bei den Menschen war Thor ein angesehener Gott. Sie hielten ihn sogar für den Beschützer ihrer Welt.« Ein wehmütiger Ausdruck trat auf sein Gesicht. »Es schmerzt mich sehr, dass die Menschen mich nie so gesehen haben. Manche von ihnen verehrten mich höher als meinen Vater, andere hielten mich für den Sohn eines Riesen.« Er verzog den Mund. »Seltsam, diese Menschen. Es gab damals so viele Lieder über mich, aber Thors Name ist noch heute bekannt.«

Ray schmunzelte. »Es gibt sogar einen Comic über ihn«, bestätigte sie und strich ihm über den Arm, um ihn zu trösten. Sie erkannte wahren Schmerz in seiner Mimik.

»Midgard war mir stets wichtig«, fuhr er fort. »Ich habe an der Seite der Menschen gekämpft … Und trotzdem ist es Thor, der noch heute gefeiert wird, obwohl er in unserer Welt kaum Beachtung findet. Seltsam, findest du nicht?«

Sie wusste nicht, was sie antworten sollte, also schwieg sie und sann über diesen Unterschied nach, ehe sie erwiderte:

»Vielleicht ist Thor gerade deshalb in der Götterwelt nicht so anerkannt: weil die Menschen ihn lieben. Oder die Menschen lieben ihn, weil sie ihn als Außenseiter besser begreifen können.«

Etwas im Smaragdgrün seiner Augen veränderte sich. Ray konnte es nicht benennen, aber plötzlich fühlte sie sich unter seinem Blick anders als zuvor. Wertvoller. Sie wandte den Kopf zur Seite, aber Tyr sah sie weiter an.

»Du hast wohl recht«, sagte er schließlich so leise, dass Ray es kaum hören konnte. Sie fixierte in der Ferne ein seltsames bläuliches Leuchten. Ein kleines Glühen wie das einer Fackel.

»Das sind sie!«, rief Ray, und Erleichterung breitete sich in ihr aus. Kára und Thor hatten es geschafft. Als sie losstürmen wollte, hielt Tyr sie zurück.

»Warte«, hauchte er in ihr Ohr. »Wundert es dich nicht, dass das Licht dort vorne ist, wenn wir hier direkt vor dem Eingang sitzen?«

Sie biss sich auf die Unterlippe.

»Vielleicht haben sie einen anderen gefunden«, entgegnete sie unwirsch. »Wer soll es sonst sein?«

Sie wusste, dass sie die Antwort nicht hören wollte.

»Ich habe dir schon in Svartalfheim gesagt, dass du keinem Wesen trauen sollst. In Niflheimr gelten dieselben Regeln. Nichts ist so, wie es scheint. Ein freundliches Licht ist nicht immer eine Erlösung.«

Er fixierte den Punkt mit zusammengekniffenen Augen. Lockend hüpfte das Licht auf und ab, als würde sein Träger über das Eis tanzen. Nur er, das Feuer und die Unendlichkeit. Ray wünschte, sie könnte mit ihm schweben. Gleichzeitig spürte sie, dass sie dieses Gefühl bereits kannte. Es erinnerte sie an die unheimliche Anziehung der Nixe, deren spitze Zähne ihr noch immer einen Schauer über den Rücken jagten.

»Was ist das?«, fragte sie und sah zu Tyr, um dem lockenden Ruf des Lichtes zu entgehen.

»Ein Irrlicht.«

Davon habe ich schon einmal gehört.

Vor Jahren hatte sie einen Beitrag im Fernsehen darüber gesehen, dass Irrlichter durch Gase in Mooren entstanden.

Laut der Wissenschaft waren sie jahrelang als Aberglaube abgetan, aber schließlich als real anerkannt worden. Lediglich die Untersuchung gestaltete sich aufgrund ihres sporadischen Auftretens als äußerst schwierig. In der Reportage hatte ein älterer Mann mit wenig Haaren auf dem Kopf und einer dickglasigen Brille auf der Nase erzählt, dass viele Moorleichen vermutlich von diesen Irrlichtern in den Tod geführt worden waren.

»Irrlichter existieren bei uns auch«, erzählte Ray und rieb sich über die Arme. »Was sucht dieses Licht hier? Weshalb gibt es sie noch in … meiner Welt?«

Sie schluckte.

»Irrlichter sind fiese kleine Naturgeister, die nicht einmal Odin höchstpersönlich kontrollieren kann. Sie leben in jeder Welt, die sie sich als Heimat aussuchen. Frei und ohne erkennbaren Grund. Wir wissen nicht, weshalb sie Menschen, Zwerge und Riesen in den Tod locken. Einige der Irrlichter schließen sich mit Nixen zusammen und bringen ihnen frische Nahrung. Aber das ist eher die Ausnahme und vielleicht eher ein Zufall als ein wahrer Grund.«

Schlagartig wurde Ray schlecht, und sie war froh, dass Nixen, Zwerge und Hexen nicht mehr in ihrer Welt lebten.

Die Menschen könnten damit nicht umgehen. Ich könnte es nicht.

»Sieh nicht zu ihm hin«, wies Tyr sie an. »Dann kann es dir nichts anhaben. Es erstaunt mich ehrlich gesagt sehr, dass du den Blick abwenden konntest, ohne dass ich den Bann brechen musste.«

Er musterte sie ebenso intensiv wie zuvor, weshalb Ray lediglich mit den Schultern zuckte.

»So langsam gewöhne ich mich an die Spielregeln«, sagte sie betont lässig, auch wenn ihr Puls raste, angestachelt von seiner Neugier und seinem plötzlichen und offensichtlichen Interesse an ihr.

»Ich hätte nicht gedacht, dass das so schnell passiert.«

»Ich auch nicht«, antwortete sie wahrheitsgemäß. »Aber mittlerweile habe ich nicht einmal mehr Angst.« Sie hielt kurz inne und schloss die Augen. »Nein, das stimmt nicht. Ich habe wahnsinnige Angst. Aber ich glaube, dass ich sie überwinden kann. Ich bin einer Nixe begegnet, habe einem Hexenfluch widerstanden und mich nicht von einem Irrlicht verzaubern lassen. Wie schlimm kann es schon noch werden?«

Tyr setzte zu einer Antwort an, aber Ray hob abwehrend die Hände.

»Ich will es gar nicht wissen«, flüsterte sie. »Ich will nicht wissen, wie groß die Gefahren sind, denen ich mich noch stellen muss. Für den Moment reicht es mir, auf das, was ich geschafft habe, zurückzublicken und stolz zu sein. Um alles andere kümmere ich mich, wenn der Zeitpunkt gekommen ist.«

Der Drang, nach dem Irrlicht zu sehen, wurde mit jedem Wimpernschlag stärker, aber Ray riss sich zusammen und betrachtete stur ihre Finger. Als sie es nicht mehr aushielt, konzentrierte sie sich auf Tyrs Gesicht, doch als er das bemerkte, zählte sie erneut Schneeflocken, die auf ihrer Haut landeten.

»Woran merken wir, wie viel Zeit vergangen ist?«, fragte sie schließlich und sah in den Himmel. Er war noch immer so grau wie bei ihrem Eintreffen, und Ray konnte nicht sagen, wie viele Stunden bereits vergangen waren.

Tyr sagte nichts. Er beobachtete das Portal und kniff konzentriert die Augen zusammen. »Ich glaube …«, begann er. Auf einmal sprang er auf und stieß einen kurzen Jubelschrei aus. Von seinem überraschenden Sprung erschrocken kippte Ray zur Seite und landete mit dem Gesicht auf dem kühlen Eis. Perplex sah sie ihn an.

»Da sind sie!«

Noch bevor er den Satz vollendet hatte, traten Kára und Thor durch den Stein. Die anfängliche Erleichterung schlug in Sorge um, als sie erkannten, dass Thor seinen Arm um Káras Hals gelegt hatte und sich nur mühsam auf den Beinen halten konnte.

»Was ist passiert?«, fluchte Tyr und stürmte auf seinen Bruder zu. Er half dabei, ihn hinzulegen, wobei Thor bei jeder Bewegung aufstöhnte, als rammte man ihm ein Messer in die Brust.

»Loki«, war das Einzige, was Kára sagte. Ihr Gesicht war kreidebleich.

»Er hat sich nicht ernsthaft von seinem Komplizen verletzen lassen? Dabei war ich doch derjenige, der ihn für seinen Verrat höchstpersönlich in eine Schlucht stoßen wollte.«

»Er hat mir alles erzählt«, zischte Kára. »Aber jetzt ist er auf unserer Seite.«

Er hat uns also wirklich belogen. Loki hat die Wahrheit gesagt.

»Das soll ich dir glauben?«

»Er hat auf Mjölnir geschworen.« Sie wechselten einen vielsagenden Blick, und Ray verstand, dass von Thor keinerlei Gefahr mehr ausging. »Loki hat uns angegriffen und wollte Thor der Hexe opfern«, erzählte Kára mit zusammengebissenen Zähnen. Ihre Arme waren voller Schrammen. »Ich konnte Loki vertreiben, bevor er Thor noch schwerer verletzen konnte. Glücklicherweise waren wir schon fast beim Portal. Ich dachte mir schon, dass ihr mittlerweile hier sein müsst … Vorausgesetzt, dass bei euch alles problemlos verlief.« Sie musterte die beiden. »Was ganz offensichtlich nicht der Fall war.«

Ray verkniff sich einen ironischen Kommentar und nahm Káras Arm in die Hand, um ihre Wunden zu betrachten. Tiefe Kratzer zogen sich über ihre alabasterfarbene Haut, blutrot und braun wie Schlamm.

Sofort entwand die Walküre sich ihrem Griff.

»Es war schwer, ihn den Berg hochzutragen«, murmelte sie, und Rays Herz stockte. Die zierliche Kára hatte Thor den steilen Anstieg hochgeschleppt? Eine unmögliche Vorstellung, die in Rays Kopf keine klare Gestalt annehmen wollte.

»Früher war ich besser in Form«, kommentierte Kára und versuchte sich an einem Lächeln. Langsam öffneten sich Thors Lider, und er erlangte das Bewusstsein zurück.

»Wir mussten Svartalfheim so schnell wie möglich verlassen«, stöhnte er, unterbrochen von scharfen Atemzügen, wenn der Schmerz ihn überrollte. »Unsere Heilungskräfte sind dort außer Kraft gesetzt. Außerdem müssen wir euch warnen. Loki …«

»Wir wissen alles«, erwiderte Tyr. »Wir sind Loki begegnet. Er wird uns keine Probleme mehr bereiten.«

»Wie meinst du das?«, fragte Kára. Tyr umriss in wenigen Sätzen, was mit Loki geschehen war. Sie warf Ray einen stolzen Blick zu.

Fasziniert beobachtete Ray, wie sich die Haut über Thors Wunden zusammenfügte, bis zunächst nur noch kleine weiße Narben und dann nichts mehr zu sehen war.

»Es tut mir leid«, sagte Thor und strich sich durch die Haare. Die Pein war aus seiner Stimme gewichen, und er rappelte sich wieder auf. »Ich habe einen unfassbaren Fehler gemacht.«

Er stand auf, dehnte seine Arme und Beine, ließ den Kopf kreisen und tastete vorsichtig seinen Brustkorb ab.

»Schon wieder, Bruder?«, bemerkte Tyr mit scharfem Spott und kassierte dafür einen Blick, der härter war als Thors Hammer.

»Es waren anstrengende Tage«, erwiderte er und knirschte mit den Zähnen. »Aber ich habe auf Mjölnir geschworen. Nun bin ich auf eurer Seite, ob ich euch mag oder nicht.«

Ray kniff die Lippen zusammen, als er kurz zu ihr herübersah und dann wieder seinen Bruder anfunkelte. Es schien, als wollte Thor noch etwas sagen. Ihr Herz gefror zu Eis. Dann aber trat Kára zu ihm und nahm seine Hand. Es war eine kleine Geste, die jedoch sofort allen Anwesenden auffiel. So vertraut und gleichzeitig so ungewohnt. Mit dem Daumen strich sie über seine Handfläche, und die Anspannung fiel von ihm ab.

Als sie sah, wie sanft Thor lächelte, wusste Ray, dass er und Kára wieder zueinandergefunden hatten, und die Gewissheit, dass das ohne sie nicht geschehen wäre, ließ ihren Bauch vor Freude kribbeln. Auch Tyrs Mundwinkel zuckten leicht nach oben, obwohl auf seiner Stirn Sorge geschrieben stand, die Ray in einem Teil ihres Verstandes teilen konnte.

Ich hoffe sehr, dass die Geschichte dieses Mal gut endet.

»Was ist das?«, fragte Kára plötzlich und deutete hinter Rays Schulter. Alle folgten ihrem Fingerzeig und erstarrten. Hunderte kleiner Lichter hüpften in der Ferne durch das Schneetreiben. Es schien, als spiegle das einzelne Irrlicht von vorhin sich in den unzähligen Schneeflocken und war nun allgegenwärtig. Allerdings befürchtete Ray, dass sie keiner optischen Täuschung unterlagen.

»Wir dürfen ihnen nicht folgen«, beschwor Tyr sie alle, obwohl die Neugier in jeder Silbe nach Antworten schrie. »Sie wollen uns nur in den Tod locken.«

Ray schluckte. Ihre Zunge fühlte sich pelzig und ihr Hals trocken an. Schnell drehte sie dem Schauspiel den Rücken zu und suchte in ihren Vorräten nach dem Wasserschlauch. Als sie ihn gefunden hatte, trank sie gierig einige Schlucke, bevor sie ihn an Kára weiterreichte, die ebenso wie Tyr und Thor noch immer die seltsame Erscheinung am Horizont beobachtete. Die Irrlichter spiegelten sich in ihren glasigen Augen.

Als Kára nicht auf den dargebotenen Wasserschlauch reagierte, stupste Ray sie heftig an. Erst da erwachte sie aus ihrer Trance und schüttelte kurz den Kopf.

»Das sind keine Irrlichter«, flüsterte sie beunruhigt. Ray wollte keinen Blick riskieren und zuckte bloß mit den Schultern.

»Egal, was sie sind ... Wir sollten schnellstmöglich hier weg«, antwortete sie so ruhig wie möglich.

Überrascht sah die Walküre sie an. »Du hast recht.«

Sie rissen auch die Brüder aus ihrer Starre und machten sich auf den Weg. Während sie sich vorsichtig über den glatten Untergrund tasteten, vermieden sie es, die Irrlichter noch einmal anzusehen. Obwohl der Boden wie poliertes Eis wirkte und sehr glatt war, war er nicht rutschig, sondern fühlte sich unter Rays Füßen an wie polierter Marmor. Die Schneeflocken fielen auf die Reisenden, aber schmolzen, sobald sie ihre Haut berührten. Selbst auf dem Untergrund blieben sie nicht lange liegen, und Ray fragte sich, wohin das Schmelzwasser verschwand. Obwohl bereits unzählige Schneeflocken auf ihren Haaren gelandet waren, fühlte Ray sich noch immer trocken. Nachdem sie sich mehrere Schritte den Kopf darüber zerbrochen hatte, beschloss sie, Tyr danach zu fragen, der leicht versetzt vor ihr lief. Kára und Thor bildeten den Schluss.

»Der Schnee?« Tyr blinzelte, als würde er ihn erst jetzt bemerken. Dabei verfing sich eine Flocke in seinen langen, dichten Wimpern. »Er gehört zu dieser Welt wie das Eis und die Riesen. Wenn er zu Wasser schmelzen würde, wäre hier alles überschwemmt. Deshalb schmilzt er nicht, sondern verschwindet, um erneut von oben nach unten zu fallen.«

»Das ergibt keinen Sinn«, widersprach Ray und legte den Kopf in den Nacken, um die Wolken zu suchen, aus denen der Schnee fiel. Das Treiben war so dicht, dass sie sie nicht erkennen konnte.

»Ray, sei mir nicht böse, aber ... für die Bewohner Niflheimrs ist es vermutlich ebenso unglaubwürdig, dass Schnee zu Wasser wird.«

Ray schwieg. Nach allem, was sie bis hierher erlebt und gelernt hatte, fühlte sie sich immer noch vor allem eins: schrecklich unwissend.

Der Nebel verdichtete sich immer mehr, je weiter sie in die neue Welt vordrangen. Von links leuchteten die Irrlichter zu ihnen herüber, wie die vier Wanderer aus den Augenwinkeln immer wieder beunruhigt bemerkten.

»Woher wissen wir, ob wir in die richtige Richtung laufen?«, fragte Ray irgendwann leise, erhielt aber keine Antwort. Auch als sie erneut nachbohrte, erhielt sie lediglich ein resigniertes Kopfschütteln.

Durch die Stille und das lange Laufen hörte Ray irgendwann den Fluss ihres eigenen Blutes in den Ohren. Verwirrt hielt sie inne, als sie feststellte, dass ihr Puls nicht in regelmäßigen Wellen, sondern in einem gleichmäßigen Rauschen durch ihren Körper rollte. Dann aber erkannte sie, dass es nicht das Geräusch ihres Blutes war, das sie im Ohr hatte. Es wurde lauter, je weiter sie vorangingen. Dieses Mal sprach sie Kára darauf an, die besorgt die Stirn runzelte.

»Wir nähern uns Hvergelmir, dem brausenden Kessel«, flüsterte sie, als ob jedes laute Geräusch ein Erdbeben auslösen würde.

»Hve…was?«, wiederholte Ray fragend, aber ebenso leise.

»Hvergelmir ist der Ursprung aller Flüsse. Aus ihm kommt das Wasser aller Welten und fließt durch die Zeit und den Weltenbaum. Die Flüsse sind es auch, durch die viele Wesen reisen. Deshalb gibt es immer wieder Irrlichter, Nixen oder Hexen in Welten, in die sie nicht gehören. Allerdings ist der Weg beschwerlich und unsicher, denn man weiß nie, wohin die reißenden Ströme einen tragen. Die meisten der Flußwanderer sieht man nie wieder.«

»Hvergelmir.« Der Name lag schwer auf Rays Zunge, fast so, als hätte sie einen kantigen Stein im Mund. Das Rauschen schien ihr zu antworten, indem es anschwoll und ihre Stimme übertönte.

»Müssen wir dorthin?«, fragte sie.

»Es ist der Ort, an dem die Riesen leben«, erwiderte Kára knapp und kniff die Lippen zusammen. »Am Quell aller Flüsse ist es etwas wärmer, Pflanzen wachsen dort, und es gibt sogar einige Tiere, die sich dort niedergelassen haben. Hvergelmir ist der einzige Ort in Niflheimr, an dem man länger als ein paar Tage überleben kann.«

Deshalb weiß Tyr auch so genau, welchen Weg er einschlagen muss.

Als ihr Anführer abrupt stehen blieb, stolperte Ray und stieß einen überraschten Schrei aus.

»Wir sollten hier rasten«, beschloss er und musterte die anderen. Ray nickte dankbar, denn sie merkte, wie ihre Beine vor Anstrengung zitterten und ihr Magen knurrte.

Wie lange wir wohl schon unterwegs sind?

Sie wollte die Antwort nicht wissen.

Nachdem sie sich gestärkt hatten, beschlossen sie einstimmig, dass Ray noch etwas Schlaf bekommen sollte, bevor sie den Riesen gegenübertrat. Sie leerten die Beutel, damit sie einen weichen Untergrund hatte, und positionierten sich schützend um sie herum. Während Ray auf Tyrs Rücken starrte, versuchte sie, nicht allzu sehr darüber nachzudenken, dass sie in wenigen Stunden einen Riesen töten sollte. In der Ferne schimmerten die Irrlichter, und der Nebel kroch über ihre Haut wie die unsichtbaren Finger der Hexe. Ray wusste nicht einmal, was schlimmer war: die Angst vor dem Kampf oder davor, zur Mörderin zu werden. Sie legte die Stirn in Falten und kniff die Augen so fest zusammen, wie sie konnte.

Nicht darüber nachdenken. Du tust das Richtige. Es ist zu viel passiert, um jetzt einen Rückzieher zu machen.

»Hast du Angst?« Die Frage traf sie so unvermittelt, dass

Ray zusammenzuckte und die Augen aufriss. Thor hatte sich ihr zugewandt und betrachtete ihr Gesicht. Auch Tyr und Kára sahen sie interessiert an.

»Ich weiß nicht«, antwortete Ray wahrheitsgemäß. »Ich möchte nur, dass es endlich vorbei ist. Wir sind seit Tagen unterwegs, ich erinnere mich nicht einmal mehr wirklich an mein früheres Leben. Mittlerweile bin ich Wesen begegnet, die meinen Tod wollten, und Kreaturen, die ich bisher nur aus Märchen kannte.« Sie rollte sich enger zusammen und umschlang ihre Knie mit den Armen. »Ich bin nicht mehr die, die ich war, als ich München verlassen habe. Aber ich weiß nicht, ob mir mein neues Ich gefällt.«

»Menschen verändern sich stetig«, antwortete Thor, und Ray war überrascht, dass er das Gespräch mit ihr suchte. »Das macht euch so besonders. Ihr könnt damit besser umgehen als wir.«

»Ich weiß«, rutschte es Ray heraus, und sofort sah sie entschuldigend zu Tyr, der lediglich tröstend lächelte.

»Mein Bruder hat es dir bereits erzählt«, schlussfolgerte Thor. »Natürlich.«

An seiner Stimme erkannte Ray, dass ein Seitenhieb auf seinen Lippen lag, aber er sprach ihn nicht aus.

»Sie kommen näher.« Es war Kára, deren Aufmerksamkeit zurück zu den Irrlichtern gewandert war und die sie mit großen Augen anstarrte.

Ray setzte sich auf und stellte fest, dass die Walküre recht hatte. Die Irrlichter waren durch den Nebel auf sie zugekommen, und mittlerweile waren sie nicht nur bloße Punkte, sondern schemenhafte Umrisse in der Finsternis, die entfernt an Menschen erinnerten.

Thors Hand wanderte zu seinem Hammer, während Tyr nach dem Schwert griff und Kára eine Hand auf Rays Schulter legte, als bestünde die Gefahr, dass sie direkt auf das Lichtermeer zurannte.

Ray verharrte still und versuchte sogar, ihren Atem anzuhalten, der sich unaufhörlich mit dem Nebel vermischte. Sie hatte das Gefühl, dass dieses Lebenszeichen die flackernden Lichter noch näher heranlockte. Mit jedem Zusammenpressen des Brustkorbs rückten sie voran.

»Was sollen wir tun?«, fragte Tyr und erhielt überfordertes Kopfschütteln zur Antwort.

»Ich habe eine Idee«, flüsterte Ray und schüttelte Káras Hand ab. Mit einem Blick bedeutete sie ihr, dass sie keinesfalls den Verstand verloren hatte. Vorsichtig verließ sie den Kreis ihrer Freunde, wobei die Götter ihr sofort folgten, als Ray voranschritt.

»Was hast du vor?«, zischte Tyr und versuchte, sie festzuhalten, aber sie entwand sich ihm, bevor er sie richtig greifen konnte.

»Ich möchte wissen, was auf uns zukommt«, antwortete sie schlicht. »Wenn es nur Irrlichter sind, können sie mir nichts anhaben, richtig?«

Die drei warfen sich einen bedeutungsschweren und nervösen Blick zu.

»Das stimmt«, bestätigte Thor und knirschte mit den Zähnen. »Solange du dich nicht in ihren Bann ziehen lässt. Was du aber gerade tust, indem du schnurstracks auf sie zuläufst!«

Abrupt blieb Ray stehen.

»Na also«, seufzte Thor, aber sie hob die Hand und bedeutete ihm so, zu schweigen. Ihr Gesicht verzog sich zu einer Maske des Entsetzens, als sie erkannte, was der Nebel bisher verborgen hatte.

»Was ist das?«, fragte sie, obwohl sie die Antwort bereits erahnte. Über dem Eis schwebten silbern glänzende Gestalten, gehüllt in zerfetzte Tücher aus Licht.

Menschen?

Tausende von ihnen. Ihre Körper schimmerten und waren

so durchsichtig, dass es wirkte, als wären sie Teil des Nebels. Von ihnen ging ein seltsames Glühen aus. Ein Leuchten, das Ray an die Sterne erinnerte, die früher an ihrer Zimmerdecke geklebt und geleuchtet hatten, wenn sie tagsüber genügend Licht speichern konnten. Kalt, leblos und nicht tröstend.

»Wie kann das sein?«, entfuhr es Tyr, gefolgt von einem fassungslosen Fluch.

»Sie sollten nicht hier sein«, schaltete sich Thor ein.

»Wer sind sie?«, fragte Ray. »Was wollen sie?«

»Geister.« Tyrs Antwort kroch ihr über die Wirbelsäule nach oben über den Nacken und krallte sich in ihr Herz.

»Tote«, bestätigte Thor und nickte. »Sie sollten in Hel sein. Vielleicht haben sie ihren Wegführer verloren.«

»Es sind Tausende«, stellte Kára fest, die zu ihnen aufgeschlossen hatte und Ray beruhigend eine Hand auf den Rücken legte. »Sie müssen schon eine Ewigkeit hier herumirren und sich erst zusammengefunden haben, als sie Rays Anwesenheit spürten und sich auf die Suche nach ihr machten.«

»Nach mir?« Die Vorstellung brachte Ray ins Wanken. »Was wollen sie von mir?«

»Fragst du dich das wirklich?« Thor klang zuerst herablassend, aber als er Káras hochgezogene Augenbraue bemerkte, bemühte er sich um einen neutralen Tonfall. »Du bist ein Mensch und erinnerst sie an das, was sie einmal waren. Die Toten sind immer auf der Suche nach dem Leben … Und du bist vermutlich das Lebendigste ihrer Art, das sie seit ihrer Ankunft hier vorgefunden haben.«

»Sehr witzig«, kommentierte Ray trocken, aber an Káras Blick konnte sie sehen, dass Thor keineswegs scherzte.

»Und was soll ich nun tun?«

»Nichts«, versuchte Kára sie zu beruhigen. »Geister können dir nichts anhaben. Sie sind lediglich lästig, wenn wir uns unbemerkt den Riesen nähern wollen und eine Karawane Glühwürmchen uns folgt.«

Rays Magen drehte sich um. Von den Verstorbenen wie von einer Käferplage zu sprechen, erschien ihr unrecht und verstörend. Mittlerweile waren die Geister so nah, dass Ray die Gesichter der vordersten Reihe erkennen konnte. Sie wirkten seltsam alterslos, obwohl einige von ihnen Falten hatten und andere klein wie Kinder waren. Ihr Verstand sagte Ray, dass diese Menschen in unterschiedlichen Lebensstadien gestorben waren, aber jetzt, da die Geister vor ihr schwebten, wirkten sie alle wie eben erst geboren.

»Gibt es eine Möglichkeit, die Geister dorthin zu bringen, wo sie hingehören?«, fragte Ray und erntete dafür erstaunte Blicke.

»Du möchtest sie nach Hel begleiten?« Kára klang verstört. »Warum?«

Im respektvollen Abstand hatten die Erscheinungen innegehalten. Sie bewegten sich nicht mehr, aber starrten Ray aus ihren seltsam leeren Augen an. Keiner von ihnen blinzelte, kein Brustkorb hob sich für einen Atemzug.

»Wir können sie doch nicht für immer in dieser Welt umherirren lassen«, erklärte Ray und sah ihre Freundin an, als wäre sie begriffsstutzig.

»Du kannst nichts für sie tun«, flüsterte Tyr und schüttelte den Kopf. Trauer lag in seiner Stimme. »Hel ist von einem riesigen Zaun umgeben, dem Helgrind. Durch ein Gatter kann man dieses betreten, doch es wird vom Höllenhund Garm bewacht, der mit seinem lauten Gebell die Verstorbenen willkommen heißt. Lebende lässt er nicht vorbei.«

»Es muss einen anderen Weg geben«, entgegnete Ray verbissen und verschränkte die Arme.

»Der Fluss Gjöll fließt durch das Gatter, und eine Brücke spannt sich über ihn. Diese Brücke wird von der Jungfrauen-Riesin Modgudr bewacht.«

Generv verdrehte Ray die Augen, dann deutete sie mit einer ausladenden Handbewegung auf das Lichtermeer, das sie umschloss. »Erstens: Ich wäre dankbar, wenn du deine Geschichten mit weniger komplizierten Namen vortragen könntest«, bemerkte sie ein wenig bissig. »Mir ist es völlig egal, wie der Zaun, der Fluss oder die Riesin heißen. Zweitens: Weder Hund noch Riesin wirken auf mich gerade besonders Furcht einflößend. Immerhin bin ich hier, um einen Eisriesen zu erschlagen. Eine Jungfrauen-Riesin wird wohl kaum gefährlicher sein. Drittens: Meinetwegen können wir zuerst die Mission erfüllen, damit ihr alle wieder zurück in eure goldenen Hallen könnt. Aber bevor ihr verschwindet, werdet ihr mir den Weg hier raus erklären, damit ich diese armen Seelen vorher dorthin bringen kann, wo sie hingehören. Vielleicht sind sie zu mir gekommen, weil sie spürten, dass ich die Einzige bin, die ihnen helfen möchte. Viertens: War es nicht einmal eure Aufgabe, Verstorbene in andere Welten zu begleiten?«

Die drei hatten ihrer wütenden Rede angespannt gelauscht, und betretenes Schweigen breitete sich zwischen ihnen aus.

»Wir begleiteten lediglich Helden nach Walhall«, rechtfertigte Kára sich, aber sie vermied es, Ray dabei direkt anzusehen. Verlegen spielte sie mit einer ihrer Haarsträhnen.

»Nur weil diese Menschen nicht zu Helden werden konnten, sollen sie für immer durch diese Eiswüste irren?«, schoss Ray zurück. »Es war *eure* Entscheidung, dass es keine Helden mehr geben sollte. Sie können nicht einmal etwas dafür, dass sie sich den Weg nach Walhall nicht verdient haben!«

Ein ohrenbetäubendes Donnern übertönte die letzte Silbe, gefolgt von einem so heftigen Erdbeben, dass Ray das Gleichgewicht verlor und mit voller Wucht gegen Tyr geschleudert wurde, der sie reflexartig auffing, obwohl auch er damit zu kämpfen hatte, stehen zu bleiben.

»Was war das?«, hauchte Ray, und Panik breitete sich in ihr aus. Heiß brannte sie in ihrem Magen, ihrer Lunge und auf ihrem Gesicht.

Als niemand antwortete, wiederholte sie die Frage eindringlicher, aber die Erde erzitterte erneut, und das Knacken des Eises unter ihren Füßen lenkte die Aufmerksamkeit der Götter zunächst nach unten und dann zum nebelverschleierten Horizont.

Plötzlich erschien Ray der ganze Plan unglaublich lückenhaft. Sie war nicht das tapfere Schneiderlein. Niemand hatte ihr eine Waffe gegeben, sie im Schwertkampf ausgebildet oder ihr erklärt, welche Punkte der Riesen besonders verwundbar waren. Sie war mit diesen Göttern mitgegangen, die sie eigentlich ihrem Vater ausliefern wollten, und einer Walküre, die ebenso wie ihre Brüder seit Jahrhunderten die Erde nicht mehr betreten hatte. Ihr wurde klar, dass es ihr eigenes Ego war, das sie auf diesen Weg geführt hatte. Die Vorstellung, zur strahlenden Heldin zu werden, hatte sie alles andere vergessen lassen.

Sie haben mich nicht einmal im Ansatz auf den Kampf mit einem Riesen vorbereitet und trotzdem bin ich ihnen gefolgt. Warum? Andererseits habe ich auch ohne ihre Hilfe einen Nachtmahr und die Hexe besiegt.

»Was auch immer es ist«, murmelte Thor, »ich bin mir sehr sicher, dass wir nicht seine Bekanntschaft machen wollen.«

»Ich befürchte, dass wir keine andere Wahl haben«, antwortete Tyr und strich dabei über Rays Schultern. Obwohl die Berührung sie vermutlich beruhigen sollte, erreichte er damit das genaue Gegenteil. Sie fühlte sich nur noch schlechter und hilfloser.

»Ihr habt mir nie gezeigt, wie man kämpft.« Die Worte verließen ihren Mund, bevor sie den Umweg über ihr Gehirn gegangen waren. Verblüfft sah Tyr auf sie hinab.

»Wir …« Er blinzelte, als würde er erst jetzt realisieren, dass Ray die Wahrheit sprach und sie damit vor einem gewaltigen Problem standen. »Hat Kára es dir nicht gezeigt?«

Hat er das gerade wirklich gefragt?

»Nein«, erwiderte Ray verbissen und knirschte mit den Zähnen. In Jugendromanen erlernte die Titelheldin innerhalb weniger Wochen den Schwertkampf und konnte ganze Armeen im Alleingang niedermetzeln.

»Loki?«

»Nein«, wiederholte sie eindringlicher. »Ich hatte noch nie ein Schwert in der Hand.«

»Warum hast du denn nichts gesagt?«

Berechtigter Einwand.

»Ich dachte, dass sich normalerweise die Götter darum kümmern, dass die Sterblichen auf ihre Aufgaben vorbereitet sind«, konterte sie und ruderte mit den Armen, als das Donnern den Untergrund zittern ließ.

»Du lässt dich durch mehrere Welten schleppen, um einem Riesen gegenüberzutreten, hast aber nie danach gefragt, wie du ihn bekämpfen sollst?« Tyr schüttelte ungläubig den Kopf.

»Du bist auf dem Weg, ein goldener Faden zu werden«, schaltete sich Kára ein und zuckte entschuldigend mit den Schultern. »Du wirst das auch ohne Kampfausbildung schaffen.«

Ist das jetzt euer Ernst?

Ein Raunen erhob sich, das Ray an das Rascheln des Windes in Baumkronen erinnerte. Allerdings regte sich noch immer kein Lufthauch. Sie sah zu den Geistern und bemerkte, wie sie langsam zurückwichen.

Gar nicht gut.

Aus dem Nebel erhob sich eine finstere Silhouette, riesig, aber nicht menschlich. Die Gestalt wirkte wie ein Berg, dessen Gipfel sich langsam, aber unaufhörlich zur Erde neigte.

Der Geruch von Feuer und Schwefel schlug ihnen entgegen. Als das unbekannte Wesen näher kam und der dichte Dunst sich lichtete, schlug Ray sich die Hand vor den Mund, um einen Schrei zu unterdrücken.

Eine gigantische Schnauze senkte sich zu ihnen herab, die Lefzen nach oben gezogen, Speichelfäden tropften aus dem Maul zwischen gigantischen schneeweißen Zähnen hervor.

»Ein Hund«, entfuhr es Ray, und sie schüttelte ungläubig den Kopf, als würde das Tier dadurch verschwinden.

Das Monstrum knurrte, und bei seinem nächsten Schritt waren sie alle auf die Erschütterung vorbereitet und hielten sich auf den Beinen.

»Garm«, bestätigte Tyr, und sein Gesicht war kreidebleich.

Kein gutes Zeichen, wenn selbst die Götter vor diesem Viech in Panik ausbrechen, dachte Ray und beobachtete, wie der Höllenhund … schnupperte?

Tatsächlich, die Nasenflügel bebten, als würde er eine Witterung aufnehmen. Instinktiv trat Tyr vor und drückte Ray hinter sich, um sie zu beschützen. Thor und Kára stellten sich Schulter an Schulter an seine Seite.

Das leise Stöhnen und Wimmern der Geister war zu einem klagenden Chor angeschwollen, der so schaurig klang, dass es Ray schien, als würden die einzelnen Töne ihr ins Fleisch schneiden, die Nägel ausreißen und die Eingeweide zerfetzen. Sie versuchte, sich nicht unter den Phantomschmerzen zu krümmen und weiterhin den Hund zu fixieren, dessen leuchtend gelbe Augen durch den Nebel zu erkennen waren. Sein Blick irrte zunächst über die Götter, hielt dann für einige Sekunden bei Ray inne, um sich dann den Geistern zuzuwenden. Als er sie entdeckte, zog er die Lefzen etwas weiter nach oben und ließ ein Bellen ertönen, das so laut war, dass Ray kurz danach für wenige Augenblicke nichts mehr hörte. Obwohl Tyr ihr etwas zurief und sie seine Mundbewegungen sah, hörte sie bloß ein dumpfes Rauschen. Ihm schien es nicht anders zu gehen, denn er schüttelte den Kopf und gestikulierte wild.

Garm hob eine Pfote und setzte sie in ihre Richtung. Kára riss Ray zur Seite, und auch Thor und Tyr begannen stolpernd davonzulaufen.

Sie rasten direkt in das Geistermeer, das nach wie vor langsam zurückwich. Ray bemerkte, dass sie durch etliche der Gestalten einfach hindurchlief, aber sie spürte nichts. Keine kalte Hand auf ihrem Nacken, kein unangenehmes Kribbeln auf ihrer Kopfhaut. Nur Schmerzen, hervorgerufen vom klagenden Gesang der Toten, der nun wieder an ihr Ohr drang.

Als auch die anderen ihr Gehör zurückgefunden hatten, blieben sie stehen.

»Wir können nicht weglaufen wie Feiglinge«, forderte Thor und griff nach seinem Hammer. »Sind wir mittlerweile wirklich so verweichlicht, dass wir uns von einem räudigen Köter in die Flucht schlagen lassen?«

Er riss seine Waffe in die Luft und wollte auf den Gegner zustürzen, aber Kára stellte sich ihm in den Weg.

»Nichts ist mehr wie früher.« Sie fixierte ihn mit zusammengekniffenen Augen. »Wir haben seit Ewigkeiten nicht gekämpft, dem Höllenhund gegenüberzutreten war selbst zu unseren besten Zeiten keine gute Idee, und du wirst nicht im Alleingang in den Selbstmord rennen, wenn wir zuvor auch einen Plan machen können.«

»Einen Plan machen«, höhnte Thor. Der Hund knurrte. »Wir haben keine Zeit, um uns einen Plan zu überlegen. Wir müssen handeln und darauf vertrauen, dass unsere göttlichen Kräfte noch immer an unserer Seite sind.«

An Tyrs Stirnrunzeln las Ray, dass er mit seinem Halbbruder nicht übereinstimmte.

»Kára und ich haben je ein Schwert, du deinen Hammer, und Ray ist vollkommen unbewaffnet und kampfunerfahren«, fasste er zusammen. »Wir drei haben bereits seit Jahrhunderten nicht mehr gekämpft, von den kleinen Streitereien untereinander mal abgesehen. Und selbst wenn wir in Übung wären: Gegen ein Wesen wie Garm zu kämpfen, ist noch einmal etwas anderes als der Kampf gegen einen Menschen. Ich erinnere dich nur ungern an dein Versagen im Kampf mit der Midgardschlange, lieber Bruder.«

»Das war die Schuld dieses Riesen«, erwiderte Thor und kniff die Augen zusammen. »Seit wann redest du so viel, bevor du kämpfst? Du wirst bei den Menschen als Gott des Kampfes verehrt. Verhalte dich dementsprechend!«

Die Worte schienen etwas in Tyr auszulösen. Er kniff die Lippen zusammen, strich sich die Haarsträhnen aus der Stirn und warf einen Blick zu dem Ungeheuer, das innegehalten hatte, um die Fährte aufzunehmen. Sein Blick fiel auf Ray, aber nur für einen kurzen Moment, dann nickte er Thor grimmig zu, und sie stürmten gemeinsam mit erhobenen Waffen auf Garm zu.

Kára und Ray starrten den beiden überrascht hinterher.

Thor erreichte das riesige Tier zuerst. Mit einem lauten Brüllen schwang er den Hammer über seinen Kopf und ließ ihn gegen das Bein der Bestie sausen. Der Hund legte lediglich den Kopf schief, als würde man ihm einen Ball vor die Nase halten, und sah auf die im Vergleich zu ihm winzige Gestalt hinab. Der Gott reichte ihm nicht einmal bis zum Knie. Als er jedoch erkannte, dass er angegriffen worden war, zog Garm die Lefzen bedrohlich nach oben. Mit einer langsamen Bewegung, die jeden seiner Muskeln offenbarte, legte er den Kopf in den Nacken und stieß ein langgezogenes Heulen aus, welches die Geister nervös weiter zurückweichen ließ. Ihr jammervoller Chor verstummte und Ray konnte wieder frei atmen. Während die Schmerzen abklangen, beobachtete sie, wie Garm eine Pranke hob und damit nach Thor hieb, der allerdings mühelos auswich und erneut zuschlug, dieses Mal gegen die rechte Hinterpfote.

Der Höllenhund jaulte auf und zuckte zurück, als wäre er in eine Biene getreten. Thor warf seinem Halbbruder einen triumphierenden Blick zu, hechtete zur linken hinteren Seite des Hundes und hieb dort auf die Tatze. Beim Schritt nach hinten hatte Garm sich nicht getraut, die verletzte Pfote aufzusetzen, sodass er das Bein nun krampfhaft in der Luft hielt und beim zweiten Schlag so erschrocken zurücksprang, dass er das Gleichgewicht verlor und wie ein gefällter Baum zur Seite kippte. Kára wollte ihnen zu Hilfe eilen, aber Ray hielt sie zurück.

»Das ist nicht richtig«, flüsterte sie. Sie wusste nicht, weshalb sie Mitleid mit dem Tier empfand. Ob es daran lag, dass sie ihm einen größeren Kampfgeist zugetraut hatte, oder an dem gequälten Ausdruck in seinem Gesicht, als es mit einem dumpfen Schlag auf die Erde fiel.

Tyr hob das Schwert und ging auf die Schnauze des Ungeheuers zu. Garm wimmerte.

»Aufhören!«, schrie Ray und raste auf den Kampf zu, bevor Tyr mit seiner Waffe das Auge des Hundes erreichen konnte. »Seid ihr verrückt? Er hat euch nicht einmal angegriffen! Ich dachte, er wäre ein gefährliches Monster? Dabei kämpft er nicht einmal gegen euch!«

»Er hat mit seiner Pfote nach mir geschlagen«, widersprach Thor und hob seinen Hammer.

»Weil du ihn angegriffen hast!«, fauchte Ray. »Natürlich wehrt er sich! Aber schaut ihn euch doch jetzt mal an. Er liegt da wie ein verwundeter Welpe und wartet darauf, dass es aufhört.«

Sie deutete auf Garm, der sich noch immer nicht aufgerichtet hatte, obwohl die Verletzungen nicht so schwer waren, dass er nicht hätte gehen können. Sein Wimmern war so leise, dass es von Rays wütender Stimme übertönt wurde. Der Geruch nach Schwefel war so penetrant, dass Ray unwillkürlich flacher atmete, aber sie wich nicht von dem Tier zurück. In ihrem Rücken spürte sie seinen warmen Atem, der über ihre Haut streifte.

Die Götter standen Seite an Seite, die Waffen erhoben und die funkelnden Augen auf die Bestie gerichtet. In Thor brodelte die Wut, während Tyr seinen Blick besorgt zwischen Garm und Ray hin- und herschweifen ließ.

»Ray, geh da weg«, forderte er. Als der Hund knurrte, zuckte sie zusammen, aber sie rührte sich nicht. Etwas in ihr sagte ihr, dass sie das Richtige tat. Sie konnte nicht zulassen, dass die Götter ein hilfloses Wesen töteten. Genau dasselbe hatten sie mit ihr tun wollen, als sie Ray für eine Bedrohung gehalten hatten. Sie war hilflos wie Garm gewesen, ihre Abwehrversuche nur schwache Hilferufe nach Gnade.

»Ihr wolltet mich töten«, erklärte sie ruhig, »weil ihr mich für eine Bedrohung gehalten habt. Auch ich habe mich gewehrt.« Mit einem Schmunzeln dachte sie an ihren Trick, mit dem sie Loki entkommen war. »Er hat euch nicht angegriffen, sondern sich verteidigt, als ihr ohne Grund auf ihn losgestürmt seid. Seid ihr Götter immer so? Könnt ihr nicht einmal zunächst beobachten und zuhören, bevor ihr alles niedermetzelt, das euch Angst macht?« Sie schluckte, ihre Kehle war auf einmal wie zugeschnürt. Die Götter wussten, dass Ray nicht kämpfen konnte. Würden sie ihre Worte ernst nehmen oder sich an ihr vorbeidrängeln, um zu beenden, was sie begonnen hatten?

Im Ernstfall kann ich nichts tun, um dir zu helfen, Garm.

Abrupt drehte Ray sich um, die Arme nach vorne gestreckt, die Handfläche nach oben gedreht. Langsam schritt sie auf das riesige Tier zu. Bisher hatte Ray durchweg positive Erfahrungen mit Hunden gesammelt, obwohl sie nie selbst einen besessen hatte. Dennoch hatten viele Freunde ihrer Eltern Fellnasen, mit denen Ray spazieren gegangen war. Während ihrer Schulzeit hatte sie als Gassigeherin ihr Taschengeld aufgebessert, und später hatte sie sich immer einen eigenen gewünscht.

»Keine Angst«, flüsterte sie beruhigend, als Garm eine Lefze nach oben zog und seine scharfen Zähne zeigte. Sein Atem stank nach Fäulnis und Rauch. »Ich möchte dir helfen.«

Nur noch wenige Zentimeter trennten sie vom Höllenhund. Sie hörte, wie Tyr hinter ihr etwas rief, aber sie ignorierte ihn. Alles, was für sie in diesem Moment zählte, war das Gold in Garms Augen. Seine Pupillen verengten sich, sein Leib zitterte.

»Ich werde dir nicht wehtun«, versprach Ray und legte vorsichtig ihre rechte Hand auf seinen Unterkiefer. Sie versank tief im weichen Fell, bis sie auf die Haut stieß. So nah am Höllenhund erkannte Ray, dass einer seiner Zähne fast genauso groß war wie sie. Sanft wuschelte sie durch sein Fell, das ihre ganze Hand verschluckte, obwohl es am Unterkiefer deutlich kürzer war als am Rest seines Körpers.

Nach einigen rhythmischen Bewegungen entkrampfte Garm sich. Die Anspannung seiner Muskeln ließ nach, das Knurren verstummte.

Tyr flüsterte erstaunte Worte, während Kára Thor davon überzeugte, nicht weiterzukämpfen.

»Du bist hier, um die Geister zu holen, nicht wahr?« Ray deutete zu den Lichtern, und Garm rollte sich vorsichtig auf den Bauch, darauf bedacht, seine neue Freundin nicht zu verletzen. Als er stand, schüttelte er sich, und sein Schwanz begann zu wedeln.

»Guter Junge«, sagte Ray lächelnd und trat einen Schritt

zurück, um ihm den Weg frei zu machen. Er senkte den Kopf in ihre Richtung, als würde er sich dankbar vor ihr verneigen, dann sprang er mit einem großen Satz, der die Erde beben ließ, auf die Geister zu.

Wie ein Schäferhund trieb er seine neue Herde in eine bestimmte Richtung. Die Reisenden betrachteten das Schauspiel, bis der Nebel sie verschluckt hatte.

28

Das war dumm.« Thor trat auf sie zu und schüttelte fassungslos den Kopf. »Du hast uns alle in Gefahr gebracht. Am meisten dich selbst. Und wofür? Für den Schoßhund der Totengöttin?« Er schloss die Augen und atmete tief durch, seine Nasenflügel bebten.

Ray stemmte die Hände in die Hüften und streckte ihren Rücken durch, sodass sie sich um einige Zentimeter aufrichtete. Sie war noch immer über einen Kopf kleiner als der Gott, aber die neue Haltung verlieh ihr Sicherheit.

»Du wolltest ein hilfloses Wesen kaltblütig ermorden«, schleuderte sie ihm entgegen. »Von einem weisen Gott hätte ich mehr erwartet. Du wolltest Garm ebenso töten wie mich. Er war nur hier, um die ruhelosen Geister nach Hel zu bringen. Wir waren nie sein Ziel.«

»Ach ja? Und weshalb tauchte er erst auf, nachdem wir Niflheimr betreten haben? Woher willst du wissen, dass er nicht gleich wieder umkehrt, um uns zu verschlingen?«

Ray bohrte einen Finger in seine Brust. »Du hättest wirklich verdient, dass er dich verschlingt.«

»Ich denke«, schaltete Kára sich ein, trat zwischen sie und drückte die Streitenden sanft, aber bestimmt auseinander, »dass er die einzelnen Seelen nicht wahrnehmen konnte. Erst als sie sich zu Tausenden versammelt hatten, war ihre Energie so stark, dass sie bis zu ihm durchdrang. Deshalb ist er gekommen.«

Thor schnaubte. »Alles nur deinetwegen«, warf er Ray an den Kopf. Sie zuckte getroffen zusammen. »Ohne dich müssten wir nicht einmal hier sein.«

»Die Seelen waren gar nicht auf der Suche nach Ray«, murmelte Kára und trat unbehaglich von einem Bein auf das andere. »Sie suchten nach mir. Ich habe Hel bereits betreten, auch wenn es vor Jahrhunderten geschah. Sie spüren diesen Ort an mir. Dieser Ort, der für sie nach Heimat riecht.«

Perplex starrte Ray sie an. »Weshalb hast du das nicht schon vorhin gesagt?«, fragte sie und erinnerte sich an die Schuld und die Verpflichtung, die sie den Geistern gegenüber gefühlt hatte, nachdem sie im Glauben war, dass sie sich wegen ihr versammelt hatten.

»Du …«, setzte die Walküre an und seufzte, als wäre das, was sie sagen müsste, eine Beleidigung, die sie Ray lieber nicht offenbaren wollte. »Du hast dich wie eine Heldin verhalten, als Thor sagte, dass die Geister dich suchten. Ich …«

»Ich verstehe«, unterbrach Ray ihre Freundin. »Du wolltest mir dieses Gefühl nicht nehmen.«

»Vor allem wollte ich, dass du dir vor Augen hältst, dass du gebraucht wirst. Von den Geistern. Von der Welt. Von uns.«

Ray war Kára nicht böse, aber tatsächlich verschwand mit dem Glauben, dass die Geister sie brauchten, ein kleiner Fetzen ihrer Euphorie. Nicht so viel, um sie vollkommen nach unten zu ziehen, aber genug, um sie erneut zweifeln zu lassen. Daran, dass sie den Eisriesen ohne Kampfausbildung besiegen konnte.

»Wie soll ich gegen diesen Riesen kämpfen? Ich habe keine Waffe. Ich kann nicht kämpfen.« Ihre Worte klangen noch unsicherer, sobald sie frei und angreifbar in der Luft schwebten, als im geschützten Inneren ihres Verstandes.

»Du hast bereits einen Nachtmahr und eine Hexe überlistet«, sagte Kára. Tyr nickte ihr zu.

»Wieso bin ich dann noch keine Heldin?« Ray ballte die Hände zu Fäusten. »Warum bin ich keine Heldin, wenn ich all das schon erreicht habe? Ich habe mich gegen euch gewendet, um den unschuldigen Hund zu schützen. Ich …«

Tyr trat neben sie.

»Du bist eine Heldin«, sagte er. »Du hast Garm beschützt. Heldentum besteht nicht nur daraus, das Böse zu bekämpfen. Vor allem sollen Helden das Gute beschützen. Vielleicht kannst du nicht kämpfen wie ein Gott, aber du hast etwas viel Wichtigeres.« Er legte eine Hand unter ihr Kinn. »Etwas, das dir in dieser Welt einen enormen Vorteil sichert. Du bist …«

»… ein Mensch«, vollendete Ray seinen Satz und lächelte.

29

Das Rauschen Hvergelmirs drang durch den Nebel an ihre Ohren, lange bevor sie den brausenden Kessel sahen. Es roch nach nassem Moos, Dung und feuchter Erde. Die Feuchtigkeit kroch in ihre Kleider, und es war das erste Mal, seit sie Niflheimr betreten hatten, dass Rays Haare vor Nässe an ihrem Kopf klebten. Es schneite nicht mehr, dafür drang vereinzelt Sonnenlicht durch den Nebel wie durch trübes Glas.

Sie waren seit ihrer Begegnung mit Garm nicht lange unterwegs gewesen, aber Ray hatte sich in diesen wenigen Stunden viele Gedanken um den bevorstehenden Kampf gemacht. Nach Tyrs Rede und dem Ausdruck in seinen smaragdgrünen Augen war in ihr die Gewissheit gereift, dass sie gewinnen konnte. Die Nornen hätten sie nicht als zukünftige Heldin gesehen, wenn nicht schon ein Funken Heldentum in ihr erblühte, und sie hatte dieses Leuchten seit ihrer Ankunft in der Götterwelt häufig genug unter Beweis gestellt.

Mit diesem Wissen fühlte sich ihr Herz unglaublich leicht an, und die Selbstzweifel schwiegen zum ersten Mal seit vielen Jahren.

Die Nebelschwaden lichteten sich, und die Gruppe blieb in einvernehmlicher Stille stehen, um den Anblick in sich aufzunehmen. Vor ihnen breitete sich ein Tal aus, in dessen Mitte sich ein Berg ins Sonnenlicht reckte. Aus seiner Spitze schoss eine Fontäne heißen Wassers, aus seinen Hängen brausten unzählige Flüsse in die Tiefe, wo sie sich zu einem dampfenden See zusammenfanden. Ein Regenbogen schillerte in den aufwirbelnden Wasserpartikeln, und nach der langen Wanderung durch die Eiswüste schienen Ray die Farben kräftiger als die eines jeden anderen Regenbogens, den sie je gesehen hatte.

Um das Wasser herum wuchs grünes Gras und Bäume mit leuchtend lilafarbenen Früchten. Jemand packte Ray von hinten und presste sie flach hinab auf den Boden. Verblüfft suchte sie nach dem Grund, wegen dem Tyr sie in Deckung gezogen hatte, und erblickte ihn sofort.

Ein Riese stampfte in ihrer Nähe durch das Gras, seine Tritte wurden durch den weichen Untergrund gedämpft, und doch spürte Ray das Beben unter ihren Fingerspitzen.

Zu ihrer Überraschung war der Riese gar nicht so, wie Ray ihn sich ausgemalt hatte. Seine Ähnlichkeit mit den Menschen lag lediglich an der Anzahl seiner Gliedmaßen und ihrer Position. Er war circa sechsmal so groß wie Ray, seine Arme waren überproportional lang, sodass seine Finger fast auf dem Boden schleiften. Der Körper bestand aus weißblauem Eis, das im Licht glitzerte und den Regenbogen reflektierte. Sein Kopf war spitz, und überall an seinem Körper ragten Stacheln hervor, die an Eiszapfen erinnerten und bedrohlich funkelten. Wie zwei Saphire lagen die Augen in seinem merkwürdig unförmigen Gesicht, in dem Ray auf den ersten Blick keinen Mund erkennen konnte. Er ging in einiger Entfernung an ihnen vorbei, ohne sie zu bemerken.

Jetzt, da Ray wusste, wonach sie Ausschau halten musste, erkannte sie die Riesen überall im Tal. Sie pflückten die Früchte von den Bäumen, die ebenso groß waren wie sie, liefen geschäftig über die Wiese und schöpften mit gigantischen Körben Wasser aus dem See.

Am Rande des Kessels entdeckte Ray eine seltsame Eisformation, die wie ein gefrorener Wasserfall an einem Berg hing. Obwohl das Gebilde natürlich aussah, wirkte etwas an ihm, als wäre es bearbeitet worden und gehörte nicht wirklich an diesen Ort. Als sie näher hinsah, erkannte sie, dass es an den Zacken lag, die aus dem Gebäude ragten und damit entfernt an die Körper der Eisriesen erinnerten.

»Das ist ihre Festung«, erklärte Tyr, der Rays Blick bemerkt hatte. »Dort hineinzugehen wäre wahrer Selbstmord. Wir müssen einen Weg finden, wie du einen von ihnen in einen Hinterhalt locken kannst.«

Unwillkürlich wurde Ray übel. Sie beobachtete das friedliche Treiben der Riesen und konnte sich nicht vorstellen, dass diese Wesen jemandem etwas antun konnten. Andererseits jagte allein ihr Anblick ihr einen Schauer über den Rücken.

Sie haben Loki zur Welt gebracht, rief sie sich in Erinnerung, als ob diese simple Tatsache eine Rechtfertigung für einen Mord wäre.

»Die Prophezeiung sagt, dass ich einen von ihnen umbringe, nicht wahr?«, fragte sie mit bebender Unterlippe nach.

»Ja«, bestätigte Kára. »Es ist eindeutig davon die Rede, dass du einen Eisriesen erschlägst. Ich wünschte, ich könnte dir eine andere Deutung nennen, denn du weißt, dass ich die Erste bin, die nach Zweideutigkeiten in den Worten der Nornen sucht … Aber an dieser Stelle gibt es keine.«

Ray nickte und ballte die Hände so fest zu Fäusten, dass sich die Nägel in ihre Haut gruben.

»Ich muss sie kennenlernen«, sprach sie aus, was ihr durch den Kopf schoss. »Zumindest für eine kurze Weile. Ich muss wissen, wie sie denken, was ihre Schwachstellen sind.«

»Das ist ziemlich klug«, bemerkte Thor beeindruckt und kassierte dafür einen wütenden Blick von Kára.

»Das ist sehr gefährlich«, widersprach sie. »Wir können dir alles über Eisriesen verraten, was wir wissen. Danach machen wir einen Plan, wie wir einen von ihnen weglocken, damit du ihn niederstrecken kannst.«

Mit gerunzelter Stirn schüttelte Ray den Kopf.

»Nein«, sagte sie bestimmt und atmete tief durch. »Wir

werden das auf meine Art und Weise machen. Ich bin die Heldin.«

Es fühlte sich seltsam an, diese Worte auszusprechen, und gleichzeitig war sie stolz darauf, dass sie Kára derart die Stirn geboten hatte. Hinter Káras Kopf sah sie Thor anerkennend und leicht amüsiert die Augenbrauen heben.

»Okay«, erwiderte Kára, sichtbar um Fassung bemüht. »Was hast du vor?«

»Wie ich schon sagte: Ich werde mich ins Tal schleichen, die Riesen beobachten und mir währenddessen einen Plan überlegen. Um zur Heldin zu werden, werde ich kaum irgendeinen von ihnen töten können. Ich nehme stark an, dass er eine besondere Geschichte haben muss.«

»Eigentlich nicht«, sagte Thor und zuckte mit den Schultern. »Man wird zum Helden, wenn man ein Monster erschlägt. So war das schon immer.«

Ray legte Kára die Hand auf die Schulter. »Ich danke dir, dass du mich bis hierher begleitet hast.« Dann wandte sie sich zu Tyr und sah ihr eigenes Spiegelbild in seinen Augen. »Ich danke jedem von euch. Aber die letzten Meter muss ich alleine gehen.«

Tyr wollte protestieren, aber sie legte den Kopf schief und lächelte wehmütig.

»Helden sind immer auf sich allein gestellt, nicht wahr?«

Kurz öffnete er den Mund, aber darauf wusste er offenbar keine Antwort. Sie waren den weiten Weg gegangen, damit Ray eine Heldin werden konnte. Er strich ihr mit seinem Daumen über die Wange, als wäre es das letzte Mal, dass sie sich sahen. Die Berührung löste in Ray einen Sturm an Gefühlen aus, der nach mehr schrie. Ihr Herz wollte nicht mehr kämpfen, sondern bei Tyr bleiben und mit ihm glücklich werden, aber sie wusste, dass das niemals geschehen würde. Er war ein Gott und sie eine Sterbliche. Der Stich der Erkenntnis traf sie nicht so tief wie erwartet.

Vielleicht, weil ich es schon immer wusste.

Vorsichtig robbte Ray weiter nach vorne, weg von ihren Begleitern, hinab ins Tal.

Je weiter sie vordrang, desto höher wurde das Gras, sodass sie sich problemlos darin verbergen konnte. Nach einigen Metern konnte sie sich sogar aufrichten und gebückt weitergehen, als irrte sie durch ein Getreidefeld.

Das Wasser hier muss den Pflanzen diese unglaubliche Größe verleihen, dachte sie und war erneut dankbar dafür, dass sie so etwas erleben durfte. Ihre Finger strichen über das weiche Gras, und sie achtete darauf, keinem Riesen zu nahe zu kommen.

Da sie so groß waren und ihre Schritte den Boden erzittern ließen, bemerkte Ray ihre Anwesenheit rechtzeitig und wich ihnen aus. Sie wusste nicht, was ihr Ziel war, aber ihre Schritte zogen sie zu der seltsamen Festung aus Eis, die im Tal lag und die Heimat der Riesen zu sein schien.

Vielleicht finde ich dort einen Hinweis auf mein Schicksal, dachte sie und bemerkte dabei, wie seltsam distanziert sie das Geschehen mittlerweile betrachtete. Als befinde sie sich lediglich in einem Film oder Computerspiel und nicht im realen Leben.

Möglicherweise träume ich nur.

Ein Lächeln huschte über ihre Lippen.

Je näher sie dem Gebilde aus Eis kam, desto häufiger musste sie Riesen ausweichen. Das Gras überragte sie mittlerweile um knapp einen Meter und war so breit, dass sie sich hinter einem dicht stehenden Büschel problemlos verbergen konnte. Langsam lichtete sich das Gras und gab den Blick auf die Eisformation frei. Die Fläche vor dem Eingang war komplett von Pflanzen befreit, und kunstvolle Skulpturen schraubten sich aus dem Boden empor. Sie wirkten wie versteinerte Wellen und gleichzeitig wie Menschen, die im

Todeskampf erstarrt waren. Ray strich sich über die Oberarme, um das Frösteln abzuwehren, das von ihrem Körper Besitz ergriff, während sie in den Figuren nach menschlichen Formen suchte. Sie wurde nicht fündig.

Mit zusammengekniffenen Augen inspizierte sie den Platz und suchte nach einer Gelegenheit, ihn zu überqueren, ohne bemerkt zu werden. Viel zu häufig trat ein Riese aus dem hohen Eingang oder ging darauf zu. Wenn sie jetzt losrannte, war es ein reines Glücksspiel, ob sie den Weg schaffte, bevor sie entdeckt wurde.

Außerdem wusste sie nicht, was sie in der Festung erwartete, und das bereitete ihr das größte Kopfzerbrechen. Möglicherweise waren die Wände aus poliertem Eis, die Gänge meterlang, und es gab keine Möglichkeit, sich in einem Spalt oder einer Ritze zu verbergen.

Die Erde erzitterte, und ein Riese verließ das Schloss, einen leeren Korb unter dem Arm. Ray atmete tief durch, als er nur wenige Meter von ihr entfernt durch das Gras stapfte.

Ich kann nicht ewig hier warten, dachte sie nervös, und für einen kurzen Moment wünschte sie, dass sie doch Verstärkung mitgenommen hätte. Dann aber durchzuckte sie ein Geistesblitz.

Sie rannte zurück und nahm die Verfolgung des Riesen auf, der soeben an ihr vorbeigegangen war. Um mit ihm Schritt zu halten, musste sie sprinten, und bei aller Sportlichkeit fühlte es sich an, als würde ihre Lunge zerreißen, als der Riese endlich zum Stehen kam. Ray beugte sich vornüber, die Hände auf die Knie aufgestützt, um besser atmen zu können. Ihr Herz raste, ihre Seite schmerzte, aber sie hatte es geschafft. Durch die Grashalme hindurch sah sie den kunstvoll aus breiten Gräsern und dünnen Rindestücken geflochtenen Korb. Nachdem sie einigermaßen Luft geschöpft hatte, ging sie darauf zu und hielt dabei vorsichtig nach dem Riesen Ausschau, der gemächlich lila Früchte pflückte.

Ray entdeckte eine Lücke im Flechtwerk, die gerade groß genug für sie war, um hindurchzuschlüpfen. Sie zog sich an den Blättern hoch und zwängte sich durch das Loch, um auf der anderen Seite zwischen seltsam riechenden Früchten zu landen. Ihre Oberfläche war marmoriert und sie waren ungefähr halb so groß wie Ray. Eine Mischung aus Nuss und Wein stieg ihr in die Nase, und sie holte tief Luft, bevor sie sich zwischen zwei Früchte kauerte, sodass der Riese sie von oben nicht mehr entdecken konnte. Die Früchte gaben unter ihren Berührungen nach, und Ray hoffte, dass diese Eigenschaft ausreichte, um sie im Zweifelsfall nicht zu zerquetschen. Dann wartete sie.

30

Frucht um Frucht landete im Korb, und mit jeder einzelnen wurde das Licht in Rays Zwischenraum schwächer und die Luft stickiger.

Hoffentlich ist er bald fertig.

Sie bereute, dass sie diesem Riesen gefolgt und nicht einfach in einen bereits gefüllten Korb gestiegen war. Nicht nur, weil sie sich dann den kräftezehrenden Sprint hätte sparen können, sondern auch, weil sie sich fühlte, als würde sie zu viel Zeit damit verlieren, darauf zu warten, dass der Korb sich füllte.

Ihr Magen knurrte, und Ray fasste vorsichtig mit ihrer Hand in die lilafarbene Ernte. Die Haut der Frucht platzte, und zähflüssiger Schleim brach daraus hervor, gefolgt von bläulichem Fruchtfleisch. Der nussige Geruch intensivierte sich, und Ray überlegte lange, bevor sie schließlich ihrem Hunger nachgab und eine volle Hand der Frucht in ihren Mund steckte. Der Geschmack erinnerte sie an Walnüsse und Honig. Nach diesem ersten Bissen wartete Ray, ob sich Nebenwirkungen einstellten. Sie rechnete mit allem und bereute schon jetzt, dieses fremdartige Gewächs probiert zu haben.

Halluzinationen, Magenkrämpfe, der Tod.

Sehr heldenhaft, Ray, schalt sie sich selbst. *Gestorben im Korb eines Eisriesen, nachdem sie sich von Asgard nach Niflheimr kämpfte. Das ist guter Sagenstoff.*

Angewidert von sich selbst rutschte sie von der Stelle weg, an der sie die Oberfläche der Frucht durchbrochen hatte, und wischte ihre Hand an ihrem Pullover ab.

Plötzlich wurde sie nach unten gedrückt, als der Riese den Korb nach oben hob. Ihr Magen rebellierte, als säße sie in einer Achterbahn, als der schaukelnde Gang einsetzte. Sie krallte sich an einem Stiel fest und schloss die Augen, um sie direkt wieder zu öffnen, als sie merkte, dass die Dunkelheit nur zu ihrer Übelkeit beitrug.

Das Abstellen des Korbes erinnerte Ray an die einzige Fahrt in ihrem Leben mit einem Freefalltower. Dass sie in dieses Monstrum nur einmal eingestiegen war, hatte gute Gründe. Sobald sie wieder festen Boden unter den Füßen hatte, stand sie auf und übergab sich.

Dann suchte sie sich einen Weg aus den Früchten an die frische Luft. Sobald sie den Korb verlassen hatte, stellte sie fest, dass sie in einer Art Lagerhalle gelandet war.

Um sie herum standen Dutzende Schalen und Körbe, alle gefüllt mit der lilafarbenen Frucht oder klarem Wasser. Ihr Verstand arbeitete fieberhaft an dem nächsten Schritt ihres Plans.

Sie musste den Riesen finden, dessen Tod sie zur Heldin machen würde. Ein Wesen also, das böse war und dessen Mord für sie keine moralischen Konsequenzen hatte. Zumindest, wenn sie den Heldensagen glauben konnte. Sie erinnerte sich an keine, in der der Held beispielsweise eine liebende Drachenmutter erschlagen hatte.

Aber woran erkannte sie, ob ein Eisriese harmlos oder böse war? Für sie sahen die riesenhaften Gestalten alle gleich aus, und nichts an ihrem Verhalten gab Aufschluss über ihre Seele.

Rays Kopf brummte, und ihr Magen schmerzte.

Hoffentlich hat es einen Sinn, dass ich diese Frucht gegessen habe, fluchte sie innerlich. Die Protagonisten der Legenden taten nie etwas, ohne dass es positive Konsequenzen für sie hatte. Ray merkte, dass es sie beruhigte, wenn sie sich selbst mit Helden verglich, die sie kannte.

Schneewittchen hat auch nur dank des blöden Apfels ihren Prinzen bekommen, dachte sie grimmig und schwankte zwischen den Körben umher. Mit jedem Schritt ließ die Übelkeit nach, und ihr Magen beruhigte sich. Als sie an eine relativ niedrige Wasserschale gelangte, nahm sie einen Schluck und fühlte sich sofort besser.

Mit ihrem nun klareren Kopf sah sie sich in der gigantischen Halle um. Die Wände waren aus poliertem Eis, die Decke gewölbt wie in einer Kathedrale. An den Wänden glitzerten hellweiße Edelsteine, die von innen heraus leuchteten und ein angenehmes Licht verströmten. Aus dem Raum führte nur eine Öffnung, durch die gerade ein Riese verschwand.

Ray beschloss, einen Blick hinter den Durchgang zu riskieren, da in der Nähe noch genügend Körbe standen, hinter denen sie sich notfalls verstecken konnte.

Der Flur, der sich vor ihr offenbarte, war hell erleuchtet und vollkommen verlassen. Zu ihrer Erleichterung waren die Wände hier nicht so gleichmäßig, und in unregelmäßigen Abständen erkannte sie Risse, in denen sie sich problemlos verbergen konnte.

Die Schritte der Eisriesen hallten in den großräumigen Fluren, die Ray durchquerte, laut wider, und sie musste sich immer häufiger in Spalten drücken, um nicht bemerkt zu werden. Ihre eigene Ziellosigkeit trieb sie in den Wahnsinn, sodass sie schließlich innehielt, um ihre wirren Gedanken zu sortieren.

Ich kann nicht ewig durch diese Eisfestung irren. Irgendwie muss ich den Riesen finden, der für mich bestimmt ist.

Sie schloss die Augen und atmete tief ein und aus, ihre Knie zitterten, ihre Nasenflügel bebten. Das Warten im Obstkorb hatte sie zermürbt, die schaukelnde Reise ihre Sinne verwirrt, und die allseits drohende Gefahr der Riesen machte sie so nervös, als wäre sie auf der Flucht vor einem Schwarm Riesenspinnen.

»Warte!« Die donnernde Stimme drang so überraschend an ihr Ohr, dass Ray eine Hand gegen ihr Herz presste, da sie fürchtete, es würde vor Schreck aus ihrer Brust springen. Mit der anderen unterdrückte sie den Schrei, der sich durch ihre Kehle nach draußen zwängen wollte.

»Jetzt warte doch!«, wiederholte die Stimme. Ray lugte aus ihrem Versteck hervor und sah zwei Riesen durch den Gang eilen. Einer von ihnen streckte den Arm aus, um den anderen aufzuhalten, der sich nicht nach ihm umdrehte und stur weiterlief. Als der Verfolger ihn eingeholt hatte und festhalten wollte, befreite der Riese sich mit einer heftigen Bewegung.

»Was willst du noch?«, fragte der Riese. Seine Stimme klang höher, und unwillkürlich dachte Ray, dass es sich bei diesem zweiten Riesen um eine Frau handelte.

»Jetzt hör mir doch mal zu!«

»Ich habe dich mit ihr bei den Geysiren erwischt«, fauchte die Riesin. »Ich wüsste nicht, was es da zu erklären gibt.«

Zwischen der Überraschung darüber, dass Ray ihre Sprache verstehen konnte, mischte sich die Verwunderung über die Situation, die sie belauschte.

Riesen haben also dieselben Probleme wie wir Menschen, dachte sie amüsiert und konnte sich ein Schmunzeln nicht verkneifen. Gleichzeitig verspürte sie tiefes Mitleid mit der Betrogenen.

»Es war nicht so, wie es aussah!«

Die Eisriesin blieb so abrupt stehen, dass ihr Freund gegen sie stieß und verblüfft zurücktaumelte. Als die zwei aufeinandertrafen, erklang das eigentümliche Klirren von Glas auf Glas. In einer fließenden Bewegung wandte sie sich herum und wedelte mit einem ihrer überdimensional langen Arme in der Luft herum. Dabei ließ sie eine Schimpftirade auf ihn niederprasseln, von der Ray die meisten Worte nicht verstand. Trotzdem war sie sich sicher, dass der untreue Riese gerade heftige Beleidigungen an den Kopf geschmissen bekam.

Mitten in ihrer vor Hass triefenden Rede wurden sie von einem hellen Läuten unterbrochen.

»Ein Eindringling?«, fragte die Riesin und vergaß dabei vollkommen ihre Wut. Sie eilte an ihrem Exfreund vorbei, der sich sofort an ihre Fersen heftete.

Ray lief es eiskalt den Rücken hinab.

Eindringling? Wie haben sie mich entdeckt?

Eigentlich konnte sie niemand gesehen haben, das Läuten konnte unmöglich auf sie bezogen gewesen sein.

Aber das heißt … Scheiße.

Sie unterdrückte einen Fluch und verließ ihr Versteck, um zum nächsten Spalt zu sprinten.

Ich bin zu langsam. Viel zu langsam.

Es kostete Zeit, sich immer wieder neue Ritzen zu suchen und die Umgebung auszuspähen und abzuhorchen. Zeit, von der Ray befürchtete, dass sie sie nicht mehr hatte.

Wer von ihnen ist mir gefolgt?

Am wahrscheinlichsten schien ihr Kára. Andererseits glaubte sie nicht, dass die Walküre sich ihrem Wunsch widersetzen würde. Thor schloss sie vollkommen aus, und ihr Herz stockte für einen Moment.

Tyr?

Die Vorstellung, dass er in Gefangenschaft der Eisriesen geraten war, weil er sie nicht alleine lassen wollte, schnitt ihr wie ein Messer in die Brust und ließ sie die Vorsicht vergessen. Es war reines Glück, dass sie nicht entdeckt wurde, bis sie schließlich im Durchgang zu einer gigantischen Halle ein Versteck fand, in das sie sich zurückziehen konnte.

Die Decke war so hoch, dass eine fünfstöckige Empore an einer Seite errichtet worden war. Dort setzten die Riesen sich nieder, während auf einem Thron aus dunkelblauem Kristall ein Riese saß, der ein goldenes Zepter in der Hand hielt und damit gelangweilt auf den Boden klopfte. Mit der anderen stützte er seinen Kopf ab, und seine Augen waren auf einen Käfig aus Eis gerichtet, der vor ihm wie ein Puppenhaus wirkte. Die Gestalt, die wütend gegen die Stäbe schlug und nach Antworten verlangte, erkannte Ray sofort.

Sie zog sich zurück, lehnte den Kopf gegen die Wand und schluckte. Tyr. Ein Fluch lag auf ihren Lippen, und sie konnte ihn im letzten Augenblick davon abhalten, in die einkehrende Stille zu springen.

»Es ist selten«, begann der König, und seine Stimme war so kalt wie das Eis selbst, »dass wir Besuch von einer Gottheit erhalten.«

Hämisches Kichern und neugieriges Getuschel breiteten sich zwischen den Riesen aus. Ray steckte den Kopf aus ihrem Versteck und stellte fest, dass sie unmöglich zählen konnte, wie viele von ihnen sich versammelt hatten, da ihre Körper mit der Empore zu verschmelzen schienen. Sie waren in dieser eisigen Welt besser getarnt als jedes Chamäleon, obwohl sie diesen Schutz nicht einmal benötigten. Ray konnte sich nicht vorstellen, dass die Riesen natürliche Feinde hatten.

»Wie ist dein Name?«, forderte der König zu wissen. Tyr antwortete nicht, sondern tobte weiter.

»Lasst mich sofort hier raus!«, schrie er und trat mit voller Wucht gegen seinen Käfig.

»Antworte dem König«, rief ein Riese aus dem Publikum, aber der König hob seinen Stab und schüttelte den Kopf.

»Es ist zwecklos. Die Götter haben den Kontakt zu uns verlernt. Gebt ihm die Frucht der Erkenntnis, damit er unsere Sprache versteht«, forderte der Riese auf dem Thron. Sofort eilten zwei Handlanger davon und kamen wenig später mit einem Korb voller lilafarbener Früchte zurück.

Die Frucht der Erkenntnis, schoss es Ray sarkastisch durch den Kopf. *Natürlich. Das war der Grund, weshalb etwas in mir nach der Frucht verlangt hat. Durchtriebenes Ding, dieses Schicksal.*

Sie konnte sich ein Kopfschütteln nicht verkneifen, dann wandte sie sich dem Problem zu, das vor ihr lag. Irgendwie musste sie Tyr befreien, ohne dabei die Aufmerksamkeit der Riesen auf sich zu ziehen.

Der König befahl, Tyr die Frucht zu verabreichen, obwohl er sich dagegen wehrte. Offenbar hielt er sie für ein Gift und würgte, als man ihn mit voller Wucht in die klebrige Masse drückte. Allein beim Anblick, wie er wild um sich schlug, dabei im Fruchtfleisch versank und von dem Riesen unbarmherzig weiter hineingedrückt wurde, überkam Ray Übelkeit. Sie wandte beschämt den Blick ab, bis das Röcheln des Gottes verklang und er sich hustend aufrichtete.

»Was soll das?«, rief er.

»Nun verstehst du uns«, antwortete der König schlicht, und Ray konnte sich die Überraschung auf Tyrs Gesicht nur zu gut vorstellen. Die Akustik des Raumes war so bemessen, dass man von überall verstehen konnte, was auf der Bühne gesagt wurde, bemerkte die Sängerin. Der Aufbau erinnerte sie an ein Theater, und sie bewunderte die Baufertigkeit der Riesen, die all das aus Eis erschaffen hatten.

»Was wollt ihr von mir?«, fragte Tyr, dieses Mal mit Fassung in der Stimme.

»Diese Frage sollten wir dir stellen, Gott.«

Die Menge brummte zustimmend.

»Mir?«

»Ich kann mich nicht daran erinnern, dass jemals jemand von euch uns hier besuchte«, erklärte der König und hob den Kopf von seiner Hand. »Nicht einmal mein Sohn Loki. Seit er unsere Welt verlassen hat, habe ich kein Wort mehr von ihm gehört. Alles, was mich von ihm erreicht, sind Geschichten über seine Heldentaten.«

»Loki ist kein Held.« Tyr spuckte aus. »Er ist alles andere

als das. Er kämpft gegen das Gute und wird irgendwann dafür verantwortlich sein, dass Ragnarök über uns hereinbricht.«

»Gut?«, wiederholte der Riese und lachte. Seine Untertanen stimmten in das Donnern mit ein, bis er die Hand hob und sie zum Schweigen brachte. »Wer urteilt darüber, was gut und böse ist, Gott? Ihr habt uns in dieser Welt eingesperrt, in der es nur diesen winzigen Fleck Erde gibt, an dem wir leben können. Ihr Götter lebt in Saus und Braus, während alle anderen Kreaturen der Schöpfung leiden. In unseren Augen ist Loki der Held.«

Ray schluckte, und ihre Nackenmuskeln verkrampften sich. Die Worte des Riesen ergaben Sinn, auch wenn sie sich das nicht eingestehen wollte, da sie selbst schon mit Lokis hinterlistiger Art konfrontiert worden war. Andererseits hatte auch sie den Gott mit einem gemeinen Trick besiegt und war damit nicht besser als er. Sie knirschte mit den Zähnen.

»Das ist absurd«, widersprach Tyr. »Wenn Ragnarök über uns hereinbricht, werdet auch ihr sterben.«

»Sterben?« Der König schüttelte den Kopf, und obwohl er keine Gesichtsmuskeln hatte, die eine Mimik ermöglichten, wirkte er plötzlich traurig. »Wir haben nie wirklich gelebt, also können wir nicht sterben.«

»Dann könntet ihr euch auch umbringen.« Die Worte des Gottes waren schneidend, und Ray erschrak über seine Heftigkeit und Kälte.

»Wir haben Hoffnung«, erklärte der König. »Jeden Tag haben wir die Hoffnung, dass sich vielleicht etwas ändert. Dass wir Freiheit erlangen. Trotzdem muss ich gestehen, dass du recht hast: Mein Volk war einst zahlreicher als jetzt, und viele sind freiwillig gegangen, obwohl wir unsterblich sind. Nur das heiße Wasser des Hvergelmir kann uns das Leben nehmen, denn dort wurden wir erschaffen. Deshalb geht niemand zum Krater, der nicht einen Todeswunsch verspürt. Nun sprich, Gott. Was führt dich zu uns? Was ist dein Begehr?«

Tyr schwieg.

»Stille ist kein guter Begleiter«, flüsterte der König, und doch verstand Ray jede Silbe. »Sie trägt stets Lügen und Verrat auf ihrem Rücken.«

Er hob die Hand, und ein Riese kam herbeigeeilt, um den Käfig fortzubringen.

»Wartet!«, rief Tyr, und auf einen Wink des Würdenträgers hielt sein Untertan inne. »Ich bin hier, um euch zu warnen.«

Der König bedeutete mit einer Geste, dass er weitersprechen sollte.

»Es gibt eine Prophezeiung, die besagt, dass …«

Erschrocken zuckte Ray zusammen. Sie fühlte sich verraten.

»… einer von uns von einem Helden erschlagen und somit das Ende der Götterwelt herbeigeführt wird«, vollendete der Riese betont gelangweilt. »Das ist uns bekannt. Die Kommunikation zwischen den Welten funktioniert besser, als ihr denkt, Gott. Ihr könnt vielleicht die Wege versperren, aber Geschichten finden immer offene Ohren. Glaub mir, jeder von uns opfert sich gerne, wenn wir damit eure Herrschaft beenden.«

Damit war das Gespräch für ihn beendet, und Tyr wurde fortgetragen. Dieses Mal schwieg er.

31

Ray versuchte, ihr klopfendes Herz zu beruhigen. Sie konnte nicht glauben, dass Tyr sie wahrhaftig an die Riesen hatte verraten wollen, um seine eigene Haut zu retten. Für einen Moment zog sie in Erwägung, ihn als Strafe dafür in Gefangenschaft zurückzulassen, aber sie wusste, dass sie das für immer bereuen würde, also huschte sie durch die riesige Halle, nachdem die Versammlung sich aufgelöst hatte. Das größte Problem stellten dabei die Treppenstufen dar, die sie nicht einfach hinabsteigen konnte. Schließlich fand sie ein kunstvoll geschwungenes Geländer, auf dem sie hinabrutschte und dabei hoffte, dass sie ebenso einfach wieder einen Weg nach oben finden würde.

Sie fand den Durchgang, durch den der Riese mit dem Käfig verschwunden war, sofort und folgte einem langen Gang, der ebenso gut ausgeleuchtet war wie der Rest der Festung. Immer wenn sie an einer Öffnung zu einem Raum vorbeikam, lugte sie hinein, aber die meisten von ihnen waren bis auf einige Möbel aus Eis und ein paar Dekorationsobjekte aus Rinde und getrocknetem Gras vollkommen leer. Nur einmal stolperte sie erschrocken zurück, als sie den Rücken eines Riesen erblickte, aber der Bewohner bemerkte sie nicht, und Ray eilte hastig weiter.

Schließlich gelangte sie zu einem Raum, in dem mehrere kleine Käfige standen. In den meisten von ihnen befanden sich seltsame Kreaturen, die sie noch nie zuvor gesehen hatte. Sie erinnerten sie vom Körperbau her an Frösche, hatten aber Federn und den Schnabel einer Ente. In dem Zimmer stank es nach Dung und Bauernhof. Die Viecher quakten so laut, dass sie beinahe Tyrs wütende Schimpftirade überhört hätte.

Vorsichtig schlich sie in den Raum hinein und sah sich um. Als sie den Käfig mit dem Gott auf einem der Tische entdeckte, lief sie darauf zu und blickte hilflos nach oben. Sie hatte keine Ahnung, wie sie diese Höhe überwinden sollte. In der Nähe sah sie einen Stuhl, aber selbst dessen Sitzfläche überragte sie um das Doppelte ihrer Körpergröße.

Nachdenklich kniff Ray die Lippen zusammen und ließ ihren Blick schweifen, bis sie schließlich in einer Ecke des Raumes hängen blieb. Dort lehnten in einer Ecke mehrere Streifen Rinde, mit denen vermutlich die Tiere gefüttert wurden. Die Stücke waren so lang, dass Ray mit einem von ihnen zumindest auf den Stuhl und von dort aus weiter auf den Tisch klettern konnte. Vorausgesetzt, die Rinde trug ihr Gewicht.

Zu ihrer Überraschung war das Stück trotz der Länge nicht sonderlich schwer. Das einzige Problem stellte der Transport dar, denn es war zwar stabil, aber dennoch biegsam und schwankte hin und her, während Ray es durch den Raum beförderte. Schließlich lehnte sie es gegen den Stuhl und balancierte nach oben. Die Rinde hielt, schwankte aber so stark, dass Ray nach einem Viertel des Weges auf den Knien weiterrobbte, um das Gleichgewicht nicht zu verlieren.

Dabei drehte sie sich immer wieder zur Tür und betete, dass kein Riese gerade jetzt Heißhunger auf einen der Federfrösche entwickelte und sie erwischte, wie sie den Gefangenen befreien wollte.

Als sie oben auf dem Tisch angekommen war, war sie vollkommen außer Atem, und ihre Armmuskeln schmerzten vom Balanceakt mit der Rinde. Dafür stand sie jetzt Tyr gegenüber, der sie anstarrte, als wäre sie ein Geist.

»Hi«, sagte Ray schlicht und funkelte ihn wütend an. »Überrascht?«

»Nicht wirklich.« Er zog einen Mundwinkel nach oben und strich sich mit der Hand über seine Bartstoppel. »Ich hatte gehofft, dass du mich finden würdest.«

»Es war dumm von dir, mir zu folgen«, antwortete sie kühl und verschränkte die Arme. Die Wut über seinen Verrat kochte heftig in ihr. »Vor allem, um mich an die Riesen zu verraten. Hast du gehofft, so deine Schuld bei deinem Vater zu begleichen?«

Tyr wurde kreideweiß. Eines der gefangenen Tiere hüpfte so kräftig gegen seinen Käfig, dass dieser laut über den Eistisch klapperte.

»Ich wollte dich nie verraten«, erwiderte er heftig, und sie erkannte, wie er darüber nachdachte, weshalb sie das glaubte. Die Erkenntnis funkelte in seinen Augen. »Der König schnitt mir ins Wort, bevor ich ihm eine Lüge auftischen konnte. Ich wollte ihm erzählen, dass die Prophezeiung ein Bündnis zwischen den Riesen und den Göttern besagt. Ich wollte sie so dazu bringen, ein großes Fest zu Ehren des Königs zu veranstalten. Wenn Eisriesen feiern, vergessen sie alle Vorsicht und verhalten sich wie dreijährige Menschenkinder. Ich wusste, dass sie dir diese Lüge nicht glauben würden, denn du bist ein Mensch. Und ich wusste auch, dass du niemals zulassen würdest, dass ich mich in deine Pläne einmische. Du wolltest es immerhin unbedingt alleine schaffen. Bitte glaub mir, Ray.« Er sprach ihren Namen so sanft aus, dass eine Gänsehaut über ihre Unterarme kribbelte.

»Nur deshalb warst du hier?«

»Und ich hatte Angst um dich.«

Sie löste die verschränkten Arme, um die Hände zu Fäusten zu ballen. Ihr ganzer Körper versteifte sich.

»Ich dachte, du würdest mir diesen Kampf alleine zutrauen«, warf sie ihm vor. Diese Art des Verrats brannte schlimmer als jene, die sie zunächst befürchtet hatte.

»Das tue ich auch«, widersprach er. »Trotzdem wollte ich an deiner Seite sein. Der Kampf sollte deiner sein. Ich wollte nur die Ausgangssituation … erleichtern.«

Sie schwiegen, aber die Tiere ließen keinen Platz für Stille.

Ihr Quaken, Hüpfen und Klappern wummerte in unregelmäßigen Abständen auf sie ein, sodass Ray nach kurzer Zeit der Schädel brummte.

»Na schön«, sagte sie schließlich. Irgendwie schmeichelte es ihr, dass Tyr sich Sorgen um sie gemacht hatte, aber gleichzeitig war sie enttäuscht darüber. Sie trat an den Käfig heran und untersuchte das Schloss. Es war ebenso aus Eis wie der Rest des riesenhaften Mobiliars.

»Gibt es dazu einen Schlüssel?«, fragte Ray und sah sich um, als würde sie den passenden Schlüssel unter dem nächsten Blumentopf finden.

»Sicher.« Tyr hob beide Augenbrauen. »Ich befürchte bloß, dass sie ihn nicht hier haben liegen lassen.«

Das Schloss war so groß wie Rays Arm, und sie musterte es eindringlich, als könnte sie es damit aufschließen.

»Leider habe ich keinen blassen Schimmer, wie ich es knacken könnte«, gestand sie entmutigt und ließ sich auf die Tischplatte fallen. Im Schneidersitz, den Kopf in den Nacken gelehnt, saß sie da und suchte fieberhaft nach einer Lösung. »Wir könnten …«, flüsterte sie immer wieder und verwarf die Ideen, noch bevor sie ihre Lippen verlassen hatten. In Gedanken versunken bemerkte sie zu spät, wie ein Riese den Raum betrat. Tyr hatte die Augen geschlossen und stieß seinen warnenden Ruf erst aus, als Ray das Beben bereits in ihren Armen spürte.

Blitzartig sprang sie auf und suchte Deckung hinter dem Käfig, aber es war bereits zu spät. Der Riese trat an den Tisch und beugte seinen eisigen Kopf über sie. Seine azurblauen Edelsteinaugen leuchteten.

»Oh«, entfuhr es ihm.

Ray straffte die Schultern und versuchte dem Ungeheuer mit so viel Gelassenheit wie möglich entgegenzutreten.

»Guten Tag«, grüßte Ray so laut sie konnte und hoffte dabei, dass ihre Stimme nicht allzu sehr zitterte.

»Du sprichst unsere Sprache«, stellte der Riese fest und beugte sich noch weiter nach vorne. Allein sein Kopf war ein gutes Stück größer als Ray.

»Ich habe von der Frucht der Erkenntnis genascht«, erklärte sie. Die Stimme des Riesen kam ihr seltsam bekannt vor. Sie legte den Kopf in den Nacken, um seinem Blick begegnen zu können, auch wenn sie nicht wusste, wo die Pupillen in dem Tiefblau lagen.

»Du hast deinen Freund mit einer anderen erwischt«, riet Ray und hoffte, dass sie die Riesin nicht verwechselte. Die Angesprochene zuckte zurück.

Volltreffer, dachte Ray.

»Woher weißt du das?«, fragte die Riesin.

Ray beschloss, alles auf eine einzige Lüge zu setzen.

»Ich bin mit einer Gabe gesegnet«, raunte Ray so leise, dass ihre Gesprächspartnerin sich wieder näher zu ihr beugte. »Manchmal sehe ich Vergangenheit, Gegenwart und Zukunft. Er versuchte vorhin, sich bei dir zu entschuldigen, aber ich weiß, dass ihr keine Zukunft habt. Verzeih ihm nicht.«

Es fiel Ray nicht schwer, diesen Ratschlag zu erteilen. Egal ob Riese oder Mensch: wer betrogen worden war, hatte definitiv etwas Besseres verdient.

»Und was suchst du hier, kleine Seherin?«

Berechtigte Frage.

Instinktiv deutete sie auf Tyr. »Ihn.« Ihr Verstand suchte nach einer glaubwürdigen Lüge. »Es war nicht vorgesehen, dass er in Gefangenschaft gerät. Wenn ich ihn nicht befreie, kann sich meine Vision nicht erfüllen und das wäre … grauenhaft.«

»Vision?«

Sie glaubt mir. Zufriedenheit kribbelte durch Rays Körper, gemischt mit Schuld und Scham.

»Er ist dafür verantwortlich, dass ein Held geboren werden kann.«

»Die Prophezeiung, von der der König sprach«, murmelte die Riesin. »Die erfüllt werden muss, um die Götter zu stürzen. Ich verstehe. In diesem Fall …«

Sie zog an einer Kette um ihren Hals, die Ray nicht bemerkt hatte, da sie ebenso aus Eis bestand wie der Körper ihrer Trägerin, und hielt den Schlüssel hoch.

In einer Bewegung, die eleganter war, als Ray einem Riesen zugetraut hatte, schloss sie Tyrs Käfig auf, und der Gott schritt bemüht erhaben heraus. Ray unterdrückte ein Augenrollen.

»Ich danke dir«, sagte sie zu der Riesin gewandt und lächelte. »Könntest du uns nach draußen begleiten? Noch fehlt die Heldin zu unserem Ziel. Er war leider zu früh an diesem Ort.«

»Ich …« Die Riesin starrte auf den Schlüssel und den geöffneten Käfig, als würde ihr klar, dass sie gerade eine große Dummheit begangen hatte. »Vielleicht sollte ich noch einmal mit dem König sprechen. Hättet ihr die Güte, solange dort zu warten?« Sie deutete auf das eiserne Gefängnis, und Rays Augen weiteten sich. Krampfhaft unterdrückte sie aufkeimende Panik.

Es lief doch alles so gut.

»Wenn wir den König einweihen, kann das Schicksal sich nicht erfüllen.« Die Überzeugung in ihrem Tonfall überraschte sie selbst. »Es ist äußerst wichtig, dass er nicht darüber informiert wird.«

»Worüber?«

Scheiße.

Der König betrat den Raum und schwang das Zepter lässig wie einen Gehstock.

»Hinfort«, befahl er der Schlüsselträgerin. Sie entfernte sich rückwärts und tief verbeugend. Ray war sich sicher, dass sie leichenblass wäre, wenn Riesen zu so einer Art der Gefühlsdarstellung fähig wären. Der König trat näher an den Tisch heran.

»Und du bist?«

»Eine Seherin«, erklärte Ray so ruhig wie möglich und reckte das Kinn etwas in die Höhe.

Der König nahm das Wort auf, schien einen kurzen Moment darauf herumzukauen und spuckte es ihr dann wieder entgegen.

»Und nun die Wahrheit?«, forderte er. Tyr trat näher an sie heran und wollte nach ihrer Hand greifen. Aber Ray entzog sich ihm, obwohl seine Berührung ihr sicherlich etwas Ruhe gegeben hätte. Vor dem König durfte sie keine Schwäche zeigen.

»Das war die Wahrheit, Eure Majestät«, behauptete sie trotzig und kniff die Augen zusammen. »Es gibt keinen Grund für mich, Euch zu belügen.«

»Außer um eure Leben zu retten.« Er lächelte belustigt. Es war das erste Mal, dass Ray einen Riesen grinsen sah. Seine Zähne waren spitz wie die eines Krokodils.

»Wenn es darum ginge, hätte ich mir sicher eine bessere Ausrede einfallen lassen, nicht wahr?«, fragte Ray herausfordernd.

»Stimmt, du hättest dich beispielsweise als Sängerin ausgegeben. Jeder weiß, wie sehr ich gute Unterhaltung liebe und dass ich bereit bin, einen Gefangenen für fünf Minuten Abwechslung zu verschonen.«

Geh nicht darauf ein.

Es war zu verlockend.

»Singen kann ich auch«, entschlüpfte es ihr, und sie hasste sich gleichzeitig für ihr gigantisches Selbstbewusstsein, das in den letzten Tagen in ihr gewachsen war wie ein lästiger dritter Arm. Einerseits war es durchaus praktisch, aber viel zu oft im Weg, wenn man es nicht richtig einzusetzen wusste.

»Eine singende Seherin?«, amüsierte er sich. »Tatsächlich?«

»Tatsächlich«, bestätigte Ray. Nun war es ja ohnehin zu spät. Sie musste das Spiel weiterspielen.

»Dann sing«, forderte der König, und sein Lächeln wurde breiter. »Sing und ich verschone dein Leben. Wenn mir dein Gesang gefällt, lasse ich deinen Freund ebenfalls gehen.«

Er ist Lokis Vater, rief Ray sich in Erinnerung. *Trau ihm nicht. Glaube keines seiner Worte.*

»Ich singe«, sagte sie und betonte jede Silbe, als wären sie Kugeln, mit denen sie den Körper des Königs durchbohren konnte, »sobald Ihr den Gott habt gehen lassen. Wenn Euch mein Gesang gefällt, dürft Ihr mich behalten. Wenn nicht, bin ich frei.«

»Eine harte Verhandlungspartnerin.« Er nickte anerkennend. »So viel Mut möchte ich gerne belohnen, aber ich bin nicht naiv. Wenn ich den Gott gehen lasse, kehrt er mit seinesgleichen zurück und wird uns bestrafen.«

»Das wird er nicht«, versprach Ray, und Tyr nickte eifrig. Zu eifrig. Auch der König bemerkte seinen Übermut.

»Ach nein?« Er beugte sich dichter über sie. »Seherin, Sängerin und Lügnerin. Gibt es noch etwas, das du über dich erzählen möchtest, Mensch?«

Gar nicht gut.

»Eure Majestät?« Die Riesin steckte fragend den Kopf herein. »Kann ich Euch behilflich sein?«

»Verschwinde«, fauchte er sie an. »Geh zurück aufs Feld.«

Seine Kammern sind voller Früchte und Wasser. Weshalb müssen seine Untertanen ständig arbeiten?

»Eure Vorräte sind gefüllt«, tastete Ray sich vorsichtig vor. »Lasst Eurem Volk doch einige Stunden des Vergnügens.«

»Hier gibt es kein Vergnügen.« Speicheltropfen klatschten neben Ray auf die Tischplatte, und sie zwang sich, nicht angewidert zurückzuweichen. »Sie sind Eisriesen und sie arbeiten so lange, wie ich es ihnen befehle.«

»Gibt es keine Feierlichkeiten, bei denen ich meinen Gesang vortragen könnte?«

»Der Einzige, der hier Ablenkung erleben darf, bin ich.«

Plötzlich verstand Ray. Der König war nicht nur der Vater Lokis, sondern auch ein herzloser Tyrann.

Fest begegnete sie seinem Blick. Mit einer List würde sie ihn besiegen können.

»Dann lasst uns hinauf zum Krater steigen«, schlug sie vor. »Dort oben habt Ihr einen Ausblick, den noch nie zuvor ein Riese genießen durfte, der wieder in den Palast zurückkehrte. Ich werde Euch ein Lied singen, und in der Höhe wird es niemand hören außer Ihr.«

Seine Augen funkelten, als würde Kerzenlicht auf sie fallen.

32

Widerwillig waren Ray und Tyr zurück in den Käfig geklettert, mit dem der König sie nun durch seine Hallen nach draußen trug.

»Was hast du vor?«, zischte Tyr ihr zu, als der Riese ein tiefes Lied anstimmte. Etwas am Klang der Melodie irritierte sie. Stumm schüttelte Ray den Kopf und griff unwillkürlich nach Tyrs Hand. Der Gott schien ruhig, aber besorgt. Zwischen seinen Augenbrauen hatte sich eine tiefe Falte gebildet.

Die Landschaft zog so schnell an ihnen vorbei, als würden sie in einem Auto sitzen. Ray setzte sich auf den Boden des Käfigs und wartete geduldig darauf, dass der König den Berg erklomm. Mit nur einer Hand hangelte er sich hinauf, wich den Flüssen aus, stemmte die Füße in Ritzen und stieß einen triumphierenden Schrei aus, als er schließlich den Kraterrand erreichte.

Er stellte den Käfig ab, breitete die Arme aus und drehte sich im Kreis, um die gesamte Landschaft in sich aufzunehmen.

»Vielleicht glaube ich dir, dass du eine Seherin bist«, rief er. »Hier oben ist es wahrlich wunderschön. Der perfekte Ort für ein sanftes Lied. Und durch das Rauschen des Wassers wird niemand außer mir die Töne hören.«

»In der Tat.« Ray tat so, als müsste sie sich anstrengen, um das Donnern und Tosen zu übertönen. Der König beugte sich zu ihr hinab.

»Sing«, befahl er.

Ray schluckte und betete, dass ihr Plan funktionierte. Sie öffnete die Lippen, aber kein Ton kam hervor. Dieses verflixte Lampenfieber! Als der König noch näher heranrückte, nahm sie ihren ganzen Mut zusammen und sang. Allerdings aus einer Eingebung heraus so leise, dass der Riese genervt die Arme in die Luft warf.

»Stopp!«, fluchte er und hob den Käfig hoch. »Du bist so winzig, dass ich dich auf meine Schulter setzen muss, damit ich dich hören kann. Ich warne dich: Wenn du meinen Vertrauensvorschuss verletzt, werfe ich dich in die Tiefe.«

»Das würde ich niemals wagen.«

Er öffnete die Käfigtür und nahm Ray heraus. Sie passte problemlos auf seine Handfläche. Sobald sie auf seiner Schulter saß, reichte ihr Kopf genau bis zu seinem Ohr.

Okay. Das ist eine gute Ausgangslage.

Sie atmete tief durch. Bis hier hatte ihr Plan gereicht, ab jetzt musste sie improvisieren. Sehnsüchtig blickte sie in das grüne Tal und beobachtete den Nebel, der darüber lag wie eine weiße Decke. Von oben trafen Strahlen einer unbekannten Sonne auf ihre Wangen.

Was auch immer ich tun muss, Schicksal. Jetzt wäre der richtige Augenblick für eine heldenhafte Eingebung.

Als der Geistesblitz ausblieb und der König immer ungeduldiger wurde, räusperte Ray sich, aber sie brachte keinen Ton über ihre Lippen.

»Sing oder ich werfe dich in den Kessel!«

Ray starrte auf die tosenden Wellen und schluckte. Sie warf Tyr einen hilflosen Blick zu, schloss die Augen und atmete tief durch. Das hier war nicht die Bühne, die sie sich erträumt hatte, aber es war der lang ersehnte Auftritt, an dem ihre Zukunft hing.

Schließlich fing sie an zu singen. Zu ihrer eigenen Überraschung wählte sie ein Lied, das sie vor vielen Jahren geschrieben hatte. Damals, in einem anderen Leben.

Normalerweise genoss sie jeden Ton, dem sie Freiheit schenken konnte, aber jetzt wanderten ihre Gedanken immer wieder weit fort. Weg von der Musik hin zu ihrem eigenen Leben. Sie musste den König besiegen.

Der Augenblick war günstig. Sie standen am Rand des Kraters, dem einzigen Ort, an dem die Riesen sterben konnten, und Ray war nicht gefesselt oder eingesperrt. Wenn sie handeln wollte, dann jetzt.

Aber sie konnte es nicht. Sie wusste nicht, wie, das wurde ihr in diesem Moment glasklar bewusst. Das erste Lied verhallte, und der König applaudierte.

»Überraschend gut, Seherin«, gluckste er. »Unterhalte mich weiter und ich verschone möglicherweise auch den Gott.«

Sie sah erneut zu Tyr, der immer bleicher wurde, und sang. Sie presste alles aus ihrer Lunge, was sie konnte. Dabei wanderte ihr Blick zu dem Regenbogen in der aufwirbelnden Gischt. Der König stimmte in ihr Lied mit ein, und Ray bemerkte etwas, das keinem erfahrenen Musikerohr entgangen wäre: einen großen Resonanzkörper.

Er ist innen hohl!

Diese Erkenntnis brachte sie auf eine Idee. Sie war dumm und riskant. Wenn sie versagte, bedeutete es ihren sicheren Tod – aber es war ihre einzige Möglichkeit. Das Schicksal hatte sie bei der Frucht der Erkenntnis nicht im Stich gelassen, und so hoffte Ray, dass sie auch dieses Mal das Richtige tat, wenn sie ihrer Eingebung folgte.

Beim nächsten hohen Ton sprang Ray auf. Der König zuckte erschrocken zusammen, aber er lächelte, als er sah, dass die Sängerin begonnen hatte, zu tanzen. Er tat es ihr gleich, taumelte ebenfalls im Rhythmus der Melodie umher, streckte die Arme aus und griff in die Gischt. Die Kette mit dem Käfigschlüssel um seinen Hals hüpfte auf und nieder, sodass er sie irgendwann genervt abriss und auf den Boden gleiten ließ. Ray klammerte sich panisch an einem seiner Zacken fest, aber sie sang weiter. Es fiel ihr schwer, bei dem Geschaukel die Töne richtig zu treffen, aber das schien den König nicht zu stören. Je schneller die Lieder wurden, desto übermütiger wurde der König. Er hüpfte auf einem Bein, klatschte in die Hände, und seine Edelsteinaugen funkelten, als säße die Sonne in ihnen. Ray wurde immer schwindeliger, und sie spürte, wie ihre Kraft in den Fingern nachließ. Schließlich nahm sie all ihren Mut zusammen. Als der König auf einem Bein stand und sich hüpfend um seine eigene Achse drehte, sprang sie mit beiden Beinen ab und trat so fest gegen seinen Kopf, dass er benommen und überrascht zur Seite taumelte. Er versuchte mit den Armen sein Gleichgewicht wiederzufinden, aber er war zu überrascht, um den Sturz aufzuhalten. Zunächst langsam, dann immer schneller kippte er über den Kraterrand und versank in den schäumenden Kronen des kochenden Wassers. Hilflos ruderte er mit den Armen, während die Hitze sich in seine Substanz fraß und ihn auflöste.

Ray landete schmerzhaft auf dem Kraterrand. Sämtliche Luft wurde aus ihrer Lunge gepresst, sie schwitzte vor Anstrengung, ihre Rippen schmerzten, und ihr wurde schwarz vor Augen.

»Ray!« Tyrs Stimme holte sie zurück. Sie richtete sich benommen auf, wobei ihr Rücken schmerzhaft knackte. Sofort sank sie zurück auf die Erde und atmete schwer. Vom König war nichts zu sehen.

»Du hast ihn getötet!« Er grinste.

Ray versuchte sich an einem Lächeln, aber der Schmerz saß tief in ihr und ließ sie das Gesicht zu einer Grimasse verziehen. Sie versuchte, sich zu artikulieren, aber ihre Stimme versagte. Ihre Kehle fühlte sich an wie nach drei Tagen Rockfestival. Mühsam rollte sie sich auf den Bauch und robbte zu dem Schlüssel, der nahe des Käfigs gelandet war. Mit letzter Kraft schob sie ihn Tyr zu, der ihr Worte zurief, die Rays Gehirn nicht verarbeiten konnte. Schließlich versank sie wieder in Finsternis.

33

Als Ray erneut erwachte, war das Erste, was sie wahrnahm, das dumpfe Pochen zwischen ihren Schulterblättern. Der stechende Schmerz war verschwunden, aber als sie sich aufrappelte, spürte sie noch immer ein unangenehmes Ziehen.

»Du bist wach!« Tyr griff nach ihrer Hand und blinzelte, als hätte er die letzten Stunden geschlafen. Er saß auf einem kunstvollen Stuhl, und Ray lag in roten Seidendecken gehüllt auf einem Himmelbett. Benommen hielt sie sich den Kopf, entzog ihre Hand aber nicht seinem Griff.

»Was …«, krächzte sie, verschluckte sich und hustete. Tyr reichte ihr ein Glas Wasser, welches sie dankbar annahm. Der erste Schluck brannte, und auch der zweite brachte keine Linderung, aber nach dem dritten leerte sie das Glas komplett und seufzte.

»Was ist geschehen?«, setzte sie erneut an.

»Du hast den Eisriesenkönig getötet.« Ein Mann stürmte in das Zimmer. Er war in eine prunkvolle Rüstung gekleidet, und auf seiner Schulter saß ein pechschwarzer Rabe.

»Vater!«, rief Tyr, sprang auf und verbeugte sich. »Sie ist gerade erst erwacht.«

»Sie spricht, das genügt mir.« Er fixierte Ray mit einem durchdringenden Blick, und erst nach einigen Momenten fiel ihr auf, weshalb sie sich dabei so unwohl fühlte. Odin besaß nur ein Auge.

»Odin«, grüßte sie und neigte so ehrfürchtig ihren Kopf, wie ihr geschundener Körper es zuließ. Unwillkürlich begann sie zu zittern. Vor ihr stand der Gott, der ihre Hinrichtung angeordnet hatte.

Ich habe die Prophezeiung erfüllt, wurde Ray klar. *Was ist nun geschehen? Was bedeutet das für Asgard? Für Svartalfheim? Für alle Wesen und meine Heimat?*

»Es freut mich sehr, dass die Götter noch leben«, wollte sie ihm sarkastisch entgegenschleudern, aber sie hielt sich zurück und senkte stattdessen den Blick.

»Goldener Faden.« Es war befremdlich, dass er sie mit diesem Titel ansprach, der aus seinem Mund gleichermaßen ein Schimpfwort sein konnte. »Du hast nicht nur Loki überlistet, sondern auch seinen Vater getötet, wie ich hörte?«

Verblüfft hob Ray den Kopf.

»So ist es«, bestätigte sie.

War er ihr Freund? Habe ich Hochverrat begangen? Andererseits … Weshalb sollten sie eine Verräterin in solch einem Gemach einquartieren?

Aus den Augenwinkeln heraus erkannte sie Gold und Edelsteine. Mehr, als selbst Dagobert Duck jemals besitzen würde.

»Verzeiht, dass ich mich Euren Anweisungen widersetzt habe.«

Odin lachte so plötzlich auf, dass Ray zusammenzuckte und schmerzverzerrt das Gesicht verzog, als sich ihre Verletzung zurückmeldete.

»Du hast um dein Leben gekämpft«, sagte der Allvater und strich mit einer Hand über das Gefieder seines Raben. »Das ist nichts, was ich dir zum Vorwurf machen werde. Glaub mir, ich selbst weiß, wie es ist, wenn man alles daransetzt, sein Leben zu verteidigen. An deiner Stelle hätte ich nicht anders gehandelt. Allerdings hätte ich wohl versagt. Loki hat auch mich schon häufig genug zum Narren gehalten. Hier in Asgard lebt es sich besser ohne ihn, ich schulde dir also Dank.«

Dank?

Ray blinzelte. Möglicherweise war sie gemeinsam mit dem Eisriesen in den Krater gestürzt und war tot.

Odin kann mir unmöglich dankbar sein. So leicht kann das alles kein Ende finden.

Leicht?, schalt sie sich selbst. *Du hast einen Gott und einen Riesen überlistet. Das wäre alles andere als ein einfaches Ende.*

»Ihr werdet mich also nicht töten?«, fragte sie trotzdem vorsichtig.

»Vater, sie hat mich vor dem Riesen gerettet!« Tyr sprang auf und schob sich zwischen Ray und Odin. »Ich schulde ihr mein Leben. Bevor sie jemand tötet, muss er zunächst mich beseitigen.«

Odin winkte ab. »Das wird kaum nötig sein. Die Prophezeiung der Nornen ist erfüllt, unsere Grundfeste wurden erschüttert. Was geschehen ist, ist geschehen. Ich habe keinen Grund, wütend zu sein.«

»Wie meinst du das, Vater?« Tyr fuhr sich nachdenklich mit einer Hand über das stoppelige Kinn.

»Als der Riese in den Hvergelmir stürzte, traten die Weltenflüsse über ihre Ufer.« Er trat einen Schritt zur Seite, sodass er den Blickkontakt mit Ray herstellen konnte. »Sicher weißt du bereits, dass alle Gewässer aus Niflheimr stammen. Als ich die Mauern errichtete, war es mir unmöglich, ihren Fluss einzudämmen. Nun … Sie rissen meine Mauern nieder, als bestünden sie aus Papier.«

Odins Lächeln wurde wehmütig. »Nun steht uns eine wichtige Entscheidung bevor. Entweder bauen wir die Grenzen wieder auf, oder wir geben der Schöpfung eine zweite Chance, miteinander auszukommen. Was denkst du, Goldener Faden?«

Ray runzelte die Stirn. »Welche Konsequenzen hätten diese beiden Entscheidungen?«

Verblüfft zog Odin beide Augenbrauen hoch, und Ray kam nicht umhin, die Ähnlichkeit zu seinem Sohn Tyr festzustellen. »Wenn wir die Grenzen errichten, bleibt für euch Menschen alles beim Alten.«

Ray nickte und dachte an die unglücklichen Zwerge und

die verlorenen Geister. Gleichzeitig schob sich das gefährliche Fauchen der Nixe in den Vordergrund.

»Wenn nicht, müssen wir Götter uns darüber einigen, ob wir weiterhin mit den Geschicken der Welt verbunden sein wollen. Es wird letztendlich nicht meine alleinige Entscheidung sein, und so kann ich dir nur sagen, was ich denke, falls es dich interessiert.«

Ray nickte.

»Ich denke, dass ich meine Kinder schon zu lange in diesen goldenen Hallen eingesperrt habe. Einige von ihnen litten darunter mehr als andere, aber vor allem verharren wir nun schon seit Jahrhunderten in diesem Zustand. Wir leben, aber wir sind nicht lebendig. Mir fehlen die alten Tage, die Abenteuer und die Unterhaltung. Ich denke, dass wir es versuchen sollten. Ragnarök kann niemand von uns für immer aufhalten, aber du hast uns eine lange Gnadenfrist eingeräumt, indem du Loki an diese Hexe gebunden hast. Dafür sind wir dir etwas schuldig. Das Ende der Götterwelt ist in allen Sagen mit ihm verwoben. Dank dir können wir die nächsten Jahre ohne Furcht leben, wo wir wollen.«

Der Rabe hüpfte auf seine Hand, und Odin betrachtete ihn nachdenklich.

»Das wird also geschehen?«, fragte Ray. »Die Götter und die Wesen kommen zurück nach … Midgard?« Das Wort rollte ungewohnt über ihre Zunge.

»Alles braucht seine Zeit«, flüsterte Odin, wandte sich um und schritt zur Tür. »Zunächst einmal kann ich sagen, dass ich dankbar für diesen Weckruf bin, Goldener Faden. Außerdem sollte ich mich wohl dafür entschuldigen, dass ich dich habe jagen lassen.«

»Das hätte ich auch getan.« Rays Lachen ging in ein ersticktes Keuchen über, während Odin die Tür hinter sich ins Schloss zog.

Tyr trat auf Ray zu und strich ihr sanft über die Wange.

»Ray, ich …«, setzte er an, aber in diesem Moment stürmte erneut jemand ins Zimmer. Eine rote Haarmähne nahm Ray die Luft zum Atmen.

»Ich habe mir solche Sorgen gemacht!«, flüsterte Kára und strich ihr über die Wange. Thor stand im Türrahmen und nickte Ray zu.

»Lasst uns bitte kurz allein«, sagte die Walküre zu den Göttern. Tyr wollte protestieren, wurde aber von seinem Halbbruder nach draußen geführt. Als sie zu zweit im Raum waren, sah Kára ihr eindringlich in die Augen.

»Was hat Vater gesagt?«, forderte sie. »Wenn er dir etwas antut …«

»Im Gegenteil.« Rays Kopf brummte. Sie war noch immer benommen, und der plötzlich Stimmungswechsel war für sie nur schwer zu verkraften. So knapp wie möglich fasste sie das Gespräch zusammen.

»Was ist mit euch geschehen, nachdem Tyr mir gefolgt ist? Weshalb hast du ihn nicht aufgehalten?«

»Es tut mir leid«, sagte Kára, und echtes Bedauern trat in ihr Gesicht, gefolgt von Schamesröte. »Thor und ich …«

»Ihr habt euch ausgesprochen?«

Káras Mundwinkel zuckten. »So kann man es nennen. Wir haben uns gestritten und wieder vertragen. Ich glaube, dass Thor wirklich verstanden hat. Vielleicht … Ja, vielleicht können wir jetzt wirklich zusammen sein.« Ein Funkeln huschte über ihre Gesichtszüge, das Ray nicht von ihr kannte.

»Du liebst ihn«, sagte Ray.

Kára legte den Kopf schief. »Ich liebe ihn schon immer. Und er mich auch. Zwischen uns ist so viel passiert, Ray. Mehr, als sich ein Mensch jemals vorstellen könnte. Liebe war nie unser Problem. Thor und ich sind einfach zu unterschiedlich, aber dennoch … Jetzt verändert sich unser Leben hier in Asgard. Vielleicht haben wir jetzt eine wahre Chance. Dank dir.« Sie drückte Ray an sich.

Liebe, dachte Ray ein bisschen wehmütig. Dann erinnerte sie sich an Tyrs eindringlichen Blick, bevor die Walküre hereingestürmt war.

»Kára?«, fragte sie vorsichtig. Der Gedanke war absurd, das wusste sie, aber wenn ihr jemand damit helfen konnte, dann ihre neue Freundin. Sie brauchte eine vertrauensvolle Person, die ihr Herz zurück aus den Wolken holte.

»Ja?«

»Glaubst du, dass Tyr …?«

Bevor sie den Satz beenden konnte, nickte die Walküre so eifrig, dass ihre Locken wild auf- und abhüpften.

»Ich wusste es!« Sie grinste. »Ich wusste, dass du seine Gefühle erwiderst!«

Gefühle … Erwidern? Aber das heißt ja …

Mit aufgerissenen Augen und offen stehendem Mund sah Ray sie an.

»Sag bloß, dass dir das nicht aufgefallen ist.« Káras Mundwinkel zuckten. »Er hat dich angehimmelt, seit wir Asgard verlassen haben. Mein Bruder hatte schon immer eine Schwäche für Sterbliche.«

Dieser Satz traf Ray härter als der Aufprall nach dem Kampf mit dem Eisriesen.

»Das bedeutet nicht, dass du nichts Besonderes für ihn bist!«, ruderte Kára sofort zurück, als sie ihr Unwohlsein bemerkte. »Im Gegenteil. Bisher gab es keinen Menschen, der ihn länger als zwei Stunden faszinieren konnte. Aber er hat nicht nur Vaters Zorn riskiert, um dein Leben zu retten, er hätte auch gegen ihn gekämpft, um dich zu schützen. Die Beziehung mit einem Gott ist nicht immer einfach, aber sie lohnt sich.« Kára zwinkerte ihr verschwörerisch zu.

EPILOG

SECHS MONATE SPÄTER

Die Gilde saß in einem kleinen Raum mit Buntglasfenstern. Das Sonnenlicht tanzte in regenbogenfarbenen Punkten über die Gesichter der zwölf Anwesenden.

»Das Brechen der Mauern hat ein Erdbeben ausgelöst, dem seltsame Erscheinungen folgten«, begann der Ratsvorsitzende seine Rede. Er war klein, und sein Gesicht erinnerte Ray an eine Ratte. Die Brille auf seiner Nase glänzte. »Irrlichter, Hexen und Zwerge! Als die Wissenschaft schließlich Feen bestätigte, war unser Weltbild erschüttert. Doch wir akzeptieren, dass Odin mit seiner Gefolgschaft seinen alten Tempel in Island zurückforderte. Er wollte nur dort ein und aus gehen können, wie er wollte. Das alles störte uns nicht. Aber die Zeiten werden härter. Die Wesen fordernder. Allein diese Feen. Diese … Elstern! Genau das sind sie. Kleine, geflügelte Plagen, die alles stehlen, was glänzt!« Zustimmendes Gemurmel erhob sich im Raum. »Es ist an der Zeit, die ersten Jäger auszubilden.«

Ray hob eine Hand, um das Getuschel zu ersticken.

»Wie meinen Sie das?« Sie funkelte den Ratsvorsitzenden schneidend an. »Wir werden junge Menschen ausbilden, die sämtliche Aktivitäten der Wesen aus den anderen Welten überwachen.«

»Ausbilden?« Ray runzelte die Stirn.

»Dieser Rat wurde gegründet, um mit den Problemen umzugehen, die Ihr unbedachtes Verhalten ausgelöst hat«, erinnerte er sie. »Und Sie scheinen ja nicht damit aufhören zu wollen, wenn man sich die Schlagzeilen der letzten Monate ansieht. Mit einem Gott liiert …«

Ray schlug mit einer Hand auf den Tisch und stand auf. »Mein Privatleben hat damit nichts zu tun!«

»Ohne Ihr Privatleben wären Sie niemals Teil dieses Rates geworden«, schoss er zurück und rückte seine Brille zurecht. »Hören Sie. Ich habe mich vorab mit einigen Mitgliedern unterhalten und weiß, dass ich die Mehrheit auf meiner Seite habe. Wir werden diese Gilde etablieren. Also entweder helfen Sie uns dabei, oder Sie setzen Ihre Gesangstour fort und hören auf, sich einzumischen. Ihre Gesangskarriere ist immerhin alles, wofür Sie Ihren Ruhm bisher genutzt haben.«

Rays Gesicht glühte vor Wut. Sie knirschte mit den Zähnen. Diese Menschen waren verrückt geworden. Jäger ausbilden! Sie ahnte, dass das kein gutes Ende nehmen würde, wenn sie den Aufbau der Gilde in die Hände dieses altmodischen Mannes gab.

»Tut mir leid, Sie enttäuschen zu müssen. Aber ich bleibe«, sagte sie und setzte ein entschlossenes Lächeln auf.

Ende

DANKSAGUNG

Wie beginnt man den Abschnitt eines Buches, der mehr über die Geschichte aussagt als die Geschichte selbst? Am besten mit: DANKE.

Es gibt unzählig viele Menschen, die an diesem Buch mitgearbeitet haben.

An erster Stelle möchte ich Basti danken. Für unzählige Kilo Schokolade, die er nach Hause schleppen musste. Für mehr als einen Verzweiflungsanfall, den er mit Disney-Filmen, Sushi und Tee kuriert hat. Für schlaflose Nächte, in denen das Hämmern meiner Tasten ihn wach gehalten hat.

Dann gibt es da noch Kathi. Meine wundervolle Kathi, die stundenlang mit mir telefonierte. Kathi, die meine Sorgen und Ängste kannte, bevor ich ihnen überhaupt begegnet bin. Kathi, die für jedes Problem eine Lösung fand – und sicherlich auch zukünftig finden wird. Kathi, die Heldin meines Herzens.

Jeanette, die meine Geschichte von vorne bis hinten gelesen hat – mehrmals; und jedes Mal fand sie diesen einen Rechtschreibfehler, den ich übersehen hatte. Jeanette, die meine Bücher liest, seit wir uns kennen, und mich jedes Mal mit ihrer Begeisterung dazu motiviert, weiterzumachen. Jeanette, die mit ihrer Stärke ihre ganz eigene Heldin ist – und immer sein wird.

Vielen Dank, liebe Chrissy V, dass du deine ehrliche Kritik immer so formulierst, dass ich nicht gleich alle Daten löschen möchte. Und nein, nicht einmal in einer Danksagung kann ich meinen Sarkasmus für dich zügeln. Du weißt ja, dass ich dich trotzdem sehr liebe.

Danke, liebe Rey, dass du deinen Namen mit Rachel teilst. Ohne dich wäre Ray nicht die, die sie jetzt ist.

Danke an Natalja Schmidt, die von Anfang an an dieses Projekt geglaubt hat. Ebenfalls danke an Markus Michalek, meinen Agenten, der mich mit seinem kreativen Input mehr als einmal inspirierte.

Danke an Anika, die wundervolle Lektorin, die meine Geschichte und Charaktere so lange durchgeknetet hat, bis das zum Vorschein kam, was zunächst nur zwischen den Zeilen stand.

Danke an Xenia, die Ray und Tyr von Anfang bis Ende begleitet hat – und in den letzten Stunden sogar noch eine weitere schlaflose Nacht opferte.

Ein gigantisches DANKE an meine Familie, die meine wirren Erzählungen über Mythen und Märchen seit Jahren mit einem tapferen Lächeln erträgt. Und an meine Oma, die mir ihren Namen geschenkt hat.

Danke an die Schreibnacht. Danke an das Castle of Night. Danke an die Münchner Wolpertinger. Danke vor allem an Blitz, der mich mit wenigen Worten zum Lächeln bringen kann. Und an Maya, die mir auch außerhalb des Pitches den Rücken freihält. Danke, Verena, dass du mich sowohl mental als auch mit Keksen immer unterstützt.

Danke an Mona Kasten für zahlreiche Ratschläge (Wein hilft immer!) und an Tina Köpke für unzählige liebe Worte. Danke an Carolin Wahl, die immer die richtigen Fragen stellt.

Danke an meine Rumtreiber für die Zeit und Liebe, die ihr mir jeden Tag schenkt.

Und vor allem DANKE an meine Leser, die mit ihrer Vorstellung und Begeisterung meine Geschichte erst lebendig werden lassen.